Dimitrij Mereschkowskij

Der vierzehnte Dezember

Roman

Dimitrij Mereschkowskij

Der vierzehnte Dezember

Roman

ISBN/EAN: 9783959132381

Auflage: 1

Erscheinungsjahr: 2017

Erscheinungsort: Treuchtlingen, Deutschland

Literaricon Verlag UG (haftungsgeschränkt), Uhlbergstr. 18, 91757
Treuchtlingen. Geschäftsführer: Günther Reiter-Werdin, www.literaricon.de.
Dieser Titel ist ein Nachdruck eines historischen Buches. Es musste auf alte
Vorlagen zurückgegriffen werden; hieraus zwangsläufig resultierende
Qualitätsverluste bitten wir zu entschuldigen.

Printed in Germany

Cover: Franz Krüger, Alexander I., 1837, Abb. gemeinfrei

Dmitrij Mereschkowskij

Der vierzehnte Dezember

Roman

Deutsch von
Alexander Eliasberg

Drei Masken Verlag München

Alle Rechte vorbehalten

Copyright 1921 by
Drei Masken Verlag A.-G.
München

Erstes Buch
Der Vierzehnte

Erster Teil

Erstes Kapitel

Die Erde lieben ist Sünde, man muß das Himmlische lieben. Ich kann es aber nicht, — mehr als alles auf der Welt liebe ich unser Gut Tscherjomuschki! Solange ich da lebte, wußte ich es nicht. Kaum bin aber von dort fort, als ich es zu lieben anfing und mich danach so sehne, daß ich vor Sehnsucht sterben könnte."

„Lieben Sie Ihre Erde wie etwas Lebendiges, Marja Pawlowna?"

„Natürlich ist sie lebendig! Wenn ich ins Gehölz komme, stehen die jungen Birken wie dünne Wachskerzen da, ihre Haut ist so warm, weich, von der Sonne durchwärmt, ganz wie lebendig. Ich umarme sie, schmiege meine Wange an sie, liebkose sie: mein liebes trautes Schwesterchen!"

Im bläulichen Scheine der Winterdämmerung, der ganz schwach durch das vereiste Fensterchen des Reiseschlittens drang, betrachtete Fürst Valerian Michailowitsch Golizyn das liebliche Gesicht des jungen Mädchens und dachte bei sich: — Bist selbst wie eine Birke im Frühling! —

Marja Pawlowna sah ganz wie ein gewöhnliches Provinzfräulein aus, wie eines, von denen es heißt:

> Geteilt sind ihre Mußestunden
> Zwischen Klavier und Stickerei.

Sie ist gekleidet nach dem Modebild im „Telegraph"; sie trägt einen mit bauerhaftem dunkelgrünem Gros-de-Tours aus Groß-

mutters Zeiten gedeckten Pelzmantel und einen Kapotthut mit
rosa Bändern; der dicke schwarze Zopf ist zu einem Körbchen ge-
flochten, aus dem leichte Locken auf die Wange herabfallen;
dazu trägt sie altertümliche Granatohrringe, wahrscheinlich auch
ein Geschenk der Großmutter. Ist gut erzogen und spricht französisch. Dabei hat sie das Gesicht eines Dorfmädels, das auf
einer Bank vor dem Tore sitzt, ein gelbes Kopftuch mit roten
Tupfen aufhat, mit den Burschen scherzt und Sonnenblumenkerne knackt.

Vielleicht liebt sie noch niemand, aber sie ist vom Dufte der
Liebe umhaucht wie blühender Flieder von der Frische des Taues.
Und alle fühlen es: die Postmeister, die an den Schlagbäumen
stehenden Invaliden, die dickbäuchigen Kaufleute, die im Schweiße
ihres Angesichts Tee trinken, die Postkutscher mit den roten Gesichtern, — alle denken sich beim Anblick Marja Pawlownas:
„Ach, ist das ein nettes Mädel!"

Golizyn machte auf der Reise von Wassiljkow nach Petersburg
Station in Moskau, um das Mitglied der Geheimen Gesellschaft
Iwan Iwanowitsch Puschtschin zu besuchen. Puschtschin diente
am Strafsenat des Moskauer Hofgerichts und wohnte bei seiner
Tante, einer vornehmen Dame aus der guten alten Zeit im
Pfarrbezirk von Pjatniza-Boschedomskaja, in der Alten Konju-
schennaja-Straße. In diesem Hause war auch auf der Reise
nach Petersburg eine entfernte Verwandte der Puschtschins, die
Sserpuchower Gutsbesitzerin Nina Ljwowna Tolptschowa mit
ihrer neunzehnjährigen Tochter Marja Pawlowna abgestiegen.
Golizyn hatte sich auf Puschtschins Bitte bereit erklärt, die
Damen zu begleiten.

Um jene Zeit fing zwischen Petersburg und Moskau gerade
die Postdiligence an zu verkehren; es war ein niedriges, lang-
gestrecktes, mit Leder überzogenes Fuhrwerk mit zwei kleinen

Fensterchen, das eine vorn, das andere hinten. Liegen konnte man darin nicht: die vier durch eine Scheidewand voneinander getrennten Fahrgäste saßen mit den Rücken zueinander und blickten zwei nach vorn und zwei nach hinten. Da man in den früheren Reisewagen bequem liegen konnte, nannten die Postkutscher diese neue Erfindung „Neleschance"*). Golizyn fuhr nun mit den beiden Damen und deren leibeigenem Dienstmädchen Palaschka in einer solchen „Neleschance".

Frau Tolytschowa, die aus einer begüterten Familie stammte, war gewohnt, nicht anders zu reisen als nach abliger Sitte mit eigenen Pferden, recht gemächlich, mit einer kleinen Küche, mit großem Gepäck und vielen leibeigenen Dienstboten. Die Postdiligencen fürchtete sie als eine unerhörte Neueinführung und freute sich über den verläßlichen Reisebegleiter.

Sie erzählte ihm sofort ihre ganze Geschichte. Ihre Erziehung hatte sie im Smolnyj-Institut genossen. Sie heiratete fast direkt aus dem Institut und lebte mit ihrem Manne knapp fünfundzwanzig Jahre. Pawel Pawlowitsch Tolytschow hatte in der Armee gedient; im italienischen Feldzuge wurde er von Ssuworow zum Leutnant befördert; im Jahre 1812 wurde er verwundet und mit dem Range eines Oberstleutnants verabschiedet. Er war ein Mann von großem Verstande und sogar Schriftsteller: im „Ziosboten" wurde ein Artikel von ihm veröffentlicht; mit dem Herrn Labsin war er befreundet gewesen, und als man diesen wegen seiner Freigeistigkeit verschickte, hätte man beinahe auch Pawel Pawlowitsch erwischt. Er litt Verfolgungen, denn er liebte die Wahrheit und klagte die bösen Menschen — die bestechlichen Beamten und die grausamen Gutsbesitzer an. Er erklärte selbst dem Bischof, daß es keine Leibeigenen geben dürfe, weder Herren noch Knechte. Seine eigenen Bauern wollte er

---

*) Vom russischen Wort „ne leschat" — nicht liegen abgeleitet.

freilassen, aber die Obrigkeit erlaubte es ihm nicht. Man erklärte ihn für einen Freimaurer, Gottlosen und Aufrührer. Der Gouverneur wollte ihn ins Gefängnis sperren. Pawel Pawlowitsch wurde vor vielem Kummer krank und starb eines plötzlichen Todes. Nina Ljwowna blieb mit dem kleinen Töchterchen mutterseelenallein. Drei Kinder hatte sie bei Lebzeiten des Mannes verloren; Marinjka war ihr letztes. Die Gutswirtschaft war zerrüttet; die Bauern, diese Sklavenseelen, gerieten, als sie die Güte des verstorbenen Herrn sahen, dessen edle Gefühle sie nicht verstanden, aus Rand und Band; die Hälfte war davongelaufen, die andere Hälfte soff; sie zahlten weder den Zins, noch die Kopfsteuer. Frau Tolytschowa selbst verstand nichts von der Wirtschaft; die Damen ihrer Bekanntschaft machten sich über sie lustig, weil sie ihre Leute niemals schlug: sie fürchtet wohl ihre Hand an den Wangen eines Leibeigenen zu beschmutzen. Der Verwalter ist aber ein Gauner. Das Gut ist beim Vormundschaftsgericht verpfändet, die Schuld beträgt fünfundzwanzigtausend Rubel, die Zinsen kann sie aber nicht bezahlen; wenn man das Gut verkauft, muß sie betteln gehen.

Aber der Herr selbst erbarmte sich der armen Waisen und schickte ihnen einen guten Menschen. Nach Sserpuchow kam aus Petersburg auf Besuch zu seinen Verwandten der Staatsrat Porfirij Nikodimytsch Aquilonow, Beamter im Departement für auswärtigen Handel; er sah auf einem Ball im Provinzklub Marinjka und war so bezaubert, daß er nach einigen Tagen den Antrag machte! Ein nicht mehr junger Mann von über fünfzig Jahren, aber respektabel, von bester Gesinnung, angesehen bei den Vorgesetzten und, wie man sagt, mit einem großen Vermögen. In Marinjka ist er sterblich verliebt. „Wenn Sie mich durch Ihre Einwilligung beglücken," sagt er, „so werde ich kein Opfer scheuen, um Ihre Tochter glücklich zu machen: ich nehme meinen Abschied, übernehme die Bewirtschaftung von Tscherjomuschki und bringe Ihre Verhältnisse in Ordnung." Marinjka sagte nicht nein, erbat sich aber Bedenkzeit. Nina Ljwowna will ihre Tochter nicht zwingen: sie versteht selbst, daß ein so junges Ding nach Liebe, nach einem Herzensbunde strebt. Porfirij Nikodimytsch paßt aber gar nicht zu ihr, er könnte ihr Vater sein. So war nun ein Jahr vergangen, sie überlegte sich noch immer, und schließlich kam ein Brief vom Herrn Aquilonow: er bittet respektvollst, über sein Schicksal zu beschließen und, falls es noch eine, wenn auch geringe Hoffnung gibt, zu einer persönlichen Aussprache nach Petersburg zu kommen; Nina Ljwowna mußte auch selbst in eigenen bringenden Geschäften hin, da sie mit den Zinsen für das Gut im Rückstande war: wie leicht konnte man das Gut mit Beschlag belegen und öffentlich versteigern.

Sie hatten noch die Hoffnung auf die entfernte Großtante Natalja Kirillowna Aschewskaja. Die Alte war reich, aber geizig und launisch: sie hatte sich darauf versteift, daß sie ihr Gut verkaufen und zu ihr nach Petersburg ziehen, und wollte nicht nachgeben. „Sonst kriegt ihr von mir keinen Dreier." Marinjka will aber davon nichts hören. „Lieber heirate ich schon den Aquilonow, werde aber Tscherjomuschki nicht verlassen. Hier bin ich geboren, hier will ich auch sterben."

Als Nina Ljwowna mit diesem Bericht zu Ende war, brach sie in Tränen aus: so sehr sie den Freier lobte, die Tochter tat ihr doch leid.

Golizyn saß in seiner Abteilung nachts mit der Palaschka, und bei Tage mit Nina Ljwowna. Aber am zweiten Tag bekam sie Kopfschmerzen; damit sie sich ein wenig hinlegen könne, setzte man die Palaschka auf den Bock zum Kutscher, und Marja Pawlowna siedelte zu Golizyn über.

11

Die Neleschance kroch wie eine Schildkröte. Der Schlittenweg war noch nicht gut; es gab wenig Schnee, und die Kufen knirschten auf den nackten Steinen; der Wagen rüttelte ordentlich. Hinter der Scheidewand atmete schlaftrunken Nina Ljwowna. Das Glöckchen bimmelte einschläfernd. Im eingefrorenen Fensterchen verdichtete sich das bläuliche Dämmerlicht; es glich dem Lichte, das man im Traume sieht. Und den beiden war es, als träumten sie einen uralten, oft gesehenen Traum.

„Mir scheint immer, daß ich Sie schon mal gesehen habe, Marja Pawlowna. Ich kann mich nur nicht erinnern, wann," sagte Golizyn, noch immer das liebliche Gesicht des jungen Mädchens betrachtend.

„Auch ich..." begann sie und kam nicht weiter.

„Was denn?"

„Nein, es ist nichts. Dummheiten." Sie wandte sich weg und errötete. Sie errötete überhaupt leicht, heftig und plötzlich, über das ganze Gesicht, wie ein kleines Mädchen, und dann war sie noch hübscher. Sie beugte sich zum Fenster vor und fuhr mit ihrem feinen rosigen Fingerchen über die Eisblumen.

Sie betrachtete Golizyn verstohlen, doch aufmerksam, und sein Gesicht veränderte sich seltsam in ihren Augen; er hatte gleichsam zwei Gesichter: bald ein trockenes, hartes, galliges, mit einer bösen, ewig höhnenden Falte um den Mund, mit einem durchdringend klugen und schweren Blick unter den blindfunkelnden Brillengläsern hervor — sie liebte die Brille nicht und glaubte, daß nur Greise und gelehrte Deutsche Brillen tragen, — ein ihr fremdes, beinahe schreckliches Gesicht; und dann wieder plötzlich ein einfaches, kindliches, liebes und so unglückliches, daß ihr Herz sich zusammenkrampfte, als ahnte es ein Unheil, eine Todesgefahr, die diesem Menschen drohte. Aber das alles fühlte sie so dunkel und verschwommen wie in einem ahnungsvollen Traume.

„Ich habe ja vor Ihnen ein wenig Angst," sagte sie, ihn noch immer verstohlen, doch aufmerksam musternd. „Wer weiß, vielleicht sind Sie auch so ein Spötter wie Iwan Iwanowitsch Puschtschin!"

„Puschtschin ist ein seelenguter Mensch, und man braucht vor ihm keine Angst zu haben. Auch vor mir nicht."

„Sind Sie auch ein guter Mensch?"

„Und wie glauben Sie, Marinjka ... Marja Pawlowna?"

„Es tut nichts! Alle nennen mich Marinjka. Den Namen Marja Pawlowna mag ich auch selbst nicht." Sie blickte ihm gerade in die Augen und lächelte; auch er lächelte. Sie sahen einander an, lächelten stumm, und beide fühlten, wie dieses Lächeln sie einer unaufhaltsam anwachsenden Vertrautheit nahebrachte, einer etwas schwindelnden und freudigen Vertrautheit, als erkennten sie einander und besännen sich aufeinander nach einer langen, langen Trennung.

Plötzlich wandte sie sich wieder weg, errötete und schlug die Augen nieder. Aber er fing noch den durch die langen Wimpern verschämt leuchtenden liebkosenden Blick auf, der vielleicht gar nicht ihm galt, sondern niemand bestimmtem und allen: so liebkost auch der Sonnenstrahl alles, was er trifft.

„Sie müssen mich schon entschuldigen, Fürst," sagte sie, noch immer mit gesenkten Augen. „Ich bin furchtbar scheu und wild. Ich lebte ja immer allein in Tscherjomuschki und bin darum verwildert. Habe verlernt, mit Menschen zu sprechen. Ich fürchte mich vor allem."

„Es lohnt sich nicht, die Menschen zu fürchten, Marinjka: die Menschen fürchten, heißt: sie verziehen."

„Ich fürchte ja nicht die Menschen, sondern ich weiß selbst nicht, was. In Tscherjomuschki fürchtete ich nichts, dort war ich tapfer, kaum bin ich aber von dort fort, als mir alles so fremd und schrecklich vorkommt. Als ich klein war, pflegte die Kinderfrau, nachdem sie mich zu Bett gebracht und bekreuzigt und den Vorhang zugezogen hatte, zu sagen: ‚Schlaf, Kindchen, mit Gott! Schlaf, schlaf, am Bettchen steht ein Schaf. Öffne aber die Äuglein nicht und schau nicht durch die Vorhänge, sonst holt dich das Echo — da liegt es unter dem Bettchen.' Später dachte ich mir, daß nicht nur unter dem Bettchen, sondern überall das ‚Echo' liege. Das ganze Leben ist Echo..."

„Suchen Sie es zu bannen, dann wird es Sie nicht anrühren."

„Wie kann man es bannen?"

„Wissen Sie es denn nicht?"

„Ich weiß nicht.... Nein, ich weiß wirklich nicht." sagte sie langsam, wie nachdenklich den Kopf schüttelnd, und die langen Locken an den Schläfen schwankten wie zwei leichte Trauben. Der Wagen fuhr in diesem Augenblick über einen hartgefrorenen Schneehaufen und rüttelte, ihre beiden Gesichter kamen einander unwillkürlich nahe, und eine zarte Locke berührte sein Gesicht wie ein brennender Kuß.

„Und Sie wissen es? Sagen Sie es doch!"

„Ich darf es nicht sagen."

„Warum nicht?"

„Weil jeder es selbst wissen muß. Auch Sie werden es einmal erfahren."

„Wann denn?"

„Wenn Sie jemand lieben werden."

„Ach so, die Liebe!" sagte sie und schüttelte wieder zweifelnd den Kopf. „Man sagt aber, es gäbe gar keine wahre Liebe, sondern nur Treulosigkeit und Tücke!"

„Wer sagt das?"

„Alle.

Le plus charmant amour
Est celui, qui commence et finit en un jour.

Das hat mir neulich Puschtschin gesagt. Auch Tantchen sagt: ‚Ach, Marinjka, du weißt noch gar nicht, was die Liebe für ein Vogel ist: kaum kommt sie geflogen, so fliegt sie schon gleich wieder weg.' Auch die Großmutter..."

„Wieviel Tanten und Großmütter haben Sie doch!"

„Ja, furchtbar viel."

„Und Sie glauben ihnen allen?"

„Aber natürlich!"

Sie hatte die Gewohnheit, diese beiden Worte „Aber natürlich" bei jeder Gelegenheit zu gebrauchen, und machte es so reizend, daß er immer darauf wartete, daß sie sie wieder sage.

„Wie soll man ihnen nicht glauben? Man muß doch den Älteren glauben. Ich selbst bin ja ein dummes Gänschen, also glaube ich den klugen Menschen. Ich bestehe ganz aus fremden Worten, wie eine Bettdecke aus bunten Flicken."

„Wer hält sich aber unter der Bettdecke verborgen?" fragte er lächelnd.

„Nun, raten Sie mal, wer!" Sie kniff die Augen zusammen und sah ihn mit krauser Stirne, mit einem schelmisch neckenden Lächeln an. Und wieder leuchtete der Sonnenstrahl auf, der alles liebkost, was er trifft.

Sie schwieg eine Weile, seufzte, und ihr Gesicht wurde von einem gar nicht kindlichen Gedanken verdüstert.

„Ja, so ist es, Fürst. Die Liebe fliegt davon, und das ‚Echo' bleibt zurück: es hat ja keine Flügel und kann nur kriechen wie ein Wurm oder wie eine große abscheuliche schreckliche Spinne."

Beide verstummten und fühlten, wie das Schweigen sie unaufhaltsam näher brachte.

„Nun, gut," sagte Golizyn, „sollen die Großmütter und die Tanten sagen, was ihnen beliebt. Wollen Sie auch selbst, daß die Liebe davonfliegt?"

„Aber natürlich nicht! Ich liebe es, stark zu lieben, ich verstehe nicht, ein wenig zu lieben. Der Mantel darf nicht von einer Schulter herunterrutschen, er muß an beiden Schultern festsitzen."

„So, so, Marinjka!" Golizyn sah sie so an, als hätte er sich ihrer plötzlich erinnert, als hätte er sie endlich wieder erkannt: — Das bist du also! —

„Wie gut Sie sind!" versetzte er mit veränderter, leiser Stimme.

„Da haben Sie eine Gute gefunden! Sie kennen mich noch nicht. Fragen Sie mal Mama: sie wird Ihnen sagen, was für ein abscheuliches, böses und eigensinniges Mädchen ich bin."

„Hören Sie mal, Marinjka, darf man mit Ihnen ganz einfach sprechen?"

„Aber natürlich. Ich liebe selbst nur das Einfache. Alle diese Zeremonien kann ich nicht ausstehen!"

„Also hören Sie, Marja Pawlowna," begann er und hielt plötzlich inne; er wandte sich, wie vorhin Marinjka, weg, errötete und schlug die Augen nieder. Sie blickte ihn neugierig an.

„Heiraten Sie nicht den Herrn Aquilonow," sagte er mit einem plötzlichen Entschluß.

„Was fällt Ihnen ein? Warum?"

„Weil Sie ihn nicht lieben."

„Wieso liebe ich ihn nicht? Er ist doch mein Bräutigam, also liebe ich ihn."

„Nein, Sie lieben ihn nicht. Er ist für Sie Cho."

„Was für Dummheiten! Ein vortrefflicher, ehrenwerter und wohlgesinnter Mensch. Er kann jedes Mädchen glücklich machen. Das sagen alle — Mama, Tantchen und Großmutter..."

„Heiraten Sie ihn dennoch nicht."

„Aber was geht das Sie an? Wie komisch sind Sie! Und wie unterstehen Sie sich? Ich müßte Ihnen böse werden, aber ich kann es nicht, ich dumme Gans..."

„Nun, verzeihen Sie. Ich sage nichts mehr. Seien Sie nicht böse, Sie mein gutes, liebes, liebes Mädchen..."

Plötzlich verstummte er. Er sah sie verstohlen an. Sie saß wie vorhin, zum vereisten Fensterchen vorgebeugt und hauchte es an, die beiden Handflächen rechts und links vor dem Munde haltend. Dann fing sie an, mit dem Fingerchen in dem aufgetauten Kreise herumzufahren.

„W. Sehen Sie?, ein W.? Der Name Ihrer Braut beginnt doch mit einem W?"

„Was für einer Braut?

„Da haben wir es! Ein netter Bräutigam, hat seine Braut vergessen! Ach, darf man denn das? Und warum verheimlichen Sie es vor mir? Ich weiß es, Puschtschin hat es mir gesagt: Sie haben in Petersburg eine wunderhübsche Braut; ihr Name beginnt mit einem W... Vielleicht Wassilissa? Valerian und Wassilissa. Das ist ja schön: beide Namen beginnen mit dem gleichen Buchstaben!" Sie lachte hell, scheinbar lustig, ihre Augen blickten aber traurig.

— Warum mit einem W? Ach, ja, die Freiheit,*) — erriet Golizyn und erinnerte sich der Verse:

> Wir warten, Hoffnung brennt im Blute,
> Wann kommst du, Freiheit, hoch und hehr?
> So wartet nur ein Liebender
> Auf der Zusammenkunft Minute.

---

*) Das russische Wort für Freiheit beginnt mit einem W. Die Verse sind von Puschkin.

„Wissen Sie, Fürst, es kann ja auch nicht stimmen?" Sie hörte plötzlich zu lachen auf und sah ihn streng, beinahe hart an.

„Was kann auch nicht stimmen?"

„Das von der Liebe. Es ist nicht die Liebe, was vor dem ‚Cho' retten wird."

„Was denn?"

„Ich weiß nicht, ich verstehe es nicht zu sagen. Es gibt so ein Gedicht, mein seliger Papa liebte es sehr:

> Demüt'gen Herzens muß man glauben
> Und bis zum Tod geduldig sein..."

sagte sie leise, aber in diesem leisen Tone lag eine solche Kraft, daß Golizyn sie erstaunt ansah: erst eben war sie ein Kind gewesen, nun war sie ein Weib...

In diesem Augenblick fuhr der Wagen einen Abhang hinab, neigte sich auf die eine Seite und fiel beinahe um. Marinjka schrie erschrocken auf, griff nach der Armlehne ihres Sitzes und legte unwillkürlich ihre Hand auf die Golizyns. Er drückte sie fest und beugte sich dicht zu ihrem Gesicht vor. Sie rückte ein wenig weg, wollte ihre Hand zurückziehen, er ließ sie aber nicht los.

„Marie!" erklang hinter der Scheidewand die undeutliche Stimme Nina Ljwownas.

Marinjka horchte auf, gab aber keine Antwort. Und beide duckten sich im Finstern wie Kinder, die etwas anstellen.

„Sie haben über der Braue ein Schönheitspflästerchen," flüsterte er lachend.

„Es ist kein Schönheitspflästerchen, sondern ein Muttermal," antworte sie mit dem gleichen lustigen Geflüster. „Als ich klein war, neckten mich alle Kinder damit: Marinjka hat ein Muttermal, Marinjka ist ein Scheusal!"

Er beugte sich noch näher vor, und sie rückte noch mehr zurück.

„Meine Liebe, Liebe!" flüsterte er so leise, daß sie es auch nicht hätte hören können, wenn sie es nicht wollte.

„Marie, où es tu donc, mon enfant?" fragte Nina Ljwowna mit schon vernehmlicher, wacher Stimme.

„Hier, Mamachen! Gleich will ich... Da ist gerade eine Station!"

Der Wagen hielt. Im Fenster huschten rote Lichter und schwarze Schatten. Marinjka erhob sich.

„Gehen Sie nicht fort," flüsterte Golizyn.

„Es geht nicht. Mamachen wird böse sein."

Er hielt noch immer ihre Hand. Plötzlich führte er sie an seine Lippen und küßte sie dort, wo sonst niemand küßt: auf die innere Handfläche, die so warm, frisch und zart war, wie ein von der Sonne durchwärmter Blütenkelch.

Für die Nacht setzte sich zu ihm wie immer Palaschka, und am nächsten Morgen wieder Marinjka. Frau Tolptschowa machte keine Schwierigkeiten und erlaubte ihrer Tochter, bei ihm zu sitzen, soviel sie wollte.

Kam es daher, daß Nina Ljwowna nicht schlief und alles hören konnte, oder daher, daß Marinjka sich nach dem Gestrigen in ihr Schneckenhaus verkroch und auf der Lauer lag, — ihr Gespräch war gezwungen und unbedeutend. Sie erzählte von ihrem Leben in Tscherjomuschki. In ihrer Erzählung war alles einfach und alltäglich, aber sie mutete ihn wie ein uraltes, liebes Märchen an.

Am Ende der Lindenallee mit den Krähennestern, dicht am Rande des Abhanges über dem stillen Flüßchen Kaschirka, steht Großvaters Laube mit der halbausgelöschten Inschrift auf dem Giebel: „Hier will ich Ruhe finden." In dieser Laube las Marinjka die „Geheimnisse von Udolpho" der Frau Radcliffe und die „Leiden der Familie Ortenberg" des Herrn von Kotzebue. Sie las überhaupt gerne „Gruseliges und Empfindsames". Aber an Winterabenden, wenn im halbfinstern Wohnzimmer das durch die vereisten Fenster dringende blaue Mondlicht sich mit dem rötlichen Scheine des Lämpchens aus Mamas Schlafzimmer vermischte, sang ihre Kusine Adele zur Spinettbegleitung alte, so dumme und so zärtliche Lieder:

Klagetöne des Klavieres
Drücken meinen Kummer aus...

oder:

Die Stunde schlug, wir müssen scheiden,
Auf immer von einander gehn!
So laß mich weinen, laß mich leiden,
Gott weiß, wann wir uns wiedersehn!...

Und Marinjka weinte beim Zuhören.

Sie glaubte an alle Wahrsagekünste und Vorbedeutungen, die ihr die alte Kinderfrau Petrowna beibrachte: wenn sie auf dem Fußboden einen Faden liegen sah oder auf dem Sande einen Kreis von der Gießkanne, so trat sie um nichts in der Welt hin. Sie wußte, daß, wenn aus dem brennenden Ofen Funken fliegen, Gäste kommen werden; wenn aber der Hahn zu einer ungewohnten Zeit kräht, so muß man ihn aus der Steige nehmen und seine Beine betasten: sind sie warm, so kommt eine Botschaft, sind sie kalt, so gibt es eine Leiche.

Sie war eine gute Hausfrau, viel besser als die Mama. Bei ihnen in Sserpuchow ist alles billig: das Fleisch kostet fünf Kopeken das Pfund, junge Hühner fünfzig Kopeken das Paar, Gurken — vierzig Kopeken der Scheffel. Sie verstand die Gurken so gut einzulegen, wie sonst niemand im ganzen Landkreise. Sie verstand sich auch gut auf allerlei Handarbeiten. Einmal brachte man ihnen frisch gekämmte und gewaschene feinste Schafwolle, von der, die die Schafe unten am Halse und an der Brust haben. Pelageja versteht ausgezeichnet zu spinnen, und es gab herrliche weiche Wolle, aber nur weiße, und ohne Farben kann man doch nicht sticken. Und was glauben Sie? Sie färbte die Wolle selbst, und sogar nicht einmal schlecht; einen wunderschönen Fußteppich stickte sie mit ihr.

„Tun Sie das absichtlich, Marinjka?" fragte schließlich Golizyn lachend: er konnte sich nicht länger beherrschen.

„Was absichtlich?"

„Ich rede von der Liebe, und Sie kommen mit den eingelegten Gurken und der Schafwolle!"

Sie antwortete nichts, sie biß sich nur in die Lippe, führte einen Finger an den Mund und zeigte mit dem Kopfe dorthin, wo die Mutter saß, als hätten sie schon ein gemeinsames Geheimnis.

Worüber sie auch sprachen, in jedem Worte lag ein anderer, geheimer, wichtiger Sinn. Zuweilen verstummten sie und lächelten einander mit freudigem Erstaunen zu, wie bei einem seligen Wiedersehen nach einer langen Trennung. Und die beiden fühlten wieder wie gestern, daß sie, ob sie wollten oder nicht, einander unaufhaltsam immer näher kamen. Sie fürchtete ihn noch immer und mißtraute ihm; aber wenn er den durch die langen Wimpern ihrer gesenkten Augen schamhaft hindurchleuchtenden liebevollen Blick auffing, glaubte er, daß diese Liebkosung nicht mehr, so wie gestern, allen gelte, sondern ihm allein.

— „Was tue ich? Warum mache ich das arme junge Mädchen so verlegen?" sagte er sich zuweilen; gleich darauf vergaß er aber wieder alles, berauscht vom Duft der Liebe, der dieses liebe Mädchen umhauchte, wie die Frische des Taues den blühenden Flieder.

„Sie sollten doch Marinjka heiraten, Golizyn," hatte ihm Puschtschin gesagt; damals hatte er es als einen Scherz aufgefaßt. „Wir wollen doch aufs Schafott, und Sie reden vom Heiraten, Puschtschin?" — „Für den Verheirateten ist es sogar lustiger, aufs Schafott zu gehen: ihn wird wenigstens jemand beweinen. Nein, heiraten Sie doch wirklich: so erlösen Sie das Mädchen von diesem alten Gauner und Spitzbuben, dem Herrn Aquilonow."

Der Gedanke, daß Marinjka den Aquilonow heiraten wird, war ihm selbst unangenehm. Wenn man einen Falter in einem Spinnennetz sieht, will man ihn doch vor der Spinne retten. Wie ist das aber zu machen? In Petersburg wird er doch keine Zeit für Marinjka haben: dort erwartet ihn die Verschwörung, die Erhebung, der Sturz des Tyrannen, die Befreiung des Vaterlandes. Vielleicht wiegen aber die Schicksale der Reiche und Völker auf der Wage Gottes nicht mehr als das Schicksal einer einzelnen Menschenseele?

Was ist ihre Begegnung — ein Wink des Schicksals oder ein Zufall? Wenn sie bloß ein Zufall ist, warum dann dieses Gefühl des Wiedererkennens, des ahnungsvollen Sichbesinnens, wie in einem alten Traume? Und wenn es das Schicksal ist, warum ist er dann so fest davon überzeugt, oder will davon überzeugt sein, daß er sie wohl liebgewinnen könnte, sie aber niemals liebgewinnen werde, daß er in diesem unerfüllbaren Traume von Liebe und letzter Lebensfreude für alle Ewigkeit vom Leben Abschied nehme? So geht es dem Wanderer, der in der Wüste auf der Flucht vor einem wilden Tiere in einen Brunnen gesprungen ist: er hängt an einem Ast, pflückt vom Strauche Himbeeren und verzehrt sie, ohne an das drohende Ende zu denken.

Während er ihr so lebendiges Gesicht betrachtete, gedachte er eines andern, toten Gesichtes; beim Scheine der bei Tageslicht so düster leuchtenden Kerzen, im weißen Brautkleide, die feine, schlanke, wie ein abgeschossener Pfeil davonfliegende sechzehnjährige Ssofja Naryschkina im Sarge.

Wo ich sei, und wo mich hingewendet,
Als mein flücht'ger Schatten dir entschwebt?
Hab ich nicht beschlossen und geendet,
Hab ich nicht geliebet und gelebt?
Ob ich den Verlorenen gefunden?
Glaube mir, ich bin mit ihm vereint,
Wo sich nicht mehr trennt, was sich verbunden,
Dort, wo keine Träne wird geweint.
Wort gehalten wird in jenen Räumen
Jedem schönen, gläubigen Gefühl ...

Sie hatte Wort gehalten und wird auch jetzt Wort halten. Jene erste Liebe ist auch die letzte. Selbst wenn er Marinjka liebte, würde er Ssofja nicht untreu werden. Beide zusammen, die irdische und die himmlische. Wie Himmel und Erde an ihrer letzten Grenze eins sind, so sind es auch Ssofja und Marinjka.

Am Morgen des dritten Tages näherte sich der Wagen Petersburg. Als sie die letzte Station Pulkowo hinter sich hatten, wehte vom Meere her ein warmer Hauch; das vereiste Fensterchen taute auf, es fing gleichsam zu weinen an, und durch die Tränen hindurch schimmerte eine traurige schneeverwehte Ebene, übersät mit sumpfigen Hügeln, wie mit Gräbern eines Riesenfriedhofs. Und am Rande der weißen Ebene lagen schwarze Punkte — das war Petersburg.

„Nun, leben Sie wohl, Fürst," sagte Marinjka. „Wir sind gleich da. Ich fahre zum Bräutigam, und Sie zur Braut... Werden Sie sich meiner erinnern?"

Er küßte ihr stumm die Hand, wieder auf die Handfläche, die so warm, frisch und zart war, wie ein von der Sonne durchwärmter Blütenkelch.

„Werden Sie uns in Petersburg aufsuchen?" fragte sie leise.

„Ja."

„Und wenn die Braut Sie nicht fortläßt?"

„Ich habe ja gar keine Braut."

„Wirklich?"

„Wirklich."

„Ihr Ehrenwort?"

„Mein Ehrenwort. Und Sie, Marinjka, haben keinen Bräutigam?"

„Ich weiß nicht. Vielleicht habe ich auch keinen."

Und sie lächelten wieder stumm einander zu, — sie besannen sich aufeinander und erkannten einander. „Ich könnte dich lieben," sprach sein tiefer Blick. „Auch ich könnte es!" antwortete sie mit einem gleichen Blick.

„Marie, was ist denn? Mach dich fertig, es ist Zeit. Palaschka, wo sind die Reisepässe? Wo hast du sie wieder hingetan? Ach, du abscheuliches Mädel!" brummte die Mama.

Nun kamen lange Zäune, Gemüsegärten, Hütten, Läden und Herbergen. Endlich hielt der Wagen vor einem kleinen niederen Gebäude mit gelbgetünchten, noch mit dem Sommerschmuz bespritzten Wänden und zwei gestreiften Schilderhäuschen zu beiden Enden des Schlagbaumes.

Der Wagenschlag wurde aufgemacht, und ein schnurrbärtiger Invalide blickte hinein. Der Wachoffizier visierte die Reisepässe und kommandierte dem Posten: „Heb den Schlagbaum!" Der Schlagbaum ging in die Höhe, und die „Neleschance" hielt ihren Einzug in Petersburg.

Zweites Kapitel

Vom 27. November 1825 an, als man vom Ableben des Kaisers Alexander I. erfuhr, wurde es in Petersburg ungewöhnlich still. Alles verstummte und erstarb, hielt gleichsam den Atem an. Die Theater waren geschlossen; bei den Wachtparaden durfte keine Musik spielen; die Damen legten Trauer an; in den Kirchen wurden Seelengottesdienste abgehalten, das traurige Glockengeläute schwebte von früh bis spät über der Stadt.

Rußland leistete den Treueid Konstantin I. Die Ukase wurden mit seinem Namen gezeichnet; in der Münze prägte man Rubel mit seinem Bildnisse; in den Kirchen wurde für ihn gebetet. Man erwartete ihn von Tag zu Tag, aber er kam nicht, und in der Stadt gingen allerlei Gerüchte. Die einen sagten, er hätte auf den Thron verzichtet, die andern, er hätte eingewilligt; aber die Wahrheit blieb unbekannt.

Zur Beruhigung der Hauptstadt wurde bekanntgegeben, daß die Kaiserin-Witwe einen Brief bekommen hätte, in dem seine Majestät seine baldige Ankunft in Aussicht stellte; dann, daß der Großfürst Michail Pawlowitsch ihm schon entgegengefahren sei. Aber die beiden Nachrichten erwiesen sich als falsch.

Die Kuriere rasten aus Petersburg nach Warschau und aus Warschau nach Petersburg; die Brüder tauschten Briefe aus, aber die Lage klärte sich nicht.

„Es wäre Zeit, diesem Austausch von Liebenswürdigkeiten ein Ende zu machen," brummten die Würdenträger.

„Wann werden wir endlich erfahren, wer bei uns Kaiser ist?" entrüstete sich Kaiserin Maria Fjodorowna, der die Geduld riß.

„Wir haben auf dem Throne einen Sarg stehen," tuschelten die treuen Untertanen mit stillem Entsetzen.

Am Tage nach der Vereidigung erschienen in den Schaufenstern der Läden auf dem Newskij-Prospekt Bildnisse des neuen Kaisers. Die Leute drängten sich vor den Fenstern. Auf den Bildern sah er häßlich aus, in Wirklichkeit war er aber noch häßlicher. Er war stutznäsig wie Paul I.; hatte große, trübblaue, hervorquellende Augen, gerunzelte Brauen aus dichten Büscheln hellblonder Haare; die gleichen Haarbüschel über dem Nasenrücken; in Augenblicken des Zornes sträubten sie sich wie Borsten; lange Arme, die wie bei einem Affen bis unter die Kniee reichten; man hatte den Eindruck, daß er auch auf allen Vieren gehen könne. Er glich ganz einem großen menschenähnlichen Affen. Man erinnerte sich, wie sich die Großmutter, Kaiserin Katharina die Große, über das zügellose und ehrlose Benehmen des Enkels beklagte: „Überall, sogar auf der Straße benimmt er sich so unanständig, daß ich immer erwarte, jemand werde ihn verprügeln. Ich begreife gar nicht, wie er zu diesem gemeinen Sansculotismus kommt, der ihn vor allen erniedrigt."

Seine Briefe an seinen Lehrer, den Franzosen de Labarpe unterschrieb er mit „L'âne Constantin". Aber er war gar nicht dumm; er stellte sich nur närrisch, damit man ihn mit der Krone in Ruhe lasse. „Despotischer Sturmwind" nannte man ihn in seiner Umgebung. Bei einer Truppenparade scheute einmal sein Pferd. Er zog seinen Pallasch und richtete damit das Tier so zu, daß es beinahe verendete. So ein Pferd sollte nun Rußland sein, Konstantin aber sein rasender Reiter. Man hoffte übrigens, daß er „aus angeborenem Ekel" auf die Regierung verzichten werde.

„Man wird mich erdrosseln, wie man meinen Vater erdrosselt hat," pflegte er mit einem gehässigen Lächeln zu sagen. „Ich kenne euch, Kanaillen: Jetzt schreit ihr Hurra, wenn man mich aber auf die Richtstätte führt und euch fragt, ob man mich hinrichten soll, werdet ihr alle schreien: ‚Ja!'"

Man erzählte sich, daß es ihm, als er das Manifest von seiner Thronbesteigung las, so schlecht wurde, daß man ihn zur Ader lassen mußte.

„Wollen die Narren mich vielleicht zum Zaren anwerben, wie man Rekruten anwirbt?" schrie er in seiner Wut. „Ich will nicht! Ihr habt euch selbst die Suppe eingebrockt, löffelt sie auch selbst aus."

Als man es in Petersburg hörte, entrüstete man sich allgemein.

„Man darf doch nicht mit der Thronfolge wie mit einem Privateigentum spielen," sagten die einen.

„Warum denn nicht?" entgegneten die andern. „In Rußland darf man alles. Wir sind ja feig. Wenn man uns nur mit Arrest auf der Hauptwache droht, so fügen wir uns gleich."

„Wollen wir wetten, wem die Hammel zufallen?" fragten die Witzlinge.

„Was für Hammel?"

„Wir. Treibt man uns denn nicht von einem Treueid zum andern wie eine Hammelherde?"

Man diskutierte auch die Frage, wer besser sei: Konstantin oder Nikolai.

Kaiser Paul I. hatte Nikolai im Alter von fünf Monaten zum Chef der Leibgarde-Kavallerie mit dem Range eines General-Leutnants ernannt. Der Junge schlug, noch ehe er gehen lernte, die Trommel und fuchtelte mit seinem kleinen Säbel. Als er größer wurde, sprang er oft nachts aus dem Bett, um mit dem Gewehr Posten zu stehen. Er hatte außer für Soldaten für nichts Interesse. Der Erzieher der Großfürsten, Lamsdorff, schlug die Jungen mit einem Ladestock auf die Köpfe, so daß sie bewußtlos wurden. „Gott verzeihe ihm die dürftige Erziehung, die wir erhalten haben," pflegte später Nikolai selbst zu sagen.

Niemals hatte er an die Thronfolge gedacht; bis zu seinem zwanzigsten Lebensjahre übte er auch gar keine Amtstätigkeit aus, und seine ganze Weltkenntnis stammte aus den Antichambres und dem Sekretärzimmer im Schlosse. „Rasend wie Pawel und rachsüchtig wie Alexander." Allerdings klug; aber seine Klugheit fürchtete man noch mehr: je klüger, umso bösartiger.

Er war im preußischen Militärstatut vollkommen bewandert und überhaupt ein Deutscher. Man prophezeite, daß nach seiner Thronbesteigung die Deutschen Rußland, das schon ohnehin ein „beinahe erobertes Land" war, gänzlich überschwemmen würden.

Konstantin ist ein Tier, Nikolai eine Maschine. Was ist besser: Tier oder Maschine?

Drittes Kapitel

Im Saale des Reichsrates im Winterpalais, zwischen dem Generaladjutantenzimmer und den provisorischen Gemächern des Großfürsten Nikolai Pawlowitsch war es um acht Uhr früh noch so finster wie in der Nacht. Die hohen, auf den Hof hinausgehenden Fenster gähnten schwarz und undurchdringlich. Der schwarzgelbe Nebel schien wie ein beißender, erstickender Rauch durch die Fenster und Mauern einzudringen. Die Wachskerzen, die in schweren Kandelabern auf dem langen, mit grünem Tuch bedeckten Tische mit trüben Flammen brannten, beleuchteten nur die Mitte des Saales, während die Winkel im Dunkel verschwanden; zwei große einander gegenüberhängende Bildnisse von Katharina II. und Alexander I. traten geheimnisvoll und durchsichtig aus dem Dunkel hervor, und Großmutter und Enkel schienen sich mit dem gleichen schelmischen und spöttischen Ausdruck zuzulächeln.

Die alten Würdenträger in Puderperücken, Escarpins und goldgestickten Uniformen irrten wie Schatten umher, traten zu einander, tuschelten und flüsterten. In der finstersten Ecke saßen aber stumm und unbeweglich wie drei leblose Statuen drei dem Grabe entstiegene Tote: der siebzigjährige Minister des Innern Lanskoi, der achtzigjährige Minister für Volksaufklärung Schischkow und der General Araktschejew, der unsterblich und ohne Alter schien. Nach der Ermordung der Nastasja Minkina war er heute zum ersten Male bei Hofe erschienen.

"Der Tod des Mädels nahm ihm jede Fähigkeit, sich mit Staatsgeschäften zu befassen, aber das Hinscheiden des Kaisers gab ihm diese Fähigkeit wieder," sagte man von ihm.

Alle wußten schon, daß aus Warschau ein Kurier mit dem endgültigen Verzicht des Thronfolgers angekommen war, und daß heute das Manifest von der Thronbesteigung Nikolais I. unterzeichnet werden sollte. Man erwartete von Minute zu Minute den Fürsten Alexander Nikolajewitsch Golizyn mit der Reinschrift des Manifestes. Sooft die Tür aufging, blickten alle hin, ob er es schon sei.

Ein schlanker, ehrwürdiger, schöner Greis mit ergrauten Haaren, die heraufgekämmt waren, um die Glatze zu verdecken, mit einem länglichen, feinen, blassen Gesicht und zwei schmerzlichen Falten am Munde, in denen Melancholie und Empfindsamkeit lagen, — ganz still, sanft, herbstlich und abendlich, — Nikolai Michailowitsch Karamsin stand am Kamin und wärmte sich. Alle diese Tage war er krank. "Meine Nerven beben furchtbar. Alles ermüdet mich wie ein kleines Kind," klagte er. Der Tod des Kaisers hatte ihn wie der Tod eines Freundes, eines geliebten Bruders getroffen; noch schmerzlicher berührte ihn die Gleichgültigkeit aller gegen diesen Tod. „Alle denken nur an sich, an Rußland denkt niemand." Alles verletzte, quälte und beleidigte ihn; er wollte grundlos weinen. Er kam sich wie die alte „Arme Lisa" vor.

Nikolai beauftragte ihn, das Manifest von seiner Thronbesteigung zu verfassen. Sein Entwurf gefiel aber nicht. „Möge Rußland die Glückseligkeit friedlicher Bürgerfreiheit und der Ruhe unschuldiger Herzen genießen," — diese Worte gefielen nicht; er mußte sie ändern; er änderte den Satz ab, aber auch die neue Fassung gefiel nicht. Mit der Abfassung des Manifestes wurde nun Speranskij betraut.

Karamsin fühlte sich gekränkt, blieb aber dennoch im Palais. Er sprach von den Gründen der allgemeinen Unzufriedenheit und von den Maßregeln, die man zum Wohle des Vaterlandes ergreifen sollte.

Niemand aber hörte auf ihn, und er verstummte und trat zur Seite. „Das Leben ist zu Ende, zu Ende! Es ist Zeit zu sterben!" So lachte und weinte er über die alte „Arme Lisa".

Am Kamin stehend, beobachtete er alles mit traurigen und nachdenklichen Blicken. „Ich sehe auf alles wie auf fliehende Schatten," pflegte er zu sagen.

In der Nähe flüsterten zwei greise Würdenträger.

„Wir werden Sie doch hoffentlich nicht verlieren?" fragte der eine.

„Gott allein weiß, was mit uns sein wird," antwortete der andere achselzuckend. „Neulich setzte uns Pjotr Petrowitsch beim Souper Champagner vor. ‚Trinken wir,' sagte er, ‚man weiß nicht, ob wir morgen noch leben.'"

„Euer Erzellenz trauern noch immer?" wandte sich an Karamsin der Ober-Kammerherr Alexej Ljwowitsch Naryschkin;

er strahlte in Gold und Brillanten und hatte ein majestätisch freundliches und unbedeutendes Gesicht mit dem gezierten Lächeln der alten Würdenträger vom Hofe Katharinas. Er war ein lustiger Patron und scherzte selbst dann, wenn es den andern gar nicht zum Scherzen war.

„Nicht ich allein, ganz Rußland..." begann Karamsin.

„Lassen wir lieber Rußland aus dem Spiel," unterbrach ihn Naryschkin mit einem feinen Lächeln. „Vorhin, während des Trauergottesdienstes waren die Droschkenkutscher auf dem Schloßplatze gar zu übermütig geworden. Man schickte jemand hinaus, um ihnen zu sagen, sie sollten sich doch schämen, zu lachen, wo alle den Verstorbenen beweinen. ‚Was sollen wir ihn beweinen?' sagten sie darauf: ‚Er hat lange genug regiert, nun ist's genug!' Da haben Sie Ihr Rußland!"

Das bleiche Gesicht Karamsins flammte auf.

„Ich wage zu hoffen, Exzellenz, daß sich in Rußland noch Menschen finden, die die Schuld des Dankes bezahlen..."

„Hören Sie auf, mein Lieber, wer zahlt heute seine Schulden? Was mich betrifft, so werde ich erst auf dem Sterbebette sagen: C'est la première dette, que je paye à la nature!" antwortete Naryschkin lachend.

„Macht man denn so eine so wichtige Sache? Sie haben alle Papiere durcheinandergebracht! Sie haben keinen Zaren im Kopfe!"*) schrie ein böser Zwerg mit einem Kalmückengesicht — der Justizminister Lobanow-Rostowskij — den stellvertretenden Staatssekretär Olenin an, der an eine altersgraue Ratte erinnerte.

„Was sagt er: man hat keinen Zaren?" fragte Fürst Lopuchin, Präsident des Reichsrates und des Ministerkomitees, Ritter des Großkreuzes des Malteserordens, der sich verhört hatte. Er war

---

*) Russische Redensart, soviel wie: nicht bei Trost sein.

ein schlanker, großer und majestätischer Greis, geschminkt und gepudert, mit einem künstlichen Gebiß und dem Lächeln eines Satyrs. Er litt an Schwerhörigkeit, die in den letzten Tagen infolge der Aufregung noch stärker geworden war.

„Er hat gesagt, Olenin hätte keinen Zaren im Kopf!" schrie ihm Naryschkijn ins Ohr. „Was haben Sie denn geglaubt?"

„Ich glaubte, Rußland hätte keinen Zaren."

„Ja, vielleicht hat auch Rußland keinen," versetzte Naryschkin mit dem gleichen feinen Lächeln. „Am erstaunlichsten ist aber dieses, meine Herren: es ist wohl schon ein Monat her, daß wir ohne einen Zaren sind, und dabei geht alles doch ebenso gut oder schlecht seinen Gang wie früher."

„Immer noch dieser Unsinn! Man spielt noch immer Ball!" fuhr Lobanow zu schreien fort.

„Was für ein Ball?" fragte Lopuchin, der wieder nichts verstanden hatte.

„Na, das kann man ihm nicht ins Ohr schreien," bemerkte Naryschkin abwehrend. Dann wandte er sich leise an Karamsin: „Haben Sie das vom Ball schon gehört?"

„Nein."

„Pendant quinze jours on joue la couronne de Russie au ballon en se la renvoyant mutuellement, — diesen Witz machte neulich der französische Gesandte Laferonnais. Der Witz ist gar nicht übel, wird aber wohl kaum in die Geschichte des Russischen Reiches aufgenommen werden!"

Lopuchin lauschte gespannt hin; als er den Namen Laferonnais hörte, begriff er wohl, wovon die Rede war, und fing ebenfalls zu lachen an, wobei die gleichmäßigen weißen Zähne seines künstlichen Gebisses sichtbar wurden und aus seinem Munde ein Hauch von Moder kam wie aus dem einer Leiche.

„Nun, was macht Ihr Rheumatismus, Nikolai Michailowitsch?" fragte mit angenehmer, heiserer Stimme ein etwa sechzigjähriger Mann in einem ziemlich abgetragenen Frack mit zwei Ordenssternen, mit einem Kranz grauer Locken um den kahlen Schädel, einem fast milchweißen Gesicht und blauen, feuchten, sich langsam bewegenden Augen. Es war Michaïl Michailowitsch Speranskij. „Mir aber setzen die Hämorrhoiden furchtbar zu!" fuhr er fort, ohne eine Antwort abzuwarten. Darauf holte er aus seiner Dose mit zwei langen Fingern seiner ungewöhnlich vornehmen Hand eine Prise Laferme-Tabak, stopfte sie in die Nase, wischte diese mit einem rotseidenen Tuch von zweifelhafter Sauberkeit ab — inbezug auf saubere Wäsche war er etwas geizig — und sprach mit einem selbstzufriedenen Lächeln: „Was wäre ich für ein Kerl, wenn ich nicht Tabak schnupfte!"

„Nun, ist das Manifest fertig, Exzellenz?" fragte Karamsin, der ihm zu verstehen geben wollte, daß er sich nicht verletzt fühle und ihn nicht beneide.

Speranskij richtete auf ihn langsam seine Augen und antwortete mit einem kaum wahrnehmbaren Lächeln auf den feinen Lippen:

„Ach, sprechen Sie nicht davon! Das Manifest wächst mir schon zum Halse heraus! Wie soll man das Notwendige sagen, wie soll man dem Volke die Familienabmachungen erklären? Nikolai verzichtet zugunsten Konstantins, und Konstantin zugunsten Nikolais. Nicht hin und nicht her."

„Was sollte man denn machen?"

„Das Testament nicht öffnen und die ganze Suppe nicht einbrocken."

„Sich über den Willen des Toten hinwegsetzen?"

„Tote haben keinen Willen."

„Es sind grausame Worte, Erzellenz!"

„Grausame Worte sind besser als grausame Taten. Man darf nicht mit der legitimen Thronfolge wie mit einem Privateigentum spielen. Wenn der verstorbene Kaiser sein Vaterland, das ihm im Jahre 1812 so unwiderlegbare Beweise seiner Ergebenheit geliefert hat, nur einigermaßen liebte, wie konnte er dann Rußland in eine solche Lage versetzen... Aber was soll man noch reden! Die letzten zehn Jahre übertreffen alles, was wir vom eisernen Zeitalter gehört haben... Vielleicht ist aber auch ‚alles zum Besten', wie Euer Erzellenz zu sagen belieben."

Karamsin schwieg. Die Kränkung für seinen Freund, seinen geliebten Bruder brannte ihm auf dem Herzen, und er hielt nur mit Mühe die Tränen zurück. Er lehnte sich gegen den Marmor des Kamins, ließ den Kopf sinken und bedeckte die Augen mit der Hand.

„Ist Ihnen nicht ganz wohl, Erzellenz?" fragte Speranskij.

„Ja, ich habe Kopfweh. Wahrscheinlich sind es die Nerven. Meine Nerven sind immer erregt..."

„Das haben heute alle. Es kommt vom Wetter," versetzte Speranskij. „Wissen Sie übrigens ein ausgezeichnetes Mittel zur Kräftigung der Nerven? Statt Tee eine kalte Abkochung aus Millefolium mit bitteren Kamillen."

„Millefolium, Millefolium..." wiederholte Karamsin mit einem schmerzlichen Lächeln; in diesem Worte lag etwas unangenehm süßliches, ekelerregendes, und es blieb ihm wie ein nicht heruntergeschlucktes Klümpchen in der Kehle stecken. Und es schien ihm, daß auch Speranskij selbst mit seinem erstaunlich weißen, fast milchweißen Gesicht und den feuchten, blaßblauen Augen, den „Augen eines verendenden Kalbes" ganz wie Millefolium sei.

Er machte eine Anstrengung, schluckte das Klümpchen herunter und nahm die Hände von den Augen.

„Ja, alles ist zum Besten, Exzellenz, wenn auch nicht im Sinne dieser Welt," versetzte er mit einem stillen Lächeln. „Es gibt einen Gott, also können wir ruhig sein."

„Sie haben recht, Nikolai Michailowitsch, wir können ruhig sein," entgegnete Speranskij lächelnd. „Ich habe immer gesagt: Dei providentia et hominum confusione Ruthenia ducitur."

„Wie? Was haben Sie gesagt?"

„Rußland wird durch Gottes Vorsehung und menschliche Dummheit geleitet."

Karamsin schloß wieder die Augen. Er wollte weinen und zugleich lachen.

— Wir sind beide nett, — dachte er sich, — in einem solchen Augenblick, wo sich das Schicksal des Vaterlandes entscheiden soll, weiß der russische Gesetzgeber nichts anderes zu tun, als zu lachen, und der russische Historiker nichts anderes — als zu weinen. Das Leben ist zu Ende! Es ist Zeit zu sterben, alte „Arme Lisa"! —

Die Türe zum Generaladjutantenzimmer ging auf, und alle sahen wieder hin. Mit einem großen Portefeuille in der Hand, kam der kleine, dicke, kugelrunde Fürst Alexander Nikolajewitsch Golizyn ins Zimmer gerollt.

„Nun, ist das Manifest fertig?" wandten sich alle an ihn.

„Was für ein Manifest?" fragte er, als verstünde er nichts.

„Aber, Durchlaucht, die ganze Stadt weiß es!"

„Um Gottes Willen, meine Herren, es ist ein Staatsgeheimnis!"

„Schon recht, wir werden es nicht verraten. Sagen Sie nur das eine: ist es fertig?"

„Es ist fertig. Kommt gleich zur Unterschrift."

„Gott sei Dank!" Alle atmeten erleichtert auf.

In der dunklen Ecke regten sich die drei gebrechlichen Schatten. Araktschejew schlug langsam ein Kreuz.

Aber am gegenüberliegenden Ende des Saales ging eine andere Türe auf, die zu den provisorischen Gemächern des Großfürsten Nikolai Pawlowitsch führte, und der Generaladjutant Benkendorf glitt sporenklirrend über das Parkett wie über Eis, leicht, beschwingt, flatternd; man hätte glauben können, daß er an Händen und Füßen keine Flügel habe, wie Gott Merkur. Glatt, adrett, sorgfältig gewaschen und rasiert, funkelnd wie eine neue Münze. Jung unter den Alten, lebendig unter den Toten. Bei seinem Anblick begriffen alle, daß das Alte zu Ende sei und daß etwas Neues beginne.

Der Morgen kam. Der erste Tag der neuen Regierung, ein schrecklicher, finsterer, nächtlicher Tag brach an. In den schwarzen Fensteröffnungen dämmerte allmählich ein fahles Licht, und auch die Gesichter erschienen fahl wie bei Leichen. Es war, als müßten die gebrechlichen Schatten zu Staub zerfallen, wie Rauch verschwinden, so daß nichts zurückbleibe.

Viertes Kapitel

Stabshauptmann in der Adelskompagnie der Leibgarde, Romanow III — Schmatz!" so pflegte der Großfürst Nikolai Pawlowitsch in seiner Jugend scherzweise die Billets an seine Freunde und auch Regimentsbefehle zu unterschreiben; dasselbe pflegte er manchmal zu sagen, wenn er allein im Zimmer vor dem Spiegel stand.

Am finsteren Morgen des 13. Dezember saß er am Rasiertischchen vor dem von zwei Wachskerzen flankierten Spiegel; er warf einen Blick auf sein Spiegelbild und sprach den gewohnten Gruß:

„Stabshauptmann Romanow III, untertänigsten Respekt Eurem Wohlgeboren — Schmatz!"

Er wollte noch hinzufügen: „Braver Kerl", sagte es aber nicht, sondern dachte sich: — So mager und blaß bin ich geworden. Der arme Nixe! Armer Kerl! Pauvre diable, je deviens transparent! —

Mit seinem Äußeren war er überhaupt zufrieden. „Apollo von Belvedere" nannten ihn die Damen. Trotz seiner siebenundzwanzig Jahre war er noch immer so schmächtig wie ein Knabe. Lang, biegsam und schlank wie eine Weidenrute. Ein schmales Gesicht, ganz Profil. Ungewöhnlich regelmäßige, wie aus Marmor gemeißelte, aber unbewegliche und starre Züge. „Wenn er ins Zimmer tritt, so sinkt im Thermometer das Quecksilber," hatte von ihm jemand gesagt. Dünne, leicht gelockte, rotblonde Haare; ebensolche Koteletts an den eingefallenen Wangen; tiefliegende, dunkle, große Augen; eine geschwungene Nase; eine steil abfallende, gleichsam abgeschnittene Stirn; vorstehender Unterkiefer. Sein Gesichtsausdruck war so, als ob er immer schlechter Laune wäre: als sei er gegen jemand aufgebracht, oder als hätte er Zahnschmerzen. „Ein Apollo, der Zahnweh hat" — dieser Scherz der Kaiserin Jelisaweta Alerejewna fiel ihm ein, als er sein mürrisches Gesicht im Spiegel erblickte; es fiel ihm auch ein, daß er diese ganze Nacht vor Zahnweh nicht hatte schlafen können. Er befühlte den Zahn mit dem Finger — er tut weh; daß nur die Backe nicht anschwillt. Soll er denn den Thron mit einer geschwollenen Backe besteigen? Er ärgerte sich noch mehr und wurde ganz böse.

„Dummkopf, wie oft hab ich dir schon gesagt, daß du den Seifenschaum ordentlich schlagen sollst!" schrie er den Generaladjutanten Wladimir Fjodorowitsch Adlerberg, oder einfach „Fjodorytsch" an, der bei ihm auch das Amt eines Kammerdieners versah. „Auch das Wasser ist kalt! Das Messer ist stumpf!" Er schob den Napf weg und warf das Rasiermesser auf den Tisch.

Fjodorytsch machte sich stumm mit dem Rasierzeug zu schaffen. Schwarz, voll und weich wie Watte, erweckte er den Eindruck eines plumpen Bären, war aber in Wirklichkeit flink und geschickt.

„Nun, wie hat Saschka geschlafen?" fragte Nikolai, als er sich ein wenig beruhigt hatte.

„Seine Hoheit der Thronfolger haben ausgezeichnet geschlafen," antwortete Adlerberg. „Seit heute früh weint er aber, weil er nicht mehr im Anitschkin-Palais ist und seine Pferdchen nicht mehr hat."

„Was für Pferdchen?"

„Die Holzpferdchen; sie sind im Anitschkin-Palais geblieben."

— Nein, er beweint nicht die Pferdchen, sondern seinen unglücklichen Vater. Er ahnt wohl Unheil, — dachte sich Nikolai.

„Wo geruhen Hoheit heute das Diner einzunehmen?" fragte Adlerberg.

„Im Anitschkin-Palais, Fjodorytsch, zum letzten Male im Anitschkin-Palais!" antwortete Nikolai mit einem Seufzer.

Es fiel ihm ein, wie er sich einst danach sehnte, „sich ins Privatleben zurückzuziehen" und in der Einsamkeit die Freuden des Familienlebens zu genießen. „Wenn dich jemand fragt, in welchem Winkel der Welt das wahre Glück wohnt, so tue ihm den Gefallen und schicke ihn ins Anitschkinsche Paradies," pflegte er seinem Freund Benkendorf mit der gefühlvollen Miene zu sagen, die er von seiner Mutter, der Kaiserin Maria Fjodorowna geerbt hatte.

Nach dem Tode seines Bruders Alexander war er aus dem Anitschkin-Palais ins Winterpalais gezogen und wohnte hier in strenger Abgeschlossenheit, wie unter Arrest, da er es für „unpassend" hielt, sich öffentlich zu zeigen. Er richtete sich ein Arbeits- und Schlafzimmer in der neben dem Saale des Reichsrates gelegenen Bibliothek ein, in den einstigen Gemächern des Königs von Preußen, in einem Zimmer, das durch einen dunklen Korridor mit dem Reichsratssaale verbunden war.

Er wohnte hier wie auf einem Biwak. Das Zimmer war rund, ganz ohne Ecken. Das schmale Feldbett stand ungemütlich neben einem der Glasschränke; die Ledermatratze war mit Heu gefüllt: an dieses spartanische Lager hatte ihn die Großmutter gewöhnt. Auf dem Boden lag der offene Reisekoffer mit noch nicht ausgepackten Kleidern und Wäsche. Der einzige Luxusgegenstand in diesem Zimmer war ein Toilettentisch aus Mahagoni. Auf den Fächern vor dem Spiegel lagen Bürsten und Kämme und stand ein Fläschchen Parfum de la Cour; gleich daneben waren auf einem eigenen Gestell Gewehre, Pistolen, Säbel, Degen und ein Cornet-à-pistons untergebracht.

Als er mit dem Rasieren fertig war, zog er den alten Uniformmantel, der ihm als Morgenrock diente, aus und legte die dunkelgrüne Generalsuniform des Jsmailowschen Regiments mit rotem Unterfutter und goldgesticktem Eichenlaub an.

Vor dem Spiegel stehend, zog er sich so lange, langsam und sorgfältig an wie eine junge Schöne für den ersten Ball. Er betrachtete und ordnete jedes Fältchen; mit Adlerbergs Hilfe knöpfte er alle Knöpfe zu und schloß alle Haken und Ösen. In der Uniform wurde er noch länger und schlanker und bekam eine gewölbte Brust und eine Wespentaille, — ganz wie ein preußischer Korporal, — er könnte gleich zur Potsdamer Wachtparade gehen.

Nach dem Ankleiden verließ Fjodorytsch das Zimmer, und Nikolai kniete vor dem Heiligenbilde nieder. Er bekreuzigte sich schnell, nur wenig mit der Hand ausholend, und verneigte sich so, daß seine Stirne den Boden berührte. Nachdem er die festgesetzten Gebete gesprochen hatte, wollte er auch etwas aus dem eigenen hinzufügen. Aber es fiel ihm nichts ein: er hatte keine eigenen Worte. Er glaubte an Gott; wenn er aber an ihn dachte, stellte er sich nur ein schwarzes Loch vor, wo es „streng und etwas unheimlich" ist, wie Kaiser Paul I. von der Disziplin in der russischen Armee zu sprechen pflegte. Man mag beten und rufen, soviel man will, — aus dem Loche wird doch niemand antworten.

Er erhob sich und setzte sich in einen Sessel. Er fühlte sich krank und zerschlagen. In der Nacht hatte er schlecht geschlafen und einen unangenehmen Traum gehabt. Es träumte ihm, daß ihm ein großer, krummer Zahn gewachsen sei. Die Großmutter sagte, man müsse den Zahn ziehen; er fürchtet sich, weint, läuft weg und versteckt sich. Aber sein Erzieher Lamsdorff verfolgt ihn mit einer großen Rute in der Hand; gleich wird er ihn erwischen und ihm die Rute geben. Plötzlich ist Lamsdorff nicht mehr Lamsdorff, sondern sein Bruder Konstantin. Er flieht vor ihm zu der alten Wärterin, der Engländerin Lion und bittet sie, sie möchte ihm die Rute geben; er weiß, daß er der Strafe sowieso nicht entgehen wird; ihre Schläge tun aber weniger weh. Plötzlich ist die Wärterin nicht mehr die Wärterin, sondern... wer? Er hat es schon vergessen. Er wußte nur noch, daß der Traum ein übles Ende gehabt hatte.

— Der Traum kann prophetisch sein! — ging es ihm durch den Sinn. Nicht umsonst hatte er den Bruder Konstantin immer so gefürchtet, als hätte er geahnt, daß jener soviel Unheil anstellen wird; nicht umsonst hatte ihn jener noch im Mutterleibe verhöhnt: „Niemals hab ich einen solchen Bauch gesehen, da ist für Viere Platz!" hatte das Söhnchen über die Mutter gespottet, als sie mit Nikolai schwanger war. Er verhöhnte ihn auch später sein ganzes Leben lang. Er nannte ihn mit dem Beinamen des heiligen Nikolaus — „Zarewitsch von Myra in Lykien". — Er pflegte zu sagen: „Um nichts in der Welt will ich regieren, denn ich fürchte die Revolution. Und du, Zarewitsch von Myra in Lykien, fürchtest du sie nicht? Revolution ist ja dasselbe wie ein Gewitter." Und er erinnerte ihn daran, wie er als Kind, wenn es donnerte, den Kopf unter das Kissen zu stecken pflegte. „Ich bin feig und weiß, daß ich feig bin; du tust zwar sehr tapfer, bist aber noch feiger als ich." So hat er ihn auch jetzt auf den Thron gestoßen und macht sich über ihn noch lustig: „Wollen wir mal sehen, wie du dich aus dieser dummen Affaire ziehst, du Parvenu von einem Kaiser!"

Nikolai schrieb ihm freundliche Briefe, nannte ihn seinen Wohltäter, flehte ihn an und erniedrigte sich vor ihm: „Ich falle dir zu Füßen, teurer Konstantin, und flehe dich an: erbarme dich des Unglücklichen!" Dabei dachte er sich aber zähneknirschend: — Gemeiner Hanswurst! Verdammter Sansculotte! Was macht er mit mir! Dafür müßte man ihn mindestens erschlagen! —

Jeden Morgen nach dem Gebet pflegte er auf dem Cornet-à-pistons den Zapfenstreich zu blasen. Er hielt sich für einen Musiker und komponierte gerne Militärmärsche. Beim Potsdamer Manöver hatte er meisterhaft alle Signale geblasen, während die Kompagnie seiner Hoheit, des Kronprinzen von Preußen, exerzierte.

Er nahm das Cornet-à-pistons, führte es an die Lippen, blähte die Backen, brachte aber nur einen schwachen, klagenden Ton hervor und legte das Instrument zur Seite. Nein, es ist genug, jetzt hat er an anderes zu denken. Er seufzte schwer und fühlte wieder Mitleid mit sich selbst: „Pauvre Diable! Armer Kerl! Armer Nixe!"

„Fjodorytsch, Tee!"

„Augenblicklich, Hoheit!"

Morgens trank er sonst immer Tee mit Sahne und Semmeln aus Butterteig. Diesmal nahm er aber nichts dazu: er hatte keinen Appetit.

Benkendorf meldete Golizyn.

„Mit dem Manifest?"

„Zu Befehl, ja, Hoheit."

„Ich lasse bitten."

Golizyn kam in Begleitung Lopuchins und Speranskijs.

„Fertig?"

„Fertig, Hoheit."

Golizyn reichte ihm die Reinschrift des Manifestes.

„Ich bitte die Herren Platz zu nehmen," sagte Nikolai und fing an, das Manifest laut zu lesen.

„Wir verkünden allen Unsern treuen Untertanen... Mit wehmütigem Herzen, den unerforschlichen Ratschlüssen des Höchsten gehorsam..."

Er sah Speranskij nicht an, fühlte aber auf sich seinen Blick. Dieser allzu klare und durchbringende Blick machte ihn immer verlegen.

Er hielt Speranskij für einen abgefeimten Jakobiner. Nicht umsonst hatte ihn der verstorbene Kaiser verbannt und beinahe als Staatsverräter hinrichten lassen. — Dem darf man keinen Finger in den Mund legen, — dachte von ihm Nikolai, und wie unterwürfig und respektvoll sich jener auch benahm, hatte er doch immer das Gefühl, daß er über ihn wie über einen kleinen Jungen lache. Einmal nannte jemand Speranskij in seiner Gegenwart einen „großen Philosophen"; Nikolai sagte nichts, lächelte aber giftig. Die Philosophie haßte er über alles in der Welt. Und doch fühlte er, daß er Speranskij nicht so anschreien dürfe, wie die Offiziere in der Reitschule: „Meine Herren Offiziere, tun Sie Ihren Dienst und lassen Sie die Philosophie. Ich kann die Philosophen nicht ausstehen! Bei mir werden alle Philosophen die Schwindsucht kriegen!"

„Durch das Hinscheiden des in Gott ruhenden Kaisers Alexander Pawlowitsch, Unseres geliebtesten Bruders," las er weiter, „verloren wir unsern Vater und Herrscher, der Rußland fünfundzwanzig Jahre lang seine Wohltaten erwies. Als die Nachricht von diesem beklagenswerten Ereignis Uns am 27. November erreichte, hielten wir in der ersten Stunde den Schmerz und die Tränen zurück und leisteten, der heiligen Pflicht und Unserer Herzensregung folgend, Unserm älteren Bruder, dem Zessarewitsch und Großfürsten Konstantin Pawlowitsch, als dem nach dem Rechte der Erstgeburt gesetzlichen Erben des russischen Thrones, den Treueid..."

Des ferneren wurde „das Unerklärliche erklärt": das geheime Testament des verstorbenen Kaisers, der Verzicht Konstantins zugunsten Nikolais, — alle diese „Familienabmachungen", „das Spiel mit der Thronfolge wie mit einem Privateigentum".

„...Wir mußten von der bei Lebzeiten des verstorbenen Kaisers abgegebenen und durch das Einverständnis Seiner Majestät bestätigten Verzichterklärung Seiner Hoheit; Wir hatten aber weder den Willen noch das Recht, diese Verzichterklärung, die seinerzeit unveröffentlicht blieb, als unwiderruflich anzusehen. Damit wollten Wir Unsere Ehrfurcht vor dem ersten

Grundgesetz des Vaterlandes von der Unabänderlichkeit der Thronfolge bezeugen. Darum bestanden Wir, dem von Uns geleisteten Eide treu, darauf, daß auch das ganze Reich Unserem Beispiele folge; dies taten Wir aber nicht aus Mißachtung vor dem von Seiner Hoheit ausgesprochenen Willen und noch weniger vor dem Uns immer heiligen Willen des hochseligen Kaisers, Unseres Vaters und Wohltäters, sondern einzig, um das Grundgesetz von der Thronfolge vor jeder Verletzung zu schützen und jeden Schatten eines Zweifels über die Reinheit Unserer Absichten zurückzuweisen..."

„Es ist unverständlich. Das von der Thronfolge ist unklar und unverständlich," sagte Nikolai. Sein Gewissen war nicht ganz ruhig.

„Befehlen Majestät es abzuändern?"

Leicht gesagt: abändern; er müßte doch wissen, wie; das wußte er aber nicht.

„Nein, soll es schon so bleiben," sagte er und machte ein unzufriedenes Gesicht.

„Indem Wir mit einem von Ehrfurcht und Demut vor den unerforschlichen Wegen der Uns leitenden Vorsehung erfüllten Herzen den Thron Unserer Väter besteigen, befehlen Wir den Untertanen, Uns und Unserm Thronerben, Seiner Kaiserlichen Hoheit, dem Großfürsten Alexander Nikolajewitsch, Unserm geliebten Sohne den Treueid zu leisten; als der Tag Unserer Thronbesteigung ist der 19. November 1825 anzusehen. Schließlich fordern Wir alle Unsere treuen Untertanen auf, ihre frommen Gebete mit den Unsern zu vereinen und mit Uns zu dem Höchsten zu beten, daß Er Uns die Kraft sende zum Tragen der Uns von Seiner Vorsehung auferlegten Lasten..."

„Nicht ‚auferlegten', sondern ‚auferlegte'," korrigierte Nikolai.

Speranskij ergriff schweigend den Bleistift.

„Warten Sie, wie ist es richtiger?"

„Es ist der Genetiv, Majestät: ‚der auferlegten' — ‚der auferlegten Lasten'."

„Ja, natürlich der Genetiv. Dann ist ja nichts zu korrigieren...", sagte Nikolai errötend. In der russischen Grammatik kannte er sich nie recht aus. Und es kam ihm wieder vor, daß Speranskij über ihn lache wie über einen kleinen Jungen.

„... und Uns bestärke in Unseren aufrichtigen Absichten: einzig dem Wohle Unseres geliebten Vaterlandes zu leben und dem Beispiele des Kaisers, den Wir beweinen, zu folgen; auf daß Unsere Regierung nur eine Fortsetzung seiner Regierung sei und alles in Erfüllung gehe, was für das Wohl Rußlands der Monarch wünschte, dessen heiliges Angedenken in Uns den Eifer nähren wird und die Hoffnung, den Segen Gottes und die Liebe Unserer Völker zu erwerben."

Das Manifest gefiel ihm gut. Aber er ließ es sich nicht anmerken. Als er es zu Ende gelesen hatte, machte er ein noch unzufriedeneres Gesicht.

Er nahm die Feder, um das Manifest zu unterschreiben, legte sie aber gleich wieder weg: er sagte sich, daß er in einem solchen Augenblick eigentlich an Gott hätte denken müssen. Er schloß die Augen und bekreuzigte sich; aber wie immer beim Gedanken an Gott sah er nur ein schwarzes Loch vor sich, in dem es „streng und etwas unheimlich" war; man mag rufen, soviel man will, aus diesem Loche wird niemand antworten. Er unterschrieb das Manifest, ohne an etwas zu denken. Er fragte bloß:

„Der Dreizehnte?"

„Zu Befehl ja, Majestät," antwortete Speranskij.

— Und morgen ist Montag, — fiel es Nikolai ein. Er verzog das Gesicht und datierte das Manifest mit dem Zwölften.

„Ich schätze mich glücklich, Eurer Kaiserlichen Majestät zur Thronbesteigung, oder richtiger, zum Abstieg auf den Thron zu gratulieren," sagte Lopuchin, ihn auf die Schulter küssend.

„Warum zum Abstieg?" fragte Nikolai erstaunt.

„Weil die Familie Eurer Kaiserlichen Majestät in der allgemeinen Meinung so hoch gestiegen ist, daß ihre Mitglieder den Thron nicht mehr besteigen, sondern auf ihn nur gleichsam niedersteigen können!" Lopuchin verzog den Mund zu einem freundlichen Lächeln und zeigte die weißen Zähne seines künstlichen Gebisses; aus seinem Munde kam ein Hauch von Moder wie aus dem einer Leiche.

„Unser Engel blickt auf uns vom Himmel herab!" sagte Golizyn schluchzend und küßte Nikolai gleichfalls auf die Schulter.

„Sie brauchen mir nicht zu gratulieren, meine Herren, man muß mich bemitleiden," sagte Nikolai streng und wandte sich plötzlich mit einer fast unverhohlenen Herausforderung an Speranskij, der schweigend, mit gesenktem Kopfe dasaß. „Nun, was sagen Sie, Michaïl Michailowitsch?"

,,Damit Unsere Regierung nur eine Fortsetzung seiner Regierung sei', — niemals werde ich mir diese Worte verzeihen, Majestät!" antwortete Speranskij, den Blick langsam auf ihn richtend.

„Das sind ja nicht Ihre, sondern meine Worte. Warum sind sie schlecht?"

„Es ist nicht das, was Rußland von Eurer Majestät erwartet."

„Was erwartet es denn?"

„Einen neuen Peter."

Die Schmeichelei war zugleich fein und roh. „Il y a beaucoup de praporchique*) en lui et un peu de Pierre le Grand," hatte einmal Speranskij über den Großfürsten Nikolai Pawlo-

---

*) Praporschtschik — russisch Fähnrich.

witsch gesagt; dasselbe hätte er auch über den Kaiser sagen können. Er bückte sich plötzlich, ergriff Nikolais Hand und wollte sie küssen; jener zog sie aber schnell zurück, umarmte ihn und küßte ihn auf die Glatze.

„Hören Sie auf, Exzellenz!" erwiderte er mit einem mißtrauischen Lächeln, während sein Herz vor Wonne erschauerte: „ein zweiter Peter" war seine alte Sehnsucht.

Er schwieg eine Weile und sagte dann:

„Ich hatte niemals an den Thron gedacht. Man erzog mich zu einem Brigadegeneral. Ich hoffe aber, mich meines Berufes würdig zu zeigen; ich hoffe auch, daß alle ebenso ihre Pflicht tun werden, wie ich die meine getan habe. Wenn ich einmal die nötigen Kenntnisse habe, werde ich einem jeden den entsprechenden Posten anweisen. Die Philosophie ist nicht meine Sache. Die Herren Philosophen können sagen, was sie wollen, für mich bedeutet aber leben — dienen; und wenn alle so dienen wollten, wie es sich gehört, würde überall Ordnung und Ruhe herrschen. Das ist meine ganze Philosophie, meine Herren!"

Er warf einen Blick auf Speranskij. Jener schwieg und hielt den Kopf gesenkt und die Augen geschlossen, als hörte er Musik.

„Darum," fuhr Nikolai mit erhobener Stimme fort, „lasse ich gar nicht den Gedanken aufkommen, daß jemand von meinen Untertanen es wagte, in allem, was das mir von Gott anvertraute Reich betrifft, von den von mir angegebenen Wegen abzuweichen."

Er sprach kurz, abgerissen, als widerspräche oder zürne er jemand; er fand Geschmack an der Rolle und schrie wie ein junger rauflustiger Hahn, der noch nicht richtig zu krähen versteht.

„Und wenn ich auch nur eine Stunde Kaiser gewesen bin, werde ich zeigen, daß ich dessen würdig war!" Mit diesen Worten erhob er sich.

„Durchlaucht," wandte er sich an Lopuchin, „wollen Sie den Reichsrat für heute acht Uhr abends zur Anhörung des Manifestes und zur Vereidigung einberufen. Ich bitte Sie, meine Herren, niemand soll es erfahren... Heute bitte ich noch, aber morgen werde ich befehlen!" Er konnte sich wieder nicht beherrschen und sprach die letzten Worte schreiend.

Lopuchin, Golizyn und Speranskij verließen das Zimmer. Sie gingen zu der einen Türe hinaus, zu der anderen trat aber Benkendorf ein.

Der unbegüterte baltische Edelmann, der künftige große Spitzel, Chef der Gendarmerie und Direktor der III. Abteilung, General-Adjutant Alexander Christophorowitsch Benkendorf, hatte ein abliges Äußere, aber ein etwas mitgenommenes Gesicht: er schien ein bewegtes Leben hinter sich zu haben; er lächelte freundlich und starr und hatte einen trügerisch gutmütigen Blick wie ein Mensch, dem alles gleichgültig ist und der allem ausweicht. Er war nicht dumm, auch nicht schlecht, aber zerstreut und zu allem fähig. „Glissez, mortels, n'appuyez pas." — pflegte er zu sagen.

Kaum war er eingetreten, als Nikolais Gesicht sich sofort, ohne jeden Übergang veränderte: aus einem unzufriedenen und mürrischen verwandelte es sich in ein rührseliges und empfindsames. Sein Gesichtsausdruck veränderte sich überhaupt mit erstaunlicher Schnelligkeit, als wechsele er eine Maske nach der anderen. „Eine Menge von Masken, aber kein Gesicht," hatte von ihm jemand gesagt.

Er ergriff Benkendorfs Hand mit beiden Händen und sah ihn stumm an.

„Haben Majestät zu unterschreiben geruht?"

„Ich habe es unterschrieben," antwortete Nikolai, schwer aufseufzend und die Augen gen Himmel hebend. „Ich habe meine Pflicht getan, unser Engel muß mit mir zufrieden sein. Alles wird natürlich in Ordnung sein, oder ich werde nicht leben. Gottes Wille und der Entschluß meines Bruders gehen an mir in Erfüllung. Ich gehe vielleicht dem Untergange entgegen, aber ich kann nicht anders. Ich bringe mich meinem Bruder zum Opfer; ich werde mich glücklich schätzen, wenn ich wie ein Untertan seinen Willen erfülle. Aber was wird mit Rußland sein?"

Er sprach noch lange. Die Vorliebe für rührseliges Geschwätz hatte er auch von seiner Mutter geerbt.

Benkendorf wartete gelangweilt und geduldig, daß er ende.

„Nun, was gibt's in der Stadt?" fragte Nikolai in einem andern, geschäftlichen Ton, indem er sich mit dem Taschentuch seine trockenen Augen wischte und ebenso schnell wie früher eine Maske mit einer anderen vertauschte.

„Alles ist ruhig, Majestät. Vielleicht ist es aber nur die Ruhe vor einem Sturm."

„Erwartest du also doch einen Sturm?"

„Ja, Majestät. Die Zahl der Unzufriedenen ist allzu groß. In den Geistern besteht schon eine Revolution."

„Mit Rostowzew habe ich gestern wohl einen Bock geschossen," fiel es Nikolai plötzlich ein. „So habe ich die Namen nicht erfahren. Das werde ich mir niemals verzeihen. Ich hätte die Namen erfahren und alle verhaften lassen sollen..."

„Nein, nein, Majestät, nur keine Verhaftungen! Sonst entwischt uns die ganze Bande. Außerdem soll man nicht den ersten Tag der Regierung auf diese Weise trüben."

„Wenn sie aber zu handeln beginnen?"

„Sollen sie nur. Dann werden auch die Verhaftungen niemand in Erstaunen setzen. Man muß ganz langsam und vorsichtig vorgehen. Man darf die Leute nicht erbittern. Majestät haben auch so genug Feinde."

„Dafür aber einen Freund!" rief Nikolai und drückte ihm fest die Hand.

Er trat an den Tisch, schloß eine Schublade auf und nahm ein Paket heraus mit der Aufschrift: „Von den dringlichsten Dingen. Seiner Kaiserlichen Majestät zu eigenen Händen." Es war der Bericht des Generals Dibitsch, den Frederiks einen Tag vorher aus Taganrog gebracht hatte.

„Hier, lies. Es gibt noch eine ganze Verschwörung."

„In der zweiten Armee? Die Geheime Gesellschaft des Oberstleutnants Pestel?" fragte Benkendorf, ohne das Paket zu öffnen.

„Weißt du es schon?" fragte Nikolai erstaunt, beinahe erschrocken: — Ist das ein Kerl: er weiß alles, selbst was eine Elle unter der Erde vorgeht! —

„Ich weiß es, Majestät. Ich hatte schon im Jahre einundzwanzig die Ehre, dem hochseligen Kaiser darüber Meldung zu erstatten."

„Und was sagte er?"

„Er geruhte dem keine Aufmerksamkeit zu schenken. Der Bericht lag vier Jahre in seinem Schreibtisch."

„Eine nette Erbschaft hat uns der Verstorbene hinterlassen!" bemerkte Nikolai mit einem boshaften Lächeln.

„Haben Majestät mit niemand über diese Sache zu sprechen geruht?" fragte Benkendorf mit einem durchbringenden Blick.

„Nein, mit niemand," log Nikolai. Er schämte sich zu gestehen, daß er auch darin „einen Bock geschossen" und den Grafen Miloradowitsch in die Sache eingeweiht hatte.

„Gott sei Dank. Vor allem darf es Miloradowitsch nicht erfahren," erwiderte Benkendorf, als hätte er Nikolais Gedanken erraten. „Ich hatte mir schon damals erlaubt, seiner Majestät zu bemerken, daß man diese Sache Miloradowitsch nicht anvertrauen dürfe."

„Warum denn?"

„Weil er von Verbrechern umgeben ist."

„Miloradowitsch? Ist er denn auch mit ihnen?" fragte Nikolai erbleichend.

„Ob er mit ihnen ist, oder nicht, jedenfalls ist er schlimmer als alle Verschwörer. Es ist schrecklich daran zu denken, Majestät, daß dieser seelenlose Hanswurst das Schicksal Rußlands in der Hand hat! Neulich habe ich über ihn so etwas gehört, daß ich meinen Ohren nicht traute."

„Was denn?"

„Erlassen Sie es mir, Majestät. Es ist mir ekelhaft, es wiederzuerzählen."

„Nein, sprich."

„Als Miloradowitsch sich am 27. November nach der Öffnung des Testamentes des seligen Kaisers mit unerhörter Frechheit gegen die Thronbesteigung Eurer Majestät aussprach, sagte ihm jemand: ‚Sie sind sehr kühn, Graf!' Darauf sagte er: ‚Wenn man 60 000 Bajonette in der Tasche hat, darf man wohl kühn sein!' Und dabei klopfte er lachend auf seine Tasche."

„Der Schurke!" flüsterte Nikolai, noch mehr erbleichend.

„Neulich sagte er mir aber," fuhr Benkendorf fort: „Ich zweifle am Erfolg der Vereidigung. Die Garde liebt ihn, das heißt Eure Kaiserliche Majestät, nicht.' — ‚Von welchem Erfolg sprechen Sie?' fragte ich ihn. ‚Und was hat damit die Garde zu tun? Was hat die Garde zu sagen?' — ‚Sehr richtig,' antwortete er mir, ‚sie darf nichts zu sagen haben, aber es ist bei ihr schon zu einer Gewohnheit, zu einer zweiten Natur geworden'."

„Der Schurke!" flüsterte Nikolai weiter.

„‚Der mündlich geäußerte Wille des seligen Kaisers', sagte er, ‚wäre für die Garde heilig; aber wenn das Testament erst nach seinem Tode bekannt gegeben wird, werden es die Leute zweifellos für eine Fälschung halten'."

„Für eine Fälschung?" Nikolai fuhr zusammen, und sein Gesicht flammte auf wie nach einer Ohrfeige. „Was soll das heißen? Bin ich vielleicht ein Usurpator?"

„Der Graf Miloradowitsch, Majestät!" meldete Adlerberg, leise die Türe aufmachend und den Kopf hereinsteckend.

— Nicht hereinlassen! — wollte Nikolai aufschreien, es war aber schon zu spät: die Tür ging weit auf, und ins Zimmer trat sporenklirrend mit kühnen Schritten der militärische General-Gouverneur von Petersburg, Graf Miloradowitsch.

Benkendorf, der in diesem Augenblicke das Zimmer verließ, stieß mit ihm in der Türe zusammen. Er machte vor ihm eine tiefe Verbeugung und ließ ihm mit besonderer Liebenswürdigkeit den Vortritt.

Graf Miloradowitsch, ein Kampfgenosse Ssuworows und Held des Jahres 1812, hatte trotz seiner sechzig Jahre noch seine tapfere Haltung und die sieghafte Miene bewahrt, mit der er im Feuer der Schlachten, im Hagel der Geschosse seine Pfeife zu rauchen und die Falten an seinem amarantfarbenen Mantel zu ordnen pflegte. „Ritter Bayard" nannten ihn die einen, und „Prahlhans und Aufschneider" die andern. Er färbte sich das Haar und hatte eine Hakennase, dicke Lippen und die feuchtglänzenden Augen eines alten Damenfreundes.

Bei seinem Anblick erinnerte sich Nikolai plötzlich an das Ende seines Traumes vom krummen Zahn: als er auf der Flucht vor Lamsdorff-Konstantin sich zu seiner alten Wärterin, der englischen Miß Lion stürzte, deren Schläge doch weniger weh taten, — verwandelte sich die Wärterin in Miloradowitsch.

Dieser hatte eine riesengroße Rute in der Hand und züchtigte mit ihr den armen Nixe furchtbar, viel schmerzhafter als Lamsdorff-Konstantin.

Miloradowitsch trat ein, machte eine Verbeugung und wollte etwas sagen; als er aber Nikolai ansah, blieb er stumm: ein so wütender Haß lag in Nikolais verzerrtem Gesicht und in den brennenden Augen. Das war aber nur wie ein Blitz, die Maske wurde wieder vertauscht: die Augen erloschen, das Gesicht erstarrte zu Stein; nur eine Muskel in der Wange bebte noch ununterbrochen.

„Ich erwarte Sie schon lange, Durchlaucht. Ich bitte Platz zu nehmen," sagte er ruhig und höflich.

Die Veränderung ging so schnell vor sich, daß Miloradowitsch schon zweifelte, ob er jenes verzerrte Gesicht wirklich gesehen habe.

„Nun, wie stehen die Sachen? Haben Sie jemand verhaftet?" fragte Nikolai.

„Zu Befehl, nein, Eure Hoheit. Von den im Bericht des General Dibitsch genannten Personen ist keine einzige in der Stadt, alle sind im Urlaub. Und was den Oberstleutnant Pestel betrifft, so ist der Haftbefehl gegen ihn schon abgegangen."

„Nun, und ist hier in Petersburg alles ruhig?"

„Es ist ruhig. In allen Stadtteilen herrscht eine musterhafte Ordnung. Man darf wohl sagen, daß es eine solche Ordnung noch nie gegeben hat. Ich bin fast überzeugt, daß niemand von den am Verbrechen Beteiligten hier anwesend ist."

„Sie sind fast davon überzeugt?"

„Meine Ansicht ist Eurer Hoheit bekannt: der vollkommenen Sicherheit halber müßte seine Hoheit der Zessarewitsch schleunigst nach Petersburg kommen, das Testament des seligen Kaisers in einer Vollversammlung des Senats vorlesen, Eure Hoheit zum Kaiser ausrufen und dann als erster den Treueid leisten."

„Wenn das aber nicht geschieht, was dann? Sie zweifeln am Erfolg der Vereidigung? Die Garde liebt mich nicht? Wenn sie auch nichts zu sagen hat, so ist es bei ihr schon längst zu einer Gewohnheit, zu einer zweiten Natur geworden? Nicht wahr?" Nikolai sah ihn scharf an, und die Muskel an seiner Wange zitterte noch heftiger.

— Das hat ihm wohl der Schuft Benkendorf hinterbracht, — dachte sich Miloradowitsch, ließ aber die Augen nicht sinken; ihn überkam plötzlich Wut.

„Entschuldigen Sie, Hoheit..."

„Nicht Hoheit, sondern Majestät," unterbrach ihn Nikolai drohend. „Das Manifest ist schon unterschrieben..."

„Ich habe die Ehre, zu gratulieren, Majestät!" sagte Miloradowitsch mit einer Verbeugung. „Aber ich muß dennoch meine Pflicht tun. Ich habe die Wahrheit vor Eurer Hoheit — Eurer Majestät niemals verheimlicht und werde sie auch in Zukunft nicht verheimlichen. Ja, es ist nicht leicht, die Leute zum Treueide durch ein Manifest zu zwingen, das von der Person ausgeht, die den Thron besteigen will..."

„Aha, nun haben wir es! Man wird das Manifest für eine Fälschung und mich für einen Usurpator halten? Nicht wahr?" rief Nikolai mit einem höhnischen Lächeln, und wieder fuhr etwas wie ein Blitz durch sein Gesicht.

„Ich verstehe nicht, Majestät..."

„Sie verstehen nicht, Graf? Sie verstehen Ihre eigenen Worte nicht?"

„Ich weiß nicht, welcher Schuft Ihnen meine Worte so verdreht hat. Was brauchen auch Eure Hoheit auf Denunzianten zu hören?!" Miloradowitsch erbleichte, und im alten „Prahlhans und Aufschneider" erwachte plötzlich der alte Soldat und Kampfgenosse Ssuworows. Er sah Nikolai gerade in die Augen mit jener sieghaften Miene, mit der er einst im Feuer der Schlachten, im Hagel der Geschosse seine Pfeife zu rauchen und die Falten an seinem amarantfarbenen Mantel zu ordnen pflegte.

Nikolai erhob sich stumm, trat an den Tisch, machte die gleiche Schublade auf, aus der er vorhin den Bericht Dibitschs herausgenommen hatte, holte ein anderes Schriftstück — es war die Anzeige Rostwozews — und kehrte zu Miloradowitsch zurück.

„Ist es Eurer Durchlaucht bekannt, daß auch hier in Petersburg eine Verschwörung besteht?"

„Was für eine Verschwörung? Es besteht keine und kann auch keine bestehen!" Miloradowitsch zuckte die Achseln.

„Und was ist das?" Nikolai schob ihm den Brief hin und las, mit dem Finger auf die unterstrichenen Zeilen zeigend:

„Gegen Sie muß eine Verschwörung bestehen. Sie wird bei der neuen Vereidigung ausbrechen, und diese Flamme wird vielleicht den Untergang Rußlands beleuchten."

Miloradowitsch nahm den Brief, drehte ihn um, sah sich die Unterschrift an und gab ihn ungelesen zurück.

„Leutnant Rostowzew. Ich weiß. Versammlungen des ‚Polarsterns' bei Rylejew..."

Über diese Versammlungen hatte ihn die Geheimpolizei unterrichtet. „Es ist Unsinn! Man lasse diese dummen Jungen ruhig ihre schlechten Verse einander vorlesen!" — mit diesen Worten hatte er die Denunziation abgewehrt.

Er wehrte sie auch jetzt ab:

„Lauter Unsinn! Dumme Jungen, Schreiber, Verfasser von Almanachen..."

„Wie unterstehen Sie sich, Herr!" schrie Nikolai und sprang voller Wut auf. Sein ganzer langer biegsamer Körper schnellte empor wie eine Weidenrute. „Gar nichts wissen Sie! Sie paſſen auf gar nichts auf! Sie werden es mir mit Ihrem Kopfe bezahlen müſſen!"

Miloradowitſch ſtand gleichfalls auf, ganz vor Wut zitternd; er beherrſchte ſich aber und ſagte mit Würde:

„Wenn ich nicht mehr das Glück habe, das Vertrauen Eurer Majeſtät zu genießen, ſo geruhen Sie nur zu befehlen, daß ich mein Amt niederlege..."

„Schweigen Sie!"

„Geſtatten Sie die Frage, Eure Hoheit..."

„Schweigen Sie!"

Trotz ſeiner ganzen Wut war Nikolai doch bei vollem Bewußtſein; er hätte ſich auch beherrſchen können, wenn er wollte; aber er wollte es nicht: die Wonne der Raſerei floß wie ein feuriger Trank durch alle ſeine Adern, und er gab ſich ihr wie berauſcht hin.

„Hinaus! Hinaus! Hinaus!" ſchrie er, die Fäuſte ballend und gegen Miloradowitſch vorrückend.

— Er wird ſich gleich auf mich ſtürzen und mich nicht ſchlagen, ſondern wie ein Tollwütiger beißen! — dachte ſich jener angeekelt und wich zur Türe zurück: ſo weicht ein großer gutmütiger Hund mit geſträubtem Fell und dumpfem Knurren vor einem kleinen böſen Inſekt: einer Spinne oder einem Tauſendfuß.

Als er die Schwelle erreicht hatten, wandte er ſich ſchnell um und wollte aus dem Zimmer ſtürzen. Aber er ſtieß in der Türe wieder wie vorhin mit Benkendorf zuſammen. Diesmal gingen ſie aneinander ohne jede Liebenswürdigkeit vorbei.

Benkendorf lief auf Nikolai zu, umarmte ihn und tat ſo, als wollte er ihn ſtützen.

„Der Schurke! Der Schurke! Was tut er mit mir! Er und Bruder Konſtantin und alle, alle!..." Nikolai fiel ihm ſchluchzend an die Bruſt.

„Courage, Sir, courage!" wiederholte Benkendorf. „Gott wird Sie nicht im Stich lassen..."

„Ja, Gott... und der, den wir unser ganzes Leben lang beweinen werden, unser Engel im Himmel!" sagte Nikolai, die Augen hebend. „Ich atme durch ihn, ich handle durch ihn, soll er mich auch leiten! Gottes Wille geschehe, und ich bin zu allem bereit. Wollen wir zusammen sterben, mein Freund! Wenn es mir beschieden ist, zugrunde zu gehen, so habe ich doch einen Degen mit einer Offiziersquaste — das Aushängeschild eines ehrlichen Menschen! Ich sterbe mit diesem Degen in der Hand und trete vor das Gericht Gottes mit reinem Gewissen. Morgen, am vierzehnten Dezember bin ich entweder Kaiser, oder tot!"

Fünftes Kapitel

Am 13. Dezember morgens fuhren Golizyn und Obolenskij zu Rylejew.

Als sie sich dem Hause der Russisch-Amerikanischen Compagnie an der Blauen Brücke über die Moika näherten, erkannte Golizyn schon aus der Ferne die Fenster im Erdgeschoß mit den vorstehenden gußeisernen Gittern.

Der ihnen schon bekannte kleine Diener Filjka öffnete die Tür und ließ sie ohne weiteres ein, wie er wohl alle einließ. In den letzten Tagen drängten sich bei Rylejew von früh bis spät die Besucher; sie kamen und gingen ohne jede Vorsicht. Hier war der Sammelpunkt, sozusagen das Stabsquartier der Verschwörer.

Im kleinen Eßzimmer war alles beim Alten und dabei doch anders: die weißen Mullvorhänge an den Fenstern waren vor Staub und Rauch geschwärzt; die Balsaminen und Samtblumen auf den Fensterbänken waren verdorrt; die Fußteppiche abgerieben; der nichtgewichste Fußboden war dunkel geworden; der Kanarienkäfig stand leer; die Lämpchen vor den Heiligenbildern brannten nicht. Die Tür zum Wohn- und Schlafzimmer, wo die Frau Rylejew mit ihrem Töchterchen in der Enge hauste, war fest abgeschlossen. Es war, als hätte sich all das Lustige, Unschuldige, der Duft von Geburtstag und Flitterwochen, der hier einst schwebte, verflüchtigt.

Rylejew selbst war nicht im Zimmer. Männer in Uniform und Zivil, die Golizyn nicht kannte, saßen am Tisch um einen Samowar herum und unterhielten sich mit gedämpften Stimmen.

„Ist Rylejew zu Hause?" fragte Obolenskij, die Anwesenden begrüßend.

„Er ist bei sich im Kabinett. Ich glaube, er schläft. Aber es macht nichts, treten Sie nur ein. Er sagte, man solle ihn wecken, wenn Sie kommen."

Obolenskij klopfte an die Türe. Niemand antwortete. Er machte die Türe auf und trat mit Golizyn in ein schmales Zimmerchen, wo man sich zwischen dem großen Ledersofa, dem Schreibtisch, dem Bücherschrank und den Stößen des von Alexander Bestuschew und Rylejew herausgegebenen Almanachs „Polarstern" kaum bewegen konnte. Die Fenster gingen auf einen Hinterhof und auf die schmutzig-gelbe Mauer des Nachbarhauses hinaus.

Das Zimmer war überheizt. Es roch nach Arzneien. Auf dem Nachttischchen vor dem Sofa stand eine Menge von Medizinflaschen mit Rezepten.

Auf dem Sofa schlief Rylejew. Er hatte einen alten Schlafrock an und ein gestricktes Wolltuch um den Hals, und sein Gesicht war so unbeweglich wie bei einem Toten. Er war abgemagert und so heruntergekommen, daß Golizyn ihn fast nicht wiedererkannte. Er hatte sich erkältet, als er sich zwei Nächte in den Straßen herumtrieb um die Soldaten aufzuwiegeln, und sich dabei die Bräune geholt; jetzt befand er sich schon in der Rekonvaleszenz, war aber noch immer sehr elend.

Golizyn blieb in der Türe stehen. Obolenskij ging auf das Sofa zu. Ein Dielenbrett knarrte. Der Schlafende schlug die Augen auf und richtete auf die beiden einen trüben Blick, der nichts erkannte und nichts sah.

„Was ist? Was ist?" schrie er leise auf. Dann erhob er sich und fing an, sich mit beiden Händen so krampfhaft, als müßte er ersticken, das Tuch vom Halse zu zerren. Aber er zog mit seinen ungeschickten Bewegungen den Knoten nur noch fester zu.

„Wart, ich will es aufbinden," sagte Obolenskij. Er beugte sich über ihn, löste den Knoten und nahm das Tuch ab.

„Wir haben dich geweckt und erschreckt, armer kleiner Rylejew!" sagte Obolenskij, sich zu ihm aufs Sofa setzend und ihm mit einer stillen Liebkosung die Haare streichelnd. „Hast du einen bösen Traum gehabt?"

„Ja, wieder der gleiche Dreck! Immer dieser selbe Traum."

„Was war es denn?"

„Ich weiß es nicht. Ich erinnere mich nicht mehr... Warum stehen Sie denn, Golizyn? Setzen Sie sich doch... Mir scheint, ich träumte wieder vom Strick..."

„Von was für einem Strick?"

Rylejew antwortete nicht und lächelte nur eigentümlich: in seinem Lächeln war noch ein Überrest des Fieberdeliriums. Auch Obolenskij schwieg; er erinnerte sich an folgendes: als man Rylejew während seiner Krankheit einmal das Spanischfliegenpflaster am Halse wechselte und dabei den Hals berührte, schrie er vor Schmerz auf, aber Nikolai Bestuschew sagte lachend: „Wie, schämst du dich nicht, wegen eines solchen Unsinns zu schreien!

Du haſt wohl vergeſſen, was du für deinen Hals erwarteſt?"

„Du haſt aber wieder Fieber. Der Kopf iſt ganz heiß. Du ſollteſt heute nicht ausgehen," ſagte Obolenſkij, ihm die Hand auf die Stirne legend.

„Wenn nicht heute, ſo morgen. Morgen werde ich ganz gewiß ausgehen." Rylejew lächelte wieder dasſelbe eigentümliche, verſchlafene Lächeln.

„Was iſt denn morgen?"

„Ach, Teufel! Wir reden von allerlei Unſinn, die Hauptſache wißt ihr aber noch nicht," begann er mit veränderter Stimme: er war erſt jetzt richtig erwacht. „Aus Warſchau iſt ein Kurier mit dem endgültigen Verzicht Konſtantins eingetroffen. Morgen um ſieben Uhr früh verſammelt ſich der Senat, und die Truppen werden auf Nikolai Pawlowitſch vereidigt."

Dieſe Nachricht erwartete man von Tag zu Tag, und doch kam ſie ganz unerwartet. Nun wußten ſie es: morgen iſt der Aufſtand. Sie verſtummten und wurden nachdenklich.

„Werden wir auch fertig ſein?" fragte ſchließlich Obolenſkij. Rylejew zuckte die Achſeln.

„Ja, es iſt eine dumme Frage! Wir werden niemals fertig ſein. Nun, alſo morgen. Mit Gott!" ſchloß Obolenſkij und fügte nach einer Weile hinzu: „Und was fangen wir mit Roſtowzew an?"

Roſtowzew war zwar kein Mitglied der Geheimen Geſellſchaft, aber mit vielen Mitgliedern befreundet und wußte manches von den Plänen der Verſchwörer. Seine Zuſammenkunft mit dem Großfürſten Nikolai Pawlowitſch hatte er in einem „Der ſchönſte Tag meines Lebens" betitelten Schriftſtück beſchrieben und dieſes einen Tag vorher Obolenſkij und Rylejew übergeben. Dabei hatte er geſagt: „Tut mit mir, was ihr wollt, — ich konnte nicht anders."

„Du weißt doch meine Ansicht," antwortete Rylejew.

„Ich weiß. Aber einen Schurken umbringen heißt sich selbst anzeigen. Lohnt es auch, sich damit die Hände zu beschmieren?"

„Es lohnt," sagte Rylejew leise. „Und was sagen Sie dazu, Golizyn?"

„Ich sage, daß Rostowzew zugleich Gott und dem Teufel dient. Er enthüllt Nikolai die Verschwörung und wäscht sich vor uns rein. Aber in diesem Geständnisse konnte er uns alles, was er wollte, eröffnen und auch verschweigen."

„Sie glauben also, daß wir schon angezeigt sind?" fragte Rylejew.

„Ganz gewiß, und man wird uns auch verhaften, wenn nicht jetzt, so nach der Vereidigung," antwortete Golizyn.

„Was sollen wir nun tun?"

„Niemand etwas von der Anzeige sagen und handeln. Es ist besser, man verhaftet uns auf dem Platze, als im Bette. Wenn wir schon zu Grunde gehen sollen, so soll man wenigstens wissen, warum wir zu Grunde gegangen sind!"

„Und du, Obolenskij, was denkst du drüber?" fragte Rylejew wieder.

„Natürlich dasselbe."

Rylejew ergriff mit der einen Hand die Hand Golizyns und mit der anderen die Obolenskijs.

„Ich danke Euch, Freunde. Ich wußte, daß Ihr es sagen werdet. Also mit Gott! Wir fangen an. Und wenn wir selbst nichts erreichen, so werden wir es die anderen lehren. Mögen wir untergehen, unser Untergang selbst wird die Gefühle der schlafenden Söhne des Vaterlandes wecken!"

Er sprach wie immer hochtrabend und unnatürlich; natürlich waren dafür seine großen, dunklen, klaren Augen, die in seinem abgemagerten Gesicht mit solchem Feuer brannten, daß es unheimlich war; natürlich war sein Gesicht, in dem sich auch ohne Worte alles spiegelte, was er fühlte. „So treten auf den Wandungen einer Alabastervase die Reliefs hervor, wenn in ihr ein Feuer brennt," — diese Worte Moores über Byron fielen Golizyn ein.

Er mußte auch an das Gedicht Rylejews denken:
Ich weiß es wohl, Verderben winkt
Dem, der als erster vorwärts springt
Auf jene, die das Volk bedrücken;
Erwählt hat mich dazu das Los.
Glaub mir, es kann nicht opferlos
Die Freiheit zu erringen glücken…

„Ja, endlich dürfen wir sagen: morgen fangen wir an," fuhr Rylejew fort. „Wie habe ich diesen Augenblick erwartet, wie habe ich mich gefreut! Und nun ist er gekommen. Warum fühle ich aber keine Freude? Warum ist meine Seele betrübt bis an den Tod?"

Er stützte die Ellenbogen auf die Kniee, legte den Kopf in die Hände und duckte sich wie unter einer schweren Last. Seine Stimme zitterte vor Tränen.

„Lebt wohl, Freunde! Man soll davon nicht reden…"

„Nein, man soll es, Rylejew. Sag alles, es wird dich erleichtern," sagte Obolenskij.

„Puschkin hat mich einmal ‚Pläneschmied' genannt. Ich sei kein Dichter, sondern Pläneschmied. Ja, ich bin wirklich Pläneschmied," versetzte Rylejew mit einem Lächeln. „Ich philosophiere nur über die Freiheit, mache sie aber nicht. Ich zeichne nur die Pläne, aber baue nicht."

„Nicht Sie allein, Rylejew, wir sind alle so," entgegnete Golizyn.

„Ja, alle. Als ich neulich nachts durch die Straßen ging, versammelte sich in einer entlegenen Gasse vor einer Kaserne ein Haufen Soldaten. Sie hörten mir zu und verstanden alles, was ich ihnen von der neuen Vereidigung sagte. ‚Wir werden den Zaren Konstantin mit unsern Leibern schützen,' sagten sie, ‚wir werden ihn nicht im Stich lassen'. Nun, ich kam ins Zeug und brachte die Rede auf die Konstitution, auf die Freiheit, auf die Menschenrechte. Da hörte ich, wie sich hinter meinem Rücken ein betrunkener Soldat über mich lustig machte, aber freundlich, als täte ich ihm leid, sagte: ‚Ach, Herr, Herr, bist ein guter Herr, aber so unverständig! Du redest zwar russisch, aber man kann nichts verstehen!' Nur das hatte er gesagt, aber ich verstand alles. Ja, wir sind in Rußland — Nichtrussen, für unsere eigenen Landsleute sind wir Fremde, heimatlose Ausländer, ewige Wanderer. Wir wagen ihnen sogar nicht zu sagen, daß wir uns für die Freiheit erheben; wir sagen: für den Zaren Konstantin. Wir lügen. Wenn das Volk aber die Wahrheit erfährt, wird es uns verfluchen und den Henkern zum Kreuzigen überliefern. Glaubt es mir, Freunde, ich hatte niemals gehofft, daß unsere Sache anders zustandekommen könne als durch unsern eigenen Untergang. Aber ich hoffte immerhin, daß wir das gelobte Land wenigstens aus der Ferne zu sehen bekommen. Nein, wir werden es nicht sehen. Ein freies Rußland werden weder unsere Augen, noch die Augen unserer Enkel und Urenkel zu sehen bekommen! Wir werden ruhmlos, spurlos, sinnlos untergehen. Wir werden uns die Köpfe an der Mauer zerschlagen, werden uns aber aus dem Kerker nicht befreien. Unsere Gebeine werden verfaulen, aber unsere Hoffnungen werden nicht in Erfüllung gehen. Oh, es ist schwer, Brüder, so schwer, es geht über meine Kraft!"

Er kam nicht weiter und bedeckte das Gesicht mit den Händen.

Obolenskij setzte sich wieder zu ihm und streichelte ihm den Kopf mit einer stillen Liebkosung. Wie immer in Augenblicken der Zärtlichkeit, nannte er ihn „Konjok", Abkürzung von Kondratij.

„Du bist müde, hast dich so abgequält, mein armer Konjok!"

„Ich bin müde, Obolenskij, so furchtbar müde! Man sagt, es gäbe ein Leben im Jenseits. Ich habe aber schon von diesem genug. Ich bin so müde, daß mir wohl der Tod und die Ewigkeit nicht ausreichen werden, um auszuruhen..."

„Wißt ihr, worüber ich immer nachdenke?" fragte er nach einem Schweigen. „Was heißt das: Ist es möglich, so gehe dieser Kelch von mir? Wie konnte Er das sagen? Er war doch gekommen, um den Kelch zu trinken; und plötzlich wollte Er nicht, war schwach geworden, schreckte zurück. Und das war Er, der Gott! Ganz wie ein Mensch... Golizyn, gibt es einen Gott? Sagen Sie mir nur einfach, ob es einen gibt."

„Es gibt einen Gott, Rylejew," antwortete Golizyn und lächelte.

„Ja, das haben Sie einfach gesagt," versetzte Rylejew und lächelte gleichfalls. „Nun, ich weiß nicht, vielleicht gibt es ihn auch. Aber was taugt er Ihnen? Sie wollen doch die Freiheit?"

„Gibt es denn keine Freiheit mit Gott?"

„Nein. Mit Gott ist die Sklaverei."

„Einst war es die Sklaverei, nun wird es die Freiheit sein."

„Wirklich? Wann? Jetzt aber... Nein, Golizyn, es ist kalt, so kalt!"

„Was ist kalt, Rylejew?"

„Ihr Gott und Ihr Himmel. Wer den Himmel liebt, der liebt die Erde nicht."

„Kann man denn nicht beides zugleich lieben?"

„Lehren Sie mich, wie man es tut."

„Er wird Sie lehren: Dein Wille geschehe auf Erden, wie im Himmel. Hier ist beides zusammen."

„Pläneschmied!"

„Mag sein. Für diesen Plan lohnt es sich zu sterben."

Rylejew antwortete nicht, schloß die Augen, ließ den Kopf sinken, und über sein Gesicht rollten so stille Tränen, daß er sie selbst nicht fühlte.

Obolenskij beugte sich über ihn, umarmte und küßte ihn wie ein krankes Kind mit einer stillen Liebkosung.

„Macht nichts, macht nichts, Konjok! Alles wird schon gut werden. Christus sei mit dir!"

Sechstes Kapitel

Fürst Jewgenij Petrowitsch Obolenskij, Leutnant im Finn-Ländischen Leibgarde-Regiment, ältester Adjutant des Kommandeurs der Gardeinfanterie, des Generaladjutanten Bistrom, war einer der Gründer der Nordischen Geheimen Gesellschaft.

In Moskau, in der Gegend des Nowinskij-Boulevard, im Pfarrbezirk Mariä Schutz und Fürbitte, in einem beinahe ländlichen weitläufigen Hause mit Seitenflügeln und Dienerschaftsgebäuden, mitten in einem dichten, verwilderten Garten wohnte die Familie Obolenskij ohne große Allüren, einfach und lustig. Der alte Fürst, Pjotr Nikolajewitsch war früh Witwer geworden und führte ein richtiges Mönchsleben, in Fasten und Gebet. Äußerlich machte er einen vergrämten und strengen Eindruck. Aber nicht umsonst liebten ihn seine kleinen Enkel über alles und nannten ihn wegen seiner leichten, flaumweichen grauen

Haare „Löwenzahn": so war er auch, — ganz leicht, licht und zart, wie ein Kind unter den Kindern.

Fürst Jewgenij war der Erstgeborene aus der zweiten Ehe des Fürsten Pjotr Nikolajewitsch Obolenskij mit Anna Jewgenijewna Kaschkina, der Tochter eines Generals-en-Chef und Statthalters von Tula unter Kaiserin Katharina. Nach dem Tode der Fürstin Anna ersetzte ihre Schwester Alexandra Jewgenijewna, Hofdame der Kaiserin Maria Fjodorowna, den Kindern ihre verstorbene Mutter.

Als der junge Obolenskij ins Pawlowsche Garderegiment eintrat und nach Petersburg übersiedelte, betraute ihn seine Tante Anna Gawrilowna Kaschkina mit der Aufsicht über ihren einzigen Sohn, Sserjoscha, einen noch sehr jungen, ausgelassenen und mutwilligen Burschen, der im gleichen Regiment diente. Dieser Sserjoscha hatte eine furchtbar scharfe Zunge. Einmal erlaubte er sich einen Scherz über seinen Regimentskameraden, einen Leutnant Swinjin, und dieser forderte ihn zum Duell. Als Obolenskij davon erfuhr, begab er sich zum Beleidigten und erklärte ihm, daß das Duell nicht stattfinden dürfe. Sserjoscha sei ein grüner Junge, dem man nicht zürnen dürfe; wenn aber Swinjin unbedingt ein Duell wolle, so möchte er sich doch mit ihm, Obolenskij, schlagen. Swinjin nahm die Forderung an und fiel im Duell.

Fürst Jewgenij war ein guter Mensch und konnte selbst einer Fliege nichts zu leide tun; er war ganz seinem Vater, dem ‚Löwenzahn' nachgeraten. Dieser Mord im Duell machte auf ihn einen solchen Eindruck, daß er krank wurde; aber er hielt sich nicht für schuldig und hatte auch keine Gewissensbisse: er glaubte, daß ein Mord im Duell kein Verbrechen, sondern ein Unglücksfall sei; außerdem hatte er sich nicht für sich selbst, sondern für seinen Vetter, den einzigen Sohn seiner Tante, der noch ein Kind war und den man nicht anders retten konnte, geschlagen. Diese Gedanken beruhigten ihn so weit, daß er, als er wieder gesund wurde und sich seinen früheren Zerstreuungen hingab, alles vergaß. Aber er erinnerte sich dessen wieder. Vergaß es noch einmal, und erinnerte sich wieder, und so ging es vielemal, bis er endlich fühlte, daß er es niemals vergessen könne und daß die Erinnerung immer lebendiger, schärfer und unerträglicher werden würde. Das Schlimmste aber war, daß er selbst nicht verstand, was mit ihm los war; er hielt sich nach wie vor für unschuldig, und doch hatte er Augenblicke, wo es ihm schien, er müsse verrückt werden oder Hand an sich legen.

In einem solchen Augenblicke fing er zu beten an, fast unbewußt, die Worte der Gebete seiner Kindheit wiederholend — das Vaterunser, das Gebet zur heiligen Jungfrau, — und er fühlte sich erleichtert. Von nun an betete er oft und erwachte allmählich zu einem neuen Leben, wie ein halberstickter Mensch, der wieder zu atmen beginnt.

Endlich begriff er, daß er sich nur von dem Augenblick an erleichtert fühlte, als er aufgehört hatte, sich zu entschuldigen, als er die ganze Last der Schuld auf sich nahm und sich für einen ganz gewöhnlichen Mörder hielt, durchaus nicht besser, sondern vielleicht auch schlimmer, als es die Räuber an den Landstraßen sind; er begriff, daß er seine Schuld nicht rechtfertigen, sondern nur sühnen könne. Er wußte noch nicht, wie. Er hatte die Absicht, alles aufzugeben und ins Kloster zu gehen; aber er fühlte, daß dies noch nicht genüge: es sei leichter, ins Kloster zu gehen, als in der Welt zu bleiben. Er mußte aber irgendwo hin und trat in eine Freimaurerloge ein; aus dieser kam er dann in die Nordische Geheime Gesellschaft. Und bald fühlte er, daß er hier das finden würde, was er suchte — seine sühnende Tat.

Innerlich hatte er sich bis zur Unkenntlichkeit verändert, war aber äußerlich der gleiche glänzende Gardeleutnant geblieben, mit dem recht angenehmen, aber gewöhnlichen gesunden, glatten, weißen, rotbackigen, runden, bartlosen Gesicht; er sah auch jünger aus, als er in Wirklichkeit war: er war aber neunundzwanzig Jahre alt.

Als Golizyn aus Wassilkow angekommen war, kam Obolenskij mit ihm oft zusammen und hörte mit Gier seine Berichte über die Südliche Gesellschaft, den Slavenbund, über Ssergej Murawjow und dessen „Katechismus". Den Grundgedanken Murawjows von der Freiheit mit Gott hatte er sofort begriffen.

Am 13. Dezember früh begaben sich Obolenskij und Golizyn zu Trubezkoi.

Zum Englischen Quai, an dem Trubezkoi wohnte, konnte man von der Blauen Brücke direkt durch den Wosnessenskij-Prospekt gelangen. Aber nach der schwülen Luft bei Rylejew wollten die beiden frische Luft atmen und gingen längs des Moika-Quais in der Richtung zur Pozelujew-Brücke, um dann an der Ecke der Marinekaserne nach rechts abzubiegen und auf die Galernaja zu kommen.

Im Stadtinnern gab es noch wenig Schnee, aber hier, an der entlegenen Moika war schon alles weiß, verschlafen und weich. Zwischen dem weißen Federbett der Erde und der grünen Decke des Himmels lagen die gelben, kleinen Häuschen im tiefen Schlafe. In dieser anheimelnden, gleichsam ländlichen Stille, Farblosigkeit und Verschlafenheit erschien der für morgen angesetzte Aufstand ebenso unmöglich wie ein Blitz aus dem winterlichen Himmel.

Man sah keine Menschenseele und konnte ebenso ungeniert sprechen wie bei sich im Zimmer.

„Weiß Trubezkoi, was morgen geschehen soll?" fragte Golizyn.

„Nein. Wir wollen es ihm sagen."

„Ist es wahr, daß man sagt, seine Begeisterung für die Gesellschaft sei abgekühlt?"

„Vielleicht ist es wahr."

„Hat er Angst, oder was?"

„Das glaube ich nicht. Auf der Redoute von Schewardino stand er im Geschützfeuer vierzehn Stunden lang so ruhig, als spielte er Schach. Aber der Mut eines Soldaten ist nicht der Mut eines Verschwörers. Bei Lützen, als die Franzosen unsere Garde aus vierzig Geschützen bombardierten, fiel es Trubezkoi plötzlich ein, dem Leutnant von Bock einen Streich zu spielen; er ging auf ihn von hinten zu und warf nach ihm mit einem Erdklumpen; jener fiel sofort bewußtlos hin. So wird er vielleicht auch selbst morgen hinfallen. Für ein Unternehmen wie das unsrige gibt es keinen ungeeigneteren Menschen. Er ist unentschlossen und höflich, höflich bis zum Wahnsinn. Er ist bereit, sich selbst und die anderen ins Verderben zu stürzen, nur um keine Unhöflichkeit zu begehen. Das ist das eine; außerdem geht es ihm zu gut: er ist jung, reich, vornehm und hat eine entzückende Frau. Er ist wie der Jüngling im Evangelium, der den Herrn in Trauer verließ, weil er zu reich war..."

„In einem solchen Augenblick zurücktreten ist eine Gemeinheit!" rief Golitzyn aus.

Obolenskij sah ihn durchbringend mit seinen klugen und gütigen, ein wenig zusammengekniffenen, scheinbar lächelnden, in Wirklichkeit aber ernsten und sogar traurigen Augen an.

„Nein, darin ist keine Gemeinheit."

„Was denn?"

„Vielleicht ist es dasselbe, wovon Rylejew vorhin sprach: wir handeln nicht, sondern wir philosophieren. ‚Pläneschmiede', Theoretiker, Nachtwandler. Wir spazieren auf den Dächern, hart am Rande, und wenn man einen von uns beim Namen ruft, so stürzt er ab und schlägt sich tot. Unser ganzer Aufstand ist wie Maria ohne Martha, Seele ohne Körper. Nicht wir allein, alle Russen sind so. In den Gedanken herrliche Menschen, aber im Handeln knochenlose Mollusken, weich wie Brei. Das kommt von der Sklaverei. Wir sind zu lange Sklaven gewesen."

„Hören Sie mal, Obolenskij, die Sache steht schlecht. Morgen ist der Aufstand, aber unser Diktator denkt nur daran, wie er uns auf eine möglichst höfliche Weise im Stich lassen kann. Und warum hat man einen solchen gewählt? Wie hat es Rylejew zugelassen?"

„Was weiß Rylejew? Er kennt ja die Menschen nicht. Er kennt auch sich selbst nicht. Sie haben doch gesehen, wie er sich quält, aber warum er sich quält, das weiß er nicht."

„Wissen Sie es?"

„Mir scheint, ich weiß es!"

„Warum denn?"

„Wegen des Blutes," sagte Obolenskij leise, mit etwas veränderter Stimme.

„Wegen welchen Blutes?"

„Man muß Blut vergießen, man muß töten," fuhr jener noch leiser fort. „Er hat sich alles überlegt, hat alles beschlossen, an den Fingern abgezählt. Erinnern Sie sich noch an die Berechnung Pestels, wieviel Opfer es geben wird? Damals wollte Rylejew nichts davon wissen und schrak zurück, heute rechnet er aber selbst: den Kaiser allein zu töten genüge nicht; man müsse auch alle Mitglieder der kaiserlichen Familie umbringen. Die Ermordung eines einzelnen werde nicht nur nichts nützen, sondern auch den Zielen der Gesellschaft schaden: sie werde die Geister trennen, zur Bildung von Parteien führen, die Anhänger des kaiserlichen Hauses erregen und einen Bürgerkrieg heraufbeschwören. Mit der Ermordung aller werden sich aber alle, ob sie es wollen, oder nicht, abfinden, und so werde eine neue Regierung zustandekommen können. Ja, so hat er sich alles überlegt, alles erwogen und an den Fingern abgezählt, aber etwas ist ihm noch immer im Wege. Er weiß selbst nicht, was es ist, und darum quält er sich so."

„Und Sie wissen auch das?"

„Ich weiß es," antwortete Obolenskij und verstummte. Auch Golizyn schwieg, und beide fühlten sich auf einmal verlegen, als schämten sie sich, einander in die Augen zu blicken. Irgendeine Last legte sich auf sie, und je länger das Schweigen dauerte, umso schwerer wurde die Last.

Sie schwenkten von der Moika zum Krjukow-Kanal ab. Hier war es noch öder und stiller; man hörte nur den Schnee unter den Füßen knirschen. Sie sahen niemand, und doch war es ihnen zumute, als verfolge und belausche sie jemand.

„Ich weiß, daß man nicht töten darf," sagte Obolenskij endlich, so seltsam unvermittelt, daß Golizyn ihn erstaunt ansah.

„Warum nicht? Ist es eine Sünde?"

„Nein, keine Sünde, aber man kann es einfach nicht, es ist unmöglich."

„Warum unmöglich? Die Menschen töten doch einander."

„Sie töten im Wahnsinn, in Bewußtlosigkeit, aus Versehen, — aber mit Absicht, bei vollem Bewußtsein ist es unmöglich. Sich sagen: ich werde töten, und dann wirklich töten, — das kann der Mensch nicht."

„Nein, er kann es wohl."

„Führen Sie ein Beispiel an."

„Nun zum Beispiel, der Krieg oder die Todesstrafe."

„Das ist etwas ganz anderes. Da tötet das Gesetz, das Gesetz ist aber blind und sieht die Menschengesichter nicht, — das Gesetz ist für alle gleich. Auch im Kriege tötet ein jeder alle; wen er aber tötet, weiß er nicht, denn er sieht sein Gesicht nicht. Hier sieht man aber das Gesicht, das Gesicht, und das ist die

Hauptsache! Einem Menschen ins Gesicht sehen und ihn töten, — das ist unmöglich. Sie verstehen es nicht?"

„Ich verstehe es nicht," antwortete Golizyn, der sich, er wußte nicht warum, zu ärgern anfing. Er erinnerte sich seines Einverständnisses mit Pestel: „alle mit der Wurzel ausrotten", — und es erschien ihm leicht im Vergleich zu der Last, die sich jetzt auf ihn wälzte. „Sie sprechen so sonderbar, Obolenskij, als wüßten Sie etwas!" sagte er und blickte ihm gerade ins Gesicht. Dabei sah er, daß jener über und über rot wurde, bis über die Ohren, bis zu den Haarwurzeln: so erröten kleine Kinder, bevor sie zu weinen anfangen.

„Ja, ich weiß," wiederholte Obolenskij mit Anstrengung. Und plötzlich wurde er so blaß wie Leinwand. „Sie wissen vielleicht, Golizyn, daß ich einen Menschen getötet habe," flüsterte er fast lautlos, und seine blaßgewordenen Lippen lächelten so, daß Golizyn das Herz stillstand.

„Entschuldigen Sie, Jewgenij Petrowitsch, um Gottes willen! Sie haben mich nicht richtig verstanden ... Was ist es denn für ein Mord, — im Duell!"

„Es ist ganz gleich. Ich habe einen Menschen getötet und weiß es."

Wieder verstummten beide, und die Last wurde noch unerträglicher.

„Mir will aber Trubezkoi nicht aus dem Sinn. Er ist vielleicht noch schlimmer als Rostowzew," sagte Golizyn, um die Rede auf andere Dinge zu bringen und die Last von sich zu werfen; es geriet ihm aber unnatürlich, und er fühlte es auch selbst. Er wurde wieder böse. Er fühlte Mitleid mit Obolenskij, aber je mehr er ihm leid tat, umso mehr ärgerte er sich über ihn.

„Wissen Sie was, Obolenskij," sagte er trocken, beinahe grob: „Wenn man die Wölfe fürchtet, soll man nicht in den Wald gehen: wenn man nicht töten darf, soll man auch nicht revoltieren."

„Nein, man soll es," entgegnete Obolenskij wieder so leise wie vorhin; je mehr sich der eine ereiferte, umso stiller wurde der andere.

„Was ist das für eine Revolte ohne Blut? Vielleicht mit Rosenwasser à la Trubezkoi?"

„Haben Sie keine Angst, Golizyn, es wird auch Blut geben. Man kann nicht absichtlich töten, unbeabsichtigte Morde hat es aber immer viel gegeben und wird es auch bei uns geben."

„Ach so! Jetzt fange ich an zu verstehen. Die Dummköpfe werden töten, die Klugen aber abseits stehen, um sich nicht zu beschmutzen?"

„Warum sprechen Sie so!" Obolenskij sah ihn vorwurfsvoll an. „Sie wissen ja, daß uns die Kreuzespein erwartet und daß wir alle, alle in diese Pein gehen. Eine größere Pein gibt es auf Erden nicht."

„Was für eine Pein? Was für eine Pein? Sagen Sie es gerade heraus: soll man töten oder nicht?"

„Man soll."

„Und darf man es?"

„Nein, man darf nicht."

„Man darf nicht und soll, beides?"

„Ja, beides."

„Das ist ja Wahnsinn!" Golizyn blieb stehen und stampfte wie rasend mit den Füßen. „Hol uns alle der Teufel! Was tun wir! Was tun wir! Rylejew quält sich, Trubezkoi wird uns untreu, Rostowzew denunziert, und wir beide werden verrückt. Breiweiche Mollusken, ohne Knochen, wir gemeine, gegemeine Russen! Eine heilige Sache in gemeinen Händen!"

„Nun, Golizyn, man nehme uns, wie wir sind," sagte Obosenskij und lächelte, und vor diesem Lächeln erhellte und veränderte sich sein Gesicht bis zur Unkenntlichkeit. „Und doch, und doch muß man anfangen. Mögen wir weich sein, — wir werden schon fester werden; mögen wir gemein sein, wir werden schon rein werden. Und wenn wir auch nichts vollbringen, — die andern werden es vollbringen. ‚Es wird nur einen König auf der Erde und im Himmel geben — Christum!' Das wird einmal ganz Rußland sagen und danach auch handeln. Gott wird Rußland nicht verlassen. Wenn wir nur mit Ihm sind, wenn wir nur mit Ihm sind, so wird es eine solche Revolution geben, wie sie die Welt noch nicht gesehen hat!"

Siebentes Kapitel

Der „Diktator" der Verschwörer, Fürst Sfergej Petrowitsch Trubezkoi, Oberst im Preobraschenskij-Leibgarderegiment, wohnte im Hause seines Schwiegervaters, des Grafen Laval, am Englischen Quai neben dem Senat.

Der bettelarme französische Emigrant Laval hatte durch seine Heirat mit einer Moskauer Kaufmannstochter, Besitzerin eines Millionenvermögens und Erbin von siebzehntausend leibeigenen Seelen und der größten Kupferbergwerke auf dem Ural, Karriere gemacht und war russischer Graf, Kammerherr, Geheimer Rat und Direktor eines Departements im Ministerium des Äußern geworden. Auf seinen Bällen und Empfängen versammelten sich die höchsten Kreise, das diplomatische Korps und die kaiserliche Familie. Eine seiner Töchter, Zenaida, war mit dem österreichischen Botschafter, dem Grafen Lebzeltern verheiratet, und die andere, Jekaterina, mit dem Fürsten Trubezkoi.

Ein alter Kammerdiener mit grauem Haar, in schwarzem Atlasfrack, schwarzen seidenen Strümpfen und Schnallenschuhen, einem alten Diplomaten ähnlich, empfing Golizyn und Obolenskij respektvoll und freundlich auf dem mit Marmorfliesen aus dem Palaste Neros ausgelegten oberen Treppenabsatz und geleitete sie durch eine Reihe prunkvoll ausgestatteter, schloßähnlicher Räume in die vom Fürsten bewohnten Gemächer, in sein Kabinett... Es war ein riesengroßes, sehr helles Zimmer voller Bücherschränke, mit Fenstern, die auf die Newa hinausgingen, durch dunkle Teppiche, dunkle eichene Wandtäfelung und dunkelgrüne Saffianmöbel angenehm gedämpft.

Der Hausherr empfing die Gäste mit seiner gewöhnlichen, stillen, gar nicht salonmäßigen Liebenswürdigkeit.

„Wir kommen nur für einen Augenblick, Fürst," begann Obolenskij, ohne der Aufforderung des Hausherrn, Platz zu nehmen, Folge zu leisten. „Rylejew bittet sehr, Sie möchten ihn aufsuchen..."

„Ach, mein Gott!" Trubezkoi griff sich an den Kopf. „Ich bin so sehr in seiner Schuld! Glauben Sie es mir, meine Herren, jeden Tag habe ich es vor, aber immer diese verfluchten Geschäfte im Stab. Aber dieser Tage ganz bestimmt, ganz bestimmt... morgen..."

„Nicht morgen, sondern heute und sofort. Wir sind gekommen, um Sie zu holen, Fürst, und werden ohne Sie nicht weggehen," sagte Obolenskij sehr bestimmt.

„Sofort? Ich weiß wirklich nicht, meine Herren, ... Aber warum stehen Sie, setzen Sie sich doch. Wenigstens für einen Augenblick. Wollen Sie nicht frühstücken?"

Auf das Frühstück verzichteten sie sehr entschieden, mußten sich aber doch in die tiefen, wiegenweichen Sessel vor das Kaminfeuer setzen, das gemütlich in der Mittagdämmerung flackerte. Als Trubezkoi merkte, daß das Feuer Golizyn stören könne, rückte er den Kaminschirm so heran, daß die Glut nur seine Füße, aber nicht sein Gesicht traf. Erst dann setzte er sich selbst, mit dem Rücken zum Licht — der gewöhnliche Kunstgriff schüchterner Menschen.

„Lassen Sie mich wenigstens meine Gedanken sammeln, meine Herren."

Golizyn schielte nach der Tür. Trubezkoi stand auf, ging zur Türe und schloß sie ab.

„Diese führt in die Gemächer der Fürstin, niemand ist jetzt da," sagte er, auf die andere Türe zeigend.

„Erlauben Sie, meine Herren, daß ich ganz aufrichtig spreche."

„Aufrichtigkeit ist das Beste," bestätigte Golizyn, Trubezkoi unverwandt betrachtend.

Trubezkoi trug einen Hausfrack. Er war nicht sehr jung, über dreißig. Lang, hager, gebückt, mit eingefallener Brust wie ein Schwindsüchtiger, pockennarbig und rothaarig, hatte er einen zerzausten dünnen Backenbart, abstehende Ohren, ein langes, schmales Gesicht, eine große Hakennase, dicke Lippen und zwei schmerzvolle Falten an den Mundwinkeln. Er sah wirklich ein wenig wie ein Jude aus, wie ihn seine Kameraden in der Kindheit neckten. Er war unschön, aber in seinen großen, grauen, kindlich treuherzigen, traurigen und guten Augen lag ein solcher Adel, daß Golizyn sich dachte: — Haben wir, Obolenskij und ich uns nicht getäuscht? —

Er erinnerte sich der Sätze in der von Trubezkoi ausgearbeiteten Verfassung, — dem „Statut des Slawisch-Russischen Reiches": „Die Sklaverei wird abgeschafft. Die Teilung in Adel und gemeines Volk wird nicht angenommen, insofern sie dem christlichen Glauben widerspricht, nach dem alle Menschen Brüder sind; alle sind zum Guten geboren und einfach Menschen, denn vor Gott ist jeder Mensch schwach." Sein ganzes Wesen war in diesen Worten enthalten: er war weder Brutus, noch Robespierre oder Marat, sondern ein abliger „Liberalist", ein guter russischer Fürst, der zu dem gemeinen Volke mit seiner Freiheit, Brüderlichkeit und Gleichheit kommt. Ein „Don Quirote der Revolution".

„Meine Stellung in der Geheimen Gesellschaft ist sehr schwierig. Ich fühle, daß ich nicht den Mut habe, auf den Untergang hinzuarbeiten, aber ich fürchte keine Gewalt mehr zu haben, die Ereignisse aufzuhalten," begann er mit dumpfer, heiserer, aber angenehmer und weicher Stimme. — Wenn man ihm zuhört, ist es, wie wenn man mit der Hand über Samt streicht, — dachte sich Golizyn.

„Die Gesellschaft braucht nur meinen Namen. Rylejew hat alles in der Hand, ich weiß aber nichts. Ich weiß sogar nicht, wie ich Diktator geworden bin . . ."

Golizyn spürte den leichten Duft einer Teerose, konnte aber nicht begreifen, woher er kam. Als er aber einmal die Augen senkte, erblickte er auf der Armlehne des Sessels, in dem er saß, ein kleines Spitzentaschentuch. Er nahm es in die Hand und roch daran. Trubezkoi sah ihn an, errötete leicht und verstummte. Golizyn reichte ihm schweigend das Taschentuch; jener steckte es in die Seitentasche und fuhr fort:

„Rylejew hat die Entschlossenheit, fast ohne jede Hoffnung zu handeln. Aber nach den Mitteln und den Absichten zu schließen, ist es der Gipfel des Wahnsinns, der Gipfel des Wahnsinns, ja . . ."

Er hatte die Gewohnheit, die letzten Worte zu wiederholen und stotternd und flüsternd in die Länge zu ziehen; in diesem Stammeln lag aber etwas vornehm-schwächliches und kindlich-gutmütiges.

„Die Truppen, die die Gesellschaft zu ihren Zwecken gebrauchen könnte, sind ungenügend. Von den wichtigen Personen beteiligt sich niemand am Unternehmen. Man hat eine Menge hohler Jungen angeworben, die nur schwatzen. Sie schwatzen nur in den Salons; auf den Straßen und Plätzen schweigen sie aber. Es ist doch lächerlich, wenn man bedenkt, daß drei oder vier Fähnriche, ohne Einfluß, ohne einen Namen, die Absicht haben, ein seit Jahrhunderten gegründetes Reich zu erschüttern ... ein seit Jahrhunderten gegründetes Reich ... ja ..."

„Serge, sind Sie hier?" erklang eine jugendliche weibliche Stimme, und Golizyn erblickte, sich umwendend, an der Schwelle der nicht verschlossenen Türe, die in die Gemächer der Fürstin führte, eine unbekannte Dame. Sie wollte eintreten, sah aber die Gäste und blieb unschlüssig stehen.

„Guten Tag, Fürst," begrüßte sie Obolenskij, den sie erkannte, und ging auf ihn zu. „Entschuldigen Sie, meine Herren, mir scheint, ich störe?"

„Gestatten Sie, liebe Freundin, Ihnen den Fürsten Golizyn vorzustellen," sagte Trubezkoi.

Als Golizyn ihr die Hand küßte, spürte er den Duft von Teerose. Ganz schwarz gekleidet — sie trug Trauer um den verstorbenen Kaiser, — mit den schwarzen, glatt in die Schläfen gekämmten Haaren und der gelblichen, gleichmäßigen und frischen Blässe ihres Gesichts erinnerte sie wirklich an eine Teerose. Französisch nannte man sie Catache, von Cathérine, russisch aber —

„Katascha" (Röschen); der Name klang zwar etwas komisch,

paßte aber gut zu ihr: sie war klein, rund, elastisch und hatte schnelle, gleichsam rollende Bewegungen wie eine kleine Elfenbeinkugel.

Alle verstummten. Die Fürstin wechselte mit ihrem Mann Blicke, und diesen Blicken allein konnte man ansehen, wie glücklich die beiden waren. Sie selbst hielten sich für ein altes Paar, erschienen aber allen andern als ein „junges Pärchen". Wenn sie zusammen in Gesellschaft waren, lächelten sie schuldbewußt, als schämten sie sich ihres Glückes.

Sie lächelte auch jetzt, aber in ihren Augen war eine ahnungsvolle Unruhe.

— Weiß sie, wer wir sind und wozu wir gekommen sind? Wenn sie es nicht weiß, so fühlt sie es, — sagte sich Golizyn, und plötzlich mußte er, er wußte selbst nicht warum, an Marinjka denken.

Die Fürstin sagte noch einige freundliche Worte und verabschiedete sich.

„Ich bitte noch einmal um Entschuldigung, meine Herren. Vergessen Sie nicht, mein Freund, heute um vier Uhr bei den Bjelosselskijs zu sein. Ich werde meinen Wagen nach Ihnen schicken," sagte sie beim Weggehen ihrem Mann, und in ihren Augen erschien wieder eine ahnungsvolle Unruhe.

„Entschuldigen Sie, meine Herren, um Gottes Willen! Ich wußte wirklich nicht . . . Man hatte mir gesagt, die Fürstin sei ausgefahren," stammelte Trubezkoi verlegen.

„Lassen Sie es, Fürst," unterbrach ihn Golizyn. „Selbst wenn die Fürstin alles wüßte, wäre es kein großes Unglück. Die Ausschließung der Frauen aus der Gesellschaft hielt ich immer für eine Ungerechtigkeit. Womit sind sie schlimmer als wir? Solche Frauen aber, wie Ihre Frau Gemahlin . . ."

„Kennen Sie sie denn?"

„Es genügt sie zu sehen, um sie zu kennen."

Trubezkoi erstrahlte, errötete und lächelte wieder wie vorhin glücklich und schuldbewußt.

„Also gut, genug davon," schloß Golizyn. „Meine Herren, die Zeit vergeht. Wollen wir schneller zu Ende kommen. Sie glauben also, Trubezkoi, daß unsere Kräfte dem Unternehmen nicht gewachsen sind?"

„Ja, Golizyn, es genügt ein Tropfen Vernunft, um die ganze Unmöglichkeit dieser Sache einzusehen, die ganze Unmöglichkeit, ja ... Niemand wird sich dazu entschließen, außer denen, die sich in einen politischen Wahnsinn verrannt haben..."

„Ja, in einen Wahnsinn," bestätigte Golizyn. Er sagte zu allem ja, um ihn zu ‚prüfen' und zu fangen. Obolenskij litt offenbar und schwieg.

„Es freut mich sehr, meine Herren, daß Sie mich verstanden haben. Ich will es offen aussprechen: bis zum letzten Augenblick hoffte ich, daß ich, indem ich die Beziehungen zu den Mitgliedern der Gesellschaft, als ihr Oberhaupt, aufrechterhalte, die Möglichkeit habe, das Unheil abzuwenden und wenigstens einen Schein von Gesetzlichkeit zu wahren. Aber sie haben jetzt, Gott weiß, was, vor: sie wollen alle, sie wollen alle... ja..." flüsterte Trubezkoi erschrocken, da er nicht wagte, die schrecklichen Worte auszusprechen: „sie wollen alle Mitglieder der kaiserlichen Familie ausrotten."

„Sie wollen aber nicht alle? Sie wollen niemand?"

„Nein, ich will nicht, ich kann nicht, Golizyn. Ich bin nicht zum Mörder geboren..."

„Was sollen wir denn tun, Fürst? Vielleicht werden Sie das Amt des Diktators niederlegen und sogar ganz aus der Gesellschaft austreten?" fragte Golizyn, ihm mit einem leisen Lächeln in die Augen blickend.

Trubezkoi verstummte: wahrscheinlich merkte er die Falle.

„Also was soll man machen, Fürst? Wie? Als ehrlicher Mensch müssen Sie uns offen antworten: ja oder nein, bleiben Sie mit uns oder treten Sie aus?" sagte Golizyn mit einer unverhohlenen Herausforderung.

„Ich weiß wirklich nicht. Ich werde noch nachdenken."

„Sie wollen nachdenken? Leider ist aber keine Zeit mehr zum Nachdenken, Durchlaucht: wir fangen ja morgen an..."

„Morgen? Wieso morgen?" stammelte Trubezkoi mit einem verständnislosen Blick auf Golizyn.

„Ach ja, Sie wissen es noch nicht!" Golizyn sah ihn schadenfroh lächelnd unter der Brille an, und sein Gesicht wurde wie immer in solchen Fällen schwer, steinern, einer Maske ähnlich. „Aus Warschau ist schon der Kurier mit der endgültigen Verzichterklärung eingetroffen; morgen um sieben früh werden alle Truppen vereidigt; wir versammeln uns auf dem Senatsplatze und beginnen mit dem Aufstand..."

„Auf... Aufstand..." Trubezkoi kam nicht weiter; seine Stimme versagte, er riß die Augen weit auf, sein Gesicht wurde blaß, grün und lang, die dicken Lippen zitterten, und er hatte plötzlich noch mehr Ähnlichkeit mit einem „Juden".

— Er ist vor Schreck verjudet, — dachte sich Golizyn voller Ekel.

„Was schweigen Sie, Herr? Wollen Sie antworten!"

„Hören Sie auf, Golizyn, unterstehen Sie sich nicht!" rief Obolenskij aufspringend und zu Trubezkoi stürzend. „Wie, schämen Sie sich nicht? Sehen Sie denn nicht?"

Trubezkoi hatte den Kopf auf die Stuhllehne zurückgeworfen, und die Augen geschlossen. Obolenskij knöpfte ihm den Hemdkragen auf.

„Wasser! Wasser!"

Golizyn fand eine Wasserkaraffe, füllte ein Glas und reichte es. Trubezkoi haschte mit den Lippen danach, und seine Zähne klapperten gegen das Glas. Er konnte lange nicht damit fertig werden. Endlich trank er einige Schluck, warf den Kopf wieder zurück und holte Atem.

Obolenskij beugte sich über ihn und streichelte ihm das Haar, wie er es vorhin Rylejew gestreichelt hatte.

„Tut nichts, tut nichts, Trubezkoi! Hören Sie nicht auf Golizyn: er kennt Sie nicht. Wir werden mit Rylejew sprechen und alles in Ordnung bringen. Alles wird gut werden, alles wird gut werden!"

„Es ist nichts, Unsinn, es wird vergehen. Es ist mein Herz... Alle diese Tage bin ich nicht ganz wohl; vorhin habe ich Kaffee getrunken, es kommt wahrscheinlich davon. Und dann so plötzlich... Ich kann nicht, wenn es so plötzlich ist... Entschuldigen Sie, meine Herren, entschuldigen Sie, um Gotteswillen..."

Die rötlichen Haare klebten an der schweißigen Stirne, die dicken Lippen zitterten noch immer und lächelten, und in diesem Lächeln lag etwas Kindlich-Gutmütiges, etwas Mitleiderregendes: ein Don Quixote, der aus seinen Träumen erwacht ist, ein Nachtwandler, der vom Dache gestürzt ist und sich zerschlagen hat.

Golizyn schämte sich plötzlich, als hätte er ein Kind beleidigt. Er wandte sich weg, um nicht zu sehen.

Er fürchtete das Mitleid: er fühlte, daß er, wenn er sich dem Mitleid hingäbe, alles verzeihen und den „Verräter" rechtfertigen müßte.

„Hören Sie, Fürst," begann er, ohne Trubezkoi anzusehen.

„Hören Sie, Golizyn," unterbrach ihn Obolenskij ruhig und bestimmt. „Ich habe von Rylejew den Auftrag bekommen, Trubezkoi zu ihm zu bringen. Das werde ich auch tun. Stören

Sie bitte nicht und lassen Sie uns allein. Fahren Sie zu Rylejew und sagen Sie ihm, daß wir gleich kommen."

„Ich wollte nur sagen..."

„Gehen Sie doch, Golizyn, gehen Sie! Tun Sie, was man Ihnen sagt!"

„Was ist das, ein Befehl?"

„Ja, ein Befehl."

„Ich gehorche!" sagte Golizyn mit einem verlegenen Lächeln. Dann verbeugte er sich trocken und ging.

— Alle klugen Menschen sind furchtbare Dummköpfe, — dieser Ausspruch fiel ihm ein. Er kam sich jetzt wie so ein „kluger Dummkopf" vor.

— Ja, Trubezkoi ging betrübt von dannen, wie jener reiche Jüngling im Evangelium. Womit ist er aber schlimmer als ich, schlimmer als wir alle? Wer weiß, was mit uns morgen sein wird? Werden wir nicht auch betrübt von dannen gehen? — fragte sich Golizyn.

Achtes Kapitel

Als er zu Rylejew zurückkehrte, hatte sich jener schon gewaschen und rasiert und den Schlafrock mit einem Frack vertauscht. Es war zwar nur ein Hausfrack, aber elegant, dunkelbraun, „flohfarben", mit einer modernen, aus einem türkischen Schal genähten Weste und einer hohen weißen Halsbinde. Als er in den Saal trat und mit den Gästen ins Gespräch kam, wurde er wie immer lebhaft und machte mit seinen fieberhaft glänzenden Augen und fieberhaft geröteten Wangen beinahe den Eindruck eines gesunden Menschen.

Den Rylejew von heute früh erkannte Golizyn nicht, dafür erkannte er aber den von einst: das Gesicht mager, mit vorstehenden Backenknochen, braun, etwas zigeunerhaft; die Augen unter den schwarzen Brauen groß, klar und dunkel; frauenhaft feine Lippen mit einem bezaubernden Lächeln; die lockigen Haare sorgfältig in die Schläfen gekämmt, im Nacken aber ein eigensinniger Schopf wie bei einem Schuljungen. Seine ganze Erscheinung leicht, enteilend, wie eine Flamme im Winde.

Eine Stunde nach Golizyn kamen auch Obolenskij und Trubezkoi. Rylejew zog sich mit ihnen ins Kabinett zurück, schloß die Türe zum Saal, wo sich schon viele Leute versammelt hatten, und begann sofort vom Aufstand zu sprechen.

„Wir hoffen alle auf Sie, Trubezkoi, daß Sie unter den jetzigen Umständen die nötigen Maßregeln ergreifen, denn es ist eine Gelegenheit, die man sich nicht entgehen lassen darf."

„Wollen Sie denn wirklich handeln, Rylejew?"

„Handeln, unbedingt handeln! Die Umstände selbst fordern zum Handeln auf. Jetzt oder niemals! Es ist eine einzige Gelegenheit, und wenn wir nichts unternehmen, so verdienen wir im vollen Maße, Schurken genannt zu werden," sagte Rylejew, ihn unverwandt ansehend. „Und was denken Sie, Fürst?"

„Ich denke, daß man erst erfahren muß, welcher Geist in den Truppen herrscht und über welche Mittel die Gesellschaft verfügt."

„Was für Mittel es auch seien, wir dürfen nicht mehr zurück: wir sind schon zu weit gegangen. Vielleicht hat man uns schon verraten, vielleicht ist schon alles aufgedeckt. Hier, lesen Sie bitte!" Er reichte ihm den Brief Rostowjews.

Trubezkoi warf nur einen flüchtigen Blick hinein: vor Aufregung konnte er nicht lesen.

„Was ist das, eine Anzeige?"

„Wie Sie sehen. Die Scheibe ist zerbrochen, man kann den Säbel nicht mehr verwahren. Wir sind dem Untergang geweiht."

„Ja, wir werden nicht nur selbst zu Grunde gehen, sondern auch die anderen zu Grunde richten. Wir haben aber nicht das Recht, jemand zu Grunde zu richten, jemand zu Grunde zu richten, ja . . ." begann Trubezkoi. Er dachte sich: — Jetzt muß ich alles sagen und erklären, daß ich aus der Gesellschaft austreten will. — Mit dieser Absicht war er ja auch zu Rylejew gegangen. Aber er konnte es nicht über die Lippen bringen: es zu sagen war ebenso unmöglich, wie einen Unschuldigen zu beleidigen oder ins Gesicht zu schlagen.

Im Vorzimmer ertönte ein Glockenzeichen nach dem andern.

„Warum kommen so viele Leute?" fragte Trubezkoi.

„Sie haben schon alle vom Kurier gehört," antwortete Rylejew. Nach einigem Schweigen fragte er: „Welche Truppenmacht würden Sie für ausreichend halten, Fürst?"

„Einige Regimenter. Mindestens sechstausend Mann oder wenigstens ein altes Garderegiment, denn zu den Jüngeren werden sie nicht übertreten wollen."

„Dann brauchen wir keine Sorge zu haben: für zwei Regimenter, das Moskauer und die Leibgrenadiere bürge ich!" rief Rylejew.

„Es sind nur Worte," versetzte Obolenskij. „Du solltest dich für nichts verbürgen: wir können für keinen einzigen Mann garantieren."

Rylejew blickte Obolenskij an und antwortete nicht; er zuckte nur die Achseln und brachte die Rede auf den Plan des Aufstandes.

Das Leichte, Fliegende, Aufwärtsstrebende, an eine Flamme im Winde Erinnernde, das in ihm selbst war, teilte sich auch seiner ganzen Umgebung mit. Er schien zu befehlen, und man konnte ihm nicht widerstreben.

Während Trubezkoi Rylejew zuhörte, kam er selbst allmählich ins Feuer — so antwortet eine vom Bogen unberührte Saite einer andern neben ihr tönenden Saite. Und er fing an, seinen Plan zu entwickeln.

„Mein Plan lautet: Sobald die Regimenter zur neuen Vereidigung versammelt sind und die Soldaten Widerstand leisten, sollen die Offiziere sie zum nächsten Regiment führen; wenn dieses sich ihnen angeschlossen hat, zu einem dritten, und so weiter. Sobald dann fast alle Garderegimenter oder ihr größter Teil versammelt sind, soll man die Berufung des Thronfolgers verlangen. So wird der Schein der Gesetzlichkeit gewahrt und der Widerstand der Regimenter als Treue angesehen werden können; das Ziel der Gesellschaft wird aber schon verloren sein. Wenn aber an den Thronfolger keine Berufung abgeht, so soll man zum Senat gehen und die Veröffentlichung eines Manifestes fordern, durch das gewählte Vertreter aller Stände zur Beschlußfassung über die Frage, wem der Thron zufallen soll und auf welcher Grundlage, einberufen werden. Inzwischen muß der Senat eine Provisorische Regierung einsetzen, bis die Große Versammlung der Volksvertreter die Verfassung des Russischen Reiches bestätigt hat. Nach Veröffentlichung dieses Manifestes müssen aber die Truppen unverzüglich die Stadt verlassen und ein Lager außerhalb derselben aufschlagen, damit auch mitten in der Revolution Ruhe und Ordnung gewahrt werden, Ruhe und Ordnung, ja..."

— Revolution mit Rosenwasser, — fiel es Golizyn ein.

„Ein schöner Plan, Trubezkoi," sagte Rylejew. „Ich fürchte nur, daß so ein Rundgang von Regiment zu Regiment gar zu lange dauern wird. Ist denn das unbedingt nötig?"

„Unbedingt. Wie denn sonst?"

„Ganz einfach: man gehe direkt auf den Senatsplatz. Ich glaube, es genügt, daß eine einzige Kompagnie meutert, damit die Revolution beginnt. Und wenn auch bloß fünfzig Mann kommen, stelle ich mich in ihre Reihen!" rief Rylejew, und seine Augen begannen so zu funkeln, daß es Trubezkoi unheimlich wurde. Er verstummte plötzlich und fühlte, daß er gar nicht das sagte, was er sagen sollte.

Hinter der Tür tönten viele Stimmen durcheinander. Alle sprachen, stritten und schrieen zugleich. Die Worte konnte man nicht unterscheiden, aber das Geschrei war so, daß man glaubte, sie würden sofort handgemein werden.

Die Tür ging plötzlich mit großem Lärm auf, und ins Zimmer stürzte der Stabshauptmann im Moskauer Leibgarderegiment, Fürst Schtschepin-Rostowskij, über und über rot, schweißbedeckt, zerzaust, rasend, einem Verrückten oder Betrunkenen ähnlich.

„Hol euch alle der Teufel, Schurken, Feiglinge, Verräter!" schrie er, mit den Fäusten fuchtelnd. „Tut, was ihr wollt, aber ich..."

„Was schreien Sie, Herr? Wir sind nicht taub," unterbrach ihn Rylejew ruhig, und jener wurde für einen Augenblick stutzig.

„Hören Sie, Rylejew, ich kann nicht mehr mit ihnen bleiben! Mit diesen Philantropen ist nichts anzufangen! Hier muß man einfach drauflosbauen! Und wenn Sie wollen, gehe ich hin und zeige mich selbst an..."

„Schweigen Sie doch, hol Sie der Teufel!" rief Rylejew, aufspringend und mit den Füßen stampfend. „Sind Sie toll oder was? Was wollen Sie? Oder sehen Sie nicht, daß wir mit wichtigen Dingen beschäftigt sind? Gehen Sie, gehen Sie hinaus!" Mit diesen Worten packte er ihn bei den Schultern, und so klein und schwächlich er vor dem riesengroßen Schtschepin auch erschien, drehte er ihn um und stieß ihn so geschickt aus dem Zimmer, daß Obolenskij und Golizyn sich von ihrem Erstaunen noch nicht erholt hatten, als alles schon erledigt war.

Sie lachten. Trubezkoi war es aber gar nicht lustig zu Mute.

„Nun, haben Sie es gehört? Was sagen Sie dazu, Rylejew? Wie?" stammelte er erbleichend.

„Es ist nichts, Trubezkoi, machen Sie sich keine Sorgen. Er spricht nur so. Ich werde ihn schon besänftigen. Ich habe ihn ganz in der Hand. Er schreit viel, ist aber eine gute Seele."

„Eine gute Seele, will aber draufloshauen!" fuhr Trubezkoi fort. „Nicht er allein, alle wollen es. Sie denken nur an Blut und Mord. Nein, meine Herren, ich kann nicht ... Gott sieht mein Herz: ich bin niemals Verbrecher und Mörder gewesen und kann nicht bewußt einen Mord begehen, ich kann es nicht, ja ..."

— Ich will aus der Gesellschaft austreten, — wollte er sagen, sagte es aber nicht: wieder konnte er es nicht über die Lippen bringen. Je mehr er es wollte, umso weniger konnte er es.

„Nun, ich gehe!" sagte er, plötzlich aufstehend und Rylejew mit auffallender Eile die Hand reichend.

„Wo wollen Sie denn hin? Warten Sie. Warum so plötzlich? Wir haben ja noch nichts beschlossen ..."

„Was gibt es da zu beschließen? Wir werden sowieso nichts beschließen!"

„Vielleicht werden wir wirklich nichts beschließen. Vielleicht gibt es auch nichts zu beschließen. Die Umstände werden es zeigen ... Nun gut, mit Gott! Also morgen?" Rylejew legte ihm die Hände auf die Schulter und näherte sein Gesicht dem seinen, so daß jener seinen Atem spürte. „Und Sie, Trubezkoi, sind mir nicht böse? Seien Sie nicht böse, Liebster, um Gotteswillen!" Er lächelte kindlich und zärtlich. „Ich bin schuld, ich weiß selbst, daß ich schuld bin! Ich habe eigenmächtig geschaltet, habe auf niemand gehört. Das soll nicht wieder vorkommen, Schluß. Morgen sind Sie Diktator, ich aber bin gemeiner Soldat, Ihr ergebener Knecht. Wenn jemand gegen Sie bloß aufbegehrt, so erschlage ich ihn mit eigenen Händen! Nun, Christus sei mit Ihnen!" Er wollte ihn umarmen, aber jener taumelte zurück und erbleichte noch mehr. „Sie wollen sich von mir nicht umarmen lassen? Also sind Sie mir böse?" fragte Rylejew, ihm in die Augen blickend.

Trubezkoi hatte nur den einen Wunsch: möglichst schnell wegzugehen. Er fürchtete wieder ohnmächtig zu werden. Plötzlich umarmte und küßte er Rylejew. — Verrätest du des Menschen Sohn mit einem Kuß? — ging es ihm durch den Sinn, und er lief aus dem Zimmer.

Erst auf dem Treppenabsatz kam er zu sich. Er fühlte, daß ihn jemand am Mantelschoß festhielt. Er wandte sich um und sah Obolenskij. Dieser sagte ihm etwas, und Trubezkoi konnte es lange nicht verstehen; endlich verstand er es:

„Werden Sie morgen auf dem Platze sein?"

Er nahm sich zusammen.

„Ja, wenn irgendwelche zwei Kompagnien kommen, was kann da geschehen? Mir scheint, alles wird ruhig verlaufen," antwortete er fast ohne Aufregung.

„Werden Sie immerhin kommen?" drang in ihn Obolenskij, ihn immer am Mantelschoße festhaltend. Trubezkoi antwortete aber nichts, riß sich los, lief auf die Straße, sprang in seinen Wagen, befahl dem Kutscher: „Nach Hause!", klappte den Wagenschlag zu und drückte sich mehr tot als lebendig in eine Ecke.

Im Wagen duftete es nach Teerosen, dem lieben Dufte Kataschas

— Sie weiß es noch nicht! Einmal wird sie es aber erfahren! — dachte er sich, von einem neuen Entsetzen gepackt.

— Werden Sie morgen immerhin auf dem Platze sein? — klang es ihm wieder in den Ohren.

Er sprang auf, wandte sich zum Fenster, wollte die Scheibe herunterlassen und dem Kutscher zurufen: „Zurück zu Rylejew!" Aber er wurde plötzlich schwach, fiel in die Kissen und war plötzlich wie weich, wie flüssig geworden.

Neuntes Kapitel

Golizyn hatte sich vor seiner Abreise nach Petersburg vorgenommen, im Demutschen Gasthause an der Moika, neben der Polizeibrücke abzusteigen. Er wollte nicht in seine eigene Wohnung im Bauerschen Hause an der Wäscherinnenbrücke, weil diese Wohnung den ganzen Sommer über unaufgeräumt blieb und sein einziger Dienstbote, der alte Kammerdiener, im Urlaub auf dem Lande war — außerdem hatte er Angst vor Spitzeln: er wußte von Rylejew, daß man ihn beobachtete. Als er aber mit seinen beiden Begleiterinnen, der Frau Tolytschowa und ihrer Tochter in Petersburg ankam, sie der Natalja Kirillowna Aschewskaja ablieferte und Abschied nehmen wollte, um ins Gasthaus zu fahren, wollte die Alte es nicht zulassen.

„Was fällt dir ein, Väterchen, ich bitte dich! Wo hat man gehört, daß man einen Menschen aus einem anständigen Hause in ein Gasthaus ziehen läßt? Sind etwa wenig Zimmer hier? Das ganze Haus ist ja leer. Wohne da, so lange du willst. Du bist uns doch kein Fremder."

Natalja Kirillowna stellte gleich in den ersten Augenblicken eine sehr entfernte Verwandtschaft fest.

Golizyn ging auf den Vorschlag umso lieber ein, als er glaubte, daß der Aufenthalt in diesem Hause für ihn gefahrloser sein würde, und auch, weil er sich nicht gerne von Marinjka trennen wollte.

Das Haus der Frau Rschewskaja lag an der Fontanka, neben der Alartschin-Brücke. Eine öde, menschenleere Gegend. Ringsherum unbebaute Plätze. Nur am Rande dieser Wüste standen niedere Häuschen. Zuweilen ertönten in dieser Einöde in finsterer Nacht Schreie: „Zur Hilfe! Räuber!" Die erschrockenen Leute sprangen aus den Betten, öffneten die Fenster, steckten die Köpfe heraus und riefen möglichst eindringlich: „Wir kommen!" Sie kamen aber nicht, sondern verkrochen sich wieder in ihre warmen Betten und steckten die Köpfe unter die Bettdecken.

Von einem alten, einst regelmäßig angelegten, aber schon längst verwilderten Garten umgeben, erinnerte das Haus an ein Landschloß eines der Paladine Katharinas.

Im großen Flur mit Säulen und einer Marmortreppe saßen die alten Diener schlummernd, strümpfestrickend oder mit gedämpfter Stimme die Psalmen lesend. Die Seidentapeten in den weiten Sälen waren verblichen und verschossen. Die Kristallgehänge an den Kronleuchtern, dunkel und durchsichtig wie Rauchtopase, glitzerten trüb und klirrten, wenn jemand durchs Zimmer ging. Die riesengroßen holländischen Öfen aus blauen Kacheln glühten. In allen Räumen roch es nach Ambra und herrschte eine Grabesstille.

Das Zimmer der Großmutter war ein Eckzimmer. Die Wände waren mit Bosketten bemalt. Wie in einem Tröblerladen erinnerte hier alles — die Chiffonieren, Etageren, Glasschränkchen mit Porzellanpuppen, die runden Tischchen mit Messinggitter und die dickbauchigen Kommoden mit eingelegter Arbeit im chinesischen Geschmack — an ein anderes Jahrhundert. Vor den Fenstern standen niedere Lichtschirme mit himbeerfarbenen Gläsern, die auf alle Gegenstände und Gesichter einen rosa Schein warfen, der an ein ewiges Abendrot gemahnte. Vor einem der Fenster standen ein Käfig und eine Kletterstange für den weißen Papagei mit gelbem Schöpfchen, namens Potap Potapytsch.

Großmutter war eine kleine, vertrocknete Alte mit einem wächsernen, leichenblassen Gesicht; man hatte den Eindruck, sie habe einen Tag und eine Nacht im Sarge gelegen und wäre dann zu neuem Leben auferstanden. Sie trug stets große Toilette: ein stahlgraues Seidenkleid mit einer Halskrause, eine weiße Tüllhaube mit breiter Rüsche und kleine glänzende falsche Locken „en grappes de raisin"; an den Schultern hing ihr eine Pelzjacke: Großmutter fror es immer. Eine halbe Stunde, bevor sie aus dem Schlafzimmer kam, mußte eine deutsche Gesellschafterin, die so feist wie ein Pferd war, sich in ihren Sessel setzen und den Platz vorwärmen.

Großmutter saß in ihrem Sessel trotz der vielen kleinen, mit Wolle, Seide und Perlen bestickten Kissen, kerzengerade. Auf dem Tischchen neben ihr stand ein Schächtelchen mit Puder: die Alte puderte sich oft und rieb sich dann das Gesicht mit einem Tüchlein oder einem Stück Ochsenblase ab. Auf dem runden Bänkchen zu ihren Füßen lag zusammengerollt der weiße, furchtbar böse Bologneser Fideljka.

„Sag mir mal, warum zittert dir das Tablett in den Händen?" fragte Großmutter das Dienstmädchen Marfuschka, wenn sie ihr des Morgens den Tee brachte.

„Die Fideljka beißt mich furchtbar in die Füße."

„Muß deswegen das Tablett so zittern?" fragte Natalja Kirillowna erstaunt.

Sie war stets um ihre Gesundheit besorgt; beim geringsten Unwohlsein legte sie sich ins Bett und wickelte um die „Pulse" mit Essig gefeuchtete Läppchen. Sie mochte nicht von Todesfällen hören. Wenn die alte Gesellschafterin Sacharowna zuweilen von einem Todesfalle hörte, pflegte sie zu ihr ins Schlafzimmer zu kommne und es ihr leise ins Ohr zu sagen.

„Schweig, sage niemand, daß ich es weiß. Du hast es mir nicht gesagt, hörst du?!" pflegte ihr die Großmutter streng zu sagen.

Einmal starb im Mezzanin, fast direkt über Großmutters Schlafzimmer, eine andere Gesellschafterin, — es gab ihrer im Hause eine ganze Menge.

„Sie ist gestorben," flüsterte Sacharowna der Großmutter zu, mit dem Finger nach oben weisend.

„Ja, schweig."

Man trug die Verstorbene heimlich hinaus und beerdigte sie, und Großmutter erwähnte sie mit keinem Wort, als ob sie niemals gelebt hätte.

Sie hatte schon vieles erlebt; darum hatte sie vor allem Angst und klagte oft darüber, daß „Fortuna so wetterwendisch sei".

„Das ganze Leben ist nichts anderes als ein Hazardspiel!"

Nach den beiden leichten Schlaganfällen, die sie erlitten, verfiel sie leicht in einen halbbewußtlosen Zustand; dann saß sie tagelang stumm und unbeweglich da und beobachtete mit trüben Blicken den Papagei, der auf seiner Stange schaukelte und dabei durchdringend schrie: „Potap Potaptsch Potapow!" Dann wurde sie wieder lebhaft und gedachte ihrer Jugend, als sie noch Hofdame im Gefolge Katharinas war. Sie teilte mit geheimnisvollem Flüstern als die letzte Neuigkeit mit, daß Fürst Platon Subow, „ce charmant vaurien" es fertig gebracht habe, ihre

Majestät von seiner „angenehmen Gesinnung" zu überzeugen. Sie erzählte gerührt von der freundlichen Art der alten Kaiserin.

„Wenn sie mal sah, daß die Sonne jemand ins Gesicht schien, ging sie gleich zum Fenster und ließ mit eigenen Händchen den Vorhang herunter. Dafür war sie gegen die Frechen ohne jede Nachsicht: einmal mußte der Obersekretär der Geheimen Expedition Scheschkowskij die allzu geschwätzige Generalin Koschina direkt vom Maskenball holen, einer leichten körperlichen Züchtigung unterwerfen und dann unter Wahrung jeglichen Anstandes auf den Maskenball zurückbringen."

Sie erzählte auch gerne über den Herrn de Fontenelle, den sie in Paris noch vor der Revolution kennen gelernt hatte.

„Er war ein echter Philosoph: niemals erhob er seine Stimme, niemals zürnte er, niemals weinte er, niemals lachte er. ‚Herr Fontenelle,' fragte ich ihn einmal, ‚haben Sie denn niemals gelacht?' ‚Nein,' sagte er, ‚ich habe niemals Ha-ha-ha gemacht!' Er kannte keine Gefühle, hatte niemand geliebt, die Menschen gefielen ihm nur. ‚Herr Fontenelle,' sage ich ihm, ‚achten Sie mich?' — ‚Je vous trouve fort aimable, madame!' — ‚Und wenn man Ihnen sagte, daß ich jemand umgebracht habe, würden Sie es glauben?' — ‚Ich würde abwarten, gnädige Frau,' sagte er drauf und lächelte. War ein kräftiger Greis, hat über hundert Jahre gelebt. Und so klug. Heute findet man solche nicht mehr!"

Die Menschen des neuen Zeitalters mit ihren gestutzten Gedanken und gestutzten Fräcken mißfielen der Großmutter.

„Wenn ich euch so anschaue, so seid ihr alle wie gerupft, als kämet ihr gerade aus dem Dampfbade, Gecken, Stutzer!"

Sie konnte sich unmöglich an die neuen weiten und langen Beinkleider gewöhnen, die an Stelle der einstigen kurzen Hosen mit Strümpfen und Schnallenschuhen getreten waren.

„Von den Sansculotten kommt diese Mode, von diesen schamlosen Ohnehosen, daß Gott mir verzeih!" brummte sie und erzählte, wie auf einem Balle zu Moskau der Gastgeber auf einen jungen Elegant losgestürzt sei, der als erster in langer Hose erschienen war: „Was ist dir eingefallen? Man hat dich auf den Ball geladen, damit du tanzt, und nicht damit du auf Masten kletterst, du hast dich aber als Matrose verkleidet!"

„Seit dem Jahre 1812 ist Moskau degeneriert," klagte Natalja Kirillowna, wenn Nina Ljwowna ihr die Moskauer Neuigkeiten berichtete. „Wenn unsere Alten auferstünden und Moskau wiedersähen, würden sie aufschreien: keine Gesellschaft, keine Noblesse. Ja, Moskau ist heruntergekommen! Von Stunde zu Stunde geht es dort abwärts. Ich möchte lieber gar nicht sehen und hören, was dort vorgeht!"

Als einziger Gast kam zu Natalja Kirillowna manchmal der alte Foma Fomitsch Frynbin, ein ehemaliger Brigadier aus Ssuworows Zeiten. Er war klein gewachsen, von angenehmem Äußern und hatte blaßblaue, an verblichene Vergißmeinnicht gemahnende Kinderaugen, ein kindliches Lächeln und eine stille und freundliche Stimmung. Er war immer ungewöhnlich sauber gekleidet und trug einen langschößigen Rock von französischem Schnitt mit Stahlknöpfen, Jabot und Manschetten, einen Degen und eine gepuderte Zopfperücke mit einer Schleife. Wahrscheinlich war er einst in Großmutter verliebt gewesen und blieb ihr bis ans Ende treu. Er benahm sich immer mit dem größten Respekt. Nur beim Mouche- oder L'hombrespiel erlaubte er sich manchmal einen Witz; so sagte er z. B. „Sieben Herz" statt „Sieben coeur."

„Hör auf, Väterchen, was sind das für Scherze!" brummte die Alte.

„Ach Mütterchen, Natalja Kirillowna, warum soll man sich nicht diese Freude gönnen: das Leben ist doch so kurz!" erwiderte der Alte mit seinem milden Lächeln.

Wenn Großmutter ein wenig schlummern wollte, las er ihr aus den „Tröstungen der Philosophie" oder den „Früchten der Melancholie, Nahrung für empfindsame Herzen" vor; und wenn sie sich langweilte, suchte er sie mit irgendeiner Neuigkeit zu zerstreuen.

„In der ‚Nordischen Biene' steht geschrieben, Mütterchen, daß die Chinesen die Affen abrichten, die Blätter von den Teebäumen zu rupfen, denn sie verstehen besser als die Menschen zu klettern."

„Was faselst du da?" zweifelte Großmutter. „So werde ich keinen Tee mehr trinken, wenn er aus Affenhänden kommt."

„Das macht doch nichts, Mütterchen, man wäscht ihnen ja die Pfötchen in drei Wassern," tröstete sie der Alte.

Manchmal philosophierte er:

„Es gibt für den Menschen keine so frohe Zeit, die sich nicht in einer größeren Menge Kummer der folgenden Zeiten auflöste. Ein mildes Herz ist aber den Freunden stets offen. So freue ich mich denn. Ich habe in dieser Welt gar keine Wünsche mehr, und kein Mensch in der Welt ist glücklicher als ich," sagte er, indem er sich aus seiner mit dem Bildnisse Pauls I. und der Inschrift „Neben Gott er allein, und durch ihn atme ich" geschmückten goldenen Dose langsam eine Prise holte. Und in seinem heiteren Lächeln war so eine Stille, daß man seinen Worten wirklich glauben konnte.

Er verglich gern die vergangenen Zeiten mit den jetzigen.

„Unsere Vorfahren hatten weniger Bildung, aber mehr Freuden. Unsern Prunk kannten sie nicht, aber auch nicht diese Sorge und Unruhe. Es ist erstaunlich, daß die Menschen nicht nach dem Vorbilde ihrer Vorfahren ruhig leben wollen. Was aber unsere

Enkel und Urenkel erleben werden, daran ist sogar schrecklich zu denken!"

Nach den stürmischen Zusammenkünften der Verschwörer, wo nur von Meuterei, Blut, von dem im Feuer der Revolution lodernden Rußland gesprochen wurde, kehrte Golizyn in dieses alte Haus wie in ein Traumgesicht, wie in ein Gespensterreich zurück. Der Traum verfliegt, die Gespenster verschwinden, es ist um sie nicht schade: das alte Haus so zerstören, daß kein Stein auf dem andern bleibt, dazu ging er ja in die Revolution. Er wollte nicht, daß es ihm leid tue, und doch tat es ihm leid. Es war, als zögen vor seinen Augen zum letzten Male die stillen Schatten der Vergangenheit vorbei und blickten ihm mit einer stummen Klage in die Augen.

Als er an jenem Tag, dem 13. Dezember, von Rylejew zurückkam und in Großmutters Zimmer hineinblickte, saß die Alte wie immer in einem niederen Sessel vor einem Tischchen mit zwei Wachskerzen und legte eine endlose Grande-Patience. Der alte Fryndin las ihr aus einer vorjährigen Zeitung vor. Nina Ljwowna strickte ein Halstuch, und Marinjka stickte Buchstaben auf Wäsche.

Es war ordentlich eingeheizt und mit Ambra geräuchert, so daß Golizyn, nach der frischen Luft, beinahe erstickte. Er bückte sich, um Großmutter die Hand zu küssen. Fideljka bellte und biß ihn fast ins Bein. Der Papagei, der in seinem Käfig duselte, fuhr auf, öffnete ein Auge, sah ihn an und murmelte mit böser Stimme:

„Potap Potapytsch Potapow!"

Alles wie immer: gemütlich, still, verschlafen, unbeweglich, unabänderlich wie in der Ewigkeit.

„Wo hast du dich wieder herumgetrieben, Väterchen? Warum kannst du nicht ruhig zu Hause sitzen und steckst von früh bis spät bei fremden Menschen?" brummte Großmutter freundlich.

„Ich war beim Onkel, dem Fürsten Alexander Nikolajewitsch. Ich habe ihm Ihre Grüße bestellt," log ihr Golizyn vor, um weiteren Fragen aus dem Wege zu gehen.

„Du lügst wohl? Der Alte wird sich doch meiner nicht mehr erinnern."

„Er erinnert sich wohl, Großmutter. Er ließ Sie grüßen und Ihnen die Hand küssen!" Er bückte sich wieder, und Fideljka fing von neuem zu bellen an.

Eine Weile schwiegen alle, und es wurde noch stiller, gemütlicher, einschläfernder.

„Marie, verdirb dir doch nicht die Augen. Bei Kerzenlicht soll man nicht sticken," sagte Nina Ljwowna.

Marinjka machte noch einige Stiche, befestigte den Faden, biß das Ende ab und legte die Arbeit weg.

„Komm mal her, Enkelin," rief die Großmutter. „Warum bist du heute so traurig? Auch dein Gesichtchen ist blaß. Ist dir nicht wohl?" Sie küßte sie und streichelte ihr die Wange. „Und wenn du auch bleich bist, heute siehst du doch besonders vorteilhaft aus!"

Sie wandte sich an Nina Ljwowna und fuhr fort:

„So hübsch ist unsere Marinjka geworden! Einen netten Bräutigam sollte man ihr finden, einen andern, als euern alten Knasterbart Aquilonow. Laß dein Tscherjomuschki, Mütterchen, und ziehe zu mir, verschmähe mich Alte nicht, du wirst zufrieden sein. Ich will auch einen ordentlichen Bräutigam finden."

Nina Ljwowna schlug stumm die Augen nieder und bewegte schneller die Stricknadeln.

„Wann werden Sie Ihr Versprechen einlösen, Marja Pawlowna?" fragte Golizyn. Er sah, daß sie sich bedrückt fühlte, und wollte sie von der Großmutter erlösen.

„Was für ein Versprechen, Fürst?"

„Mir die kleinen Andenken zu zeigen."

„Ach ja, mit Vergnügen, wenn Großmutter erlaubt."

„Ich hätte sie dir selbst gezeigt, Väterchen, aber die Füße tun mir weh, ich kann gar nicht aufstehen. Zeig du sie ihm, Marinjka!"

Die Großmutter liebte es, den Gästen ihre „Andenken" vorzuführen, und war auf sie stolz wie ein Kind.

Marja Pawlowna trat mit Golizyn an ein Glasschränkchen, öffnete es und fing an, ihm die alten Sächelchen zu zeigen: Tabatieren, Bonbonieren, Medaillons, Kamäen, Schächtelchen für Schönheitspfläſterchen und Puder, Figürchen und Schalen aus sächsischem Porzellan.

„Und was ist das?" fragte Golizyn, auf einen kleinen Gegenstand aus Elfenbein und Gold zeigend.

„Eine Flohfalle. Sehen Sie: ein Röhrchen mit vielen kleinen Löchern, die sich nach innen verjüngen. Der Stift da wird mit Honig bestrichen und in das Röhrchen gesteckt; die Flöhe kommen durch die Löcher herein und bleiben am Honig kleben," erklärte Marinjka. „Großmutter erzählt, daß die Modedamen jener Zeit solche Fallen an einem seidenen Bändchen an der Brust zu tragen pflegten."

„So was muß man sich wirklich ausdenken!" bemerkte Golizyn lachend.

Marinjka sah ihn schweigend mit stillem Ernst an, und er verstand, daß er darüber nicht lachen dürfe; diese armen Andenken einer alten Zeit waren ihr lieb und teuer. Auch sie selbst hatte einige Ähnlichkeit mit ihnen: in ihrer Schönheit lag auch ein Duft der Vergangenheit. Ja, man soll über das Alte nicht lachen: wir lachen über unsere Großväter, und unsere Enkel werden über uns lachen. Jede Zeit hat ihre Flohfalle.

„Marinjka, könnte ich Sie nicht unter vier Augen sprechen?" flüsterte er ihr schnell ins Ohr.

"Kommen Sie ins blaue Sofazimmer," antwortete sie ihm ebenso schnell und leise. Dann schloß sie das Schränkchen und kehrte zur Großmutter zurück. Golizyn ging leise aus dem Zimmer.

Großmutters Grande-Patience näherte sich ihrem Ende. Alle verfolgten sie mit Interesse.

"Schellen, Mütterchen, Schellen zu Coeur!" rief Foma Fomitsch aufgeregt dazwischen.

"Laß mich in Ruh', Väterchen! Was redest du so dumm drein!" erwiderte Natalja Kirillowna böse.

"Brief und Reise! Brief und Reise!" gab Foma Fomitsch nicht nach. Bald setzte er sich und sprang bald wieder auf und blickte über die Achsel der Alten in die Karten.

"Keine Spur von Reise, sondern Tod und Heirat!" widersprach Nina Ljwowna, die auch ganz aufgeregt war.

"Eintreffen der Erwartungen und unveränderliche Fortuna!" verkündete Natalja Kirillowna feierlich, die letzte Karte auf den Tisch legend.

"Foma Fomitsch, seien Sie so gut, helfen Sie mir den Stickrahmen neu bespannen!" bat Marinjka.

"Warum fällt es dir am Abend ein?" fragte Nina Ljwowna erstaunt.

"Ich will ja Morgen schon in der Frühe anfangen. Denn die Tage sind jetzt so kurz: kaum setzt man sich an die Arbeit, als es schon gleich dunkel wird," erklärte Marinjka, bis über die Ohren errötend, denn sie verstand nicht zu lügen. Dann beugte sie sich zu der Mutter und schmiegte sich an sie, um ihr Gesicht zu verbergen. "Erlauben Sie es, liebes Mamachen!"

"Gut, geh."

Marinjka und Foma Fomitsch durchschritten einige dunkle, nur von Nachtkerzen und den Lämpchen vor den Heiligenbildern erleuchtete Zimmer und gelangten in das blaue Sofazimmer.

Hier faß am Fenſter vor dem Rahmen mit der angefangenen Stickerei — einem weißen Papagei auf grünem Grunde, wohl einem Bildniſſe Potap Potapytſchs — Golizyn.

„Ach, Sie ſind hier, Fürſt!" ſagte Marinjka, Erſtaunen heuchelnd und wieder errötend. „Foma Fomitſch, entſchuldigen Sie, um Gotteswillen, daß ich Sie bemüht habe! Der Fürſt wird mir helfen, den Rahmen zu beſpannen. Ich vergaß, daß er es mir früher verſprochen hatte..."

„Das war doch keine Mühe, Fräulein, ich bitte Sie! Bleiben Sie mit dem Fürſten, ich aber geh und ruhe ein wenig im Seſſel aus, bin ſo ſchläfrig geworden. Ich habe einen leiſen Schlaf: wenn jemand kommt oder ruft, höre ich es gleich und melde es Ihnen ſofort. Tout à vos ordres, mademoiselle!" ſagte der Alte mit einem artigen Kratzfuß.

Als Foma Fomitſch gegangen war, ſetzte ſich Marinjka vor den Stickrahmen und fing an, aufmerkſam die Stickerei zu betrachten. Golizyn ſetzte ſich neben ſie. Beide ſchwiegen.

„Nun, Fürſt, ſprechen Sie, ich höre zu," begann ſie mit einem unwillkürlichen Lächeln. Auch er lächelte. Und ebenſo wie damals auf der Reiſe mit der Diligence von Moskau nach Petersburg, ſahen ſie einander ſtumm und lächelnd an und fühlten, wie dieſes Schweigen ſie einander unaufhaltſam nahe brachte. Es war, als ſähen ſie ſich nach einer langen Trennung wieder und erkannten einander mit freudigem Erſtaunen.

„Erinnern Sie ſich noch, Marinjka, wie Sie mir neulich ſagten, Sie hätten vielleicht gar keinen Bräutigam. Nun, wie iſt es: haben Sie einen oder nicht?" fragte Golizyn.

„Was brauchen Sie das zu wiſſen?" fragte ſie, ſich wieder über die Stickerei beugend und mit dem Finger das gelbe Schöpfchen Potap Potapytſchs betaſtend.

„Liebste Marinjka, Sie wissen doch selbst, wozu ich das wissen will!" rief er, ihre Hand ergreifend. Sie zog ihre Hand nicht zurück und neigte nur noch tiefer den Kopf, so daß die längs der Wangen herabhängenden langen Locken fast ihr Gesicht verdeckten. Sie wußte, daß sich in diesem Augenblicke ihr Schicksal entschied. Sie wollte ihre Aufregung verbergen und konnte es nicht. Ihr Herz klopfte so, daß sie fürchtete, er könnte es hören.

„Was ist mit Ihnen? Was ist mit Ihnen, Marinjka? Warum wollen Sie mit mir nicht so wie früher sprechen? Warum sind Sie so?"

„Wie bin ich denn? Nein, es ist nichts... Man kann doch nicht immer kindisch sein. Ich bin kein Kind mehr. Es ist Zeit, vernünftig zu werden. Das Leben ist kein Spiel..."

— Das Leben ist Cho, — ging es Golizyn durch den Kopf; auch die Verse fielen ihm ein:

Demüt'gen Herzens muß man glauben
Und bis zum Schluß geduldig sein.

„Nun, wenn Sie es nicht sagen wollen, dann nicht. Aber seien Sie versichert, Marinjka, daß Sie, was auch kommen mag, einen Freund haben. Glauben Sie es? Glauben Sie wenigstens das, ja?"

„Aber natürlich..." Sie wollte wie früher lächeln, konnte es aber nicht. „Ich glaube es fast," fügte sie mit einem anderen, blassen und schwachen Lächeln hinzu.

„Fast? Kann man denn fast glauben? Übrigens ist nichts zu machen, ich habe es wohl nicht verdient!" Er lächelte bitter und ließ ihre Hand los.

Sie schwiegen wieder, und beiden wurde es schwer ums Herz; beide fühlten, daß sie nicht das Richtige sagten; die Worte trennten sie, als hätte nach einem kurzen Wiedersehen wieder eine ewige Trennung begonnen.

„Ist das alles, Fürst, was Sie mir sagen wollten?"

„Nein, nicht alles. Es kommt noch die Hauptsache: wenn Sie sich wegen des Herrn Aquilonow entscheiden, so vergessen Sie nicht, daß Sie frei sind: die Schuld für das Gut ist bezahlt, und jetzt kann Ihnen niemand mehr Tscherjomuschki nehmen. Beschließen Sie, wie Sie wollen: Sie sind frei, Marinjka."

In ihren Augen leuchtete wie ein Blitz die Freude auf, die dann ebenso plötzlich erlosch.

„Was sagen Sie, Fürst? Die Schuld ist bezahlt? Von wem?"
„Es ist ganz gleich, von wem."

„Warum ist es ganz gleich? Jemand hat über mein Schicksal beschlossen, und ich weiß nicht, wer..."

„Ach, mein Gott, es handelt sich doch nicht darum! Nun, wenn Sie unbedingt wissen wollen, wer..." stammelte Golizyn und errötete plötzlich verlegen wie ein kleiner Junge. „Nun, Foma Fomitsch hat es bezahlt..."

„Foma Fomitsch? Wo hat er denn das Geld her? Er ist ja noch ärmer als wir."

„Ich weiß wirklich nicht, wo er es her hat. Wahrscheinlich von der Großmutter..."

„Von der Großmutter? Aber Mamachen hat erst heute früh mit der Großmutter gesprochen und sie gebeten, wenigstens einen Teil zu bezahlen, und Großmutter hat es ihr rundweg abgeschlagen. Warum sagen Sie die Unwahrheit, Fürst? Was haben Sie für Hintergedanken?" Sie sah Golizyn unverwandt an. „Valerian Michailowitsch, sagen Sie mir sofort, sofort, wer es bezahlt hat, und wenn Sie es mir nicht sagen, werde ich mir, Gott weiß, was denken..."

Er sagte nichts, und sie begriff auf einmal alles. Sie erbleichte und stand auf, ohne ihn aus den Augen zu lassen.

„Das waren Sie?... Nun, ich danke Ihnen, Fürst! Sie sind sehr gütig. Sie haben sich des armen jungen Mädchens erbarmt und ihm Ihre Wohltat erwiesen... Kam Ihnen denn dabei gar nicht der Gedanke, daß wir, wie arm wir auch sind, Ihr Geschenk... Ihr Almosen vielleicht nicht annehmen wollen? Hätten Sie auch nur ein Bißchen — nicht Freundschaft, sondern Achtung gegen Mama und mich, so würden Sie es nicht getan haben. Ich bin übrigens selbst schuld, ich habe es selbst zugelassen... ich dummes, dummes Mädel..."

Sie bedeckte das Gesicht mit den Händen, ließ sich in den Stuhl fallen und fing zu weinen an. Ihre schmächtigen Schultern zitterten. Das Brusttuch rutschte auf die Seite und zeigte ihren feinen Hals und die halbkindliche Brust; auf dieser Brust, die sich beim Schluchzen hob und senkte, traten unter der bräunlichen Haut die gleichfalls halbkindlichen Schlüsselbeine hervor.

— Dummkopf! Dummkopf! Was hab ich angestellt! — Golizyn griff sich an den Kopf. Er wußte nicht, was ihm in diesem Augenblick wichtiger war: die Befreiung Rußlands, die Revolution und Meuterei oder dieses weinende Mädchen.

Marinjka erhob sich und ging, ohne die Hände vom Gesicht zu nehmen, zur Türe.

„Marinjka... Marja Pawlowna, warten Sie, warten Sie, gehen Sie nicht, lassen Sie mich sprechen, hören Sie mich an, um Gotteswillen!"

„Lassen Sie mich! Lassen Sie mich!"

Er ließ sie aber nicht los und hielt sie an den Händen fest.

„Lassen Sie mich doch sprechen! Ich kann nicht anders, Marinjka! Sie gehen ja gleich von mir, und vielleicht sehen wir uns nie wieder..."

Sie blieb lauschend stehen.

„Nur eine Minute... Ich will nur... Setzen Sie sich, setzen Sie sich..." flehte er und zog sie an der Hand zum Stuhl. Sie fügte sich, folgte ihm und setzte sich auf ihren früheren Platz.

„Ich bin dumm! Dumm! Alle klugen Menschen sind furchtbare Dummköpfe, das gilt von mir," stammelte er, sich überstürzend. „Mag ich dumm sein. Wenn ich aber gewußt hätte, daß es so kommen wird... Halten Sie mich denn wirklich für so einen Schuft? Ich wollte einfach... Sie haben neulich selbst gesagt, daß man ganz einfach sein darf... Sie wissen ja gar nicht, Marinjka, was mit mir jetzt los ist. Erinnern Sie sich an das Märchen vom Wanderer und dem Kameel in der Wüste? Das Kameel war rasend geworden, der Wanderer stürzte sich in einen Brunnen, am Rande wuchs aber ein Himbeerstrauch... Ach, es ist nicht das, nicht das! Ich spreche nicht das Richtige. Ich werde verrückt, Marinjka... Ich kann es nicht ertragen, daß Sie sich zugrunde richten, denn dieser Aquilonow ist das Ende... schlimmer als das Ende... Sie sagten soeben, daß Sie an meine Freundschaft fast glauben... Wie langweilig, wie schrecklich ist es, daß alles im Leben nur f a s t und nie g a n z ist... Ach, es ist wieder nicht das Richtige... Warten Sie, was wollte ich noch?... Ja, wenn Ihr Freund, f a s t Ihr Freund in den Tod, in einen Zweikampf ginge, aus dem er vielleicht nicht mehr lebend zurückkehrt, und wenn er Ihnen Gutes tun — diese verfluchte Schuld für Tscherjomuschki bezahlen wollte, um Sie vor dem Untergange zu retten, — würden Sie es denn nicht annehmen, würden Sie dem Sterbenden seinen letzten Wunsch abschlagen?"

Sie hörte zu weinen auf, nahm die Hände vom Gesicht, lauschte, ohne noch seine Worte zu verstehen, seiner Stimme, betrachtete sein Gesicht, sein einfaches, liebes, kindliches Gesicht, das so unglücklich war, daß ihr Herz sich wieder wie in jenen ersten Augenblicken der Annäherung, sich zusammenkrampfte vor Angst, als fühlte es, daß diesem Menschen Unheil drohe und man ihm helfen, ihn warnen und retten müsse.

"Ich hab es doch gewußt! Ich hab es doch gewußt!" rief sie, die Hände zusammenschlagend. "Sprechen, sagen Sie alles, sofort! Was hat das zu bedeuten? Was für ein Tod? Was für ein Zweikampf?"

"Fragen Sie nicht, Marinjka, ich kann nichts sagen."

"Die Braut?"

"Was für eine Braut?"

"Sie haben es schon vergessen? Sie haben ja eine Braut..."

"Ich habe gar keine Braut. Ich sagte Ihnen doch..."

"Sie sagten, Sie hätten keine. Vielleicht haben Sie doch eine?"

"Warum glauben Sie mir nicht, Marinjka? Sehen Sie denn nicht, daß ich die Wahrheit spreche?"

"Was ist es dann? Sprechen Sie doch! Warum quälen Sie mich? Was tun Sie mit mir?"

"Ich kann es nicht sagen," wiederholte Golizyn.

Marinjka hatte von Foma Fomitsch gehört, "die Zeiten seien so schrecklich", der Kaiser Konstantin Pawlowitsch hätte auf den Thron verzichtet und die Truppen müßten auf Nikolai vereidigt werden; und wenn sie sich weigern, könne es auch einen Aufstand geben. — Vielleicht ist es das? — fragte sie sich in ahnungsvollem Entsetzen.

"Ich habe Ihnen vorhin nicht die Wahrheit gesagt, daß ich Ihnen fast glaube. Nicht fast, sondern ganz. Und was auch kommen mag, ich werde Ihnen immer glauben. Aber es ist schrecklich, so schrecklich, zu wissen und zugleich nicht zu wissen. Was wird mit mir sein, mein Gott!... Valerian Michailowitsch. Liebster, läßt es sich nicht vermeiden?"

„Nein, Marinjka, es geht nicht."

„Wann?"

„Ich weiß nicht. Bald. Vielleicht morgen."

„Morgen? Sie gehen also, und wir sehen uns vielleicht nie wieder!"

Sie erbleichte, beugte sich zu ihm und legte ihm ihre Hände auf die Schultern. Er kniete nieder und umschlang mit den Armen ihre Taille.

„Meine Liebe, meine Liebe, Einzige!"

Plötzlich fiel ihm Ssofja ein. Ob er nicht der Himmlischen um der Irdischen willen untreu wurde? Aber nein, es war keine Untreue. Er liebte in den beiden — in der Irdischen und Himmlischen — die eine Einzige.

„Gehen Sie, und wir sehen uns nie, nie wieder!" wiederholte sie weinend; es waren aber nicht mehr die früheren bitteren, sondern neue süße Tränen der Liebe.

„Nein, Marinjka, wir sehen uns noch wieder. Und wenn wir uns wiedersehen, werden Sie mich dann nicht verlassen?"

Sie beugte sich noch tiefer über seine Schulter, näherte ihr Gesicht dem seinigen, und plötzlich spürte er ihren Atem. Sie sahen einander mit einem stummen Lächeln an, und plötzlich besannen sie sich aufeinander, erinnerten sich einander wie durch einen alten, oft gesehenen prophetischen Traum. Die beiden Lächeln näherten sich immer mehr und flossen plötzlich in einen Kuß zusammen.

„Liebste! Liebste! Liebste!" wiederholte er, als läge in diesem einen Wort alles, was er fühlte. „Bekreuzigen Sie mich, Marinjka. Ich gehe vielleicht auch für Sie in den Tod."

„Warum für mich?"

„Das werden Sie später erfahren."

„Dürfen Sie das auch nicht sagen?"

„Ich darf nicht. Bekreuzigen Sie mich."

„Nun, Christus sei mit Ihnen! Die Allerreinste Mutter bewahre, beschütze und behüte Sie!" Sie segnete ihn mit den gleichen Worten, mit denen ihn einst Ssofja gesegnet hatte, und küßte ihn mit einer schon mütterlichen Zärtlichkeit.

— Ja, Mutter, Allerreinste Mutter! — dachte er sich. — Die liebe Mutter Erde. Mutter und Braut zugleich. In die Kreuzespein, in den Tod für sie, — für Rußland, die Allerreinste Mutter!

Zehntes Kapitel

In der Nacht vom 13. auf den 14. Dezember versammelten sich die Verschwörer zum letzten Male in der kleinen Wohnung Rylejews. Nachts drängten sie sich, kamen und gingen genau wie am Tage. Aber sie schrieen und zankten sich nicht mehr wie neulich; ihre Reden waren still, ihre Gesichter feierlich: alle fühlten, daß der entscheidende Augenblick gekommen war.

Ein älterer Herr in abgetragenem grünem Frack, mit hoher weißer Halsbinde und Schildpattbrille, dessen Gesicht trocken und rauh schien, in der Tat aber begeistert und träumerisch war, der ehemalige Beamte an der Kanzlei des Moskauer General-Gouverneurs, Baron Wladimir Iwanowitsch Steinheil, eines der ältesten Mitglieder der Nordischen Gesellschaft, las undeutlich aus einem schmierigen Konzept:

„Durch ein Manifest des Senates wird verkündet:

„Die Absetzung der bisherigen Regierung.

„Die Einsetzung einer Provisorischen Regierung bis zur Konstituierung einer ständigen.

„Die Freiheit der Presse und Abschaffung der Zensur.

„Die Gleichheit aller Stände vor dem Gesetz.

„Die Abschaffung der Leibeigenschaft.

„Die Öffentlichkeit des Gerichtsverfahrens.

„Die Einführung von Schwurgerichten.

„Die Abschaffung des stehenden Heeres."

„Wie wollen wir das aber machen?" fragte jemand.

„Es ist sehr einfach," antwortete Steinheil. „Wir zwingen den Synod und den Senat, den Obersten Rat der Geheimen Gesellschaft zur provisorischen Regierung mit unbeschränkter Gewalt zu erklären; wir verteilen die Ministerien, Armeekorps und die höchsten Kommandostellen unter den Mitgliedern der Gesellschaft und schreiten dann zur Wahl der Volksvertreter, die die neue Ordnung im ganzen russischen Reiche zu bestätigen haben..."

Ein jeder, der diese drei kleinen Zimmer betrat, war sofort wie von einem starken Wein berauscht; das Machtbewußtsein stieg allen zu Kopf: alles, was sie nur wollen, werden sie durchsetzen; wie sie beschließen, so wird es auch sein.

— Nichts wird daraus! — dachte sich Golizyn. — Vielleicht aber doch? Wahnsinnige, Schlafwandler, Pläneschmiede, vielleicht aber auch Propheten? Vielleicht ist das alles keine Erfüllung, sondern eine Verheißung, ein Wetterleuchten und kein Blitz? Aber wo ein Wetterleuchten ist, da wird es auch blitzen. —

„Die Stadt Nischnij-Nowgorod wird unter dem Namen Slawjansk zur neuen Hauptstadt Rußlands erklärt werden," verkündete Steinheil.

Golizyn blickte mit zusammengekniffenen Augen auf die in den Tabakrauchwolken trübe flackernden Wachskerzen, und es war ihm, als sähe er schon die goldenen Kuppeln von Slawjansk, der kommenden Stadt, des Zion der russischen Freiheit.

Der gebückte, knochige, ungelenke und langsame Genieoberst Batenkow sprach so schwerfällig, als ob er schwere Steine herumwälzte; er rauchte eine lange perlenbestickte Pfeife, aus der er bisweilen die ihm fehlenden Worte herauszusaugen schien. Der Held des Jahres 1812, der in der Schlacht bei Montmirail „infolge übertriebener Tapferkeit" ein Kommando mit Geschützen verloren hatte, war ein Meister in weiblichen Handarbeiten und machte mit Vorliebe Kanevasstickereien. Auch jetzt war er mit einer solchen Stickerei beschäftigt: er malte sich seine Mitwirkung an der Provisorischen Regierung neben Speranskij, General Jermolow, dem Erzbischof Philaret und Pestel aus.

Er machte den Vorschlag, „die Besatzung der militärischen Siedlungen Araktschejews in eine nationale Garde umzuwandeln und die Peter-Pauls-Festung der Munizipalität von Petersburg zu übergeben, damit sie darin den Stadtrat und die Stadtwache unterbringe."

„Bei uns in Rußland ist nichts leichter, als Revolution zu machen: man braucht nur den Senat zu veranlassen, gedruckte Ukase auszugeben, und alle werden ohne Schwierigkeiten den Treueid leisten. Oder man nimmt einige Truppenteile und zieht unter Trommelwirbel von Regiment zu Regiment, — auch auf diese Weise kann man eine Menge Ruhmestaten vollbringen."

„Jedenfalls wird auch von uns ein Blatt in der Weltgeschichte zu melden wissen!" rief der Dragonerrittmeister Alexander Bestuschew aus. Er hob die Augen zum Himmel und fügte empfindsam hinzu:

„Mein Gott, wird denn uns das Vaterland nicht zu seinen Söhnen erklären?"

„Lassen Sie das lieber" versetzte Golizyn trocken mit einer Grimasse.

Der Oberst im Leibgrenadierregiment Bulatow, hübsch, schmächtig und weiß wie eine Porzellanpuppe, mit erstaunten blauen Augen und erstauntem und wahnsinnigem Gesichtchen, hörte allen mit der gleichen Aufmerksamkeit zu, als bemühe er sich, etwas zu begreifen, und könne es nicht.

„Ich will Ihnen nur das eine sagen, meine Freunde: wenn ich zum Handeln komme, so wird es auch bei uns manchen Brutus geben, und vielleicht werden wir alle Revolutionäre in den Schatten stellen," fing er an und hielt plötzlich verlegen inne.

„Wie ist nun der Plan der Erhebung?" fragte Obolenskij.

„Unser Plan besteht in Folgendem," antwortete Rylejew. „Wir machen Stimmung gegen die Vereidigung, verbreiten in allen Regimentern das Gerücht, daß man Konstantin zum Verzicht gezwungen habe, und sagen, daß die Verzichterklärung durch einen Brief ungenügend sei, er möchte doch ein Manifest veröffentlichen oder, noch besser, persönlich kommen. Und wenn die Regimenter sich einmal empört haben, führen wir sie auf den Senatsplatz."

„Werden viele Regimenter mittun?" erkundigte sich Batenkow neugierig.

„Rechnen Sie mal selbst: das ganze Ismailowsche, ein Bataillon vom Finnländischen, zwei Kompagnien vom Moskauer, zwei Kompagnien der Leibgrenadiere, die ganze Flottenequipage, ein Teil der Kavallerie und ein Teil der Artillerie."

„Die Artillerie brauchen wir nicht, wir werden auch mit blanker Waffe fertig," meldete sich wieder Bulatow.

„Der Erfolg ist sicher! Der Erfolg ist sicher!" riefen alle.

„Was werden wir aber auf dem Senatsplatze machen?" fragte Obolenskij.

„Wir legen dem Senat das Manifest von der Konstitution vor und gehen dann direkt ins Palais und verhaften die Zarenfamilie."

„Das ist leicht gesagt: wir verhaften. Wenn sie uns aber entwischt? Das Palais ist groß und hat viele Ausgänge."

„Es wäre nicht schlecht, einen Plan des Palais zu verschaffen," riet Batenkow.

„Die Zarenfamilie ist keine Nadel: wenn es zur Verhaftung kommt, wird sie sich nicht verstecken können," bemerkte lachend Bestuschew.

„Wir bilden uns gar nicht ein, daß mit der Besetzung des Palais alles erledigt sei," sagte Ryleiew fortfahrend. „Uns genügt, daß der Kaiser mit seiner ganzen Familie flieht, — dann schließt sich uns sofort die ganze Garde an. Es gilt den ersten Schlag zu führen; die Verwirrung, die dann entsteht, wird uns neue Gelegenheit zum Handeln bieten. Vergeßt nicht, Freunde, daß der Erfolg der Revolution auf dem einen Worte beruht: Wage!" Wie eine im Winde lodernde Flamme zitternd, fliegend und funkelnd, war er in diesem Augenblick so schön wie noch nie.

„Ihr habt gar keine Ahnung vom russischen Soldaten, Ihr jungen Herren, ich kenne ihn aber durch und durch," begann der hagere, dunkle, einem Zigeuner ähnliche Hauptmann Jakubowitsch, der „Kaukasusheld", der an seinem durchschossenen Kopfe eine schwarze Binde trug. „Man muß mit der Plünderung der Branntweinschenken beginnen; und wenn sie einmal ordentlich betrunken sind, läßt man die Soldaten mit den Bajonetten und die Bauern mit den Äxten los: sollen sie ein wenig plündern und die Stadt an allen vier Ecken anzünden, damit alles Deutsche ausbrennt. Dann nimmt man aus irgend einer Kirche die Fahnen und geht in einer Prozession ins Palais, verhaftet den Zaren, ruft die Republik aus, und die Sache ist fertig!"

„So ist recht! So ist recht! Das ist auch mein Geschmack! Zum Teufel mit aller Philantropie!" schrie in größter Erregung der Fürst Schtschepin. „Aber sofort! Jetzt gleich! Wir brauchen nicht bis zum Morgen zu warten! Augenblicklich! Auf der Stelle!"

Er sprang auf, und auch alle andern sprangen auf, als wären sie in der Tat entschlossen, mit ihm zu laufen, sie wußten selbst nicht, wohin und wozu.

„Was fällt Ihnen ein, meine Herren? Wohin wollen Sie denn jetzt in der Nacht? Vor der Vereidigung werden sich die Soldaten nicht rühren. Sehen Sie denn nicht, daß Jakubowitsch scherzt?"

„Nein, ich scherze nicht. Wenn es aber Ihnen beliebt, meine Worte als einen Scherz aufzufassen..." lächelte Jakubowitsch doppelsinnig.

„Nein, meine Freunde, wenn wir uns an ein großes Werk machen, dürfen wir keine gemeinen Mittel anwenden. Für eine reine Sache bedarf man reiner Hände. Die heilige Flamme der Freiheit darf nicht entweiht werden!" begann Rylejew von neuem. Und alle kamen allmählich zur Besinnung und beruhigten sich.

In einem Winkel am Ofen saßen vor einem besonderen Tischchen mit vielen Flaschen Küchelbäcker und Puschtschin.

Der Kollegienassessor Wilhelm Karlowitsch Küchelbäcker, oder „Küchel", wie man ihn nannte, Deutsch-Russe, Herausgeber der Zeitschrift „Mnemosyne", ein blonder, glotzäugiger, junger Mann, lang und ungelenk wie eine langbeinige Mücke, tat, nach seinem eigenen Geständnis, nichts anderes als „Verse schreiben und von der zukünftigen Vervollkommnung des Menschengeschlechts träumen". Er war nicht mal Mitglied der Geheimen Gesellschaft, gehörte dafür aber einer andern „Geheimen Gesellschaft" an — dem Kreise der Moskauer Schellingianer.

Der Hofgerichtsbeamte Puschtschin, ein Lyzeumsfreund und alter Zechgenosse Puschkins, der „leichtsinnige Philosoph", wie ihn der Dichter nannte, Liebhaber von Wein, Kartenspiel und

Frauen, hatte die glänzende Militärkarriere aufgegeben und war als kleiner Beamter in das Departement für Strafsachen am Moskauer Hofgericht eingetreten, um am eigenen Beispiel zu zeigen, „daß man auch in der bescheidensten Stellung dem Vaterlande dienen könne, indem man gute Gefühle und Begriffe verbreite". „Die alte Maremjana", „Mutter Ssofja, die um alle besorgt ist" — diese Spitznamen, mit denen man ihn im Lyzeum genannt hatte, waren für seine Herzensgüte und Sorge um alle sehr bezeichnend. Er pflegte dem Streit zweier alter Marktweiber wegen eines Knäuels Garn mit solcher Geduld zuzuhören, als ob es sich um die wichtigsten Staatsinteressen handelte.

Küchelbäcker und Puschtschin unterhielten sich über die Naturphilosophie Schellings und beachteten niemand.

„Das Absolute ist die Göttliche Null, in der sich Plus und Minus, das Ideelle und das Materielle versöhnen. Verstehen Sie es, Puschtschin?"

„Nichts verstehe ich, Küchel. Können Sie sich nicht einfacher fassen?"

„Es geht auch einfacher. Die Natur ist eine von der Höchsten Allweisheit aufgezeichnete Hieroglyphe, die Spiegelung des Ideellen im Materiellen. Das Materielle ist dem Abstrakten gleich; das Materielle ist das gleiche Abstrakte, doch nur in verteilter und endlicher Form. Verstehen Sie es?"

Puschschin glotzte ihn wie ein Uhu an; er hatte etwas zu viel getrunken. Aber er hörte ihm ebenso aufmerksam zu wie jenen beiden Marktweibern.

Der verabschiedete Leutnant von der Linie Kachowskij, mit dem hungrigen, hageren, wie aus Stein gemeißelten Gesicht, mit hochmütig hervortretender Unterlippe und den unglücklichen Augen eines kranken Kindes oder eines Hundes, der seinen Herrn verloren hat, ging immer aus dem Gastzimmer ins Kabinett, vom Ofen zum Fenster, hin und her, eintönig und unermüdlich wie ein Uhrpendel.

„Genug schon gewandert, Kachowſkij!" rief ihm Puſchtſchin zu.

Jener antwortete aber nicht, als hätte er nichts gehört, und ſetzte ſeine Wanderung fort.

„Das Materielle und das Abſtrakte iſt ein und dasſelbe, doch nur in zweifacher Form. Die Idee dieſer vollkommenen Einheit iſt eben das Abſolute. Das Abſolute iſt die geſuchte Bedingung aller Bedingungen. Nun, haben Sie es jetzt verſtanden?" ſchloß Küchelbäcker.

„Nichts habe ich verſtanden. Du biſt doch wirklich ſonderbar, Küchel! Daß du in einem ſolchen Augenblick an dieſe Dinge denken kannſt! Nun, wirſt du morgen auf den Senatsplatz gehen?"

Kachowſkij blieb plötzlich ſtehen und horchte.

„Ja."

„Und wirſt auch ſchießen?"

„Ja."

„Und wie verhält ſich dazu dein Abſolutes?"

„Mein Abſolutes iſt damit vollkommen einverſtanden. Zwiſchen dem Guten und dem Böſen muß ein ewiger Kampf beſtehen. Erkenntnis und Tugend ſind dasſelbe. Erkenntnis iſt Leben, und Leben iſt Erkenntnis. Um gut zu handeln, muß man gut denken!" rief der ungelenke, häßliche, doch von einem inneren Lichte durchleuchtete Küchelbäcker aus. In dieſem Augenblick war er beinahe ſchön.

„Ach, du mein liebes, kleines Abſolutchen! Du mein langbeiniger Reiher!" lachte Puſchtſchin, ihn in ſeine Arme ſchließend.

„Sie dürfen darüber nicht lachen," miſchte ſich plötzlich Kachowſkij ein. „Er ſpricht vom Wichtigſten. Alles andere iſt dagegen Unſinn. Wenn es überhaupt einen Sinn hat, Revolution zu machen, so doch nur dazu. Damit man leben kann, muß die ganze Welt gerechtfertigt sein!" Er beugte sich über Puschtschin und hob drohend seinen Zeigefinger dicht vor seinem Gesicht. Dann richtete er sich auf, machte kehrt und fing wieder an, wie ein Uhrpendel auf und ab zu gehen.

Es war schon spät. Der kleine Diener Filjka schnarchte längst, unnatürlich zusammengekauert, auf dem harten gewölbten Deckel des Kleiderkoffers im Vorzimmer. Die Gäste gingen einer nach dem andern fort. In Rylejews Kabinett waren noch einige Mitglieder zurückgeblieben, um die letzten Abmachungen zu treffen.

„Wegen der Hauptsache haben wir aber noch immer nichts beschlossen, meine Herren," sagte Jakubowitsch.

„Was ist denn die Hauptsache?" fragte Rylejew.

„Als ob Sie es nicht wüßten! Was fangen wir mit dem Zaren und der Zarenfamilie an — das ist die Hauptsache!" antwortete Jakubowitsch und blickte ihm gerade ins Gesicht.

Rylejew schwieg und hielt die Augen gesenkt, aber er fühlte, daß ihn alle erwartungsvoll anblickten.

„Man muß sie verhaften und in Haft behalten, bis die Große Versammlung zusammentritt, die zu beschließen hat, wer und unter welchen Bedingungen regieren soll," antwortete er endlich.

„Verhaften?" Jakubowitsch schüttelte zweifelnd den Kopf. „Und wer soll den Zaren bewachen? Glauben Sie denn nicht, daß die Wachtposten schon vor seinem ersten Blick erzittern? Nein, Rylejew, die Verhaftung des Kaisers würde unser Verderben und das Verderben Rußlands, — nämlich einen Bürgerkrieg bedeuten."

„Nun, was denken Sie darüber selbst, Jakubowitsch?" begann plötzlich Golizyn, der bis dahin geschwiegen hatte. Er ärgerte sich schon längst über den spöttischen Gesichtsausdruck

Jakubowitſchs: er prahlt und reizt alle auf, iſt aber ſelbſt wohl ein Feigling!

„Was ich mir denke? Dasſelbe, was alle,“ verſuchte Jakubowitſch auszuweichen.

„Nein, antworten Sie. Sie haben die Frage geſtellt und müſſen Sie auch beantworten,“ drang Golizyn immer gehäſſiger auf ihn ein.

„Gerne. Nun, meine Herren, wenn es keine anderen Mittel gibt, ſo ſind wir hier ſechs Mann . . .“

Rachowſkij, der in dieſem Augenblick auf ſeiner Wanderung ins Kabinett kam und am Fenſter kehrtmachte, um wieder zurückzugehen, blieb plötzlich ſtehen und horchte auf.

„Nein, ſieben,“ fuhr Jakubowitſch fort mit einem Blick auf Rachowſkij. „Wir werfen das Los, und wen es trifft, der muß entweder den Zaren töten oder ſelbſt getötet werden.“

— Vielleicht prahlt er auch nicht, — dachte ſich Golizyn, und die Worte Rylejews fielen ihm ein: ich kenne Jakubowitſch als einen Menſchen, der ſein Leben verachtet und bereit iſt, es bei jeder Gelegenheit zu opfern.

„Nun, meine Herren, ſind Sie einverſtanden?“ fragte Jakubowitſch und blickte lächelnd um ſich.

Alle ſchwiegen.

„Glauben Sie, daß es ſo leicht iſt, die Hand gegen den Kaiſer zu erheben?“ verſetzte endlich Batenkow.

„Nein, das glaube ich nicht. Ein Anſchlag auf das Leben des Kaiſers iſt doch was ganz anderes als ein Anſchlag auf das Leben eines einfachen Menſchen . . .“

„Auf die geheiligte Perſon Seiner Majeſtät des Kaiſers,“ bemerkte Golizyn boshaft. Jakubowitſch verſtand ihn aber nicht.

„Das meine ich eben!“ fuhr er fort. „Die geheiligte Perſon, der Geſalbte Gottes! Das haben wir alle im Blut. Wir ſind

Revolutionäre und Gottlose, aber doch Russen und Christen. Wir sind keine Schufte und keine Feiglinge, und werden alle für das Wohl des Vaterlandes sterben. Wenn es aber gilt, den Zaren zu töten, so wird sich die Hand nicht erheben und das Herz wird widerstreben. Es ist viel schwerer, den Zaren in seinem Herzen zu töten, als auf offener Straße . . ."

„Maul halten!" schrie plötzlich Kachowskij so unerwartet, daß alle sich nach ihm verwundert umsahen.

„Was haben Sie, Kachowskij?" fragte Jakubowitsch, der so erstaunt war, daß er sich nicht einmal beleidigt fühlte. „Wen schreien Sie so an?"

„Dich! Dich! Kein Wort mehr! Untersteh' dich nicht, davon zu sprechen! Paß auf!" er drohte ihm mit der Faust und wollte noch etwas hinzufügen, winkte aber nur mit der Hand und brummte in den Bart: „Die verdammten Schwätzer!" Und er wandte sich um und ging, als ob nichts vorgefallen wäre, seinen alten Weg aus dem Kabinett ins Gastzimmer. Mit dem Gesicht eines Schlafenden ging er wieder wie ein Uhrpendel hin und her.

— Ein Schlafwandler! — dachte sich Golizyn.

„Ist er verrückt?" rief Jakubowitsch, vor Wut aufspringend. Rylejew hielt ihn bei der Hand zurück.

„Lassen Sie ihn. Sehen Sie es denn nicht? Er weiß selbst nicht, was er spricht."

In diesem Augenblick kam Kachowskij wieder ins Kabinett. Jakubowitsch sah ihn an und spuckte aus.

„Dieser Verrückte! Rylejew, nehmen Sie sich vor ihm in acht, er bringt uns alle ins Unglück!"

„Sie irren, Jakubowitsch," sagte Golizyn ruhig. „Kachowskij ist bei vollem Verstand. Und was er gesagt hat, mußte ja einmal gesagt werden."

„Was mußte gesagt werden? Was? Reden Sie doch vernünftig, hol Sie alle der Teufel!"

„Wir haben schon genug geredet. Wenn man zu viel redet, tut man zu wenig."

„Sind Sie nicht auch verrückt geworden, Golizyn?"

„Hören Sie, mein Herr, ich liebe keinen Streit. Aber wenn Sie es durchaus wünschen . . ."

„Hört auf! Das ist doch wirklich nicht die Zeit für solche Streitigkeiten. Wie, schämen Sie sich nicht, meine Herren!" sagte Rylejew mit einem so bitteren Vorwurf in der Stimme, daß beide sofort zur Besinnung kamen und verstummten.

„Sie haben recht, Rylejew," sagte Golizyn. „Der Morgen ist klüger als der Abend. Der morgige Tag wird schon zeigen, wer recht hat. Und jetzt brechen wir auf!"

Er stand auf, und alle folgten seinem Beispiel. Der Hausherr begleitete die Gäste ins Vorzimmer. Als sie schon in Mänteln und Pelzen fertig zum Aufbruch standen, kamen sie nach russischer Sitte wieder ins Gespräch. Sie weckten den schnarchenden Filjka und schickten ihn in die Küche, damit er nicht zuhöre.

Alle hatten das Gefühl, daß jetzt, nachdem sie die Frage vom Zarenmord berührt hatten, alles wieder so unklar und verworren war, als hätten sie gar nichts beschlossen und könnten auch niemals etwas beschließen.

„Die bisher getroffenen Maßregeln sind ungenau und unbestimmt," begann Batenkow.

„Man kann doch nicht erst eine Probe machen," bemerkte Bestuschew.

„Die Truppen werden auf den Senatsplatz kommen, und dann werden wir schon sehen, was sich machen läßt. Wir werden je nach den Umständen handeln," schloß Rylejew.

„Jetzt dürfen wir nicht mehr räsonieren: wir haben nur den Befehlen unserer Führer zu folgen," bestätigte Bestuschew. „Wo steckt er übrigens, unser Hauptführer? Was hält er sich immer versteckt?"

„Trubezkoi ist heute nicht ganz wohl," erklärte Rylejew.

„Und morgen ... wird er morgen auf dem Platze sein?"

Alle Gesichter drückten plötzliche Angst aus.

„Was fällt Ihnen ein, Bestuschew!" rief Rylejew mit so aufrichtiger Empörung, daß alle sich beruhigten.

„Nun, meine Herren, Gott wird schon alles einrichten. Mit Gott! Mit Gott!" sagte Obolenskij.

Jakubowitsch, Bestuschew und Batenkow gingen zusammen fort. Golizyn und Obolenskij verabschiedeten sich noch im Vorzimmer von Rylejew.

Kachowskij, der noch immer auf und ab ging und endlich merkte, daß alle aufbrachen, kam auch ins Vorzimmer und fing an, seinen Mantel anzuziehen. Sein Gesicht war noch immer verschlafen — das Gesicht eines Schlafwandlers.

Rylejew ging auf ihn zu.

„Was hast du, Kachowskij, ist dir nicht ganz wohl?"

„Nein, mir fehlt nichts. Leb wohl."

Er drückte ihm die Hand, wandte sich um und machte einen Schritt zur Türe.

„Wart, ich hab mit dir noch ein Wort zu reden," hielt ihn Rylejew zurück.

Kachowskij verzog das Gesicht.

„Ach, noch mehr reden! Wozu?"

„Nun, es geht auch ohne Worte."

Rylejew nahm ihn beiseite, holte etwas aus seiner Brusttasche und drückte es ihm stumm in die Hand.

„Was ist das?" fragte Kachowskij erstaunt und hob die Hand Es war ein Dolch.

„Haft du es schon vergessen?" fragte Rylejew.

„Nein, ich weiß es noch," antwortete Kachowskij. „Nun, ich danke für die Ehre!"

Es war ein längst verabredetes Zeichen: der Dolch sollte dem eingehändigt werden, den der Oberste Rat der Geheimen Gesellschaft zum Zarenmörder auserkor.

Rylejew legte ihm beide Hände auf die Schultern und begann höchst feierlich zu sprechen; er hatte sich die Worte offenbar vorher zurechtgelegt und vielleicht sogar für die kommenden Geschlechter berechnet. „Auch von uns wird ein Blatt in der Weltgeschichte zu melden wissen," wie vorhin Bestuschew gesagt hatte.

„Liebster Freund, du bist auf dieser Erde verlassen und elend. Ich kenne deine Selbstaufopferung. Du kannst größeren Nutzen bringen, als auf dem Senatsplatze: töte den Zaren ..."

Rylejew wollte ihn umarmen, Kachowskij rückte aber weg.

„Wie soll ich das machen?" fragte er ruhig, beinahe verträumt.

„Zieh dir eine Offiziersuniform an, geh in aller Frühe, noch vor der Erhebung, ins Palais und töte ihn dort. Oder auf dem Platze bei seiner Ausfahrt," sagte Rylejew.

In Kachowskij ging langsam eine Veränderung vor sich wie im Gesicht eines Menschen, der erwachen will und noch nicht kann. Endlich leuchtete es in seinen Augen auf, als hätte er jetzt erst begriffen, mit wem und worüber er sprach. Der Schlafwandler war erwacht.

„Gut," sagte er erbleichend, aber noch immer ruhig und verträumt. „Ich — ihn, und du — alle? Hast du dich schon entschlossen?"

„Warum denn alle?" flüsterte Rylejew, gleich ihm erbleichend.

„Was heißt, warum? Du haft doch selbst gesagt: es genügt nicht, ihn allein, man muß alle..."

Rylejew hatte das niemals gesagt, hatte sogar gefürchtet, daran auch nur zu denken.

Er schwieg. Kachowskij wurde aber immer bleicher und bohrte in ihn immer tiefer seinen brennenden Blick.

„Nun, was schweigst du? Sprich! Oder darf man es gar nicht sagen? Man darf es nicht sagen, darf es aber tun..."

Sein Gesicht verzerrte sich plötzlich, die Lippen krümmten sich zu einem Lächeln, und die hochmütig hervortretende Unterlippe begann zu zittern.

„Nun, ich danke für die Ehre. Ihr habt keinen besseren finden können, darum fiel die Wahl auf mich. Aber ihr, ihr alle? Oder habt ihr keine Lust, euch mit Blut zu beschmutzen? Ja, natürlich! Ihr seid ja edle und vornehme Herren! Mir braucht man aber nur zu pfeifen! Ein verurteilter Missetäter! Ein verworfener Mensch! Ein niedriges Werkzeug des Mordes! Ein Dolch in deinen Händen!"

„Was hast du, was hast du, Kachowskij? Niemand zwingt dich ja... Du hast es doch selbst gewollt..."

„Ja, ich selbst! Was ich selbst zu tun beschließe, das werde ich auch tun! Ich werde mich dem Vaterlande opfern, aber nicht dir und nicht der Gesellschaft. Ich will niemand als Sprungbrett dienen. Diese Gemeinheit, diese Gemeinheit! Du wolltest mich unbedingt zu einem Dolch in deiner Hand machen, hast dir solche Mühe gegeben, daß du davon verrückt geworden bist. Du hieltst dich für fein, warst aber so grob, daß jeder Narr dich hätte durchschauen können. Du hast den Dolch wohl geschliffen, aber nimm dich in acht, daß du dich nicht schneidest!"

„Petja, liebster Freund, was sagst du!" Rylejew faltete die Hände wie im Gebet. „Halten wir denn jetzt nicht alle zusammen? Bist du nicht mit uns?"

„Nein, ich bin nicht mit euch! Niemals war ich mit euch und werde niemals mit euch sein! Ich bin allein! Allein! Allein!"

Er konnte vor Aufregung nicht weitersprechen. Er zitterte wie im Krampfe. Sein Gesicht war dunkel und so schrecklich wie das eines Besessenen.

„Da hast du deinen Dolch! Und wenn du dich noch einmal unterstehst, so werde ich dich..." Mit der einen Hand schwang er den Dolch über Rylejews Kopf und packte ihn mit der andern am Kragen. Obolenskij und Golizyn wollten Rylejew zur Hilfe stürzen. Kachowskij warf aber den Dolch weg. Die Klinge klirrte am Boden. Kachowskij stieß Rylejew mit solcher Gewalt zurück, daß jener beinahe umfiel, und lief auf die Treppe hinaus.

Rylejew stand einen Augenblick lang wie vom Blitze getroffen. Dann lief auch er auf die Treppe hinaus, beugte sich über das Geländer und rief mit flehender, verzweifelter Stimme:

„Kachowskij! Kachowskij! Kachowskij!"

Er bekam aber keine Antwort. Irgendwo in der Ferne krachte es: es war wohl die schwere Haustür, die Kachowskij hinter sich ins Schloß warf.

Rylejew stand noch eine Weile, wie auf etwas wartend, auf der Treppe und kehrte ins Vorzimmer zurück.

Alle drei schwiegen, hielten die Augen gesenkt und vermieden, einander anzusehen.

„Ein Verrückter!" sagte endlich Rylejew. „Jakubowitsch hat recht: er wird uns alle ins Unglück stürzen."

„Unsinn! Er wird niemand ins Unglück stürzen außer sich selbst. Wir sind alle unglücklich, aber er ist noch viel unglücklicher als wir. In einem solchen Augenblick allein! Ganz allein nimmt er das Martyrium für alle auf sich. — Es ist kein größeres Martyrium auf Erden als dieses ... Warum hast du ihn gekränkt, Rylejew?"

„Ich habe ihn gekränkt?"

„Ja, du. Darf man denn einem Menschen sagen: töte?"

„Man darf es nicht sagen, darf es aber tun," wiederholte Rylejew mit bitterem Lächeln Kachowskijs Worte.

Obolenskij fuhr zusammen und errötete ebenso wie vorhin beim Gespräch mit Golizyn.

„Ich weiß nicht, ob man es tun darf. Es ist aber besser, selbst zu töten, als seinem Nächsten zu sagen: töte," sagte er leise mit großer Anstrengung.

Alle drei schwiegen wieder. Rylejew setzte sich auf den Koffer, auf dem Filjka zu schlafen pflegte, stützte die Ellenbogen auf die Knie und vergrub den Kopf in die Hände.

Obolenskij setzte sich neben ihn und streichelte ihm mit stiller Liebkosung, wie einem kranken Kinde den Kopf.

Lange währte das Schweigen.

Endlich hob Rylejew den Kopf. Er schien wieder wie am Morgen schwer krank; er war auf einmal bleich geworden, war gleichsam erloschen: wo Feuer gewesen, war jetzt nur Asche.

„Schwer ist es, Brüder, schwer! Es geht über meine Kraft!" stöhnte er mit dumpfem Schluchzen auf.

„Kannst du dich noch daran erinnern, Rylejew," begann Obolenskij, ihm immer noch liebevoll den Kopf streichelnd: „Ein Weib, wenn sie gebieret, so hat sie Traurigkeit, denn ihre Stunde ist gekommen; wenn sie aber das Kind geboren hat, denkt sie nicht mehr an die Angst, um der Freude willen, daß der Mensch zur Welt geboren ist."

„Welche Worte!" rief Rylejew erstaunt. „Wer hat das gesagt?"

„Hast du es schon vergessen? Macht nichts, es wird dir schon einmal einfallen. Höre weiter: ‚Und ihr habt auch nur Traurigkeit; aber Ich will euch wiedersehen, und euer Herz soll sich freuen, und eure Freude soll niemand von euch nehmen.' Ja, so ist es, Rylejew: es war eine Traurigkeit, aber es wird auch eine Freude sein, und unsere Freude soll niemand von uns nehmen!"

In Rylejews Augen glänzten Tränen, und er lächelte durch die Tränen. Er stand auf und legte die Hand auf Golizyns Schulter.

„Wissen Sie noch, Golizyn, wie Sie mir einmal gesagt haben: ‚Sie glauben zwar nicht an Gott, aber Gott helfe Ihnen'?"

„Ich weiß es noch, Rylejew."

„Nun, sagen Sie es auch jetzt . . ." begann Rylejew. Aber plötzlich errötete er vor Scham. Golizyn verstand ihn. Er bekreuzigte ihn und sagte:

„Gott helfe Ihnen, Rylejew! Christus sei mit Ihnen! Mit uns allen sei Christus!"

Rylejew umarmte mit der einen Hand Golizyn, mit der anderen Obolenskij und zog beide zu sich heran. Und ihre Lippen vereinigten sich in einem dreifachen Kuß.

Durch die Angst, durch den Schmerz, durch die Kreuzespein hindurch leuchtete eine große Freude, und sie wußten schon, daß niemand diese Freude von ihnen nehmen werde.

Zweiter Teil

Erstes Kapitel

"Mit Peter dem Großen hat die Revolution in Rußland begonnen, die auch heute noch fortdauert," — an diese an Pestel gerichteten Worte Puschkins mußte Golizyn denken, als er am Morgen des 14. Dezember auf den Senatsplatz trat und das Denkmal Peters erblickte.

Der trübe, neblige und stille Morgen schien noch zu schwanken, ob er sich für Frost oder für Tauwetter entscheiden solle. Die Nadel der Admiralität bohrte sich in den niedern Himmel wie in weiße Watte. Die über die Newa führenden Brücken stießen gleichsam gegen eine weiße Mauer, und man glaubte, daß dort, jenseits der Newa nichts mehr wäre — nur der weiße Nebel, die Leere — das Ende der Erde und des Himmels, der Rand der Welt. Und der Eherne Reiter auf dem eisernen Pferde sprengte in diese weiße Finsternis.

Golizyn ging auf dem Quai auf und ab und beobachtete den leeren Platz. Er bemerkte in der Ferne Iwan Iwanowitsch Puschtschin und ging auf ihn zu.

„Ich glaube, um acht?" fragte Golizyn.

„Ja, um acht," antwortete Puschtschin.

„Es ist aber bald neun. Ist niemand da?"

„Niemand."

„Wo stecken sie denn alle?"

„Ich weiß nicht."

„Wo ist Rylejew?"

„Er schläft wohl noch. Er schläft gerne lange."

„Daß wir nur Rußlands Freiheit nicht verschlafen!"

Sie gingen eine Weile schweigend auf und ab und warteten, ob nicht noch jemand käme. Es kam niemand.

„Nun, ich gehe," sagte Puschtschin.

„Wo wollen Sie hin?" fragte Golizyn.

„Nach Hause."

Puschtschin ging, und Golizyn fuhr fort, auf dem Quai auf und ab zu gehen.

Ein Weib in angefrorenem Kleid, mit blauangelaufenem Gesicht spülte in einem Eisloch Wäsche. Ein alter Laternenanzünder hatte die Laterne von dem noch mit dem Sommerschmutz bespritzten Holzpfahl am Block heruntergelassen und goß Hanföl in das Blechlämpchen. Ein Hausierer ordnete auf seinem Verkaufsstand weiße und rosa Fischchen aus Pfefferminzmasse und durchsichtige gelbe und rote Hähnchen aus Eiszucker.

Ein Ladenjunge in schmutziger Schürze, mit einem leeren Korb auf dem Kopfe blieb, Sonnenblumenkerne knabbernd, vor dem Trottoir stehen und musterte Golizyn mit Interesse; vielleicht wußte er aus Erfahrung, daß, wenn ein Herr wartet, auch ein junges Mädchen in der Nähe sein müsse. Golizyn war es selbst zu Mute, als erwartete er jemand:

So wartet nur ein Liebender
Auf der Zusammenkunft Minute.

Der Junge langweilte ihn. Er ging über den Quai auf den Admiralitäts-Boulevard hinüber und fing an, auf der einen Seite desselben auf und ab zu gehen, während auf der andern Seite ein Herr mit schwarzer Brille, in erbsgrauem Mantel auf und ab ging. Auf dem Hinwege blickte er Golizyn so an, als fragte er: „Nun, wird etwas geschehen?" — und wenn er zurückging, schien sein Blick zu antworten: „Etwas wird schon geschehen, wir werden ja sehen!"

— Ein Spitzel, — dachte sich Golizyn. Er bog um eine Ecke, setzte sich auf eine Bank und duckte sich.

„Es ist gar nicht lange her, daß man für eine Kopeke eine Semmel bekam, von der man zwei Tage leben konnte; heutzutage darf man sich selbst mit neun Kopeken nicht an den Verkaufsstand wagen!" jammerte eine Bettlerin einer Semmelverkäuferin vor und suchte mit den Blicken Mitgefühl in Golizyn zu erwecken. Über seinem Kopfe saß aber auf einem nackten Aste ein Rabe; er riß seinen schwarzen Schnabel, in dem etwas blutrot schimmerte, weit auf und krächzte.

— Es wird nichts sein! Es wird gar nichts sein! — dachte sich Golizyn.

Plötzlich fühlte er Langeweile, Ekel und Kälte. Er stand auf, überquerte den Admiralitätsplatz und trat ins Kaffeehaus Loreda an der Ecke des Newskij neben dem Generalstabsgebäude.

Hier brannten Lampen; das Tageslicht drang ins Kellergeschoß kaum herein; es war stark eingeheizt, und es roch nach warmem Brot und Kaffee. Aus dem Nebenzimmer tönte das Klopfen der Billardbälle.

Golizyn setzte sich an ein Tischchen und bestellte Tee. Neben ihm lasen zwei blutjunge Beamte laut das Manifest von der Thronbesteigung des Kaisers Nikolai I.

„... Verkünden Wir allen Unseren Untertanen ... Zerknirschten Herzens, voller Demut vor den unerforschlichen Ratschlüssen des Höchsten haben Wir Unserm älteren Bruder, dem Zessarewitsch und Großfürsten Konstantin Pawlowitsch, als nach dem Rechte der Erstgeburt gesetzlichen Erben des Russischen Thrones, den Treueid geleistet ..."

Als die Rede auf den Verzicht Konstantins und die neue Vereidigung kam, hielt der Lesende inne.

„Verstehen Sie es?" flüsterte er so laut, daß Golizyn es hören mußte.

„Ich verstehe," antwortete der andere. „Wieviel Vereidigungen wird es denn geben? Heute werden wir auf den einen vereidigt, morgen auf den andern, später vielleicht auch noch auf einen dritten . . ."

„Wir fordern alle Unsere treuen Untertanen auf, ihre frommen Gebete mit den Unsern zu vereinen und mit Uns zu dem Höchsten zu beten, daß Er Uns in Unseren aufrichtigen Absichten bestärke, dem Beispiele des Kaisers, den Wir beweinen, zu folgen, auf daß Unsere Regierung nur eine Fortsetzung seiner Regierung sei. — Verstehen Sie es?"

„Ich verstehe: die Geschichte fängt von vorn an!"

— Es sind wohl Spitzel, — sagte sich Golizyn. Er wandte sich weg, nahm eine zerlesene Zeitschrift vom Tisch und tat so, als ob er läse.

Ein Kornett der Gardekavallerie trat säbelrasselnd in den Laden und verlangte von der französischen Verkäuferin ein Pfund Konfekt: „säuerliche, mit Zitronengeschmack".

Golizyn erkannte den Fürsten Alexander Iwanowitsch Odojewskij. Er begrüßte ihn und nahm ihn auf die Seite.

„Wo kommen Sie her?"

„Aus dem Schlosse. Stand die ganze Nacht Wache."

„Nun, was gibt's?"

„Gar nichts. Graf Miloradowitsch war eben beim Kaiser mit seinem Bericht; die Fahnen aller Regimenter werden ins Schloß zurückgebracht; alle Regimenter sind schon vereidigt; man kann wohl sagen, auch die ganze Stadt, denn alle Kirchen sind vom frühen Morgen an gesteckt voll. Der Graf ist so guter Laune, als ob er Geburtstag hätte; er hat alle zu einer Pastete beim Direktor der kaiserlichen Theater, Maikow, eingeladen und nachher zur Tänzerin Teljeschowa."

„Du glaubst also, Sascha . . ."

„Nichts glaube ich. Wenn der Militärgouverneur bei einer Balletttänzerin Pasteten ißt, so ist doch in der Stadt alles in bester Ordnung."

Die Französin reichte Odojewskij das mit einem rosa Bändchen verschnürte Pfund Konfekt.

„Wo willst du hin?" fragte Golizyn

„Nach Hause."

„Was willst du dort?"

„Auf dem Kanapee liegen und Konfekt lutschen. Etwas Gescheiteres kann man sich gar nicht ausdenken!" antwortete Odojewskij lachend. Er drückte Golizyn die Hand und ging.

Golizyn setzte sich aber wieder an sein Tischchen. Er fühlte sich müde, die Augenlider fielen ihm zu. — Daß ich nur nicht einschlafe! — ging es ihm durch den Sinn.

Weiße schwüle Watte füllte den Raum. Irgendwo in der Nähe war Marinjka, und er rief sie. Aber die Watte dämpfte die Stimme. Und dicht über seinem Ohr riß der Rabe seinen schwarzen Schnabel auf, in dem etwas blutrot schimmerte, und krächzte: „Es wird gar nichts sein! Es wird gar nichts sein!"

Ein plötzlicher Lärm weckte ihn. Alle waren aufgesprungen und zu den Fenstern gestürzt und sahen auf die Straße hinaus. Aber an den niedern Fenstern in der Trottoirhöhe huschten nur die Beine laufender Menschen vorbei.

„Wo rennen die hin?"

„Man hat jemand überfahren!"

„Ausgeraubt!"

„Eine Feuersbrunst!"

„Eine Meuterei!"

Golitzyn sprang gleichfalls auf und stürzte, indem er beinahe jemand umrannte, wie ein Verrückter auf die Straße.

„Eine Meuterei! Eine Meuterei!" tönte es in der rennenden Menge. Er bog mit der Menge um die Ecke des Newskij und lief über den Admiralitätsplatz in die Gorochowaja.

„Ach, es gibt ein Unglück!"

„Was ist denn los?"

„Die Garde meutert und will Nikolai Pawlowitsch keinen Treueid leisten!"

„Wer für Nikolai ist, den stechen sie nieder, und wer für Konstantin ist, den schleppen sie mit."

„Wer ist nun Kaiser, sagt es mir bitte!"

„Nikolai Pawlowitsch!"

„Konstantin Pawlowitsch!"

„Es gibt keinen Kaiser!"

„Ach, dieses Unglück!"

Als Golitzyn die Gorochowaja erreichte, hörte er in der Ferne Trommelwirbel und ein dumpfes Brausen von Stimmen, dem Brausen eines aufziehenden Gewitters gleich. Immer näher, näher, und näher, und plötzlich erzitterte die Erde vor dem Gestampf Tausender Füße, die Luft erbebte vor betäubendem Geschrei:

„Hurra, Hurra, Hurra, Konstantin!"

Ein Bataillon des Moskauer Leibgarderegiments lief vornübergebeugt, wie stürzend, mit gefällten Bajonetten und wehenden Fahnen: es war wie eine Attacke oder ein Sturm auf eine unsichtbare Festung.

„Hurra! Hurra! Hurra!" schrieen die Soldaten wie wahnsinnig. Ihre Münder waren weit aufgerissen, ihre Augen quollen hervor, die Hälse waren gereckt und die Sehnen gespannt, als wollten sie mit diesem Geschrei eine ungeheure Last heben. Und die niederen schmutziggelben Häuschen der Gorochowaja blickten erstaunt auf das unerhörte Schauspiel, wie alte Petersburger Beamte auf den Weltuntergang.

Die Menge lief neben den Soldaten her. Die Gassenjungen pfiffen, johlten und sprangen wie kleine Teufel. Drei große Teufel, drei Stabshauptleute rannten aber vor dem Bataillon: die Brüder Alexander und Michaïl Bestuschew hatten ihre Dreimaster mit den Federbüschen auf die Spitzen ihrer bloßen Degen gesteckt, und Fürst Schtschepin-Rostowskij schwang seinen blutigen Säbel: soeben hatte er drei Menschen niedergehauen.

Stolpernd und sich in den langen Schößen seines Mantels verfangend, die von der Nase gerutschte Brille in der Hand haltend, lief Golizyn mit den andern und schrie wild und begeistert:

„Hurra, Konstantin!"

Zweites Kapitel

Von der Gorochowaja bogen sie nach links ab und gelangten, am Lobanowschen Hause und an der Umzäunung der Isaakskathedrale vorbei, auf den Senatsplatz. Hier blieben sie vor dem Denkmal Peters stehen und formierten eine Gefechtskolonne mit der Front zur Admiralität und dem Rücken zum Senat. Schützen und Plänkler wurden aufgestellt. Innerhalb der Kolonne pflanzten sie die Fahne auf, und um diese versammelten sich die Mitglieder der Geheimen Gesellschaft.

Hier, innerhalb der stählernen Mauer der Bajonette fühlte man sich geborgen wie in einer Festung, es war gemütlich und warm vor den vielen menschlichen Atemzügen. Die Soldaten rochen nach der Kaserne — nach Schwarzbrot, Pfeifentabak und Mantelfilz, das „Muttersöhnchen" Odojewskij duftete aber nach feinem Parfum, Violette de Parme. Die Verbindung dieser beiden Gerüche erschien Golizyn bedeutungsvoll.

Die Mitglieder der Geheimen Gesellschaft umarmten sich und tauschten dreifache Küsse aus wie in der Osternacht. Alle Gesichter hatten sich plötzlich verändert, waren wie neu geworden. Sie erkannten einander kaum, wie beim Wiedersehen im Jenseits. Sie sprachen, sich überstürzend, einander unterbrechend, zusammenhanglos, wie im Delirium, wie Betrunkene.

„Nun, Sascha, es ist doch schön, wie?" fragte Golizyn Odojewskij, der auf dem Heimwege aus dem Kaffeehause von der Meuterei hörte und auf den Platz herbeigeeilt war.

„Es ist schön, Golizyn, furchtbar schön! Ich hätte mir gar nicht gedacht, daß es so schön wird!" antwortete Odojewskij. Als er seinen von der Schulter gerutschten Mantel in Ordnung brachte, ließ er das mit dem rosa Bändchen verschnürte Pfund Konfekt fallen.

„Aha, säuerlich, mit Zitronengeschmack!" rief Golizyn lachend. „Nun, wirst du auf dem Kanapee liegen und Konfekt lutschen, du Schuft?"

Er lachte, um nicht vor Freude zu weinen. — Ich werde Marinjka heiraten, ich werde sie ganz gewiß heiraten! — dachte er sich plötzlich und erstaunte: — Was fällt mir ein? Ich werde doch gleich sterben... Nun, es ist gleich, wenn ich nicht sterbe, heirate ich sie! —

Puschtschin ging auf ihn zu. Er tauschte auch mit ihm den dreifachen Osterkuß.

„Es hat also doch angefangen, Puschtschin?"

„Es hat angefangen, Golizyn."

„Erinnern Sie sich noch, wie Sie sagten, daß wir früher als in zehn Jahren daran nicht mal denken dürfen?"

„Ja, nun haben wir ohne zu denken angefangen."

„Und ist es uns schlecht gelungen?"

„Nein, gut."

„Alles wird gut werden! Alles wird gut werden!" wiederholte Obolenskij, der wie die andern besinnungslos schien, aber ein so strahlendes Lächeln auf den Lippen hatte, daß es allen andern bei seinem Anblick licht ums Herz wurde.

Der lange, ungelenke, einem angeschossenen Reiher ähnliche Wilhelm Küchelbäcker erzählte, wie ihn auf dem Wege zum Platz der Kutscher aus dem Schlitten geschmissen hatte.

„Hast du dir weh getan?"

„Nein, ich fiel in den Schnee, da war es weich. Daß nur meine Pistole nicht naß geworden ist!"

„Verstehst du überhaupt zu schießen?"

„Zielst auf eine Krähe und triffst eine Kuh!"

„Warum passieren dir immer solche Sachen, Küchel?"

— Sie lachen, um nicht vor Freude zu weinen, — dachte sich Golizyn.

Es war wie das Spiel von Riesen: ungeheuer groß und schrecklich wie der Tod, zugleich auch komisch und harmlos wie ein Kinderstreich.

Alexander Bestuschew war auf das Gitter des Denkmals gestiegen, hatte sich hinübergebeugt und fuhr mit seinem Degen am Granitsockel auf und ab.

„Was machst du?" rief ihm Odojewskij zu.

„Ich wetze meine Freiheitswaffe
     An dem Granit von Peters Fels,"
antwortete Bestuschew feierlich in Versen.

„Und du, Golizyn, warum verziehst du so das Gesicht?" fragte Odojewskij. „Bestuschew ist ein tapferer Kerl: er hat ein ganzes Regiment aufgewiegelt. Er spielt wohl gerne Theater, wir haben das aber alle, und doch sind wir brave Jungen!"

Fürst Schtschepin war nach dem Anfall von Raserei plötzlich matt und schwer geworden; er setzte sich auf einen Pfosten am Rande des Trottoirs und betrachtete aufmerksam seine Hände in den blutbefleckten weißen Handschuhen; er wollte sie ausziehen, sie klebten aber an den Händen und gingen nicht herunter; er zerriß sie, zerrte sie von den Händen, warf sie weg und begann die Hände mit Schnee zu reiben, um das Blut abzuwaschen.

„Alles wird gut werden," wiederholte Odojewskij, an Golizyn gewandt, die Worte Obolenskijs und zeigte auf Schtschepin. „Nun, ist auch das gut?"

„Ja, auch das. Ohne das geht es nicht," antwortete Golizyn und blickte, als er das sagte, er wußte selbst nicht warum, auf Kachowskij.

In einem Nacktpelz mit rotem Gürtel, in dem ein Dolch und zwei Pistolen steckten, stand Kachowskij abseits von allen und wie immer ganz allein. Niemand ging auf ihn zu, niemand sprach ihn an. Er fühlte wohl den Blick Golizyns und sah ihn gleichfalls an. In seinem hungrigen, hageren, wie aus Stein gemeißelten Gesicht mit der hochmütig hervortretenden Unterlippe und den unglücklichen Augen eines kranken Kindes oder eines Hundes, der seinen Herrn verloren hat, zuckte etwas; es war, als wollte sich darin etwas zeigen und konnte es nicht. Und er wandte sich wieder weg und senkte mürrisch die Augen. — Ich bin nicht mit euch, nicht mit euch, niemals war ich mit euch und werde niemals mit euch sein! — diese Worte Kachowskijs fielen Golizyn ein, und er spürte mit ihm plötzlich quälendes Mitleid.

„Ach, da ist ja Rylejew! Haſt dich abgehetzt, du Ärmſter?" rief Golizyn, auf Rylejew zugehend und ihn mit beſonderer Zärtlichkeit umarmend. Er fühlte ſich vor ihm ſchuldig: er hatte geglaubt, daß Rylejew verſchlafen würde, jener war aber den ganzen Morgen von Kaſerne zu Kaſerne herumgerannt, um Truppen anzuwerben; er hatte aber niemand angeworben und war mit leeren Händen gekommen.

„Wir ſind unſer wenig, Golizyn, ach, ſo wenig!"

„Und wenn auch wenig, wir müſſen trotzdem anfangen!" antwortete ihm Golizyn mit ſeinen eigenen Worten.

„Ja, wir müſſen es! Wir wollen frei ſein, und wenn auch nur einen Augenblick lang!" rief Rylejew.

„Wo iſt aber Trubezkoi?" fiel es ihm plötzlich ein.

„Das weiß der Teufel! Er iſt verſchwunden, wie in die Erde verſunken!"

„Hat wohl Angſt bekommen und hat ſich verſteckt."

„Wie iſt es nun, meine Herren? Geht es denn ohne Diktator? Was macht er mit uns!" begann Rylejew, kam aber nicht weiter. Er winkte nur verzweifelt mit der Hand und lief davon, um in der Stadt auf der Suche nach Trubezkoi herumzurennen.

„Sie haben nichts angeordnet, haben uns wie die Hammel auf den Platz zuſammengetrieben und haben ſich ſelbſt verſteckt," brummte Kachowſkij.

Alle wurden plötzlich ſtill, als wären ſie zur Beſinnung gekommen; jedes Herz krampfte ſich vor unheimlicher Kälte zuſammen.

Sie wußten nicht, was zu tun; ſie ſtanden da und warteten. Sie hatten ſich auf dem Platze gegen elf Uhr verſammelt. Die Uhr auf dem Turme der Admiralität ſchlug zwölf, eins, vom Gegner war aber noch immer nichts zu ſehen, ſelbſt die Polizei zeigte ſich nicht, als wäre die ganze Obrigkeit ausgeſtorben.

Sie wollten schon die Senatsmitglieder verhaften, aber es stellte sich heraus, daß diese schon um acht Uhr den Eid geleistet und sich zum Gottesdienst ins Winterpalais begeben hatten.

Die Soldaten, die Waffenröcke ohne Mäntel anhatten, froren und wärmten sich mit heißem Tee, traten von einem Fuß auf den anderen und schlugen die Hände gegeneinander. Sie standen so ruhig da, daß die Passanten glaubten, es sei eine Parade.

Golizyn ging vor der Front auf und ab und hörte den Gesprächen der Soldaten zu.

„Konstantin Pawlowitsch kommt selbst aus Warschau her."

„Er steht vier Stationen hinter Narwa mit der ersten Armee und dem polnischen Korps, um alle zu vernichten, die Nikolai Pawlowitsch den Eid leisten!"

„Auch die andern Regimenter werden sich ganz gewiß weigern!"

„Wenn er aber nicht kommt, so holen wir ihn selbst, bringen ihn auf den Händen her!"

„Hurra, Konstantin!" mit diesem Schrei endete alles.

Wenn man sie aber fragte: „Warum wollt ihr nicht schwören?" so antworteten sie: „Unser Gewissen duldet es nicht."

Zwischen der rechten Flanke des Karree und der Umzäunung der Isaakskathedrale drängte sich eine Menschenmenge. Golizyn ging zwischen den Leuten herum und lauschte.

In der Menge waren Bauern, Handwerker, Kleinbürger, Kaufleute, Leibeigene, Beamte und Leute unbestimmten Standes in seltsamer Kleidung, wie man sie sonst nur in der Fastnachtzeit sieht: herrschaftliche Mäntel mit Bauernmützen; bäuerliche Halbpelze mit hohen runden Hüten; schwarze Fräcke mit weißen Handtüchern und roten Schärpen statt Gürteln. Einer hatte ein rußgeschwärztes Gesicht wie ein Schornsteinfeger.

„Er hat viele Bekannte bei der Polizei; darum hat er sich die Fratze geschwärzt, damit man ihn nicht erkennt," erklärte man Golizyn.

„Die Fratze ist schwarz, aber das Gewissen ist weiß. Liebe uns, wenn wir schwarz sind, — wenn wir weiß sind, wird uns jeder lieben," sagte ihm der Schwarze selbst, die weißen Zähne wie ein Neger fletschend.

Manche hatten Waffen bei sich: altertümliche verrostete Säbel, Messer, Äxte, Grabscheite und eiserne Stangen, mit denen die Hausknechte das Eis von den Trottoirs abkratzen, sogar einfache Knüppel, wie man sie in den Tagen Pugatschows gebrauchte. Diejenigen aber, die mit leeren Händen gekommen waren, holten sich Scheite von dem am Zaune der Isaakskathedrale aufgestapelten Brennholz, rissen Steine aus dem Pflaster heraus und bewaffneten sich, die einen mit einem Holzscheite, die anderen mit Pflastersteinen.

„Angesichts einer solchen schweren Bedrückung des ganzen gemeinen russischen Volkes durch die ungeordnete und barbarische Willkür, hat sich Kaiser Konstantin Pawlowitsch entschlossen, diesem Zustande ein Ende zu machen," redete ein Handwerker mit ausgemergeltem, bösem und klugem Gesicht in fettiger Tellermütze und gestreiftem, mit einem Riemen umgürteten Hausrock.

„Zwei Häute schinden sie von einem jeden, die Verruchten!" zischte voller Haß ein zahnloser alter Leibeigener in einem Lakaienmantel aus Fries mit einer Unmenge von Pelerinen.

„Das Volk hat es schlimmer, das ganze Reich hat es schwerer! So schwer ist es!" jammerte ein Frauenzimmer mit rotem Gesicht und einem Badequast unter dem Arm, das wohl direkt aus dem Dampfbade kam. Ihr glotzäugiges Mädel in der ihm viel zu langen Jacke der Mutter hörte mit aufgerissenem Munde gierig zu, als verstünde es alles.

„Angesichts dieser grausamen Unterdrückung," fuhr der Handwerker fort, „wollte Kaiser Konstantin Pawlowitsch, Gott gebe ihm Gesundheit, das gemeine Volk Rußlands durch die edlen Herren befreien..."

„Die edlen Herren sind die größten Schurken in der Welt!" tönte es aus der Menge.

„Ihr gutes Leben geht zu Ende! Er wird es diesen Barbaren schon zeigen!"

„Sie haben nicht mehr lange zu herrschen, wenn nicht heute so morgen wird ihr Blut in Bächen fließen!"

„Die Freiheit, Kinder, die Freiheit!" rief jemand, und die ganze Menge entblößte wie ein Mann die Köpfe und bekreuzigte sich.

„Er kommt selbst her, um Gericht zu halten, er ist schon bei Pulkowo!"

„Nein, man hat ihn verhaftet, in Ketten gelegt und weggeführt!"

„Unser Liebster, unser Ärmster!"

„Tut nichts, Brüder, wir werden ihn schon freibekommen!"

„Hurra, Konstantin!"

„Sie kommen! Sie kommen!" hörte plötzlich Golizyn und wandte sich um: vom Admiralitäts-Boulevard her, hinter dem Zaune der Isaakskathedrale tauchte die Gardekavallerie auf. Die Reiter in Messinghelmen und Messingpanzern kamen im Gänsemarsch, je drei Mann in einer Reihe, langsam und vorsichtig, wie schleichend heran.

„Sie kommen wie schläfrige Fliegen gekrochen. Sie tun es wohl nicht gerne!" spottete man in der Menge.

Aber die Soldaten im aufrührerischen Karree luden die Gewehre und bekreuzigten sich:

„Gott sei Dank, es fängt an!"

Drittes Kapitel

Der Generalgouverneur Graf Miloradowitsch sprengte an die Schützenkette heran, die vor der Front der Meuterer stand. In goldgestickter Uniform, mit seinen sämtlichen Orden, mit dem blauen Andreasband um die Brust und dem Dreispitz mit weißen Federn auf dem Kopf saß er auf seinem tänzelnden Pferde wie ein junger Held.

Er war auf den Senatsplatz direkt aus der Garderobe der Ballettänzerin Katenjka Teljeschowa gekommen. Sein etwas abgelebtes Gesicht mit den in die Schläfen gekämmten gefärbten Haaren und den öligen Äuglein hatte einen Ausdruck, als würde er alles in einem Nu in Ordnung bringen.

„Halt! Zurück!" schrieen ihm die Soldaten zu, und ein stählerner Halbbogen von Bajonetten richtete sich gegen ihn.

— Der russische Bayard, der Kampfgenosse Ssuworows, hat dreißig Schlachten ohne eine einzige Verwundung überstanden und soll jetzt vor diesen dummen Jungen Angst kriegen! — dachte sich Miloradowitsch.

„Kinder, — genug gescherzt! Laßt mich durch!" schrie er sie an und trieb das Pferd im Galopp gegen die Bajonette mit der gleichen Kühnheit, mit der er einst auf den Schlachtfeldern im Geschützfeuer seine Pfeife zu rauchen und die Falten an seinem amarantfarbenen Mantel zu ordnen pflegte. — Mein Gott, für mich ist noch keine Kugel gegossen! — war seine ständige Redensart.

Aber die einfachen Augen der einfachen Menschen starrten ihn wie stählerne Bajonette an und schienen zu sagen: — Ach, du Hanswurst, Prahler, Aufschneider!

„Wo wollen Sie hin, Graf! Sie werden Sie umbringen!" rief Obolenskij, auf ihn zulaufend.

„Sie werden mir nichts tun! Es sind doch keine Unmenschen und Verbrecher, sondern grüne Jungen und unglückliche Narren. Man muß mit ihnen Mitleid haben und sie zur Vernunft zu bringen suchen," antwortete Miloradowitsch, seine weichen, vollen Lippen empfindsam spitzend.

Obolenskij sah dem finsteren Haß in den Gesichtern der Soldaten an, daß sie im nächsten Augenblick den „Prahler" mit den Bajonetten empfangen würden.

„Stillgestanden! Gewehr bei Fuß!" kommandierte Obolenskij und ergriff das Pferd Miloradowitschs am Zaume. „Wollen Sie zurückreiten, Durchlaucht, und die Soldaten in Ruhe lassen!"

Das Pferd schüttelte den Kopf, scheute und wich zurück. Der scharfe Rand des Zaumriemens schnitt Obolenskij die Finger; er fühlte aber den Schmerz nicht und ließ den Riemen nicht los.

Miloradowitschs Adjutant, der blutjunge Leutnant Baschuzkij lief mit vor Entsetzen verzerrtem Gesicht heran und blieb keuchend neben dem Pferde stehen.

„Sagen Sie es ihm doch, Herr Leutnant, man wird ihn umbringen!" schrie ihm Obolenskij zu.

Baschuzkij winkte nur hoffnungslos mit der Hand.

Miloradowitsch aber sah und hörte nichts mehr. Er gab dem Pferde die Sporen, und das Tier warf sich vor. Die Schützenkette ließ es durch, und der Reiter sprengte gegen die Front der Aufrührer.

„Kinder!" fing er die offenbar schon vorher zurechtgelegte Rede an mit der selbstbewußten Vertraulichkeit eines alten Soldatenvaters. „Diesen selben Degen, seht ihr ihn, mit der Inschrift: ‚Meinem Freunde Miloradowitsch' schenkte mir als Zeichen der Freundschaft der Zessarewitsch Konstantin Pawlowitsch. Werde ich denn meinen Freund verraten und euch betrügen?"

Kachowskij drängte sich linkisch seitwärts durch die Reihen der Soldaten vor und pflanzte sich wenige Schritte vor Miloradowitsch auf. Mit der linken Hand umspannte er den Griff des Dolches, der im roten Gürtel steckte, — Obolenskij bemerkte, daß von den beiden Pistolen, die er im Gürtel gehabt hatte, eine fehlte, — und hielt die rechte unnatürlich verrenkt im Busen seines Schafpelzes.

„Gibt es denn unter euch keine alten Soldaten Ssuworows? Sind denn hier lauter dumme Jungen und Kanaillen in Fräcken?" fuhr Miloradowitsch mit einem Blick auf Kachowskij fort.

Jener tat aber so, als hörte er aufmerksam zu, und starrte ihm gerade, unbeweglich und unverwandt ins Gesicht. Obolenskij erschrak vor diesem Bild. Fast besinnungslos entriß er einem neben ihm stehenden Soldaten das Gewehr und fing an, das Pferd Miloradowitschs mit dem Bajonett in die Flanke zu stechen.

Kachowskij sah sich nach ihm um, und Obolenskij glaubte in seinem Gesicht ein kaum wahrnehmbares spöttisches Lächeln zu sehen.

Das Pferd bäumte sich. Miloradowitsch hörte einen ihm wohlbekannten Ton: es klang, wie wenn eine Champagnerflasche entkorkt würde. — „Da ist es!" sagte er sich, hatte aber nicht mehr Zeit hinzuzufügen: „Für mich ist noch keine Kugel gegossen!"

Im weißen Rauchwölkchen schwebte das weiße Röckchen der Ballettänzerin vorbei; zwei rosa Beinchen ragten aus dem Röckchen wie zwei Staubfäden aus einem umgekehrten Blütenkelch. Er spitzte seine vollen Lippen wie ein Greis oder wie ein Säugling, wie er sie im letzten Akt des Ballets zu spitzen pflegte, wenn er händeklatschend schrie: „Bravo, Teljeschowa, bravo!" Katenjka warf ihm die letzte Kußhand zu, und der schwarze Vorhang fiel.

Er warf plötzlich die Arme empor und zappelte wie ein Hampelmann. Der Hut fiel ihm vom Kopf und entblößte die gefärbten Haare, und über die blaue Seide des Andreasbandes rieselte es hellrot.

Obolenskij fühlte, wie das spitze Eisen des Bajonetts in etwas Lebendiges und Weiches eindrang; er wollte es herausziehen, konnte es aber nicht — das Eisen saß zu fest. Als aber das Rauchwölkchen sich zerstreut hatte, sah er, daß Miloradowitsch, vom Pferde gleitend, auf sein Bajonett gefallen war und die Spitze in seinem Rücken zwischen den Rippen steckte.

Endlich zog Obolenskij das Bajonett mit großer Anstrengung heraus.

„Wie ekelhaft!" sagte er sich, und sein Gesicht verzerrte sich ebenso schmerzvoll wie beim Duell mit Swinjin.

Aus dem Karree krachte eine Gewehrsalve, und über den Platz rollte der freudige Schrei: „Hurra, Konstantin!" Sie freuten sich, weil sie fühlten, daß das Richtige erst jetzt beginne, nachdem das erste Blut geflossen war.

Kachowskij kehrte ebenso ungelenk wie vorhin seitwärts ins Karree zurück. Sein Gesicht war ruhig, beinahe nachdenklich. Als die Schreie und Schüsse ertönten, hob er erstaunt den Kopf; er ließ ihn aber gleich wieder sinken und wurde noch nachdenklicher.

— Ja, dieser wird vor nichts stehen bleiben. Wenn der Kaiser herkommt, so ist es um ihn geschehen! — dachte sich Golizyn.

Viertes Kapitel

„Denk dir nur, Komarowskij, es gibt Leute, die leider die gleiche Uniform wie wir beide tragen und die mich..." begann der Kaiser mit einem schiefen Lächeln, wie ein Mensch,

143

der heftige Zahnschmerzen hat, und schloß mit Selbstüberwindung: „einen Usurpator nennen!"

Das Wort „Usurpator" im Munde des Selbstherrschers aller Russen setzte den General Komarowskij dermaßen in Erstaunen, daß er im ersten Augenblick nicht wußte, was darauf zu sagen.

„Die Schurken!" sagte er schließlich; und da er glaubte, daß dies noch zu wenig sei, fügte er einen derben russischen Fluch hinzu.

Der Kaiser, in bloßer Uniform des Jsmailowschen Regiments mit dem blauen Andreasband, die er für den Gottesdienst angelegt hatte, saß auf einem weißen Pferd, von einer Suite von Generälen und Flügeladjutanten umgeben, an der Spitze eines Bataillons des Preobraschenskijschen Leibgarderegiments, das auf dem Admiralitätsplatze, dem Newskij gegenüber, in einer Kolonne aufgestellt war.

Die Stille des Wintertages war umso vollkommener, als auf den von den Truppen besetzten Plätzen und Straßen jeder Wagenverkehr aufgehört hatte. Die nahen Stimmen klangen wie in einem Zimmer, und aus der Ferne, vom Senatsplatze her tönte ein ununterbrochenes gedehntes Brausen, dem Brausen der Meeresbrandung ähnlich, und dazwischen klangen einzelne Ausrufe wie das Knirschen der von den zurückflutenden Wellen fortgetragenen Steine: „Hurra-rra-rra!" Plötzlich knatterten Gewehrschüsse, das Stimmengebraus wurde stärker, schien näher zu kommen, und wieder klang es: „Hurra-rra-rra!"

General Komarowskij blickte den Kaiser verstohlen von der Seite an. Nikolais Gesicht unter dem tief in die Stirne gedrückten schwarzen Dreispitz mit den schwarzen Federn hatte eine durchsichtige blaue Blässe angenommen, und die tiefliegenden dunklen Augen waren weit aufgerissen. — Angst hat große Augen, — kam es Komarowskij plötzlich in den Sinn.

„Hörst du diese Schreie und Schüsse?" wandte sich der Kaiser an ihn. „Ich werde ihnen zeigen, daß ich kein Feigling bin!"

„Alle bewundern den Mut Eurer Kaiserlichen Majestät; es ist aber Ihre Pflicht, Ihr kostbares Leben zum Wohle des Vaterlandes zu schonen," antwortete Komarowskij.

Der Kaiser aber fühlte, daß er das von der Feigheit lieber nicht hätte sagen sollen. Er sprach und benahm sich unnatürlich wie ein Sänger, der aus dem Ton gefallen ist, oder wie ein Schauspieler, der seine Rolle nicht gelernt hat.

„Ritter ohne Furcht und Tadel," — das war die Rolle, die er spielen sollte. Angefangen hatte er gut. „Vielleicht werden wir beide heute abends nicht mehr am Leben sein, aber wir werden sterben, nachdem wir unsere Pflicht getan haben," hatte er des Morgens beim Ankleiden zu Benkendorf gesagt. Später hatte er an die Kommandeure des Gardekorps die Worte gerichtet: „Ihr bürgt mir mit euren Köpfen für die Ruhe der Residenz; und was mich betrifft, so werde ich, und wenn ich auch nur eine Stunde lang Kaiser bin, zeigen, daß ich dessen würdig war!"

Als er aber das Wort „Meuterei" hörte, wurde es ihm kalt ums Herz und finster vor den Augen, und alles drehte sich wie im Wirbel.

Ohne ersichtlichen Grund stürzte er sich zuerst in die Schloßhauptwache, — er glaubte wohl, daß die Aufrührer im Palais einbrechen würden, — und wollte an den Türen Wachtposten aufstellen; dann lief er in das Hauptportal und stieß hier mit dem Obersten Chwoschtschinskij zusammen, der verwundet, mit verbundenem Kopf, direkt aus der Kaserne des Moskauer Regiments geritten kam. Als der Kaiser die blutige Binde sah, fuchtelte er mit den Armen und schrie: „Schafft ihn weg, schafft ihn weg! Versteckt ihn doch!" Er fürchtete, daß der Anblick des

Blutes die Menge erregen würde, obwohl gar keine Menge zu sehen war.

Dann stand er ganz allein, ohne Suite auf dem Schloßplatze in der Menge, die sich hier drängte; er redete ihnen etwas zu, suchte ihnen etwas zu beweisen, las und erklärte das Manifest und bat sie inständig: „Setzt eure Mützen auf, setzt eure Mützen auf, ihr werdet euch erkälten!" Die Leute schrieen Hurra, knieten nieder und griffen nach seinen Rockschößen, Händen und Füßen: „Väterchen-Zar, unser Vater! Wir werden alles in Stücke reißen und dich nicht verraten!" Ein Kerl mit rotem Gesicht, mit einem Fuchspelz bekleidet, versuchte ihn zu küssen; aus seinem Munde roch es nach Schnaps, Zwiebeln und noch etwas Ekelhaftem, wie nach rohem Fleisch. In den hintern Reihen krakeelte aber ein Betrunkener; man suchte ihn zum Schweigen zu bringen, man schlug ihn, aber er schrie doch:

„Hurra, Konstantin!"

Der Kaiser beruhigte sich ein wenig und faßte Mut, als er sah, daß das Bataillon des Preobraschenskijschen Leibgarderegiments sich vor dem Schlosse zu einer Kolonne formierte.

Endlich versammelte sich die Suite; man brachte ihm sein Pferd.

„Kinder! Die Moskauer machen dumme Geschichten. Ihr laßt euch von ihnen nicht verleiten und tut tapfer eure Sache! Seid ihr bereit, mir zu folgen, wohin ich befehle?" schrie er, die Front abreitend, mit seiner gewohnten befehlenden Stimme.

„Zu Befehl, Eure Kaiserliche Majestät!" antworteten die Soldaten etwas unsicher und nicht wie aus einem Munde; aber es war noch gut, daß sie überhaupt antworteten.

„Bataillon halb rechts marsch!" kommandierte der Kaiser und führte sie auf den Admiralitätsplatz.

Auf dem Newskij hielt er aber, da er nicht wußte, was zu tun. Er entschloß sich, auf den General Ssuchosanet, den Kommandeur der Gardeartillerie, zu warten, den er auf Rekognoszierung geschickt hatte.

Das alles flimmerte vor ihm wie eine Fiebervision vorbei, als er die Augen schloß und für eine Sekunde das Bewußtsein verlor; solche ohnmachtähnliche Anfälle von Bewußtlosigkeit befielen ihn öfters.

Ihn weckte die Stimme des Generaladjutanten Lsewaschow, der nach dem Geschrei und den Schüssen auf dem Senatsplatze auf ihn zuritt.

„Eure Majestät, Graf Miloradowitsch ist verwundet."

„Lebt er?"

„Die Verwundung ist schwer, er wird sie kaum überstehen."

„Nun, es ist seine Schuld, er hat es verdient," erwiderte der Kaiser achselzuckend, und seine feinen Lippen verzerrten sich zu einem solchen Lächeln, daß es allen plötzlich ganz unheimlich wurde.

— Ja, es ist nicht Alexander Pawlowitsch! Wartet nur, er wird euch schon eine Konstitution zeigen! — dachte sich Komarowskij.

„Nun, wie steht's, Iwan Onufritsch?" wandte sich der Kaiser an den General Ssuchosanet, der in diesem Augenblick heransprengte.

„Cela va mal, sire. Die Meuterei greift um sich. Die Meuterer hören auf keine Ermahnungen. Die Regimenter, die den Eid schon geleistet haben, sind unzuverlässig und können jeden Augenblick zu den Meuterern übergehen; dann sind schreckliche Dinge zu erwarten. Wollen Majestät die Artillerie kommen lassen," schloß Ssuchosanet seinen Bericht.

„Du sagst ja selbst, daß sie unzuverlässig ist?"

„Was soll man machen, es gibt kein anderes Mittel. Ohne Artillerie wird man nicht auskommen können..."

Der Kaiser hörte ihm aber nicht mehr zu. Er fühlte, wie ihn im Rücken Ameisen krabbelten und wie sein Unterkiefer zitterte. — Es kommt von Kälte, — tröstete er sich, wußte aber, daß es nicht die Kälte allein war. Er erinnerte sich, wie er in seiner Kindheit während eines Gewitters in sein Schlafzimmer zu laufen, sich aufs Bett zu werfen und den Kopf unter das Kissen zu stecken pflegte; sein Erzieher Lamsdorff zerrte ihn aber am Ohre heraus. Er fühlte mit sich selbst Mitleid. Was wollen sie alle von ihm? Was hat er ihnen getan? — Unschuldiges Opfer des Willens seines Bruders! Pauvre diable! Armer Kerl! Armer Nixe! —

Als er wieder zu sich kam, sah er, daß zu ihm nicht mehr der General Ssuchosanet sprach, sondern General Wojinow, der Kommandeur des Gardekorps.

„Majestät, das Ismailowsche Regiment ist unruhig und schwankend…"

„Was sagen Sie? Was sagen Sie? Wie unterstehen Sie sich?" schrie ihn plötzlich der Kaiser mit solcher Wut an, daß jener erstarrte und vor Erstaunen die Augen aufriß. „Ihr Platz ist nicht hier, Herr, sondern dort, wo die Ihnen anvertrauten Truppen den Gehorsam verweigern!"

„Ich erlaube mir, Eurer Majestät zu bemerken…"

„Maul halten!"

„Majestät…"

„Maul halten!"

Und so oft jener nur den Mund auftat, ertönte dieses wahnsinnige Geschrei.

Der Kaiser wußte, daß er gar keinen Grund hatte, so zu zürnen, aber er konnte sich nicht beherrschen. Es war, als fließe durch seine Adern ein wärmender, kräftigender, feuriger Trank. Die gemeinen Ameisen im Rücken und das Zittern des Untertiefers waren weg. Wieder ein Ritter ohne Furcht und Tadel; Selbstherrscher und kein Usurpator. Er begriff, daß er gerettet ist, wenn er nur ordentlich in Wut gerät.

Ein unbekannter Dragonerrittmeister, ein langer Mensch mit gelblicher Gesichtsfarbe, schwarzen Augen, schwarzem Schnurrbart und einer schwarzen Binde an der Stirn, ging auf ihn zu und richtete auf ihn einen respektvollen, aber auffallend ruhigen Blick; in dieser Ruhe war etwas, was den Abstand zwischen dem Kaiser und dem Untertanen aufhob.

„Was wollen Sie?" fragte der Kaiser, sich unwillkürlich nach ihm umwendend.

„Ich war mit ihnen, habe sie aber verlassen und mich entschlossen, reumütig zu Eurer Majestät zurückzukehren." antwortete der Offizier mit der gleichen Ruhe.

„Sie heißen?"

„Jakubowitsch."

„Ich danke Ihnen, daß Sie Ihre Pflicht nicht vergessen haben!" Der Kaiser reichte ihm die Hand, und Jakubowitsch drückte sie mit dem Lächeln, das die in ihn verliebten Damen „dämonisch" nannten.

„Gehen Sie also zu ihnen, Herr, Jakubowskij..."

„Jakubowitsch," korrigierte jener mit Nachdruck.

„Und sagen Sie ihnen in meinem Namen, daß ich ihnen verzeihe, wenn sie die Waffen strecken."

„Ich will es tun, Majestät, werde aber lebend nicht zurückkommen."

„Nun, wenn Sie fürchten..."

„Hier ist ein Beweis, daß ich nicht zu den Feiglingen gehöre. Meine Ehre ist mir mehr wert als mein verwundeter Kopf." Jakubowitsch lüftete den Hut und zeigte auf seine Kopfbinde. Dann zog er den Säbel aus der Scheide, band ein weißes Tuch daran und ging als Parlamentär auf den Senatsplatz zu den Meuterern.

„Ein tapferer Kerl!" sagte jemand in der Suite.

Der Kaiser schwieg und runzelte die Stirn.

Der Parlamentär kam lange nicht zurück. Endlich wurde in der Ferne sein weißes Tuch sichtbar. Der Kaiser konnte ihn gar nicht erwarten und ritt selbst auf ihn zu.

„Nun, wie steht's, Herr Jakubowskij?"

„Jakubowitsch," korrigierte jener mit noch größerem Nachdruck. „Die Leute sind rasend, Majestät. Sie wollen auf nichts hören."

„Was wollen sie denn?"

„Gestatten, Majestät, daß ich es Ihnen ins Ohr sage."

„Nehmen Sie sich in Acht, er hat die Visage eines Räubers!" raunte Benkendorf dem Kaiser zu.

Der Kaiser neigte sich aber schon zu ihm und hielt sein Ohr hin.

— Jetzt könnte man ihn töten, — dachte sich Jakubowitsch. Er war kein Feigling; hätte er sich entschlossen, ihn zu töten, so wäre er nicht zurückgeschreckt. Aber er wußte nicht, warum und wofür er ihn hätte töten sollen. Der verstorbene Alexander Pawlowitsch hatte es verdient, — er hatte ihn bei der Beförderung übergangen; aber was hat ihm dieser getan? Außerdem glaubte er, ein Zarenmörder müsse unbedingt schwarz gekleidet sein und auf einem schwarzen Pferde sitzen; außerdem müsse es bei einer Parade, im hellen Sonnenschein und bei Musik geschehen. Aber so einfach töten ist doch gar kein Vergnügen!

„Sie wollen, daß Eure Majestät selbst zu ihnen kommen. Sie wollen nur mit Ihnen sprechen und sonst mit niemand," flüsterte er ihm ins Ohr.

„Mit mir? Wovon denn?"

„Von der Konstitution."

Er log: er hatte mit den Meuterern gar nicht verhandelt. Als er sich ihnen näherte, hatten sie ihm zugerufen: „Schuft!" und nach ihm gezielt. Er hatte nur Michail Bestushew zwei Worte zugeflüstert und dann kehrt gemacht.

„Wie denkst du darüber?" fragte der Kaiser Benkendorf, nachdem er ihm die Worte Jakubowitschs ins Ohr geflüstert hatte.

„Man sollte eine ordentliche Kartätschensalve geben, das denke ich mir, Majestät!" rief Benkendorf empört.

— Kartätschen oder Konstitution? — fragte sich der Kaiser, und sein bleiches Gesicht wurde noch bleicher; wieder krabbelten ihm die Ameisen am Rücken, und der Unterkiefer begann wieder zu zittern.

Jakubowitsch sah ihn an und begriff, daß er recht gehabt, als er vorhin Michail Bestushew zugeflüstert hatte:

„Haltet euch, — sie haben Angst!"

Fünftes Kapitel

„Von hier sieht man es besser, klettern Sie herauf!" rief Obolenskij Golizyn zu und half ihm, auf den Haufen von Granitquadern zu steigen, die, für den Bau der Isaakskathedrale vorbereitet, am Fuße des Denkmals Peter des Großen lagen.

Golizyn überblickte den Platz.

Vom Senat bis zur Admiralität, von der Kathedrale bis zum Quai und noch weiter, längs der ganzen Newa bis zur Wassiljewskij-Insel wogte eine vieltausendköpfige Menge — unzählige gleichmäßig schwarze, kleine, wie die Körner von Kaviar zusammengepreßte Köpfe, Köpfe, Köpfe. Die Menschen hingen an den Bäumen des Boulevards, an den Laternenpfählen, an den Regenrinnen; sie drängten sich auf den Dächern der Häuser, auf dem Giebel des Senats, auf den Galerien des Admiralitätsturmes wie in einem riesenhaften Amphitheater mit aufsteigenden Zuschauerreihen.

Im gleichmäßigen Meere der Köpfe unten auf dem Platze bildeten sich ab und zu Wirbel.

„Was ist das?" fragte Golizyn, auf einen solchen Wirbel zeigend.

„Man hat wohl einen Spion erwischt," antwortete Obolenskij.

Golizyn sah einen Menschen laufen ohne Mütze, in goldgestickter Flügeladjutantenuniform, an der ein Rockschoß abgerissen war, in blutbeflecter weißer Reithose.

Zuweilen ertönten Schüsse, und die Menge stürzte auf die Seite, kehrte aber gleich wieder auf den früheren Platz zurück: die Neugier war mächtiger als die Furcht.

Die Truppen, die dem Kaiser Nikolai den Eid geleistet hatten, umgaben das Karree der Aufrührer von allen Seiten: direkt vor ihnen stand das Preobraschenskij-Regiment, links das Ismailowsche; rechts die — Gardekavallerie, weiter am Quai entlang, mit dem Rücken zur Newa die Chevaliergarden, die Finnländer, die berittenen Pioniere; in der Galernaja-Straße — das Pawlowsche Regiment, am Admiralitätskanal — das Ssemjonowsche.

Die Truppen wechselten ihren Platz, und ihnen folgten auch die Menschenwogen; und inmitten dieser ganzen Bewegung blieb das stählerne Viereck der Bajonette unbeweglich wie die Axe eines sich drehenden Rades.

Lange betrachtete Golizyn die beiden geraden Linien der schwarzen Striche und der weißen Kreuze: die Striche waren die Helmbüsche, die Kreuze — die Tornisterriemen; dazwischen lag eine dritte, ebenso gerade, doch abwechslungsreiche Linie von Menschengesichtern. Und in allen diesen Gesichtern las er den gleichen Gedanken, die gleiche Frage und Antwort, die er früher gehört hatte: „Warum wollt ihr nicht schwören?" — „Weil es unser Gewissen nicht duldet."

Ja, die unerschütterliche Feste dieses stählernen Vierecks ist die heilige Feste des menschlichen Gewissens. Sie stützt sich auf den Fels Peters und ist selbst wie dieser ein unerschütterlicher Fels.

In der Mitte des Karrees standen die Mitglieder der Geheimen Gesellschaft, Militärs und Zivilisten, „Menschen von gemeinem Aussehen in Fräcken", wie es später in den Polizeiberichten hieß; hier befand sich auch die Regimentsfahne mit den verschossenen, brüchigen Falten goldgrüner Seide, zerfetzt und durchschossen auf den Schlachtfeldern von Borodino, Kulm und Leipzig, — nun die heilige Fahne der russischen Freiheit; hier stand ein aus der Senatswache herbeigeschafftes, tintenbespritztes Tischchen mit irgendwelchen Papieren, vielleicht mit dem nicht zuendegeschriebenen Manifest, — mit einem Brotlaib und einer Flasche Wein — dem heiligen Mahl der russischen Freiheit.

Am bleichen Himmel leuchtete das bleiche Gespenst der Sonne auf, und der stählerne Wald der Bajonette funkelte bleich vor dem grauen Granitfelsen, dem Sockel des Ehernen Reiters. Die dunkle Bronze leuchtete grün, und das übermenschliche Antlitz wurde schrecklich lebendig.

— Mit Ihm oder gegen Ihn? — fragte sich Golizyn wieder, wie damals während der Überschwemmung. Was bedeutet diese Gebärde der Rechten, die er über dem Strudel der Menschenwogen ausgestreckt hält wie über den Wogen der Sintflut? Damals hatte er die Sintflut gebändigt; wird er auch diese bändigen? Oder wird das rasende Pferd mit dem rasenden Reiter in den Strudel stürzen?

Ins Karree zurückgekehrt, erfuhr Golizyn, daß eine Attacke der Gardekavallerie erwartet werde; Rylejew war aber verschwunden, Trubezkoi war noch immer nicht erschienen, und es gab noch immer keinen Befehlshaber.

„Man muß einen andern Diktator wählen," sagten die einen.

„Aber wen? Von den mit den kleinen Epauletts und ohne Namen wird sich niemand dazu entschließen," entgegneten die andern.

„Obolenskij, Sie sind der Älteste, springen Sie ein!"

„Nein, meine Herren, verschonen Sie mich. Alles, was Sie wollen, aber das kann ich nicht auf mich nehmen."

„Was soll man machen? Seht, sie beginnen schon die Attacke!"

Zwei Schwadronen Gardekavallerie kamen im Trab hinter dem Bretterzaun der Isaakskathedrale hervor und formierten sich zu einem Karree, mit dem Rücken zum Lobanowschen Hause.

Der Kollegienassessor Iwan Iwanowitsch Puschtschin ging im langen Mantel und hohem schwarzen Hut vor der Front auf und ab und rauchte sein Pfeifchen ebenso ruhig, wie er es in seinem Arbeitszimmer oder im Häuschen Puschkins zu Michailowskoje, unter dem gemütlichen Klappern der Stricknadeln Arina Rodionownas zu rauchen pflegte.

„Kinder, werdet ihr auf mein Kommando hören?" fragte er die Soldaten.

„Zu Befehl, Euer Wohlgeboren!"

Er befreite seine rechte Hand im grünen Glacéhandschuh aus dem Mantel, hob sie in die Höhe, als schwänge er einen unsichtbaren Säbel, und kommandierte:

„Stillgestanden! Gewehr in Ruh! Formiert ein Karree gegen die Kavallerie!"

Eine einzige Salve könnte die ganze Reiterei vernichten. Um die Leute nicht zwecklos niederzuknallen und zu erbosen, gab Puschtschin den Befehl, nur auf die Beine der Pferde und über die Köpfe der Reiter zu schießen.

Die Reiterei sprengte schon mit schwerem Gestampf heran. Eine Salve krachte, aber die Kugeln pfiffen über den Köpfen der Reiter hinweg.

Als der Pulverrauch sich verzogen hatte, sah man, daß die erste Attacke abgeschlagen war. Die Kavallerie war behindert durch die Enge, durch die vortretende Ecke des Zaunes, die sie umbiegen mußte, vor allem aber durch das Glatteis. Die unbeschlagenen Pferde glitten mit allen vier Beinen auf den eisüberzogenen Pflastersteinen aus und stürzten. Auch die Soldaten gingen nur sehr unwillig vor: sie begriffen, daß eine Kavallerieattacke aus einer Entfernung von zwanzig Schritten, bei einem direkt auf die Pferdeköpfe gerichteten Gewehrfeuer unmöglich sei.

„Was kommt ihr daher, ihr Verdammten?" fluchten die Moskauer, indem sie den gestürzten Reitern auf die Beine halfen.

„Man muß schon vorgehen, wenn man getrieben wird. Vergelt's Gott, Brüder, daß ihr vorbeigeschossen habt, sonst wären wir wohl nicht am Leben geblieben!" dankten die Gardekavalleristen.

„Kommt doch zu uns herüber, Kinder!"

„Wartet nur, wenn es dunkel wird, kommen wir alle."

„Zurück! Richtet euch!" kommandierte der Regimentskommandeur General Orlow und fing an, die Kolonne zu einer zweiten Attacke zu formieren.

Aber die zweite gelang nicht besser als die erste. Die Bajonette senkten sich ebenso gleichmäßig, und die Pferde stürzten, gegen den stählernen Wald anrennend, zu Boden und zogen die

Reiter mit sich. Die Menge hinter dem Zaune warf aber Steine, Ziegel und Holzscheite. General Wojinow wurde beinahe totgeschlagen, Herzog Eugen von Württemberg wie ein kleiner Junge mit Schneebällen beworfen.

Eine Attacke nach der andern zerschellte wie Woge um Woge am unerschütterlichen, unbeweglichen Viereck, und dieses wurde nach jedem neuen Angriff gleichsam fester und starrer. Es stützte sich gegen den Felsen Peters und war selbst wie ein unwandelbarer Fels.

Plötzlich erklangen aus der Ferne zu den lustigen Klängen von Militärmusik die Schreie: „Hurra, Konstantin!", und dreieinhalb Kompagnien der Flottenequipage, unter dem Kommando des Leutnants Michail Küchelbäcker und des Stabshauptmanns Nikolai Bestuschew kamen aus der Galernaja-Straße gelaufen.

Sie umarmten die Moskauer und tauschten mit ihnen Küsse aus.

„Liebe Brüder! Vergelt's Gott, daß ihr uns nicht im Stich gelassen habt!"

„Armee und Flotte haben sich vereinigt!"

„Wir siegen zu Lande und auf dem Meere!"

Die Flottenequipage bildete ein neues Karree, rechts von den Moskauern auf der Brücke des Admiralitätskanals mit der Front zur Isaakskathedrale.

Und wieder tönte es, jetzt von der andern Seite, vom Schloßplatz her:

„Hurra, Konstantin!"

Über den Boulevard liefen in einzelnen Haufen, in aufgeknöpften Mänteln und mit in die Nacken geschobenen Mützen, mit vollen Patronentaschen und gefällten Bajonetten die Leibgrenadiere.

Sie hatten schon den Platz erreicht und waren über die an der Ecke des Admiralitätsboulevards und des Quais angehäuften Steine geklettert, als eine Verwirrung entstand.

Der Regimentskommandeur Stürler lief die ganze Zeit neben seinen Soldaten her und flehte sie an, in die Kasernen zurückzukehren.

„Haltet euch, Brüder, hört nicht auf den Schurken!" schrie der Regimentsadjutant, Leutnant Panow, Mitglied der Geheimen Gesellschaft, der gleichfalls neben den Soldaten her lief.

„Für wen sind Sie?" fragte Kachowskij, mit einer Pistole in der Hand auf Stürler zulaufend.

„Für Nikolai!" antwortete jener.

Kachowskij schoß. Stürler griff sich mit der Hand an die Hüfte und lief weiter. Zwei Soldaten folgten ihm mit gefällten Bajonetten.

„Stecht ihn tot, den verdammten Deutschen!"

Die Bajonette bohrten sich in seinen Rücken, und er fiel um.

Die Leibgrenadiere vereinigten sich mit den Moskauern. Und wieder gab es Umarmungen und brüderliche Küsse.

Das dritte Karree stellte sich links vom ersten, mit der Front zum Quai und dem Rücken zur Isaakskathedrale auf.

Auf dem Platze befanden sich jetzt an die dreitausend Mann Truppen und mehrere Zehntausend anderer Menschen, die auf den ersten Wink eines Befehlshabers zu allem bereit waren. Aber einen Befehlshaber gab es noch immer nicht.

Das Wetter schlug um. Vom Osten kam ein eiskalter Wind. Der Frost nahm zu. Die Soldaten in den bloßen Waffenröcken froren noch immer, traten von einem Fuß auf den andern und schlugen die Hände gegeneinander.

„Was stehen wir?" fragten sie verständnislos. „Es ist, als wären wir ans Pflaster angefroren. Die Beine sind uns erstarrt, die Hände erfroren, und wir stehen noch immer."

„Euer Wohlgeboren, wollen Sie uns in eine Attacke führen!" bat der Gefreite Ljubimow den Stabshauptmann Michail Bestuschew.

„Was für eine Attacke? Gegen wen?"

„Auf die Truppen, auf das Palais, auf die Festung, — wohin es Ihnen beliebt."

„Man muß auf das Kommando warten, Bruder."

„Ach, Euer Wohlgeboren, warten heißt die ganze Sache verderben!"

„Das muß man uns lassen: warten und stehen können wir gut," bemerkte Kachowskij mit giftigem Lächeln. „Unser ganzer Aufstand ist eine stehende Revolution!"

— Stehende Revolution! — wiederholte Golizyn vor sich hin mit ahnungsvollem Grauen.

Sechstes Kapitel

„Was geht vor? Auf was für einen Feind warten wir eigentlich?"

„Gar nichts verstehe ich, Gott strafe mich! Ein verfluchtes Durcheinander!"

Der Großfürst Michail Pawlowitsch hörte dieses Zwiegespräch zweier Generäle. Auch er verstand gar nichts.

Von seinem Bruder Nikolai aus dem Städtchen Nennal, wo er auf dem Wege nach Warschau Halt gemacht hatte, berufen, war er soeben hungrig, müde und erfroren nach Petersburg gekommen und direkt auf den Senatsplatz, in die Revolution, wie er sagte: „Wie ein Huhn in die Suppe" geraten.

Als nach dem Mißerfolg der Kavallerieattacke die Obrigkeit einsah, daß man mit Gewalt nichts ausrichten könne, bat Michail Pawlowitsch den Kaiser um Erlaubnis, mit den Meuterern zu sprechen. Nikolai wollte es anfangs nicht erlauben, winkte aber dann traurig mit der Hand und willigte ein:

„Tu, was du willst."

Der Großfürst ritt auf die Front der Aufrührer zu.

„Guten Tag, Kinder!" rief er laut und lustig wie bei einer Parade.

„Guten Tag, Kaiserliche Hoheit!" antworteten die Soldaten ebenso lustig.

Der „plumpe Mischka", der „wohltätige Griesgram" — „le bourru bienfaisant". Michail Pawlowitsch hatte ein rauhes Äußere und ein weiches Herz. Als einmal ein betrunkener Soldat, der auf der Straße lag, vor ihm ohne aufzustehen salutierte, verzieh er es ihm und sagte: „Er ist betrunken, aber klug." Auch jetzt war er bereit, den Meuterern für dieses lustige „Guten Tag" zu verzeihen.

„Kinder, was ist mit euch los? Was habt ihr euch in den Kopf gesetzt?" fing er in seinem gemütlichen Tone an. „Der Zessarewitsch Konstantin Pawlowitsch hat auf den Thron verzichtet, und ich kann es bezeugen. Ihr wißt doch, wie ich meinen Bruder liebe. In seinem Namen befehle ich euch: leistet den gesetzlichen . . ."

„Es gibt kein Gesetz, nach dem man auf zwei Kaiser vereidigt werden soll!" antworteten viele Stimmen.

„Ruhe!" kommandierte der Großfürst, aber man hörte nicht mehr auf ihn.

„Wir tun nichts Böses, aber auf Nikolai lassen wir uns nicht vereidigen!"

„Wo ist Konstantin?"

„Gib uns den Konstantin her!"

„Soll er selbst herkommen, dann werden wir es glauben!"

„Seid nicht eigensinnig, Kinder, sonst gibt's ein Unglück!" versuchte sich einer der Generäle einzumischen.

„Geh zu Teufels Großmutter! Ihr Generäle seid Verräter und macht euch nichts draus, jeden Tag zu schwören, aber für uns ist der Eid kein Spaß!" schrien sie ihn so wütend an, daß Michail Pawlowitsch endlich begriff, was da vorging, und erbleichte. Auch sein Pferd schien es begriffen zu haben: es erzitterte und wich zurück.

In der engen Gasse zwischen den beiden Karrees — dem der Flottenequipage und dem der Moskauer — warf sich Wilhelm Karlowitsch Küchelbäcker mit einer großen Pistole in der Hand sinnlos hin und her; es war dieselbe Pistole, die in den Schnee gefallen und naß geworden war; bald warf er seinen Mantel von den Schultern und zog ihn bald wieder an; zuletzt zog er ihn ganz aus und blieb im bloßen Frack stehen, lang, krumm, dünnbeinig, einem angeschossenen Reiher ähnlich.

„Voulez vous faire descendre Michel?" fragte dicht neben ihm eine bekannte, aber furchtbar veränderte Stimme, und es kam ihm plötzlich vor, als hätte er dies alles schon einmal erlebt.

„Je le veux bien, mais où est-il donc?"

„Sehen Sie, dort, der mit dem schwarzen Federbusch!"

Er kniff seine kurzsichtigen blauen Glotzaugen mit dem gleichen traurigen und sanften Ausdruck, den sie einst bei den Gesprächen mit seinem Lyzeumsfreund Puschkin „über Schiller, den Ruhm und die Liebe" hatten, zusammen und zielte.

Plötzlich fühlte er, wie jemand seinen Ellenbogen berührte. Er sah sich um und erblickte zwei Soldaten. Sie sagten nichts, der eine winkte nur dem andern mit den Augen und schüttelte den Kopf. Er begriff es aber: — Nicht doch! Laß ihn laufen!

„Kinder, wartet ein wenig; wir machen bald ein Ende!" sprach wieder jene bekannte Stimme, und wieder war es ihm, als hätte er es schon einmal erlebt.

Küchelbäcker hielt die Pistole dicht vor der Nase und betrachtete sie wie erstaunt.

„Sie scheint wirklich naß geworden zu sein," murmelte er verlegen.

„Ach du Kauz, Absolut Absolutowitsch! Bist wohl selbst naß geworden!" rief Puschtschin lachend und klopfte ihn freundlich auf die Schulter. Golizyn kam näher und horchte.

„Wir alle sind nicht ganz trocken, meine Herren!" bemerkte Kachowskij mit giftigem Lächeln.

„Und Sie selbst? Sie schießen doch besser als wir alle," versetzte Puschtschin.

„Ich hab genug! Zwei hab ich schon auf dem Gewissen und werde auch einen dritten haben," antwortete Kachowskij.

Golizyn begriff, daß der dritte — Nikolai Pawlowitsch sein sollte.

Am Ende des Admiralitätsboulevards und des Senatsplatzes hielt in der Nähe der aufrührerischen Karrees eine große Equipage mit acht Fenstern, auf hohen Sprungfedern, mit vergoldetem Bock, in der Art der altmodischen Chaisen. Ihr entstiegen zwei kleine Greise mit erschrockenen Gesichtern, in kirchlichen Ornaten: der Metropolit von Petersburg, Seraphim und der von Kijew — Jewgenij.

Irgend ein General hatte die beiden Eminenzen in der Schloßkirche aufgegriffen, als sie eben im Begriff waren, einen Dankgottesdienst anläßlich der Thronbesteigung des neuen Kaisers abzuhalten, hatte sie mit zwei Hypodiakonen in die Equipage gesetzt und auf den Platz gebracht.

Die beiden Greise standen in der Menge vor der Schützenkette und flüsterten hilflos und ratlos.

„Geht nicht hin, man wird euch erschlagen!" schrien die einen.

„Geht mit Gott! Das ist ja euer geistliches Amt: Es sind doch keine Heiden hier, sondern getaufte Russen!" redeten die andern zu.

Dem Metropoliten Jewgenij hatte man, als man ihn an den Schößen seines Ornats zurückzuhalten suchte, den Stock aus den Händen gerissen, er kam ins Gedränge und wurde vom andern Metropoliten abgeschnitten. Als Seraphim sich nun allein sah, war er dermaßen bestürzt, daß er sogar keine Angst empfand und gar nicht wußte, was mit ihm vorging; es war ihm, als stürzte er kopfüber von einem Berge. Er bekreuzigte sich nur und flüsterte, mit den kurzsichtigen Äuglein zwinkernd und sich nach allen Seiten umsehend, Gebete.

Plötzlich sah er vor sich das erstaunte, ruhige und gutmütige Gesicht des jungen Leutnants der Leibgarde-Flottenequipage Michail Karlowitsch Küchelbäcker, eines Bruders von Wilhelm, eines ebenso ungelenken, langbeinigen und glotzäugigen Menschen wie jener.

„Was wünschen Sie, Väterchen?" fragte Küchelbäcker höflich, die Hand am Mützenrand. Der lutherische Deutschrusse wußte nicht, wie man einen Metropoliten anspricht, und sagte sich, daß jeder „Pope" ein Väterchen sei.

Seraphim antwortete nicht und begann bloß noch schneller mit den Augen zu zwinkern, zu flüstern und sich zu bekreuzigen.

Einst nannten ihn die Salondamen wegen seines angenehmen Äußern „Seraphimtschik". Nun war er über siebzig und hatte ein gedunsenes Altweibergesicht mit Schlitzaugen, einem herzförmigen Mund, einem winzigen Näschen und einem dünnen Spitzbärtchen. Er zitterte am ganzen Leibe, und auch sein Bärtchen zitterte. Küchelbäcker fühlte Mitleid mit dem Alten.

„Was wünschen Sie, Väterchen?" fragte er wieder, noch höflicher.

„Ich möchte hin, zu den Kriegern .. Mit den Kriegern reden," stammelte endlich Seraphim, mit seinen vollen Händchen auf das Karree der Meuterer weisend.

„Ich weiß wirklich nicht," antwortete Küchelbäcker achselzuckend. „Ich darf hier niemand durchlassen. Warten Sie übrigens, Väterchen, ich will sofort . . ."

Und er lief davon. Seraphim hob aber ängstlich die Augen und sah die Soldaten an. Er hatte geglaubt, es seien keine Menschen, sondern Tiere. Er sah aber gewöhnliche, gar nicht schreckliche Menschengesichter.

Er holte Atem, nahm sich plötzlich mit jenem Mut, der manchmal die Feiglinge überkommt, die Mithra vom Kopfe, gab sie dem Hypodiakon, legte sich das Kreuz auf die Stirne und ging in die Menge. Die Soldaten machten ihm den Weg frei, präsentierten die Gewehre und fingen an, sich zu bekreuzigen.

Er machte noch einige Schritte und stand plötzlich vor der Front des Karrees. Die Soldaten bekreuzigten sich auch hier, schrien aber dabei:

„Hurra, Konstantin!"

„Rechtgläubige Krieger!" begann Seraphim, und alle verstummten und lauschten ihm. Er sprach so undeutlich, daß sie nur einzelne Worte unterscheiden konnten: „Krieger, besänftigt euch . . . Ich flehe euch an . . . Schwört . . . Konstantin Pawlowitsch hat dreimal verzichtet . . . Gott ist Zeuge . . ."

„Lassen Sie Gott lieber aus dem Spiel, Eminenz," sagte eine Stimme, so leise und bestimmt, daß alle sich umsahen. Es war Fürst Valerian Michailowitsch Golizyn.

„Was willst du? Wer bist du? Wo kommst du her?" stammelte Seraphim. Plötzlich erbleichte er und begann zu zittern, aber nicht mehr vor Angst, sondern vor Wut. „Glaubst du an Christus?"

„Ja, ich glaube," antwortete Golizyn ebenso leise und bestimmt.

Seraphim hielt ihm das Kreuz hin.

„Nun, küsse es, wenn du glaubst!"

„Nur nicht aus Ihren Händen," sagte Golizyn und wollte ihm das Kreuz aus der Hand nehmen.

Seraphim zog es aber zurück, von einem neuen, überirdischen Entsetzen gepackt, als hätte er erst jetzt das erblickt, was er so sehr fürchtete: im Gesicht des Aufrührers das Gesicht des Teufels.

„Geben Sie es doch, fürchten Sie nicht, ich werde es Ihnen zurückgeben. Vorläufig gehört es noch Ihnen, einmal werden wir es Ihnen aber abnehmen!" sagte Golizyn, und seine Augen funkelten unter der Brille so drohend, daß Seraphim wieder zu zwinkern, zu flüstern und sich zu bekreuzigen anfing und ihm das Kreuz gab.

Golizyn nahm das Kreuz und küßte es mit frommer Andacht.

„Geben Sie es auch mir!" sagte Kachowskij.

„Auch mir! Auch mir!" riefen die andern.

Das Kreuz ging in der Runde von Hand zu Hand, und als es wieder zu Golizyn zurückkehrte, gab er es dem Metropoliten.

„Jetzt gehen Sie aber, Eminenz, und merken Sie sich, daß Sie gegen Ihren Willen die russische Freiheit mit dem Kreuze gesegnet haben."

Und er schrie wieder so begeistert wie beim Beginn des Aufstandes: „Hurra, Konstantin!"

„Hurra, Konstantin!" fielen die Soldaten ein.

„Geh, Väterchen, in die Kirche, dort ist dein Platz!"

„Was bist du für ein Metropolit, wenn du zweien den Eid geleistet hast!"

„Betrüger, Verräter, Nikolais Deserteur!"

Die Bajonette und Degen kreuzten sich über Seraphims Kopf. Die Hypodiakonen liefen herbei, nahmen ihn unter die Arme und führten ihn fort.

„Da sind auch schon die Geschütze!" sagte jemand, auf die anfahrende Artillerie zeigend.

„Nun, alles, wie es sich gehört," versetzte Golizyn mit spöttischem Lächeln: „Nach dem Kreuze die Kartätschen, nach Gott — das Tier!"

Siebentes Kapitel

Ich kann der Artillerie noch nicht ganz trauen," antwortete der Kaiser, sooft man ihm zuredete, daß er die Artillerie kommen lassen möchte.

Er mißtraute nicht nur ihr, sondern auch allen andern Truppen. Das Ssemjonowsche Regiment hatte den Aufrührern durch die Menge sagen lassen, daß es sich ihnen anschließen wolle; das Ismailowsche Regiment hatte das dreimalige „Guten Tag, Kinder!" des Kaisers unbeantwortet gelassen; auch die Finnländer auf der Isaaksbrücke rührten sich nicht.

— Wenn sie zu den Aufrührern übergehen, — dachte sich der Kaiser, — so wird auch die Artillerie nicht helfen: die Geschütze werden sich gegen mich richten! —

„Bon jour, Karl Fjodorowitsch. Schauen Sie, was hier vorgeht. Ein netter Regierungsanfang — ein blutbefleckter Thron!" wandte er sich an den General Toll mit dem früheren schiefen Lächeln, wie man es bei Zahnschmerzen hat.

„Majestät, es gibt nur ein Mittel, allem ein Ende zu machen: das Gesindel mit Kartätschen zusammenzuschießen!" antwortete Toll.

Der Kaiser runzelte schweigend die Stirne; er fühlte, daß er etwas sagen müsse, wußte aber nicht, was. Er hatte wieder seine Rolle vergessen und fürchtete, einen falschen Ton anzuschlagen.

„Nur kein Blutvergießen," sagte ihm Benkendorf vor.

„Ja, kein Blutvergießen," wiederholte der Kaiser. „Nur kein Blutvergießen. Wollen Sie denn, daß ich am ersten Tage meiner Regierung das Blut meiner Untertanen vergieße?"

Er verstummte und warf wie ein kleines Kind die Lippen auf. Wieder fühlte er Mitleid mit sich, wieder wollte er vor Mitleid weinen: — Pauvre diable! Armer Kerl! Armer Nixe! —

Toll nahm Benkendorf unter den Arm, ritt mit ihm auf die Seite und fragte, mit den Augen auf den Kaiser weisend:

„Was hat er?"

„Wieso?" Benkendorf tat, als verstünde er nicht, und blickte mit geheucheltem Lächeln auf Tolls einfältiges Soldatengesicht.

„Darf man denn diese Kanaillen schonen?" fragte Toll erstaunt.

„Nun, darüber dürfen wir beide nicht urteilen. Die Barmherzigkeit des Kaisers ist grenzenlos. Er will nur im alleräußersten Falle schießen lassen. Unser Plan ist, sie so einzuschließen und einzuengen, daß sie sich ohne Blutvergießen ergeben."

Toll antwortete nichts. Der Schlachtengeneral, Kampfgenosse Ssuworows, Liebling Kutusows und Kenner der Napoleonischen Taktik sah, daß Benkendorf mit dem Leichtsinn sprach, der einem Ignoranten eigen ist, welcher niemals Pulver gerochen hat; daß das Karree der Aufrührer unerschütterlich war: man konnte es wohl zusammenschießen, erdrücken, vernichten, aber nicht von der Stelle bringen; und daß, wenn der Aufruhr auch den Pöbel ergreift, in dieser Enge, in der vieltausendköpfigen Menge keine Schlacht, sondern ein Handgemenge entstehen muß; Gott allein weiß, womit das enden wird. Die dem Kaiser treuen Truppen waren schwankend, und die Befehlshaber benahmen sich so, wie immer vor einer verlorenen Schlacht; alle waren kopflos, rannten hin und her und erteilten und befolgten die unsinnigsten Ratschläge: bis zum Morgen zu warten, in der Hoffnung, daß die Meuterer sich vor Anbruch der Nacht von selbst zurückziehen würden; oder die Feuerwehrspritzen kommen zu lassen, das Karree mit Wasser zu begießen und „den Wasserstrahl dabei den Soldaten auf die Augen zu richten, was bei dem herrschenden Frost sie bald kampfunfähig machen muß."

Endlich erschien die Artillerie: der Kaiser ließ sich nach langen Überredungen herbei, sie kommen zu lassen. Von der Gorochowaja her kamen im Trab vier Geschütze mit leeren Protzen, ohne Munition, unter dem Kommando des Obersten Nesterowskij.

„Herr Oberst, haben Sie Kartätschen mit?" fragte Toll.

„Zu Befehl, nein, Euer Exzellenz, es wurde mir nicht befohlen."

„Wollen Sie sofort welche holen lassen, denn man wird sie bald brauchen," befahl Toll.

Er wußte, was er machte: durch den eigenmächtigen Befehl rettete er den Kaiser und vielleicht auch das russische Reich.

Von der Ecke des Newskij bis zum Lobanowschen Hause, vom Lobanowschen Hause bis zum Zaune der Isaakskathedrale und längs des Zaunes bis zu der letzten Ecke, die ihn von der Front der Aufrührer trennte, bewegte sich der Kaiser sehr langsam, Schritt für Schritt, im Laufe mehrerer Stunden, die ihm wie eine Ewigkeit erschienen.

An dieser Ecke machte er Halt, fühlte sich aber von einer unwiderstehlichen Macht auch weiter hingezogen, um diese Ecke herum, von wo die Kugeln pfiffen, — so wird ein Span von einem Wasserstrudel hereingezogen. Er blickte die glatten grauen Bretter an und konnte von ihnen den Blick nicht losreißen: die Bretter an dieser schrecklichen Ecke erinnerten ihn an ein Schaffot, an eine Wippe.

Er wußte, was ihn hinter die Ecke zog. „Ich will ihnen zeigen, daß ich kein Feigling bin," hatte er früher gesagt; auch die Worte Jakubowitschs fielen ihm ein: „Sie wollen, daß Eure Majestät selbst zu ihnen kommen." Warum schickt er die andern und geht nicht selbst hin?

Hinter der Ecke kamen die Kugeln über die Köpfe geflogen: die Meuterer zielten wohl absichtlich nach oben.

Die Ecke des Zaunes schützte den Kaiser vor den Kugeln, und doch kam es ihm vor, als ob sie über seinem Kopfe pfiffen.

„Was hast du gesagt?" fragte er den General Benkendorf, der eben um die Ecke ritt und dem vorne stehenden Bataillon des Preobraschenskij-Regiments irgend einen Befehl erteilte.

„Ich habe gesagt, Majestät, daß die Dummköpfe sich nicht vor jeder Kugel verbeugen sollen," antwortete jener und sah plötzlich, daß der Kaiser selbst den Kopf neigte.

Auf den blassen Wangen Nikolais waren zwei rosa Flecken hervorgetreten. Das angespornte Pferd trug den Reiter um die Ecke. Er sah die Aufrührer, und sie sahen ihn. Sie schrien „Hurra, Konstantin!" und gaben eine Salve ab. Sie zielten aber wohl wieder nach oben und schonten ihn. Die Kugeln pfiffen über ihn wie Peitschen, die nur drohen, und nicht schlagen, und in diesem Pfeifen hörte er den Hohn: „Stabshauptmann Romanow, fürchtest du dich?"

Er gab dem Pferd wieder die Sporen, das Tier bäumte sich und hätte den Reiter wohl dicht vor die Front der Aufrührer getragen, wenn der Generaladjutant Wassiltschikow es nicht am Zaume ergriffen hätte.

„Wollen Majestät zurückreiten!"

„Laß!" schrie der Kaiser wie rasend. Jener hielt aber das Pferd fest und hätte es nicht losgelassen, selbst wenn es ihm das Leben kostete; er war ein treuer Knecht.

Die Finger des Kaisers, die die Zügel hielten, erlahmten plötzlich und lösten sich. Wassiltschikow wandte sein Pferd um, und es sprengte zurück.

Der Kaiser war sich fast nicht bewußt, was er tat, aber er empfand dasselbe, wie in seiner Kindheit, wenn er bei einem Gewitter den Kopf unter ein Kissen steckte.

Als er wieder auf dem Schloßplatze war, kam er zu sich. Er mußte sich selbst und den andern erklären, warum er jene schreckliche Stelle so plötzlich verlassen hatte. Er rief den Schloßkommandanten Baschuzkij zu sich heran und fragte, ob sein Befehl, die Bewachung des Schlosses durch zwei Kompagnien Sappeure zu verstärken, ausgeführt sei.

„Es ist geschehen, Majestät."

„Sind die Wagen bereit?" fragte er den Adjutanten Adlerberg.

„Zu Befehl, ja, Majestät."

Er hatte die Wagen bereitstellen lassen, um im äußersten Falle die beiden Kaiserinnen und den Thronfolger heimlich unter einer Eskorte von Chevaliergarden nač Zarskoie-Sielo bringen zu lassen.

„Wie geht es der Kaiserin?" fragte der Kaiser weiter.

„Sie ist in größter Unruhe. Sie fleht Euer Majestät an, mitzukommen," antwortete Adlerberg.

Der Kaiser verstand es, mit ihr mitkommen, hieß fliehen.

„Und was glaubst du?" fragte er, mit einem verstohlenen Blick auf Adlerberg.

„Ich glaube, daß das Leben Eurer Kaiserlichen Majestät..."

„Dummkopf!" schrie ihn der Kaiser an. Und er wandte das Pferd um und ritt wieder auf den Senatsplatz.

Auf dem Turme der Admiralität schlug es drei. Die Dämmerung brach an. Es schneite. Weiße Fliegen wirbelten durch die immer dunkler werdende Luft.

Längs des Admiralitäts-Boulevards stand eine Kompagnie der Fußartillerie mit vier Geschützen und Munitionskisten voller Kartätschen.

General Ssuchosanet ritt auf den Kaiser zu.

„Eure H o h e i t..." fing er in Eile an.

Der Kaiser sah ihn so an, daß jener bereit war, in die Erde zu versinken. Der „arme Kerl" erinnerte sich aber, wie er vorhin selbst kommandiert hatte: „Die Kompagnie Seiner Majestät bleibt bei mir." Was sollte er von den andern verlangen, wenn er sich selbst nicht als „Majestät" fühlte.

„Eure Kaiserliche M a j e s t ä t," korrigierte sich Ssuchosanet, „der Abend ist nahe, und die Dunkelheit ist in dieser Situation gefährlich. Geruhen Sie den Befehl zu geben, den Platz durch Geschützfeuer zu säubern."

Der Kaiser antwortete nicht und kehrte auf seinen früheren Platz am Zaune der Isaakskathedrale zurück. Wieder die glatten, grauen Bretter und die schreckliche Ecke — das Schaffot oder die Wippe; wieder das Pfeifen der Kugeln, das Pfeifen der Peitschen, die nicht schlagen, sondern nur drohen und höhnen.

Früher hatte es hier zwei Mengen gegeben: die eine auf der Seite des Zaren, die andere auf der der Aufrührer; jetzt waren beide zu einer einzigen Menge zusammengeflossen. Es wurde immer dunkler, und die Menge drängte sich in der Dunkelheit immer mehr gegen das Pferd des Kaisers vor.

„Die Leute drücken wie verrückt. Wollen Majestät zurückreiten!" rief jemand von der Suite.

„Tut mir den Gefallen, Kinder, und geht nach Hause. Der Kaiser bittet euch darum," ermahnte Benkendorf.

„Wenn man auf mich schießt, kann man auch euch treffen," sagte der Kaiser.

„Wie sanft der auf einmal ist!" tönte es aus der Menge.

„Jetzt, wo es euch schlecht geht, schmeichelt ihr uns, später werdet ihr uns ins Bockshorn jagen!"

„Wir gehen nicht, wir wollen mit ihnen sterben!"

Die Gesichter wurden plötzlich böse, und diejenigen, die ohne Mützen standen, fingen an, sie aufzusetzen.

„Die Mützen herunter!" schrie der Kaiser, und wieder floß die Wonne der Wut wie Feuer durch seine Adern; wieder begriff er, daß er gerettet ist, wenn er nur ordentlich in Wut gerät.

Plötzlich fing man an, hinter dem Zaune mit Steinen, Ziegeln und Holzscheiten zu werfen.

„Wollen Sie vom Zaune weg, Majestät!" schrie der Generaladjutant Wassiltschikow.

Ein schwarzhaariger, stumpfnäsiger Kerl in offenem Halbpelz und rotem Hemd saß rittlings auf dem Zaune, an der schrecklichen Ecke, wie ein Henker auf der Wippe.

„Da ist ja unser Pugatschow!" spottete er, dem Kaiser gerade ins Gesicht blickend. „Majestät, was versteckst du dich hinter den Zaun? Komm mal her!"

Und die ganze Menge schrie und johlte:

„Pugatschow! Pugatschow! Grischka Otrepjew! Falscher Zar! Anathema!"

— Werden sie mich vielleicht mit einem Stein oder einem Holzscheit in die Schläfe treffen und wie einen Hund erschlagen? — dachte sich der Kaiser voller Ekel und erinnerte sich plötzlich, wie der Kerl mit dem roten Gesicht, der ihn am Morgen küssen wollte, aus dem Munde nach rohem Fleisch roch. Er fühlte Übelkeit. Es wurde ihm finster vor den Augen. Arme und Beine waren plötzlich wie aus Watte. Er fürchtete, daß er vom Pferde fallen könnte.

„Hurra, Konstantin!" schrie man wieder. Im Dunklen blitzten Schüsse auf, und es krachte eine Salve. Das erschrockene Pferd taumelte in wilder Angst.

„Eure Majestät, man darf keine Minute länger zögern, es ist nichts zu machen, man muß mit Kartätschen schießen," sagte Toll.

Der Kaiser wollte ihm antworten, konnte es aber nicht, denn seine Stimme versagte. Und wie ihm einst der Blitz vor den Augen zuckte, wenn sein Erzieher Lamsdorff seinen Kopf bei einem Gewitter unter dem Kissen hervorzog, so durchzuckte ihn jetzt der Gedanke:

„Alles ist verloren, es ist das Ende!"

Achtes Kapitel

"Stehende Revolution" — diese Worte Kachowskijs fielen Golizyn ein.

Sie stehen da und tun nichts. Sie frieren wie früher in ihren bloßen Waffenröcken, treten, um sich zu erwärmen, von dem einen Fuß auf den anderen und schlagen die Hände gegeneinander. Sie warten, sie wissen selbst nicht, worauf.

Mehr als vier Stunden stehen sie so ohne die geringste Bewegung, bis man alle Regimenter versammelt hat, um sie zu erdrücken. Sie sind vom Zauber der Unbeweglichkeit wie verhext. Solange sie stehen, sind sie eine unerschütterliche Feste, der Fels Petri; wenn sie sich aber nur zu rühren versuchen, werden sie gleich schwach und matt und können keinen Schritt tun. Wie in einem schrecklichen Traume bewegen sie die Beine und wollen laufen, stehen aber auf dem gleichen Fleck.

Auch der Gegner steht. Als bestünde darin der ganze Kampf: wer wird den andern im Stehen übertreffen?

— Hat denn Kachowskij recht? — dachte sich Golizyn. — Ist denn unser ganzer Aufstand eine stehende Revolution? —

Der Sieg fällt ihnen ganz von selbst zu, sie nehmen ihn aber nicht, sie lassen sich eine Gelegenheit nach der andern entgehen, sie machen eine Dummheit nach der andern.

Als das Moskauer Regiment meuterte, sollte es zu den andern Regimentern gehen, um sie für sich zu gewinnen; aber es ging auf den Platz in der Meinung, daß alle schon dort seien; erst als es auf dem Platze eintraf, sah es, daß noch niemand da war.

Als die Flottenequipage auszog, hätte sie ihre Artillerie mitnehmen können: Geschütze gegen Geschütze könnten den Ausgang der Erhebung entscheiden; sie hätten sie mitnehmen können, hatten sie aber nicht mitgenommen.

Die Leibgrenadiere hätten aber die Festung besetzen können, die das Palais und die Stadt beherrschte; sie hätten das Palais besetzen können, in dem sich damals der Senat, der Reichsrat, die beiden Kaiserinnen und der Thronfolger befanden, — sie hätten es tun können, taten es aber nicht.

Aber trotz aller dieser Fehler verfügten die Aufrührer über ungeheure Kräfte: sie hatten dreitausend Mann Truppen und eine zehnfache Menge Volkes, das auf den ersten Wink eines Befehlshabers zu allem bereit war.

„Gebt uns nur Waffen, wir werden euch in einer halben Stunde die ganze Stadt auf den Kopf stellen!" rief man aus der Menge.

„Man wird schießen. Was braucht ihr in den Tod zu gehen?" sagten die Soldaten, indem sie die Menge auseinandertrieben.

„Soll man nur schießen! Wir werden mit euch sterben!" antwortete die Menge.

Den Willen zum Handeln hatte das Volk, ihn hatten auch die Truppen und die jüngeren Mitglieder der Gesellschaft, aber nicht die älteren; diese hatten den einen Wunsch: zu leiden, zu sterben, aber nicht zu handeln.

„Spielen Sie Schlagdame?" wandte sich Kachowskij an Golizyn.

„Was für eine Schlagdame?" fragte jener erstaunt.

„Es ist so ein Damespiel: wer mehr geschlagen wird, der hat gewonnen."

„Was soll das heißen?"

„Es soll heißen, daß wir Schlagdame spielen. Wir lassen uns voneinander schlagen, wir von ihnen, und sie von uns. Wir machen um die Wette Dummheiten, und wer sich dümmer anstellt, der hat gewonnen."

„Nein, es ist keine Dummheit."

„Was ist es denn?"

„Ich weiß nicht. Vielleicht kämpfen wir nicht nur gegen sie; vielleicht ist auch in uns selbst... Nein, ich weiß nicht, ich verstehe es nicht zu sagen..."

„Sie verstehen es nicht zu sagen? Ach, Golizyn, auch Sie sind so... Übrigens ist es vielleicht wirklich keine Dummheit, sondern etwas anderes. Sie haben gesehen: eben hat man einen Spion gefangen, den Adjutanten Bibikow hat man beinahe erdrückt und halbtot geschlagen; Michail Küchelbäcker nahm sich aber seiner an: er führte ihn mit der größten Liebenswürdigkeit aus der Menge vor die Schützenkette hinaus, zog sich sogar den Mantel aus und gab ihn ihm, hüllte ihn sorgfältig ein, damit sich der Ärmste nicht erkälte! Wir üben uns in der christlichen Tugend: man schlägt uns auf die linke Backe, und wir bieten die rechte dar. Wir sind selbst verdorben und haben auch unsere Soldaten verdorben: da schießen sie in die Luft und schonen ihre Feinde. Eine menschenfreundliche Revolution, ein philantropischer Aufstand! Wir retten unser Seelenheil! Wir fürchten das Blut, wir wollen es ohne Blut machen. Es wird schon Blut geben, doch unschuldiges Blut, und es wird auf unsere Köpfe fallen! Man wird uns wie Narren zusammenschießen, und wir verdienen es auch. Ewige Knechte! Gemeines Land, gemeines Volk! Niemals wird es in Rußland eine Revolution geben."

Er verstummte plötzlich, wandte sich weg, ergriff mit beiden Händen die Eisenstangen des Gitters, — sie standen vor dem Denkmal Peters — und fing an, mit dem Kopf gegen das Gitter zu schlagen.

„Hör doch auf, Kachowskij! Die Sache ist ja noch nicht verloren, ein Erfolg ist möglich..."

„Möglich? Das ist eben das Gemeine, daß der Erfolg möglich ist! Aber man darf keine Minute verlieren, sonst wird es zu spät! Golizyn, helfen Sie um Gotteswillen, sagen Sie ihnen... was tun sie? Was tun sie... Aber Sie sind ja auch mit ihnen! Sie sind alle zusammen, aber ich..."

Seine Lippen zitterten, und er verzog das Gesicht wie ein kleines Kind, das weinen will. Er ließ sich auf die steinerne Schwelle des Gitters sinken, stützte die Ellenbogen auf die Knie, preßte den Kopf mit den Händen zusammen und wiederholte mit dumpfem Schluchzen:

„Allein! Allein! Allein!"

Als Golizyn ihn ansah, begriff er, daß wenn es unter ihnen überhaupt einen Menschen gab, der seine Seele der gemeinsamen Sache opfern könnte, dieser Mensch nur Kachowskij sei; er begriff auch, daß es keine Worte gab, mit denen man ihn trösten und ihm helfen könnte. Er beugte sich schweigend über ihn, umarmte und küßte ihn.

„Meine Herren, kommen Sie schnell! Obolenskij ist zum Diktator gewählt. Gleich ist der Kriegsrat!" erklärte Puschtschin ebenso ruhig, als befänden sie sich nicht auf dem Platze, sondern am Teetisch bei Rylejew.

Obolenskij war fast gewaltsam zum Diktator ernannt worden. Als ältester Adjutant der Garde-Infanterie und eines der drei Mitglieder des Obersten Rates der Geheimen Gesellschaft hatte er mehr Anspruch als irgend jemand, Diktator zu sein. Wenn aber niemand den Oberbefehl übernehmen wollte, so wollte er es noch weniger als die anderen. Lange weigerte er sich; als er aber sah, daß die entschiedene Weigerung die ganze Sache verderben könnte, willigte er endlich ein und entschloß sich, einen „Kriegsrat" abzuhalten.

Man rief die Leute zum Kriegsrat zusammen, und konnte sie doch unmöglich zusammenrufen. Sie gingen und blieben unterwegs nachdenklich stehen, immer vom gleichen Zauber der Unbeweglichkeit verhext.

„Warum stehen wir, Obolenskij? Worauf warten wir?" fragte Golizyn, an den Tisch in der Mitte des Karrees unter der Fahne tretend.

„Was sollen wir denn tun?" antwortete Obolenskij träge und unwillig, als dächte er an etwas anderes.

„Was heißt, was? Eine Attacke!"

„Nein, Golizyn, Sie können sagen, was Sie wollen, ich unternehme keine Attacke. So verderben wir die ganze Sache und zwingen die Regimenter, die uns wohlgesinnt sind, gegen uns vorzugehen. Die bitten ja nur um das eine, daß wir bis zum Anbruch der Nacht warten. ‚Wartet nur, bis es Nacht wird,' sagen sie, ‚und wir gehen alle einzeln zu euch herüber.' Wir haben auch zu wenig Truppen, die Kräfte sind viel zu ungleich."

„Und das Volk? Das ganze Volk geht mit uns, geben Sie ihm nur Waffen!"

„Gott behüte! Wenn wir ihnen Waffen geben, werden wir selbst nicht froh sein: es wird ein Handgemenge beginnen, ein Schlachten, ein Plündern; unschuldiges Blut wird fließen."

„Man muß das Blutvergießen auf jede Weise zu vermeiden suchen und die gesetzlichsten Mittel anwenden," wiederholte jemand die Worte des Diktators Trubezkoi.

„Wenn man uns aber vor Anbruch der Nacht zusammenschießt?" fragte Golizyn.

„Man wird uns nicht zusammenschießen; sie haben jetzt auch keine Munition," entgegnete Obolenskij noch immer träge und unwillig.

„Die Munition ist schnell geholt."

„Sie werden es sowieso nicht wagen, sie werden keinen Mut dazu haben."

„Und wenn sie doch Mut haben?"

Obolenskij antwortete nicht, und Golizyn sah, daß es zwecklos war, noch weiter zu sprechen.

„Seht, seht," rief Michail Bestuschew, „sie haben eine Batterie vorgeschoben!"

Das Bataillon des Preobraschenskij-Leibgarderegiments, das vor den anderen Regimentern stand, teilte sich in der Mitte, und in den freien Raum rollten drei Geschütze; man nahm sie von den Protzen und richtete sie mit den Mündungen auf die Aufrührer.

Bestuschew sprang auf den Tisch, um besser sehen zu können.

„Da ist auch die Munition! Gleich werden sie laden!" schrie er und sprang, den Säbel schwingend, vom Tisch. „Jetzt muß man sie attackieren und ihnen die Geschütze wegnehmen!"

Die Geschütze standen in einer Entfernung von weniger als hundert Schritten, von einem Zuge von Chevaliergarden gedeckt, der vom Oberstleutnant Anenkow, einem Mitglied der Geheimen Gesellschaft, kommandiert wurde. Man brauchte nur hinzulaufen und sich der Geschütze zu bemächtigen.

Alle wandten sich nach Obolenskij um und warteten auf sein Kommando. Er stand aber noch immer ebenso stumm und unbeweglich, mit gesenkten Augen da, als hörte und sähe er nichts.

Golizyn ergriff seine Hand.

„Obolenskij, was ist nun?"

„Wie?"

„Sehen Sie es denn nicht? Die Kanonen stehen vor unserer Nase, gleich werden sie schießen."

„Sie werden es nicht. Ich sage Ihnen: sie werden es nicht wagen."

Golizyn wurde wütend.

„Verrückter! Verrückter! Was tun Sie!"

„Beruhigen Sie sich, Golizyn. Ich weiß, was ich tue. Sollen sie nur anfangen, wir kommen nach. So muß es sein."

„Warum muß es so sein? Sprechen Sie doch! Was lallen Sie so, hol Sie der Teufel!" schrie Golizyn voller Wut.

„Hören Sie, Golizyn," sagte Obolenskij, noch immer mit gesenkten Augen. „Gleich werden wir zusammen sterben. Zürnen Sie mir nicht, Liebster, daß ich es nicht zu sagen weiß. Ich weiß es ja selbst nicht, aber es muß so sein, anders dürfen wir nicht, wenn wir mit Ihm sind..."

„Mit wem?"

„Haben Sie I h n vergessen?" fragte Obolenskij und hob die Augen mit einem stillen Lächeln, Golizyn schlug aber die seinen nieder.

Ein plötzlicher Schmerz durchdrang sein Herz wie ein scharfes Messer. Derselbe Schmerz, dieselbe Frage, aber schon an einen andern gerichtet. „Mit Ihm oder gegen Ihn?" Sein ganzes Leben lang hatte er sich nur gewünscht, in einem solchen Augenblick mit Ihm zu sein; nun war dieser Augenblick gekommen, und er hatte Ihn vergessen.

„Tut nichts, Golizyn, alles wird gut werden, alles wird gut werden," sprach Obolenskij. „Christus sei mit Ihnen! Christus sei mit uns allen! Vielleicht sind wir auch nicht mit Ihm, aber Er ist gewiß mit uns! Und was die Attacke betrifft," fügte er nach kurzem Schweigen hinzu, „so werden wir schon einen Bajonettangriff machen, wir werden die Courage nicht verlieren, wir werden sehen, wer wen unterkriegt!... Nun muß ich an die Front, ich bin doch immerhin Diktator!" Er lachte lustig und lief, den Säbel schwingend, davon. Und alle ihm nach.

Als sie die Front erreichten, erblickten sie den General Ssuchosanet, der von der Batterie hergeritten kam. Vor der Schützenkette angelangt, rief er den Soldaten etwas zu, mit dem Finger dorthin, wo der Kaiser stand, weisend, und sie ließen ihn durch.

"Kinder!" rief Ssuchosanet, dicht an die Front der Moskauer heranreitend. "Die Geschütze stehen vor euch. Der Kaiser ist aber gnädig, er verschont euch, und wenn ihr gleich die Waffen streckt..."

"Ssuchosanet, wo ist denn die Konstitution?" rief man ihm aus dem Karree zu.

"Ich bin mit der Verzeihung gekommen, und nicht zum unterhandeln..."

"Dann scher dich zum Teufel!"

"Und schick jemand her, der sauberer ist als du!"

"Stecht ihn, Kinder, haut ihn!"

"Rührt den Schurken nicht an, er ist keine Kugel wert!"

"Zum letzten Male sage ich euch: streckt die Waffen, sonst werden wir schießen!"

"Schieß nur!" riefen alle und schimpften unflätig.

Ssuchosanet gab seinem Pferde die Sporen, wandte es um und ließ es Galopp laufen, — die Menge machte ihm Platz, und er ritt zurück. Man gab auf ihn eine Salve ab, aber er war schon wieder bei der Batterie, und man sah nur die weißen Federn von seinem Hute fliegen.

Golizyn sah mit Entzücken, daß auch Obolenskij geschossen hatte.

Plötzlich erschien am linken Flügel der Batterie ein Reiter auf weißem Pferde — es war der Kaiser. Er ritt auf Ssuchosanet zu, beugte sich zu ihm vor und sagte ihm etwas ins Ohr.

Es trat eine Stille ein, und man hörte Ssuchosanet kommandieren:

„Batterie, ladet die Geschütze!"

„Hurra, Konstantin!" schrien die Aufrührer wie rasend.

In der weißlichen Dämmerung glühten neben den bronzenen Mündungen der Geschütze die roten Sternchen der rauchenden Lunten. Golizyn blickte gerade auf sie, dem Tod in die Augen, und die alten Worte hatten für ihn einen ganz neuen Klang:

„Gott mit uns! Gott mit uns! Nein, Rachowskij hat unrecht: es wird in Rußland wohl eine Revolution geben, und zwar eine, wie sie die Welt noch nicht gesehen hat!"

Neuntes Kapitel

„Wenn sie nicht sofort die Waffen strecken, lasse ich schießen," hatte der Kaiser gesagt, als er Ssuchosanet zu den Meuterern schickte.

„Nun wie steht's?" fragte er ihn, als er zurückkam.

„Majestät, die Wahnsinnigen schreien: Konstitution! Sie verdienen Kartätschen," wiederholte Ssuchosanet die Worte Bentendorfs.

— Kartätschen oder Konstitution? — fragte sich der Kaiser wieder.

Ssuchosanet wartete auf Befehle. Aber der Kaiser schwieg, als hätte er ihn vergessen.

„Sind die Geschütze geladen?" fragte er endlich, die Worte langsam, mit Anstrengung hervorbringend.

„Zu Befehl, ja, Majestät, aber nicht scharf. Befehlen mit Kartätschen?"

„Ja. Geh," antwortete der Kaiser ebenso langsam und mühselig. „Wart," rief er ihm nach, „der erste Schuß in die Luft."

„Zu Befehl, Majestät."

Ssuchosanet ritt zu den Geschützen, und der Kaiser sah, daß man sie mit Kartätschen lud.

Die frühere Angst hatte sich verflüchtigt, und an ihre Stelle war eine neue, ihm noch unbekannte getreten. Er fürchtete nicht mehr für sich, — er hatte begriffen, daß sie ihm nichts tun und ihn bis zuletzt schonen würden, — aber er fürchtete das, was er selbst tun würde.

Er erblickte Benkendorf und ritt auf ihn zu.

„Was soll ich tun, was soll ich tun, Benkendorf?" flüsterte er ihm ins Ohr.

„Was heißt, was? Sofort schießen lassen, Majestät! Sonst unternehmen sie gleich eine Attacke und nehmen die Geschütze weg."

„Ich kann nicht! Ich kann nicht! Warum verstehst du nicht, daß ich es nicht kann!"

„Die Empfindsamkeit des Herzens macht Eurer Majestät alle Ehre, aber jetzt ist es um andere Dinge zu tun! Man muß sich für eines von beiden entschließen: entweder das Blut einzelner vergießen, um alles zu retten, oder das Reich opfern..."

Der Kaiser hörte zu, ohne etwas zu verstehen.

„Ich kann nicht! Ich kann nicht! Ich kann nicht!" flüsterte er noch immer wie geistesabwesend. Und in diesem Flüstern war etwas so Neues und Schreckliches, daß Benkendorf erschrak.

„Beruhigen Sie sich, um Gotteswillen, beruhigen Sie sich, Majestät! Geruhen Sie nur zu kommandieren, und ich nehme alles auf mich!..."

„Gut, geh. Sofort..." Der Kaiser winkte ihm mit der Hand und ritt auf die Seite.

Er schloß für einen Augenblick die Augen und sah so klar, als hätte er ihn vor sich, den kleinen nackten Körper Saschas. Es war schon lange her, vor fünf Jahren, in einer schwülen Gewitternacht, im blauen Schlafzimmer Saschas im Schlosse von Peterhof. Der Kleine zahnte; alle Nächte hatte er nicht geschlafen, immerzu geweint und sich im Fieber hin und hergeworfen, aber in dieser Nacht war er ruhig eingeschlafen. Alexandrine führte ihren Mann zu Saschas Bettchen und schob leise die Vorhänge auseinander. Der Kleine hatte im Schlafe die Decke von sich geworfen und lag nackt da, — sein rosiges Körperchen war voller Grübchen, und er lächelte im Schlafe. „Regarde, regarde le donc! Oh, qu'il est joli, le petit ange!" flüsterte Alexandrine lächelnd, und auch der Stabshauptmann Romanow lächelte.

„Was ist mit mir los? Phantasiere ich? Werde ich verrückt?" Er kam zu sich, öffnete die Augen und sah den General Ssuchosanet, der ihm schon zum dritten Male meldete:

„Die Geschütze sind geladen, Majestät!"

Der Kaiser nickte stumm mit dem Kopf, und jener ritt wieder, ohne einen Befehl erhalten zu haben, verblüfft zu der Batterie zurück.

„Herr, rette mich! Herr, hilf mir!" versuchte der Kaiser zu beten, konnte es aber nicht.

„Batterie, Einzelfeuer! Der rechte Flügel fängt an! Erstes!" schrie er plötzlich mit dem gleichen Gefühl, mit dem ein furchtsamer Mörder den Dolch hebt, nicht um ihn ins Fleisch zu stoßen, sondern nur um zu probieren.

„Fang an! Erstes! Erstes! Erstes! rollte das Kommando von Offizier zu Offizier.

„Erstes!" wiederholte der jüngste Offizier, der Kompagniechef Balunin.

183

„Halt!" schrie der Kaiser. Er konnte den Schlag nicht führen, der Dolch fiel ihm aus der Hand.

Nach einigen Sekunden wieder:

„Fang an! Erstes!"

Und wieder:

„Halt!"

Und zum dritten Mal:

„Fang an! Erstes!"

Ein Riesenpendel schwang von Wahnsinn zu Wahnsinn, von Schrecken zu Schrecken.

Plötzlich fiel ihm ein, daß der erste Schuß über die Köpfe abgefeuert werden sollte. Soll er den letzten Versuch machen, ob sie nicht erschrecken, ob sie nicht auseinanderlaufen?

„Erstes! Erstes!" rollte wieder das Kommando.

„Erstes! Feuer!" schrie Bakunin.

Der Feuerwerker blickte verlegen drein und führte die Lunte nicht an das Zündrohr.

„Was hörst du nicht auf das Kommando, du Hundesohn?" schrie Bakunin, auf ihn zulaufend.

„Euer Wohlgeboren, es sind doch unsere Eigenen," antwortete jener leise und blickte den Kaiser an. Ihre Augen begegneten sich, und der Abstand zwischen ihnen war gleichsam verschwunden: es war kein Knecht, der den Zaren anblickte, sondern ein Mensch sah auf einen Menschen.

— Ja, es sind die Eigenen! Es ist Saschas Körper, Saschas Körper! —

„Halt!" wollte Nikolai schreien, aber eine schreckliche Hand preßte ihm die Kehle zusammen.

Bakunin entriß dem Feuerwerker die Lunte und führte sie selbst an das Zündrohr.

Es dröhnte und krachte ohrenbetäubend. Aber die Kartätschen flogen über die Köpfe der Menge hinweg. Der Dolch bohrte sich nicht ins Fleisch und glitt vorbei.

Das Karree regte sich nicht: sich gegen den Felsen Petri stützend, stand es unbeweglich und unwankbar wie dieser Fels. Als Antwort auf den Kanonenschuß knatterte unordentliches Gewehrfeuer und erklang der triumphierende Schrei:

"Hurra! Hurra! Hurra! Konstantin!"

Wie Wasser sich bei Berührung mit weißglühendem Eisen in Dampf verwandelt, so verwandelte sich das Entsetzen des Kaisers in Raserei.

"Zweites! Feuer!" schrie er, und das zweite Geschütz krachte.

Eine Rauchwolke verdeckte die Menge, aber aus dem herzzerreißenden Schreien, Heulen, Kreischen und noch anderen seltsamen Lauten, die wie nasses Klatschen und Spritzen klangen, erriet er, daß die Kartätschen mitten in die Menge eingeschlagen hatten. Der Dolch war ins Fleisch eingedrungen.

Als aber die Rauchwolke sich verzogen hatte, sah er das Karree noch immer stehen; eine kleine Gruppe hatte sich von ihm losgelöst und unternahm eine Attacke.

Da krachten aber das dritte, das vierte, das fünfte Geschütz, und durch die von den Feuerblitzen durchkreuzten Rauchwolken konnte man sehen, daß die Kartätschen wie Hagel auf die kompakte Mauer der menschlichen Körper niederprasselten.

Der Fels Petri war im Wege, aber sie schossen auch auf ihn. Es war, als wollten sie den Ehernen Reiter zusammenschießen.

Und als der ganze Platz leer geworden war, schoben sie die Geschütze vor und feuerten auf die Fliehenden in die Galernaja, auf den Englischen Quai, längs der Newa und sogar auf die Wassiljewskij-Insel.

„Geladen, Feuer! Geladen, Feuer!" schrie Ssuchosanet mit schon heiserer Stimme.

„Geladen, Feuer! Geladen, Feuer!" schrie ihm der Kaiser nach.

Schlag auf Schlag, Schuß auf Schuß, — der Dolch drang ein, drang immer tiefer ein; ihm war es aber noch immer zu wenig, als stillte er einen unstillbaren Durst, und der feurige Trank floß durch seine Adern so berauschend wie noch nie.

General Komarowskij sah den Kaiser an und dachte sich plötzlich und unwillkürlich:

— Kein Mensch, sondern ein Teufel! —

Zehntes Kapitel

Golizyn stand vor dem eisernen Gitter des Denkmals, mit dem Gesicht zur Batterie, als der erste Schuß krachte und die Kartätschen heulend über die Köpfe flogen und gegen die Mauern, Fenster und das Dach des Senats prasselten. Die Fensterscheiben klirrten, und Glasscherben fielen herab. Zwei Menschen, die auf eine Schale der Wage in den Händen der Göttin der Gerechtigkeit auf dem Giebel des Senats geklettert waren, fielen herunter, und einige Tote stürzten vom Dach und plumpsten auf das Pflaster wie Mehlsäcke.

Aber die Menge auf dem Platze rührte sich nicht.

„Hurra, Konstantin!" schrie die Menge triumphierend und herausfordernd.

„Kinder, mir nach! Formiert euch in eine Kolonne zur Attacke!" kommandierte Obolenskij, den Säbel schwingend.

— Hat er denn wirklich recht? — dachte sich Golizyn. — Sie werden nicht wagen, zu schießen, sie werden nicht den Mut haben? Wir haben sie im Stehen übertroffen? Gleich machen wir einen Bajonettangriff und nehmen ihnen die Geschütze weg! —

Aber da krachte schon der zweite Schuß, und die vorderste Reihe der Moskauer sank wie gemähtes Gras hin. Die hintern Reihen hielten sich noch. Die Menge lief aber schon auseinander wie die Ameisen in einem Haufen, in den ein Mensch getreten ist. Ein Teil der Menge flutete in die Galernaja; ein anderer zum Quai, und die Leute sprangen über das Geländer und fielen in den Schnee; andere wieder rannten zur Reitschule der Gardekavallerie. Nun kam aber auch von dort, aus der Batterie des Großfürsten Michail Pawlowitsch Geschützfeuer.

Die Fliehenden winkten mit Mützen und Tüchern, aber man fuhr fort, sie von beiden Seiten zu beschießen. Die Leute warfen sich in wilder Panik hin und her und erdrückten einander. Die Körper der Gefallenen lagen reihenweise, häuften sich zu Bergen. Die Menge wußte nicht mehr, wohin zu fliehen, und begann wie in einem rasenden Wirbel zu kreisen. Die Kartätschen drangen aber mit eisernem Knirschen in sie ein und zerfetzten und vierteilten die Körper, so daß blutige Fleischstücke, abgerissene Arme, Beine und Köpfe in die Luft flogen. Alles vermischte sich in einem wild brüllenden, heulenden und stöhnenden Chaos.

Golizyn stand regungslos da. Als die Moskauer wankten und die Flucht ergriffen, sah er in der Ferne die von ihnen mitgenommene Regimentsfahne flattern, die geschändete Fahne der Russischen Freiheit.

„Halt, Kinder!" schrie Obolenskij, aber man hörte auf ihn nicht mehr.

„Wo läufst du hin?" schrie Michail Bestuschew, einen der Fliehenden am Kragen packend und fügte einen unflätigen Fluch hinzu.

„Euer Wohlgeboren, gegen Gewalt kann man nichts ausrichten!" antwortete jener. Er riß sich los und lief weiter.

Die Kugeln pfiffen Golizyn um die Ohren; sie rissen ihm den Hut vom Kopfe und durchlöcherten seinen Mantel. Er schloß die Augen und wartete auf den Tod.

„Nun, ich glaube, alles ist zu Ende," hörte er die ruhige Stimme Puschtschins.

— Nein, nicht alles, — dachte sich Golizyn, — man muß noch etwas tun. Aber was? —

Zwischen zwei Schüssen trat eine augenblickliche Stille ein, und er hörte dicht über seinem Ohre ein leises Knacken. Er öffnete die Augen und erkannte Kachowskij. Dieser war auf den steinernen Vorsprung des Gitters gestiegen, hielt sich mit der einen Hand am Geländer fest und hatte in der anderen eine Pistole, deren Hahn er eben spannte.

Golizyn wandte sich um, um zu sehen, auf wen er zielte. Dort, am linken Flügel der Batterie, hinter den Rauchwolken sah er einen Reiter auf weißem Pferde. Golizyn erkannte Nikolai.

Kachowskij schoß und traf nicht. Er sprang vom Gitter herunter, holte aus dem Busen eine andere Pistole und lief davon.

Golizyn ihm nach. Im Laufen holte auch er aus der Seitentasche seines Mantels eine Pistole und spannte den Hahn. Jetzt wußte er, was noch zu tun war: das Tier töten.

Sie waren aber noch keine zehn Schritte weit gelaufen, als die entgegenrennende Menge sie umringte, zusammenpreßte und mit sich fortzog.

Golizyn stolperte, fiel hin, und jemand wälzte sich ihm auf den Rücken; jemand schlug ihn so heftig mit dem Stiefelabsatz in die Schläfe, daß er das Bewußtsein verlor.

Als er zu sich kam, hatte sich die Menge zerstreut, Kachowskij war verschwunden. Golizyn tastete lange mit der Hand herum und suchte die Pistole: er hatte sie wohl vorhin im Gedränge verloren. Endlich gab er das Suchen auf, stand auf und ging, ohne selbst zu wissen, wohin, wie ein Betrunkener taumelnd, weiter.

Die Kanonade war verstummt. Man schob die Geschütze vor, um in die Richtung der Galernaja und des Quai zu schießen.

Er ging durch den nun leeren Platz, zwischen den Körpern der Gefallenen. Er war selbst wie ein Toter unter Toten. Alles war still, keine Bewegung, kein Stöhnen; über die Erde rieselte das noch nicht erkaltete Blut, den Schnee schmelzend und dann auch selbst einfrierend.

Er erinnerte sich, daß die Moskauer in die Galernaja gelaufen waren, und ging hin, zu seinen Genossen, um mit ihnen zu sterben. Unterwegs trat er im Finstern auf etwas; er beugte sich und fand eine Pistole; er hob sie auf, untersuchte sie, — sie war geladen, — und steckte sie sich, er wußte selbst nicht warum, in die Manteltasche.

Als er in die Galernaja kam, setzte das Geschützfeuer von neuem ein, — hier in der Enge zwischen den Häusern war die Wirkung noch mörderischer. Die Kartätschen flogen längs der engen, langen Straße, holten die Menschen ein und warfen sie um. Sie liefen in die Häuser, versteckten sich hinter jedem Vorsprung, hinter jede Ecke, klopften an die Tore, aber alles war fest verschlossen und wurde auf kein Geschrei geöffnet. Und die Kugeln prallten von den Wänden zurück und verschonten keine Ecke.

„Man wird uns alle in diesem Teufelsmörser zerstoßen!" brummte ein Grenadier mit grauem Schnurrbart. Er holte gewohnheitsmäßig aus dem Stiefelschaft seine Schnupftabakdose, steckte sie aber gleich wieder ein: er sagte sich wohl, daß es eine Sünde sei, kurz vor dem Tode Tabak zu schnupfen.

„Blutsauger, Mörder, Verruchte! Fluch über euch!" schrie wie besessen, mit der Faust drohend, derselbe Handwerker mit ausgemergeltem Gesicht, im Schlafrock, der vorhin von der Freiheit geredet hatte, — und plötzlich fiel er hin, von einer Kugel durchbohrt.

Ein alter kahlköpfiger Beamter im Frack, ohne Pelz, mit dem Annenorden am Halse, drückte sich an die Mauer und winselte mit hoher, durchdringender Stimme, — man konnte nicht erkennen, ob vor Schmerz oder Entsetzen.

Eine dicke Dame mit falschen Locken, in schwarzem Hut mit einer Rose, hockte sich hin, bekreuzigte sich, weinte und gluckte wie eine Henne.

Ein Ladenjunge mit schmutziger Schürze und einem leeren Korb auf dem Kopfe, — vielleicht derselbe, der Golizyn am Morgen beobachtet hatte, als jener „auf der Zusammenkunft Minute" wartete, — lag tot in einer Blutlache.

Dicht neben Golizyn zermalmte ein Geschoß jemand den Kopf. Es klingt, wie wenn man ein nasses Handtuch gegen die Wand wirft, — dachte er sich mit gefühllosem Erstaunen.

Er schloß wieder die Augen. — Daß es nur schneller ein Ende nimmt! — Er rief den Tod, der Tod kam aber nicht. Es schien ihm, daß alle seine Genossen gefallen seien und nur er allein noch lebe. Ihn überkam eine Trauer stärker als der Tod. — Sich selbst töten, — dachte er sich, holte die Pistole aus der Tasche, spannte den Hahn und drückte die Mündung an die Schläfe. Aber er besann sich auf Marinjka und ließ die Hand sinken.

Michail Bestuschew hatte unterdessen die Reste der Soldaten auf der Newa versammelt und formierte sie zu einer Kolonne, um über das Eis der Newa eine Attacke gegen die Festung zu unternehmen. Er wollte die Festung besetzen, die Geschütze auf das Winterpalais richten und so den Aufstand von neuem beginnen.

Drei Züge hatten sich schon formiert, als eine Kanonenkugel heulend ins Eis schlug. Die Batterie, die auf der Isaaksbrücke stand, schoß längs der Newa. Eine Kanonenkugel nach der andern mähte die Reihen hin. Aber die Soldaten formierten sich zu einer Kolonne.

Plötzlich ertönte der Schrei

„Wir ertrinken!"

Das von den Kanonenkugeln überschüttete Eis barst. Die Ertrinkenden zappelten in einem großen Eisloch. Die andern stürzten sich ans Ufer.

„Hierher, Kinder!" kommandierte Bestuschew, auf das Tor der Akademie der Künste zeigend.

Ehe sie aber das Tor erreichten, wurde es geschlossen. Sie rissen einen Balken aus dem Boden einer zerschlagenen Barke und versuchten damit die Torflügel aus den Angeln zu heben. Das Tor krachte schon unter den Schlägen, als die Soldaten eine Schwadron der Chevaliergarden erblickten, die gerade auf sie heransprengten.

„Kinder, rette sich, wer kann!" schrie Bestuschew, und alle liefen auseinander. Nur der Fahnenträger blieb zurück. Bestuschew umarmte und küßte ihn, befahl ihm, die Fahne dem an der Spitze der Schwadron reitenden Leutnant zu übergeben, und lief davon.

Als er sich im Laufen umwandte, sah er, wie der Fahnenträger die Fahne dem Offizier übergab und gleich darauf, von einem Säbelhieb getroffen, hinfiel, der Offizier aber mit der eroberten Fahne davonritt.

Elftes Kapitel

"Majestät, alles ist zu Ende!" meldete Benkendorf.

Der Kaiser schwieg und hielt die Augen gesenkt. — Was war es? Was war es? — fragte er sich, wie aus einem Fiebertraum erwachend und fühlend, daß etwas Schreckliches, nie wieder gutzumachendes geschehen war.

"Alles ist zu Ende, der Aufstand ist niedergeschlagen, Majestät!" wiederholte Benkendorf, und in seiner Stimme klang ein so neuer Ton, daß der Kaiser staunte, es aber noch nicht begriff und nicht glaubte.

Er hob ängstlich die Augen und senkte sie gleich wieder; dann hob er sie wieder, etwas kühner, und plötzlich hatte er es begriffen. Es war nichts Schreckliches geschehen, alles war in Ordnung: er hatte den Aufstand niedergeschlagen und die Aufrührer bestraft. "Wenn ich auch nur eine Stunde Kaiser bin, so werde ich zeigen, daß ich dessen würdig war!" Und er hatte es gezeigt. Erst jetzt war er wirklich Zar geworden; kein Usurpator, sondern Autokrat.

Auf seinen blassen Wangen waren zwei rote Flecke hervorgetreten; die wundgebissenen Lippen hatten sich gerötet, als wären sie voller Blut. Und das ganze Gesicht war lebendig geworden.

"Ja, Benkendorf, es ist zu Ende, ich bin Kaiser, aber um welchen Preis, mein Gott!" rief er seufzend und die Augen zum Himmel hebend. "Gottes Wille geschehe!"

Er fühlte sich wieder in seiner Rolle und wußte, daß er aus ihr nicht mehr fallen würde; wieder klebte eine Maske an seinem Gesicht, und sie sollte nicht mehr fallen.

"Hurra! Hurra! Hurra, Nikolai!" rollte es tausendstimmig vom Senatsplatze her und erreichte die inneren Gemächer des

Winterpalais; auch hier verstanden nun alle, daß der Aufstand niedergeschlagen war.

Im kleinen runden Kabinett, dessen Fenster auf den Schloßplatz gingen, saß die junge Kaiserin Alexandra Fjodorowna stumm und totenblaß auf dem Fensterbrett. Sie blickte hinaus und sah einen von Truppen bedeckten Teil des Platzes.

Die Kaiserin Maria Fjodorowna schwatzte und rannte wie immer sinnlos hin und her. Sie versuchte jedem ein kleines Bildnis des verstorbenen Kaisers Alexander Pawlowitsch in die Hand zu drücken und wollte, daß man es den Aufrührern bringe:

„Zeigt ihnen, zeigt ihnen diesen Engel, vielleicht werden sie noch zur Besinnung kommen!"

Hier befanden sich auch Nikolai Michailowitsch Karamsin und Alexander Nikolajewitsch Golizyn.

Karamsin war schon draußen auf dem Platze gewesen.

„Was für Gesichter habe ich gesehen, was für Worte habe ich gehört!" berichtete er später. „Diese unsinnige Tragödie unserer wahnsinnigen Liberalisten! Wir wollen jedoch für das Heilige Rußland sterben! Fünf oder sechs Steine fielen zu meinen Füßen nieder. Ich friedlicher Historiograph lechzte nach Kanonendonner, denn ich war überzeugt, daß es kein anderes Mittel gab, den Aufstand zu unterdrücken."

„Wissen Sie, Nikolai Michailowitsch, was hier vorgeht, ist eine Kritik Ihrer ‚Geschichte des Russischen Reiches' mit bewaffneter Hand," hatte ihm einer der „wahnsinnigen Liberalisten" noch dort auf dem Platze ins Ohr geflüstert, und er erinnerte sich später oft dieser unverständlichen Worte.

Als die Geschütze krachten, schlug Kaiserin Maria Fjodorowna die Hände zusammen.

„Mein Gott, was haben wir erlebt! Mein Sohn besteigt den Thron unter Kanonendonner! Es fließt Blut, russisches Blut!"

„Verdorbenes Blut, Majestät," tröstete sie Golizyn. Sie aber wiederholte untröstlich:

„Was wird Europa sagen! Was wird Europa sagen!"

Die junge Kaiserin war aber gleich bei den ersten Schüssen in die Kniee gefallen und hatte das Gesicht mit den Händen bedeckt; so lag sie regungslos da, nur ihr Kopf zitterte unaufhörlich. — Wie eine Lilie vor dem Sturme! — dachte sich Karamsin.

Und auch später, als alles schon zu Ende war, zitterte und schwankte ihr Kopf noch immer wie eine Blüte auf gebrochenem Stengel. Sie selbst fühlte es nicht, aber alle sahen es. Sie glaubten, es würde vergehen, es verging aber nicht und blieb ihr fürs ganze Leben.

Im Nebenzimmer saß vor einem runden Tischchen ein kleiner Junge mit rundem Gesicht, blauen Augen, in einer roten goldgestickten Husarenjacke und aß unter Aufsicht der Engländerin Mimi ein Kotelett — es war der Thronfolger Alexander Nikolajewitsch.

Er hörte als erster das Hurra auf dem Platze, lief zum Fenster, klatschte in die Hände und rief:

„Papachen! Papachen!"

Der goldene Bienenschwarm unter den feurigen Trauben der Kronleuchter in den Prunkräumen des Palais verstummte, als der Kaiser eintrat.

— Man kann ihn nicht wiedererkennen, er ist ein ganz anderer Mensch geworden: eine solche Veränderung im Gesicht, im Gang, in der Stimme, — bemerkten sofort alle.

„Tout de suite il a pris de l'aplomb," dachte sich Fürst Alexander Nikolajewitsch Golizyn. „Er ist nicht als der gleiche zurückgekehrt, als der er gegangen ist: er ging als Usurpator hin und kam als Autokrat wieder."

„Gesegnet sei, der da im Namen des Herrn kommt!" begrüßte der Metropolit Seraphim feierlich den Kaiser bei seinem Eintritt in die Kirche.

„Dem allerfrömmsten Selbstherrscher und Kaiser aller Reußen, Nikolai Pawlowitsch — ein langes Leben! Gebe ihm Gott ein glückliches und friedliches Leben, Gesundheit und Schutz und Sieg über die Feinde!" dröhnte zum Schluß des Gottesdienstes die donnerähnliche Stimme des Diakons.

— Ja, von Gottes Gnaden Kaiser und Selbstherrscher aller Reußen ...! Was Gott mir gab, wird mir kein Mensch nehmen! — dachte sich der Kaiser und glaubte nun endgültig daran, daß alles in bester Ordnung sei.

Zwölftes Kapitel

Wir fürchten Blut, wir wollen es ohne Blut machen. Es wird aber Blut geben, unschuldiges Blut, — diese Worte Rachowskijs kamen Golizyn wieder in den Sinn. — Unschuldiges! Unschuldiges! Unschuldiges! — hämmerte es eintönig in seinem kranken Kopfe wie in einem Delirium.

Er lag auf dem Sofa und blickte durch die zusammengekniffenen, fieberhaft brennenden Lider auf den hellen Kreis der Lampe unter grünem Schirm im halbdunklen Zimmer, auf die Bücherreihen der Bibliothek, auf die verblichenen zarten Pastellbilder der Großmütter und Großväter — alles war so gemütlich, friedlich, still, daß ihm der ganze Tag auf dem Platze wie ein schrecklicher Traum erschien.

Spät in der Nacht, als alles schon zu Ende war, war ein Unteroffizier des Moskauer Regiments, der sich durch die entlegenen, schneeverwehten Hintergassen vor Reiterpatrouillen rettete, am Krjukow-Kanal auf Golizyn gestoßen, der zwischen Holzstößen eingeschlafen und halb erfroren war; er dachte, er sei schon tot, und wollte weitergehen, hörte aber ein leises Stöhnen, beugte sich, blickte ihm ins Gesicht, erkannte beim Laternenschein einen der Vorgesetzten, die auf dem Platze gewesen waren, und meldete es Wilhelm Karlowitsch Küchelbäcker, der sich in der Nähe, in einem Haufen fliehender Soldaten befand.

Man brachte Golizyn zum Bewußtsein, setzte ihn in eine Droschke, und Küchelbäcker fuhr mit ihm zu Obojewskij, mit dem er in der Nähe des Großen Theaters zusammenwohnte. Der Hausherr war nicht zu Hause — er war noch nicht vom Platze heimgekehrt.

Als Golizyn erfuhr, daß alle Genossen unversehrt seien, wurde er gleich lebendig, erinnerte sich des Versprechens, das er Marinjka gegeben hatte — sie zum letztenmal vor der vielleicht ewigen Trennung aufzusuchen — und wollte gleich nach Hause. Küchelbäcker ließ ihn aber nicht gehen; er brachte ihn zu Bett, umband ihm den Kopf mit einem in Essig getauchten Handtuch, und gab ihm Tee, Punsch und irgend einen Dekokt eigener Erfindung zu trinken.

Golizyn wollte nicht schlafen; er legte sich hin, nur um etwas auszuruhen, schloß aber sofort die Augen und versank augenblicklich in einen tiefen Schlaf, als stürzte er in ein tiefes Loch.

Als er erwachte, war Küchelbäcker nicht mehr im Zimmer. Er rief, und niemand antwortete. Er sah auf die Uhr und traute seinen Augen nicht. Er hatte fünf Stunden geschlafen, glaubte aber, daß es nur fünf Minuten gewesen seien.

Er stand auf und ging durch die Zimmer. Niemand da. In der Gesindestube schnarchte der Bursche. Golizyn weckte ihn und erfuhr, daß der Herr noch immer nicht heimgekommen sei und Küchelbäcker sich mit dem alten Kammerdiener auf die Suche in die Stadt begeben hätte.

Golizyn war sehr schwach; der Kopf schwindelte ihm, und er spürte einen heftigen Schmerz an der Schläfe, wahrscheinlich infolge des Schlages mit dem Stiefelabsatz, den er im Gedränge abbekommen hatte. Er zog sich aber dennoch an — jetzt erst merkte er, daß er einen fremden Hut hatte; die Brille war aber wie durch ein Wunder unversehrt geblieben. Er ging auf die Straße, setzte sich in eine Droschke und ließ sich auf den Senatsplatz fahren. Er wollte zuerst dorthin und dann erst nach Hause.

Es tagte noch nicht, der Himmel fing eben an, grau zu werden, und der Schnee auf den Dächern schimmerte weiß.

Je mehr er sich dem Senatsplatze näherte, umso mehr glichen die Straßen einem Kriegslager: überall Truppen, Haufen von Stroh und Heu, zusammengestellte Gewehre und Piken, Werbarufe, knisternde Holzfeuer; die funkelnden Mündungen der Kanonen zeigten sich und verschwanden im Rauch und zitterndem Flammenschein.

Auf dem Englischen Quai stieg Golizyn aus der Droschke, weil man nicht weiter fahren durfte, und zwängte sich zu Fuß durch die Menge. Nach einigen Schritten mußte er aber stehen bleiben: man ließ niemand auf den Platz; er war von Truppen umzingelt, zwischen denen Geschütze standen, die Mündungen in alle Hauptstraßen gerichtet.

Über den Quai fuhr ein mit Baſtmatten zugedeckter Wagen Als die Leute ihn erblickten, ließen ſie ihm den Weg frei, zogen die Mützen und bekreuzigten ſich.

„Was iſt das?" fragte Golizyn.

„Die Toten," antwortete ihm ein ängſtliches Flüſtern. „Gott ſchenke ihnen das Himmelreich! Es ſind doch getaufte Menſchen, ſie ſtoßen ſie aber unter das Eis wie verreckte Hunde."

Auch die andern Leute neben Golizyn fingen zu tuſcheln an. Golizyn hörte, daß die Polizei die ganze Nacht die Leichen geſammelt und zum Fluß zuſammengetragen habe; dort hätte man eine Menge von Löchern ins Eis geſchlagen und alle Körper unterſchiedslos hineingeworfen, nicht nur die Toten, ſondern auch die Lebenden und Verwundeten: man hatte keine Zeit, viel Federleſens zu machen, denn es war befohlen, den Platz bis zum Morgen zu ſäubern. Man ſtieß die Körper in aller Eile in die Löcher, ſo daß viele ſtecken blieben und an das Eis anfroren.

Die Raben witterten die Beute und ſchwirrten in der weißlichen Morgendämmerung über der Newa mit unheimlichem Krächzen. Und dieſes Krächzen vermiſchte ſich mit anderen, noch unheimlicheren Tönen, die ſich wie eiſernes Knirſchen anhörten.

„Was iſt das? Hört ihr es?" fragte Golizyn wieder.

„Das iſt die große Wäſche," antwortete ihm dasſelbe ängſtliche Flüſtern.

„Was für eine große Wäſche?"

„Geh hin und ſieh ſelbſt."

Golizyn drängte ſich noch etwas vor, reckte ſich auf den Zehen und blickte in die Richtung, aus der die unbegreiflichen Töne kamen. Auf dem Platze ſchabten Männer mit eiſernen Stangen das Pflaster, kratzten den roten, mit Blut vermiſchten Schnee ab, ſchütteten reinen weißen Schnee auf und rollten ihn mit

Walzen fest; die eingefrorenen Blutlachen auf den Stufen vor dem Senat wusch man mit kochendem Wasser aus dampfenden Kübeln und rieb die Flecken mit Bastwischen und Besen ab. Man setzte in die eingeschlagenen Fenster neue Scheiben ein und verputzte, verschmierte und strich die gelben Wände und die weißen Säulen des Senats, die mit Blut bespritzt und von Kugeln zerkratzt waren. Oben auf dem Dache reparierte man die Wage in der Hand der Göttin der Gerechtigkeit.

Aber der Morgen, ebenso trüb, neblig und still wie gestern, schien noch zu schwanken, ob er sich für Frost oder für Tauwetter entscheiden solle; die Nadel der Admiralität bohrte sich wieder in den niederen Himmel wie in weiße Watte; die über die Newa führenden Brücken stießen gegen eine weiße Mauer, und man glaubte, daß dort, jenseits der Newa nichts mehr sei, — nur der weiße Nebel, die Leere — das Ende der Erde und des Himmels, der Rand der Welt. Und der Eherne Reiter auf dem ehernen Pferde sprengte wie gestern in diese weiße Finsternis.

Und die Schabeisen kratzten mit eisernem Knirschen.

— Sie werden es nicht abkratzen! — dachte sich Golizyn. — Das Blut wird aus der Erde steigen, es wird zu Gott schreien und das Tier besiegen! —

… Zweites Buch

Nach dem Vierzehnten

Dritter Teil

Erstes Kapitel

Die Revolution ist schon an der Schwelle Rußlands, aber Dich schwöre, daß sie zu uns nicht kommen wird, solange ich von Gottes Gnaden Kaiser bin... Was schaust du mich so an?"

Benkendorf hielt die Augen weit aufgerissen und hatte nur den einen Gedanken: nicht einschlafen. Man konnte ihn aber, auch wenn er schläfrig war, schwerlich überrumpeln.

„Ich bewundere Sie. Nicht umsonst vergleicht man Eure Majestät mit Apollo von Belvedere. Jener hat Python, den bösen Drachen besiegt, Sie aber — die Weltrevolution."

Dieses Gespräch fand im Empfangszimmer zwischen dem provisorischen Arbeits- und Schlafzimmer des Kaisers und dem Zimmer des Flügeladjutanten im Winterpalais, in der Nacht vom 14. auf den 15. Dezember statt.

Der Kaiser hatte acht Stunden auf dem Platze verbracht und war erschöpft, hungrig und erfroren. Ins Palais zurückgekehrt, nahm er nach dem Gottesdienst in aller Eile das Abendessen ein und machte sich sofort an das Verhör der Verhafteten. Noch immer in der Uniform des Preobraschenskij-Regiments, mit Schärpe, Ordensband, Reitstiefeln und Reithose, sämtliche Knöpfe und Haken geschlossen, eng geschnürt, hatte er sich noch gar nicht hingelegt und war nur einige Male auf dem Ledersofa mit der unbequemen, herausgebogenen

Rückenlehne, vor dem mit Papieren bedeckten Tisch sitzend, eingeschlummert.

Der Kammerlakai war schon dreimal unhörbar ins Zimmer geschlichen, um den Armleuchter mit den vielen niedergebrannten Kerzen auf dem Jaspistischchen in der Ecke zu wechseln. Die englische Wanduhr schlug vier. Benkendorf warf einen gelangweilten und traurigen Blick auf die Uhr: auch er schlief schon die zweite Nacht nicht. Aber er fuhr fort zu sprechen, um nicht einzuschlafen.

„Oft fängt ein herrlicher Tag mit einem Sturme an; so möge es auch mit der Regierung Eurer Majestät sein. Gott selbst hat uns vor diesem Unheil bewahrt, das Rußland, wenn nicht vernichten, so doch schwer verwunden mußte. Dies ist der französischen Invasion wert: in beiden Fällen sehe ich das Leuchten eines gleichsam überirdischen Strahles!" Er sprach die Worte nach, die er vorhin von Karamsin gehört hatte.

„Ja, wir sind glücklich davongekommen," sagte der Kaiser, während ihm das Herz erstarb, wie bei einem Menschen, der soeben auf schmalem Brett einen Abgrund überschritten hat. Er blickte Benkendorf mit der heimlichen Hoffnung an, daß jener ihn beruhigen würde. Benkendorf schüchterte ihn aber wie absichtlich ein, umgarnte ihn mit dem klebrigen Netz der Angst wie die Spinne eine Fliege mit ihrem Gewebe umgarnt.

„Alles hing an einem Fädchen, Majestät. Wenn die Aufrührer entschlossen gehandelt hätten, so wäre ihnen der Erfolg sicher gewesen. Aber der barmherzige Gott hat sie in eine sonderbare Unschlüssigkeit versetzt. So viele Stunden hatten sie auf dem Platze in völliger Untätigkeit gestanden, bis wir alle notwendigen Maßregeln ergriffen! Wären die Sappeure nur um eine Minute zu spät gekommen, als die Leibgrenadiere schon in den Hof eingedrungen waren, so befände sich das Palais mit der ganzen Allerhöchsten Familie in Händen der Verbrecher. Es ist schrecklich, daran auch nur zu denken, was diese teuflische Bande von Unmenschen, die sich von Gott, vom Zaren und vom Vaterlande losgesagt haben, alles hätte anrichten können! Schrecklich! Die Haare stehen zu Berge, und das Blut erstarrt in den Adern!"

„Hätten sie alle niedergemetzelt?"

„Ja, alle, Majestät."

„Ist es wahr, daß sie mich noch dort, auf dem Platze ermorden wollten?"

„Ja. Vielleicht war dieselbe Kugel, die Miloradowitsch durchbohrte, für Eure Majestät bestimmt."

„Lebt er noch?"

„Er liegt im Sterben, wird den Morgen kaum erleben. Er hat den Brand in den Gedärmen."

Sie schwiegen eine Weile.

„Nun, und wie ist es jetzt, ruhig?" fragte der Kaiser und sagte sich gleich drauf, daß er zu viel danach fragte.

„Vorläufig ist alles, Gott sei Dank, ruhig."

„Sind viele verhaftet?"

„An die siebenhundert Gemeine, an die zehn Offiziere und einige Kanaillen in Fräcken. Aber diese sind nicht die Hauptanführer, sondern nur Plänkler."

„Ist auch Trubezkoi nicht der Hauptanführer?"

„Nein, Majestät, ich glaube, daß man höher suchen muß..."

„Wieso höher? Was willst du damit sagen?"

„Ich weiß noch nichts Bestimmtes, aber ich fürchte, daß auch die höchsten Würdenträger, vielleicht sogar Reichsratsmitglieder in diese Sache verwickelt sind."

„Wer denn?"

„Ich möchte keine Namen nennen."

„Die Namen, die Namen, — ich verlange es!"

„Mordwinow, Speranskij . . ."

„Es kann nicht sein!" flüsterte der Kaiser und fühlte, wie sein Herz wieder erstarb, doch nicht mehr vor den überstandenen, sondern vor den kommenden Schrecken: über den einen Abgrund war er gekommen, vor ihm gähnte aber ein neuer; er hatte geglaubt, alles sei zu Ende, nun fing es aber erst an.

„Ja, Majestät, alles kann von neuem anfangen," versetzte Benkendorf, als hätte er seinen Gedanken belauscht.

„Speranskij, Mordwinow! Es kann nicht sein," sagte der Kaiser wieder; er versuchte noch immer, sich aus dem klebrigen Spinngewebe zu befreien. „Nein, Benkendorf, du irrst dich."

„Gebe Gott, daß ich mich irre, Majestät!"

Der große Spitzel sah Nikolai schweigend an, mit dem gleichen Blick, der eine Elle tief unter die Erde bringt, mit dem er ihn damals, am Vorabend des Vierzehnten angesehen hatte, und über seine feinen Lippen glitt ein kaum wahrnehmbares Lächeln. Plötzlich wurde es ihm lustig zu Mute, selbst die Schläfrigkeit hatte sich verflüchtigt. Er sah, daß er seine Sache gut gemacht hatte: die Fliege entkommt nicht mehr aus dem Netz. Es hat einen Araktschejew gegeben, nun wird es einen Benkendorf geben.

Er holte aus der Tasche ein engbeschriebenes Blatt Papier und legte es auf den Tisch.

„Geruhen Sie es zu lesen. Es ist sehr interessant."

„Was ist das?"

„Der Entwurf einer Konstitution von Trubetzkoi, ihrem Diktator."

„Ist er verhaftet?"

„Noch nicht. Er hat sich bei seinem Schwager, dem österreichischen Botschafter Lebzeltern, versteckt. Man wird ihn wohl gleich herbringen . . . A propos, die Konstitution," bemerkte Benkendorf mit einem Lächeln, als wäre ihm etwas Lustiges eingefallen; vielleicht fühlte er auch Mitleid und wollte dem Kaiser ein Vergnügen bereiten. „Als dieses betrunkene Gesindel auf dem Platze schrie: ‚Hurra, die Konstitution!' fragte sie jemand: ‚Wißt ihr, Dummköpfe, was Konstitution ist?' – ‚Gewiß wissen wir es,' antworteten sie, ‚Konstantin ist der Mann und Konstitution seine Frau'."

„Nicht übel," entgegnete Nikolai mit seinem ständigen schiefen Lächeln, wie bei Zahnschmerzen; der Mund behielt aber den mürrischen Ausdruck wie bei einem in die Ecke gestellten Schuljungen.

Benkendorf wußte, was der Kaiser brauchte; er wußte, daß er nur fürchtete und haßte, aber verachten wollte; er lechzte nach Verachtung. „Sende Lazarum, daß er das Äußerste seines Fingers ins Wasser tauche und kühle meine Zunge, denn ich leide Pein in dieser Flamme." Die Anekdote von der Konstitution war eben das ins Wasser getauchte „Äußerste des Fingers", welches kühlte, aber den Durst nicht löschte.

Hinter der Tür erklangen Schritte. Aus dem anstoßenden „Saal der Kosakenwachen" brachte man eben die Verhafteten unter Bewachung ins Flügeladjutantenzimmer, und hier wurden sie von den Generaladjutanten Ljewaschow und Toll verhört.

Benkendorf ging zur Türe und öffnete sie ein wenig.

„Diese Menge von Pugatschows!" sagte er und verzog wie angeekelt das Gesicht.

Der Schloßkommandant Baschuzkij flüsterte ihm etwas ins Ohr.

„Wer?" fragte der Kaiser.

„Es ist noch so eine Kanaille im Frack, der Schriftsteller Rylejew. Wollen Majestät ihn verhören?"

„Nein, später. Zuerst du. Geh. Wenn man Trubezkoi bringt, melde es mir."

Als Benkendorf gegangen war, warf Nikolai den Kopf in die Sofalehne zurück, schloß die Augen und versuchte zu schlummern. Aber es war unbequem; der Kopf hatte auf der glatten Lehne keinen Halt; sich hinzulegen fürchtete er aber, um nicht fest einzuschlafen. Er zog die Beine herauf, drückte sich in eine Ecke des Sofas, krümmte sich zusammen, und wollte schon die beiden untersten Knöpfe der engen Taille aufknöpfen, sagte sich aber, daß es unanständig sei: er hatte Abscheu vor offenen Knöpfen. Er neigte den Kopf, lehnte die Wange an die harte Armlehne und fing an, obwohl auch das unbequem war und die Schnitzerei sich ihm in die Wange schnitt, einzuschlummern.

Der Flügeladjutant Adlerberg trat ein, auf drei Fingern der hocherhobenen Rechten mit der Geschicklichkeit eines Lakaien ein Tablett mit einer Kaffeekanne tragend. Der Kaiser trank die ganze Nacht schwarzen Kaffee, um die Schläfrigkeit zu vertreiben.

Er fuhr zusammen und erwachte.

„Majestät sollten sich doch hinlegen."

„Nein, Fjodorytsch, ich kann jetzt nicht ans Schlafen denken."

„Sie schlafen schon die zweite Nacht nicht. So kann man krank werden."

„Nun, wenn ich krank werde, falle ich um. Solange mich aber noch die Beine tragen, muß ich mich halten."

Er schenkte sich Kaffee ein, trank einige Schluck und fing an, um sich aufzuklopfen, einen Brief an seinen Bruder Konstantin zu schreiben. Er konnte an ihn zwar nicht ohne Zähneknirschen denken, schrieb aber mit der gewohnten verwandtschaftlichen Zärtlichkeit:

„Teurer Konstantin, glauben Sie mir: es wird immer mein herzliches Bestreben sein, dem Willen und dem Beispiel unseres

Engels, des verstorbenen Kaisers zu folgen. Die Verhaftungen gehen in bester Ordnung vor sich, und ich hoffe, Ihnen in allernächster Zeit Einzelheiten über diese schreckliche und schmachvolle Geschichte mitteilen zu können. Dann werden Sie erfahren, vor was für eine schwierige Aufgabe Sie Ihren unglücklichen Bruder gestellt haben und welches Mitleid Ihr armer Kerl verdient, votre pauvre diable, votre Zuchthäusler du Palais d'Hiver."

General Toll trat mit Papieren ein.

„Setz dich, Karl Fjodorowitsch, und lies vor."

Jener las die Aussage Obolenskijs vor, den man zugleich mit Rylejew verhaftet hatte.

„Was glaubst du, kann man den Gemeinen und diesen unglücklichen jungen Leuten verzeihen?" fragte der Kaiser.

Er fragte es nicht zum ersten Male. Toll antwortete nichts.

„Ach, die Armen, Unglücklichen!" begann Nikolai mit einem schweren Seufzer. „Vielleicht sind sie prächtige Menschen. Warum soll man sie hinrichten lassen? Gott wird von uns allen für sie Rechenschaft fordern. Ihre Verirrung ist die Verirrung unseres Zeitalters. Man muß sie nicht zugrunde richten, sondern retten. Bin ich denn ein Henker und Unmensch? Nein, ich kann es nicht, ich kann es nicht, Toll. Siehst du denn nicht, daß mein Herz zerreißt..."

— Er wird gleich weinen! — dachte sich Toll voller Ekel und wußte nicht, wo seine Augen hinzutun. Er hörte zu mit dem Ausdruck geduldiger Langweile auf dem rauhen und flachen, aber ehrlichen und offenen Gesicht eines preußischen Unteroffiziers. Der Kaiser redete aber noch lange mit der empfindsamen Geschwätzigkeit, die er von seiner Mutter geerbt hatte. Er probierte vor Toll wie vor einem Spiegel die Maske.

„Nun, was glaubst du, mein Freund, darf man ihnen verzeihen, wie?"

„Majestät," antwortete endlich Toll, der sich nicht länger beherrschen konnte; er räusperte sich sogar und wandte sich so jäh um, daß der Stuhl unter ihm knackte: „Majestät, Sie haben immer Zeit, ihnen zu verzeihen, aber solange die Hauptanstifter und Urheber dieser Missetat nicht aufgedeckt sind, muß man nicht nur die Offiziere, sondern auch die Gemeinen unverzüglich der ganzen Strenge der Gesetze überliefern... Welche Nummer geruhen Sie Obolenskij anzuweisen?"

Der Kaiser schwieg, verzog das Gesicht und runzelte die Stirn; er sah, daß Toll nicht sein Spiegel sein wollte. Er seufzte noch schwerer auf, machte eine traurige Miene, nahm einen Bleistift und den Plan der Peter-Pauls-Festung mit einer Reihe von Quadraten, die alle numeriert waren, bezeichnete eines der Quadrate mit einem roten Kreuzchen, setzte die Nummer der Kasematte in die Ordre für den Festungskommandanten General Ssukin und reichte den Zettel schweigend Toll. Toll nahm ihn schweigend in die Hand, verbeugte sich und ging.

Der Kaiser warf aber den Kopf wieder in die Sofalehne zurück, schloß die Augen und schlummerte ein; wieder glitt sein Kopf von der glatten Rückenlehne auf die harte Armlehne.

Der Schloßkommandant General Baschuzkij trat ins Zimmer. In der einen Hand hielt er einen Degen und in der andern einen silbernen Teller mit einem kleinen runden Gegenstand.

„Was willst du?"

„Graf Miloradowitsch, Majestät..." fing jener an und hielt schluchzend inne.

„Ist er tot?"

„Ja, Majestät."

„Gott hab ihn selig!" Der Kaiser schlug ein Kreuz und sagte sich, daß er bei dieser Nachricht eigentlich etwas hätte empfinden sollen.

„Seine letzten Worte waren: ‚Ich sterbe, wie ich gelebt habe, mit reinem Gewissen; ich bin glücklich, daß ich mein Leben für den Kaiser opfern darf.' Er befahl, seine Leibeigenen freizulassen, Eurer Majestät aber dieses zu bringen: seinen Degen und die Kugel, von der er durchbohrt wurde..."

Baschuzkij legte den Degen auf den Tisch und stellte den Teller mit der Kugel daneben.

„Ich kann nicht... entschuldigen Majestät!" Er schluchzte wieder, küßte den Kaiser auf die Schulter, wandte sich weg, barg das Gesicht ins Taschentuch und lief aus dem Zimmer.

Nikolai ergriff die Kugel vorsichtig mit zwei Fingern und betrachtete sie lange und neugierig. Eine nagelneue kleine Pistolenkugel, keine Soldatenkugel, wahrscheinlich hatte sie eine jener befrackten Kanaillen abgeschossen. — Sie war für Eure Majestät bestimmt, — hatte Benkendorf gesagt.

Er legte die Kugel weg und nahm das Blatt von den Papieren Trubezkois, das ihm Benkendorf vorhin übergeben hatte. Er las:

„Die Erfahrung aller Völker und aller Zeiten hat gezeigt, daß die autokratische Gewalt für die Regierenden und für die Gesellschaft gleich verderblich ist; daß sie weder den Satzungen unserer heiligen Religion, noch den Prinzipien der Vernunft entspricht. Man darf nicht die Willkür eines einzelnen Menschen zur Grundlage einer Regierung machen; man darf nicht zulassen, daß alle Rechte sich auf der einen, und alle Pflichten auf der andern Seite befinden. Blinder Gehorsam kann sich nur auf Furcht gründen und ist weder eines vernünftigen Gebieters, noch vernünftiger Vollstrecker würdig. Indem sie sich über die Gesetze stellten, vergaßen die Herrscher, daß sie dadurch auch außerhalb der Gesetze und der Menschheit gerieten; daß es ihnen unmöglich ist, sich, wenn es sich um andere handelt, auf die Gesetze zu berufen, und diese selben Gesetze zu mißachten, wenn es sich um sie selbst handelt. Eines von beiden: entweder sind die Gesetze gerecht — warum wollen sie sich dann nicht selbst ihnen fügen? Oder sie sind ungerecht, — warum soll man dann die andern unter die Gesetze zwingen? Alle Völker Europas erreichen jetzt Gesetzlichkeit und Freiheit. Das russische Volk verdient aber mehr als die andern wie das eine, so das andere. Das freie und unabhängige russische Volk ist nicht das Eigentum einer einzelnen Person oder Familie und darf es auch nicht sein. Die Quelle der höchsten Gewalt ist das Volk..."

— Quelle infâmie! — dachte sich der Kaiser. — Ja, es ist gemein, aber nicht dumm... —

Wieder wollte er verachten und konnte es nicht; er fühlte, daß es mehr als die „Konstitution, Frau des Konstantin" sei. Er hatte die Aufrührer auf dem Platze fusiliert, aber wie kann er d i e s fusilieren? Schrecklich ist dieses Blatt, schrecklicher und unabwendbarer als die Kugel.

„Trubezkoi, Majestät!" meldete Benkendorf.

Der Kaiser überlegte sich und sagte:

„Er soll kommen."

Zweites Kapitel

In der Schlacht bei Kulm wurden zwei Kompagnien ohne eine einzige Patrone in den Taschen kommandiert, mit blanker Waffe die Franzosen zu verjagen, die vom Waldbrande her schossen. Der Kompagniechef Fürst Ssergej Petrowitsch Trubezkoi ging, seinen Säbel schwingend, so ruhig und lustig vor den Soldaten her, daß sie ihm wie ein Mann folgten und die Franzosen mit Bajonetten aus dem Walde jagten.

Und bei Lützen, als Prinz Eugen die Garderegimenter aus vierzig Geschützen bombardierte, erlaubte sich Trubezkoi einen Scherz mit dem Leutnant von Bock, der im ganzen Regiment wegen seiner Feigheit berühmt war: er ging von hinten auf ihn zu und warf ihm einen Erdklumpen in den Rücken, und jener fiel wie tot um.

So war auch Trubezkoi selbst am Vierzehnten umgefallen.

Kaum war er am Morgen erwacht, als er sich sofort der gestrigen Worte Puschtschins erinnerte: „Sie werden doch immerhin auf dem Platze sein?" Und er fühlte sich wieder wie gestern schwach und matt, als wäre er plötzlich weich und flüssig geworden.

Er fürchtete, daß man ihn holen würde; er verließ das Haus, nahm eine Droschke und fuhr auf die Kanzlei des Generalstabs, um zu erfragen, wann die Vereidigung stattfinden solle: er wollte sofort dem neuen Kaiser den Eid leisten, in der Hoffnung, daß, wenn etwas passierte, dieser Eifer ihm irgendwie angerechnet werden würde. Er erfuhr, daß die Vereidigung am nächsten Morgen um elf Uhr stattfinden sollte. Aus dem Generalstab ging er zu Fuß zu seiner Schwester in die Große Millionaja. Von ihr — zu seinem Freund, dem Obersten und Flügeladjutanten Bibikow, der an der Ecke der Fontanka und des Newskij wohnte. Er traf diesen nicht zu Hause, blieb aber einige Zeit mit dessen Frau und Bruder und frühstückte mit ihnen. Als er sah, daß es schon ein Uhr geworden war, faßte er Mut, denn er glaubte, daß die Truppen schon vereidigt worden seien und alles ruhig abgelaufen sei. Er begab sich nach Hause, um sich umzukleiden und zum Gottesdienst ins Palais zu fahren.

Als er aus dem Newskij auf den Admiralitätsplatz kam, sah er die Menge und hörte die Schreie: „Hurra, Konstantin!" Er ließ seinen Wagen halten und fragte, was los sei. Als er hörte, daß es ein Aufstand sei, wurde er beinahe auf der Stelle ohnmächtig.

Was später kam, wußte er kaum. Er ging, er wußte selbst nicht warum, wieder in den Hof des Generalstabsgebäudes. Er stand nachdenklich da und wußte nicht, wo hinzugehen; schließlich stieg er die Treppe zur Kanzlei hinauf. Hier rannten irgendwelche Menschen mit erschrockenen Gesichtern herum.

Jemand sagte:

„Die Herren in Uniformen möchten auf den Platz gehen. Dort befindet sich Seine Majestät der Kaiser."

Alle gingen hinaus, und er ging mit. Unterwegs trennte er sich aber unbemerkt von den andern und ging durch den Hof des Generalstabsgebäudes in die Millionaja. Er wußte nicht, wo er hin sollte, und warf sich ratlos hin und her wie ein gehetzter Hase.

Vor dem Tore des Generalstabs sah er einen ihm bekannten Beamten. Jener rief ihn wieder auf die Kanzlei.

„Ach, dieses Unglück!" jammerte der Beamte.

„Man hat den Miloradowitsch ermordet!" rief jemand dicht am Ohre Trubezkois. Seine Beine knickten ein.

„Ist Ihnen nicht wohl, Fürst?"

Jemand hielt ihm Riechsalz vor die Nase. Und plötzlich befand er sich wieder auf der Straße mit irgendwelchen unbekannten Menschen. Er merkte, daß man ihn auf den Senatsplatz führte.

„Mir ist nicht wohl, meine Herren, ich bin ganz krank!" Er weinte beinahe.

Und wieder sah er sich in der Kanzlei. — Oh Gott, das wievieltemal schon! — dachte er sich voller Verzweiflung. Er ging ganz zurück in das Botenzimmer. Hier war niemand da, alle waren weggelaufen. Lange saß er hier und freute sich, daß man ihn endlich in Ruhe ließ.

Als es dunkel geworden war, ertönten Kanonenschüsse, so laut, daß die Fensterscheiben klirrten. Er sprang auf und wollte hinauslaufen, fiel aber in den Stuhl und hörte wie erstarrt einen Schuß nach dem andern krachen.

Neben dem Botenzimmer befand sich eine dunkle Kammer, in der man die amtlichen Pakete zuzunähen und zu versiegeln pflegte; es roch hier nach Siegellack, Bast und Segeltuch; an der Wand brannte trüb ein Öllämpchen; auf dem Tische lagen Bindfadenknäuel, und in der Decke steckte ein großer Haken, der für eine andere Lampe bestimmt war. Er sah diesen Haken wie gedankenlos an und erinnerte sich erst später, daß er sich dabei gedacht hatte: — Es wäre gut, sich zu erhängen! —

Die Schießerei hörte auf. Ins Zimmer kamen Boten, Diener, Kuriere; sie verbeugten sich vor ihm tief und sahen ihn erstaunt an. Er stand auf und ging hinaus.

Er wußte noch immer nicht, wo er hin sollte. Endlich entschloß er sich, bei seinem Schwager, dem österreichischen Botschafter Lebzeltern zu übernachten. Er wußte zwar, daß man ihn auch dort verhaften würde; aber er benahm sich wie ein Schuljunge, der etwas angestellt hat und weiß, daß er der Rute nicht entgehen wird, sich aber dennoch unter den Tisch versteckt.

Bei den Lebzelterns befand sich Katascha. Erst als er sie erblickte, begriff er, wie sehr er sich nach ihr die ganze Zeit, ohne es selbst zu wissen, gesehnt hatte; am meisten quälte ihn, daß sie noch nichts wußte. Er wollte es ihr sofort sagen, zog aber vor, es noch hinauszuschieben; er schob es auch später noch einigemal hinaus. So hatte er es ihr bis zuletzt nicht gesagt, obwohl er wußte, daß es die größte Gemeinheit war.

Da er müde war, ging er früh zu Bett und schlief fest ein. Er hatte ungewöhnlich angenehme Träume: er sah Berge, die keine Berge, Wellen, die keine Wellen waren, dunkellila, durchsichtig wie Amethyste, und er flog über ihnen, schwebte wie in einer Schaukel und war plötzlich glücklich, daß er erwachte.

Lange lag er im Dunkeln mit offenen Augen, lächelte und fühlte sein Herz noch immer vor Freude schlagen. Er wollte sich auf den Traum besinnen und konnte es nicht — es war gar zu ungewöhnlich; jedenfalls wußte er sicher, daß es mehr als ein Traum war. Er erinnerte sich plötzlich seiner Angst von vorhin und fühlte, daß sie schon verschwunden war und nie wiederkehren würde; er schämte sich sogar nicht, sondern wunderte sich nur: es war ihm, als sei es früher gar nicht er, sondern jemand anderer gewesen. Er besann sich auch auf seinen Lieblingspsalm; er pflegte ihn immer lateinisch zu rezitieren, wie er ihn als Kind in der Jesuitenpension vom alten polnischen Pater Aloisius gelernt hatte:

„Wenn ich mich fürchte, so hoffe ich auf Dich. Ich will Gottes Wort rühmen, auf Gott will ich hoffen und mich nicht fürchten; was sollte mir das Fleisch tun? Meine Feinde werden sich müssen zurückkehren, wenn ich rufe. So werde ich inne, daß Du mein Gott bist. Auf Gott hoffe ich und fürchte mich nicht; was können mir die Menschen tun?"

Er schloß wieder die Augen. — „So schlafen alle Verurteilte... Nun, mag sein," ging es ihm durch den Sinn, und schon schlief er wieder, noch süßer, noch tiefer, aber schon ohne Träume.

Er erwachte plötzlich, wie es so oft im Schlafe vorkommt, nicht weil geklopft wurde, sondern weil er wußte, daß gleich geklopft werden würde. Und nach einer Minute wurde wirklich an die Türe geklopft.

„Durchlaucht, Durchlaucht!" rief der Kammerdiener erschrocken.

„Was ist denn?"

„Man ist aus dem Schlosse gekommen."

Er begriff, daß man ihn verhaften kam.

— — — — —

Vier Soldaten mit bloßen Säbeln führten den Arrestanten in das kaiserliche Empfangszimmer. Nach ihm traten die Generaladjutanten Ljewaschow, Toll und Benkendorf, der Schloßkommandant Baschuzki und der Ober-Polizeimeister Schulgin ins Zimmer.

Nikolai stand auf, ging auf Trubezkoi zu und musterte ihn lange und stumm: er ist pockennarbig und rothaarig; hat einen zerzausten dünnen Backenbart, abstehende Ohren, eine große Hakennase, dicke Lippen und zwei schmerzvolle Falten an den Mundwinkeln.

— So sieht also ihr Diktator aus! Er zittert, ist vor Angst ganz verjudet! — dachte sich der Kaiser, wieder vom Durste gequält, verachten zu können.

Er kam näher und führte seinen Zeigefinger an Trubezkois Stirne.

„Was war in Ihrem Kopfe, als Sie, mit Ihrem Namen, mit Ihrer Familie sich auf so eine Sache einließen? Gardeoberst Fürst Trubezkoi, wie, schämten Sie sich nicht, mit jenem Gesindel zu sein?"

Er kam sich in diesem Augenblick selbst als Apollo von Belvedere vor, der den Python besiegt. Aber diese Maske fiel, und an ihre Stelle trat eine andere: an Stelle der drohenden — eine empfindsame, dieselbe, die er früher vor Toll anprobiert hatte.

„Sie haben eine so liebe Frau! Haben Sie Kinder?"

„Nein, Majestät."

„Ein Glück für Sie, daß Sie keine Kinder haben. Ihr Los wird schrecklich sein, schrecklich!"

Trotz des scheinbaren Zorns war er ruhig: alles war schon im voraus überlegt.

„Warum zittern Sie?"

„Ich bin erfroren, Majestät. Bin eben im bloßen Waffenrock gefahren."

„Warum im bloßen Waffenrock?"

„Man hat mir meinen Pelz gestohlen."

„Wer?"

„Ich weiß nicht. Wahrscheinlich im Gedränge, als man mich verhaftete; es waren viele Leute dabei," antwortete Trubezkoi mit einem Lächeln: in diesen großen grauen, einfachen, traurigen und guten Augen war nicht die geringste Angst. Er stand ungelenk und gebückt da, die Hände im Rücken.

„Wollen Sie stehen, wie es sich gehört! Die Hände an die Hosennaht!"

„Sire..."

„Wenn Ihr Kaiser zu Ihnen russisch spricht, so dürfen Sie ihm nicht in einer andern Sprache antworten!"

„Verzeihen, Majestät, meine Hände sind gebunden..."

„Aufbinden!"

Schulgin ging auf ihn zu und fing an, ihm die Hände aufzubinden. Der Kaiser wandte sich weg. Er sah in den Händen Tolls ein Papier und befahl ihm:

„Lies!"

Toll las die Aussage eines der Verhafteten, dessen Namen er nicht nannte; die Vorgänge vom Vierzehnten seien das Werk der Geheimen Gesellschaft, die außer den Mitgliedern in Petersburg auch viele im 4. Armeekorps habe; Fürst Trubezkoi, der dienſthabende Stabs-Offizier des Armeekorps könne darüber jede Auskunft geben.

Trubezkoi hörte es und freute ſich: er ſah, daß der Ausſagende die Unterſuchung auf eine falſche Spur geleitet hatte, um die Exiſtenz der Südlichen Geſellſchaft zu verheimlichen.

„Iſt es die Ausſage Puſchtſchins?"

„Ja, Majeſtät," antwortete Toll.

Trubezkoi merkte, daß ſie ſich dabei zublinzelten.

„Nun, was ſagen Sie dazu?" wandte ſich der Kaiſer wieder an ihn.

„Puſchtſchin irrt ſich, Majeſtät," antwortete Trubezkoi, ſeinen ganzen Verſtand anſpannend, um zu erraten, was dieſes Blinzeln wohl bedeuten könne.

„Aha, Sie meinen, es iſt Puſchtſchin?" fiel Toll über ihn her.

Trubezkoi ließ ſich aber nicht beirren, — er hatte es ſchon verſtanden: man wollte durch ihn Puſchtſchin einfangen.

„Euer Exzellenz haben doch ſelbſt geſagt, es ſei die Ausſage Puſchtſchins."

„Wo wohnt Puſchtſchin?"

„Ich weiß es nicht."

„Vielleicht bei ſeinem Vater?"

„Ich weiß es nicht."

„Ich habe immer geſagt, daß das 4. Armeekorps das Neſt der Verſchwörer iſt," ſagte Toll.

„Exzellenz ſind durchaus falſch unterrichtet. Im 4. Armeekorps gibt es keine Geheime Geſellſchaft, ich verbürge es!" ſagte Trubezkoi und ſah ihn mit einem beinahe unverhohlenen Triumph an.

Jener verſtummte mit dem Gefühl eines Jägers, dem das Wild unter der Naſe entwiſcht. Auch der Kaiſer machte ein finſteres Geſicht: auch er ſah, daß die Sache verdorben war.

„Aber wie steht es mit Ihnen, mit Ihnen? Sprechen Sie von sich. Haben Sie der Geheimen Gesellschaft angehört?"

„Ich habe ihr angehört, Majestät," antwortete Trubezkoi ruhig: er wußte, daß er nicht mehr aus dem Konzept kommen würde.

„Waren Sie Diktator?"

„Zu Befehl, ja."

„Der ist gut! Er versteht nicht, eine Abteilung zu kommandieren, wollte aber die Schicksale der Völker leiten! Warum waren Sie nicht auf dem Platz?"

„Als ich sah, daß sie nur meinen Namen brauchten, verließ ich sie. Übrigens hoffte ich bis zum letzten Augenblick, daß, wenn ich mit ihnen als ihr Anführer in Verbindung bleibe, es mir gelingen würde, sie von dem unsinnigen Vorhaben abzubringen."

„Von was für einem Vorhaben? Vom Zarenmord?" fiel Toll erfreut wieder über ihn her.

— An den Zarenmord dachte niemand, — wollte Trubezkoi antworten. Aber es fiel ihm ein, daß es nicht wahr sei, darum antwortete er:

„Der Zarenmord gehörte nicht zu den politischen Absichten der Gesellschaft. Ich wollte sie von der Aufwiegelung der Truppen und vom unnötigen Blutvergießen abbringen."

„Wußten Sie von der Verschwörung?"

„Ja."

„Und erstatteten keine Anzeige?"

„Es konnte mir gar nicht einfallen, Majestät, jemand das Recht zu geben, mich einen Schuft zu nennen."

„Und wie wird man Sie jetzt nennen?"

Trubezkoi antwortete nichts, blickte aber den Kaiser so an, daß jener sich verlegen fühlte.

„Laſſen Sie die Finten, Herr! Wollen Sie alles ſagen, was Sie wiſſen!" ſchrie ihn Nikolai ſtreng an. Er fing an, böſe zu werden.

„Sonſt weiß ich nichts.

„Sie wiſſen nichts? Und was iſt das?"

Er trat ſchnell an den Tiſch und nahm das Blatt mit dem Entwurf der Konſtitution. Auf dem Blatte lag die Kugel: er hatte ſie mit Abſicht draufgelegt, um das Papier gleich finden zu können.

„Das wiſſen Sie auch nicht? Wer hat das geſchrieben? Weſſen Hand iſt das?"

„Meine Hand."

„Wiſſen Sie, daß ich Sie deswegen gleich auf der Stelle erſchießen laſſen kann?"

„Laſſen Sie mich erſchießen, Majeſtät, Sie haben das Recht dazu," erwiderte Trubezkoi und hob wieder die Augen. Ihm fielen die Worte ein: — Auf Gott hoffe ich und fürchte mich nicht, was können mir die Menſchen tun? —

— Ich darf mich nicht ärgern! Ich ſoll es nicht! — ſagte ſich der Kaiſer, aber es war ſchon zu ſpät: die ihm bekannte Luſt der Raſerei lief ihm wieder durch die Adern.

„Ach ſo, Sie glauben, man wird Sie erſchießen, und Sie werden deswegen intereſſant werden?" flüſterte er keuchend, ſein Geſicht dem ſeinen nähernd und gegen ihn vorgehend, ſo daß jener zurückwich. „Aber gefehlt: ich werde Sie nicht erſchießen, ich werde Sie in der Feſtung verfaulen laſſen! In Ketten! Eine Elle unter der Erde! Ihr Los wird ſchrecklich ſein, ſchrecklich, ſchrecklich!"

Je öfter er dieſes Wort wiederholte, umſo mehr fühlte er ſeine Ohnmacht: da ſteht jener vor ihm und fürchtet nichts. Er kann ihn einsperren, in Ketten schlagen, foltern und töten, und kann ihm doch nichts tun!

„Schurke!" schrie Nikolai, sich auf Trubezkoi stürzend und ihn am Kragen packend. „Hast deine Uniform beschmutzt! Herunter mit den Achselstücken! Herunter mit den Achselstücken! So! So! So! So!"

Er stieß, schüttelte und zerrte ihn und zwang ihn schließlich zu Boden.

„Majestät," sagte Trubezkoi leise, auf den Knien liegend und ihm in die Augen blickend. Der Kaiser verstand den Blick: — Schämen Sie sich denn nicht? — Er kam zu sich, ließ von ihm ab, setzte sich in den Sessel und bedeckte das Gesicht mit den Händen.

Alle erwarteten schweigend, womit das wohl enden würde. Trubezkoi stand auf und sah Nikolai mit dem stillen Lächeln von vorhin an. Hätte jener es gesehen, so würde er verstanden haben, daß in diesem Lächeln Mitleid war.

Die Tür aus dem Schlaf- und Arbeitszimmer ging auf. Der Großfürst Michail Pawlowitsch steckte vorsichtig den Kopf hinein, zog ihn dann ebenso vorsichtig zurück und schloß die Tür.

Das Schweigen dauerte lange. Der Kaiser nahm endlich die Hände vom Gesicht. Es war unbeweglich und undurchdringlich.

Er stand auf und wies Trubezkoi auf den Sessel vor dem Tisch.

„Setzen Sie sich und schreiben Sie an Ihre Frau," sagte er, ohne ihn anzusehen.

Trubezkoi setzte sich, nahm die Feder und sah den Kaiser an.

„Was befehlen Majestät zu schreiben?"

„Was Sie wollen."

Nikolai blickte über seine Schulter und las:

„Liebe Freundin, sei unbesorgt und bete zu Gott..."

„Was ist da viel zu schreiben. Schreiben Sie nur: ‚Ich werde leben und gesund sein'," sagte der Kaiser.

Trubezkoi schrieb:

„Der Kaiser steht neben mir und befiehlt mir zu schreiben, daß ich lebe und gesund bin."

„‚Daß ich leben und gesund sein werde.' Schreiben Sie ‚sein werde' darüber."

Trubezkoi korrigierte. Der Kaiser nahm den Brief und gab ihn Schulgin:

„Wollen Sie ihn an die Fürstin Trubezkoi bestellen."

Schulgin ging hinaus. Trubezkoi stand auf. Wieder trat Schweigen ein. Der Kaiser stand vor ihm, sah ihn noch immer nicht an und hielt die Augen gesenkt, als wagte er nicht, sie zu heben.

Er setzte sich an den Tisch und schrieb an den Kommandanten Ssukin:

„Trubezkoi kommt in den Alexej-Ravelin, auf Numero 7."

Den Zettel gab er Toll.

„Nun, gehen Sie," sagte er und hob den Blick auf Trubezkoi. „Nehmen Sie es mir nicht übel, Fürst. Meine Lage ist wenig beneidenswert, wie Sie es selbst zu sehen belieben." Er lächelte schief und errötete wieder. Er fühlte, daß daraus wieder nichts wurde, und runzelte die Stirn. „Gehen Sie, gehen Sie alle!" Und er winkte mit der Hand.

Als alle gegangen waren, setzte er sich wieder auf den früheren Platz auf dem Sofa. Er saß unbeweglich, wie erstarrt da, duselte aber nicht mehr, sondern blickte mit weit aufgerissenen Augen gerade vor sich hin, auf den Spiegel. An der Wand über dem Sofa hing ein lebensgroßes Bildnis des Kaisers Paul I. Die Flammen der heruntergebrannten Kerzen auf dem Jaspistischchen in der Ecke zitterten, und in diesem flackernden Scheine wurde das Bildnis im Spiegel wie lebendig; das kleine Männchen mit der Stutznase, mit den Augen eines Verrückten und dem Lächeln eines Totenkopfes, im Habit des Großmeisters des Malteserordens, in purpurnem Mantel, der an ein Bischofsornat erinnerte, schien lebendig zu werden und sich zu bewegen: gleich tritt er aus dem Rahmen.

Der Sohn sah den Vater an, und der Vater den Sohn, als wollten Sie einander etwas sagen.

Elfter März — Vierzehnter Dezember. Damals hatte es angefangen, nun ging es weiter. „Man wird mich erwürgen, wie man den Vater erwürgt hat" — diese Worte Konstantins kamen dem Kaiser in den Sinn. Er konnte sich selbst dasselbe sagen, was er vorhin zu Trubezkoi gesagt hatte: „Dein Los wird schrecklich sein, schrecklich!"

Er stand auf und trat vor den Spiegel. Unten, zu Füßen des Vaters erschien das Gesicht des Sohnes. Bleich, mit entzündeten roten Lidern, aufgeworfenen Lippen, wie bei einem Schuljungen, den man in eine Ecke gestellt hat, mit zerzausten, zu Berge stehenden Haaren. Es war, als sei es nicht er, sondern ein anderer, sein Doppelgänger, der „Usurpator", der „Emporkömmling von einem Kaiser."

Er näherte das Gesicht dem Spiegelglas. Die Lippen verzerrten sich zu einem Lächeln und flüsterten lautlos:

„Stabshauptmann Romanow, du bist aber ein..."

Er taumelte entsetzt zurück: es schien ihm, als sei es nicht er, sondern jener andere, der im Spiegel lachte und flüsterte:

„Stabshauptmann Romanow, du bist aber ein..."

Drittes Kapitel

"Marinjka!" sagte Golizyn, die Augen aufschlagend.

Er kam zum ersten Male nach seiner Ohnmacht zu sich. Als er noch im Fieber lag, hatte er, ohne sie zu sehen, gefühlt, daß sie hier an seiner Seite sei, und sich gequält, daß er sie nicht rufen könne.

"Was denn, Valerian Michailowitsch, Liebster?" fragte sie, sich über ihn beugend und ihm erschrocken und freudig in die Augen blickend. "Was denn? Was?" Sie bemühte sich, zu erraten, was er wollte.

Er wollte fragen, wo er sich befinde und was mit ihm los sei, war aber so schwach, daß er nicht sprechen konnte; er fürchtete wieder in das schwarze Loch der Bewußtlosigkeit zu stürzen, aus dem er eben mit solcher Mühe herausgekommen war. Er wollte sich selbst an alles erinnern; er besann sich auf einiges und vergaß es gleich wieder. Die Gedanken rissen wie durchgebrannte Fäden. Allerlei Einzelheiten lenkten ihn ab: die Menge Medizingläser mit Rezepten auf dem Nachttischchen, die Flamme der Wachskerze hinter einem grünseidenen Lichtschirm, das eintönige leise Ticken der Taschenuhr auf dem Tischchen, wahrscheinlich war es seine eigene Uhr.

"Wie spät ist es?" fragte er endlich mit vorsichtiger Anstrengung.

"Halb sieben," antwortete Marinjka.

— Morgens oder abends? — wollte er fragen, vergaß es aber gleich, denn es kam ihm ein anderer Gedanke: wie lange er schon so liege? Er schwieg eine Weile, sammelte sich und fragte:

"Was für ein Tag?"

"Donnerstag."

— Und das Datum? — wollte er fragen und vergaß es wieder.

Plötzlich ertönte in der Stille ein dumpfes Dröhnen, wie von einem fernen Schuß.

— Schießt man denn immer noch? — wunderte er sich und besann sich, daß er das gleiche Dröhnen auch im Fieber gehört hatte: jedesmal hatte er aufstehen und hinlaufen wollen; er hatte die Füße bewegt, war gelaufen und dabei auf demselben Fleck geblieben. „Stehen-stehen-stehende!" tickte eintönig die Uhr. Und er verstand, was es bedeutete: „Stehende Revolution".

„Er schwitzt!" sagte Marinjka, ihm die Hand auf den Kopf legend.

„Gott sei Dank!" rief Foma Fomitsch erfreut. Golizyn erkannte seine Stimme. Der Arzt hatte neulich gesagt: wenn er einmal schwitzt, wird er gleich gesund werden.

Sie wischte ihm den Schweiß mit einem Tuch aus dem Gesicht. Er sah sie an und entsann sich ihrer wie durch einen alten, oft gesehenen Traum: ein liebes, liebes junges Mädchen, vom Dufte der Liebe umhaucht wie blühender Flieder von der Frische des Taues. Sie trug einen alten Morgenrock aus Gros-de-Naples von rauchgrauer Farbe und ein Spitzenhäubchen, aus dem längs der Wangen wie leichte Trauben lange schwarze Locken herabfielen. Das Gesicht war etwas magerer und blasser geworden, und die großen dunklen Augen schienen noch größer und dunkler.

„Meine Liebe, Liebe!" flüsterte er und wandte sich zu ihr.

Ihre Blicke trafen sich; sie lächelte. Sie erriet, was er wollte und drückte ihre Handfläche, so frisch und warm wie eine von der Sonne durchwärmte Blütenkrone, an seine Lippen.

„Man müßte ihm die Arznei geben, Marja Pawlowna," sagte Foma Fomitsch.

Marinjka füllte einen Löffel und reichte ihn Golizyn. Es schmeckte gut und roch nach Mandeln und Anis.

„Noch!" bat er mit kindlicher Gier.

„Mehr dürfen Sie nicht. Wollen Sie trinken?"

„Nein, schlafen."

„Warten Sie, der Kopf liegt zu tief."

Sie umfaßte mit dem einen Arm seine Schultern und hob mit unerwarteter Kraft und Gewandtheit seinen Kopf und begann mit der andern die Kissen zurechtzurücken. Während sie ihn hob, fühlte er an seiner Wange durch das Kleid hindurch ihre elastische zarte Mädchenbrust.

„Ist es so gut?" fragte sie, indem sie seinen Kopf auf das Kissen legte.

„Gut, Marinjka ... Mamachen ..."

Er wußte selbst nicht, ob er das Wort „Mamachen" absichtlich oder zufällig gesagt hatte. Ihre Blicke trafen sich wieder: sie lächelte ihm zu, und er wiederholte gerührt und begeistert:

„Mamachen ... Marinjka ..."

Er wollte noch etwas sagen, aber dunkle, weiche Wellen schlugen über ihn zusammen; er fühlte nur, wie sie ihn auf die Stirne küßte und bekreuzigte und hörte, wie sie flüsterte:

„Schlaf, Liebster, schlaf mit Gott!"

Er schloß mit einem Lächeln die Augen; es war ihm, als hätte sie ihn auf die Arme genommen und wiege ihn in den Schlaf.

Er schlief bis elf Uhr früh. Die weiße blauäugige Katze „Marquise" mit den gezierten und langsamen Bewegungen einer echten Marquise, hatte die ganzen Nacht, zu einem Knäuel zusammengerollt, auf dem Deckel des Klaviers geschlafen. Am Morgen erwachte sie, stellte sich auf alle vier Pfoten, machte einen Buckel, schnurrte und sprang auf die Tasten, und das Geklimper weckte Golizyn.

„Kitz, du Nichtsnutzige! Da hast du ihn geweckt!" schrie Marinjka die Katze an und stampfte mit dem Fuße.

„Potap Potapytsch Potapow!" klang aus der Ferne der Schrei des Papageis, und Golizyn begriff sofort, daß er sich im alten Hause der Großmutter befand. Es war aber nicht sein Zimmer, sondern das gelbe Teezimmer neben dem blauen Sofazimmer. Später erfuhr er, daß man ihn aus seinem kleinen und schwülen Schlafzimmer im Entresol während seiner Krankheit in dieses Zimmer geschafft hatte.

Es roch nach brennender Birkenrinde. Im Ofen brannte knisternd ein Feuer, und die Ofentüre klapperte im Luftzuge. Die eine Hälfte des Zimmers war von einem anheimelnden rosa-goldenen Licht übergossen, und die andere in das blauweiße Licht des Wintermorgens getaucht. Die Fenster gingen nach dem Garten mit den reifbedeckten alten Linden. Über den mit verblaßtem zitronengelbem Stoff bespannten Wänden zog sich oben an der Decke ein weißer Stuckfries hin — ein Reigen tanzender Amoretten. Ihre nackten Körper erschienen im rosa Lichte des Ofens lebendig.

— Welch ein lustiges Zimmer! — dachte sich Golizyn, und plötzlich wurde es auch ihm lustig zumute.

Die Katze hatte vor Marinjka nicht viel Respekt: sie glitt an ihren Füßen vorbei, sprang aufs Bett und fing an, ihr Schnäuzchen mit lautem Schnurren an Golizyns Beinen zu reiben.

„Kitz, Kitz, du Abscheuliche!"

„Macht nichts, Marinjka, ich habe schon ausgeschlafen."

„Guten Morgen, Durchlaucht, wie haben Sie geruht?" fragte Foma Fomitsch, hinter dem Bettschirm hervortretend. Seine Perücke war auf die Seite gerutscht, das gepuderte Zöpfchen derangiert und der langschößige Rock zerdrückt; offenbar hatte er die ganze Nacht nicht geschlafen und nur ein wenig in einem Sessel oder auf dem Kanapee hinter dem Schirm gedusdelt.

„Ich habe ausgezeichnet geschlafen. Aber warum diese Sorge um mich? Es geht mir viel besser," sagte Golizyn.

Marinjka sah ihn aufmerksam an und war plötzlich erstaunt und erfreut: eine solche Veränderung im Aussehen und in der Stimme!

„Gott sei Dank! Gott sei Dank!" rief Foma Fomitsch, sich bekreuzigend, und in seinen kindlichen Augen, in seinem kindlichen Lächeln leuchtete solche Güte, daß es Golizyn noch lustiger wurde.

„Wollen Sie nicht etwas zu sich nehmen? Kaffee, Eier, Bouillon?"

„Alles, alles, Foma Fomitsch! Ich habe furchtbaren Hunger!"

Plötzlich spitzte er die Ohren und horchte: er hörte wieder, wie damals in der Nacht, im Fieberdelirium, ein fernes dumpfes Dröhnen, dem Dröhnen eines fernen Kanonenschusses ähnlich. Jetzt wußte er aber, daß es kein Delirium war.

„Was ist das? Hören Sie?"

„Nein, ich höre nichts," antwortete Foma Fomitsch: er war etwas schwerhörig.

„Jetzt wieder! Man schießt! Hören Sie es denn nicht?" schrie Golizyn auf, und in seinen Augen leuchtete die Hoffnung. Er richtete sich im Bette auf, als wäre er bereit, aufzuspringen und hinzulaufen.

„Valerian Michailowitsch, Liebster, um Gotteswillen, liegen Sie still! Foma Fomitsch laufen Sie mal hin und erfahren Sie, was es ist," sagte Marinjka.

Der Alte lief ins Nebenzimmer, dessen Fenster nach dem Hof gingen. Hier klang das Dröhnen so laut, daß er es hörte. Er trat ans Fenster, schob einen Stuhl hin, stieg aufs Fensterbrett, öffnete die Luke, steckte den Kopf hinaus und begriff sofort alles. Dann kehrte er zu Golizyn zurück.

„Ach, das ist kein Artilleriefeuer!" sagte er, den Kopf schüttelnd und wie ein kleines Kind lachend. „Durchlaucht können ganz unbesorgt sein, die Schießerei ist nicht gefährlich: das Pförtchen im Tore ist aus schwerem Eichenholz und wird durch ein Gewicht geschlossen, das über eine eiserne Rolle hängt, der Torweg ist aber überwölbt, und jeder Ton hallt darin wider. Der Hausknecht Jefim trägt Brennholz in die Küche: sooft er das Pförtchen zuschlägt, kracht es wie aus einer Kanone."

Er schwieg eine Weile, nahm aus der goldenen Tabatiere mit dem Bildnisse des Kaisers Paul I. und der Inschrift: „Neben Gott — er allein, und durch ihn atme ich" langsam eine Prise und fügte mit einem philosophischen Seufzer hinzu:

„So ist es, sehr verehrter Herr! An diesem Beispiel kann man sehen, wie unvollkommen und der Täuschung zugänglich die menschlichen Sinne sind, diese äußeren Türen unseres mechanischen Automaten. Wenn wir das Zuschlagen einer Pforte von einem Kanonenschuß nicht zu unterscheiden vermögen, welchen Wert haben dann unsere tiefsinnigen Urteile über die Natur der Dinge und über die verborgensten Gesetze des Weltalls?"

Plötzlich merkte er, daß Marinjka ihm zuwinkte. Er hielt inne und sah Golizyn an. Jener war blaß geworden, hatte den Kopf in das Kissen fallen lassen und die Augen geschlossen.

„Wir haben aber das Frühstück ganz vergessen!" rief plötzlich Foma Fomitsch. „Sofort laufe ich in die Küche. Kaffee, Eier, Bouillon, vielleicht auch etwas Reisbrei?"

Marinjka winkte nur mit der Hand, und der Alte lief hinaus.

Golizyn lag lange mit geschlossenen Augen.

Marinjka saß auf dem Bettrande und streichelte schweigend seine Hand.

„Welches Datum haben wir heute?" fragte er endlich.

„Den achtzehnten."

„Also drei Tage. Ich bin doch am Dienstag früh erkrankt?"

„Ja, am Dienstag. Als der Kammerdiener Ihnen den Tee brachte, lagen Sie angekleidet im Fieber und bewußtlos auf dem Bette."

„Habe ich phantasiert?"

„Ja."

„Was habe ich phantasiert?"

„Immer von den Schüssen. Dann von irgendeinem Tier, daß man das Tier töten müsse."

„Erinnern Sie sich noch, Marinjka, ich sagte Ihnen, daß wir uns noch wiedersehen werden? Nun haben wir uns wiedergesehen..."

Er sah sie lange und unverwandt an. Er wollte sie fragen, ob sie wisse, was am Vierzehnten gewesen war, fragte aber nicht; er fürchtete, sie danach zu fragen.

„Ich weiß alles," sagte sie, als hätte sie seinen Gedanken erraten. „Großmutters Haushofmeister, Ananij Wassiljewitsch, war auf dem Senatsplatze. Er kam am Abend zu uns gelaufen und erzählte alles. Er hat auch Sie gesehen..."

Sie verstummte plötzlich, beugte sich zu ihm, umarmte ihn, schmiegte ihre Wange an die seine, drückte ihr Gesicht in das Kissen und weinte.

„Nicht doch, Marinjka, mein liebes Mädchen! Ich bin ja bei Ihnen, und wir werden uns niemals..."

Er wollte sagen: „Wir werden uns niemals trennen," aber er fühlte, daß er sie nicht betrügen könne: sie weiß alles, nicht nur seine Vergangenheit, sondern auch seine Zukunft; darum beweint sie ihn wie eine Lebendige einen Toten, nimmt von ihm für immer Abschied.

Arme Braut, wo ist dein Liebster?
Dich erwartet, tot und fahl
Tief im Grabe dein Gemahl...

Diese Verse, die er einst Ssofja Narychkina vorgelesen, fielen ihm jetzt ein.

„Da ist schon das Frühstück!" sagte Foma Fomitsch, mit einem Tablett ins Zimmer tretend.

Marinjka sprang auf und lief hinaus. Der Alte blickte ihr nach, schüttelte den Kopf, seufzte, sah auch Golizyn an, sagte aber nichts: wahrscheinlich fühlte er, daß er sich durch nichts mehr täuschen oder trösten ließe.

Während des Frühstücks sprach er, um den Kranken zu zerstreuen, von abseitsliegenden Dingen: vom Rückkauf des Gutes Tscherjomuschki, von der Kunst des Arztes, der Golizyn behandelt hatte, von der Krankheit der Großmutter; als die Alte vom Aufstand hörte, erschrak sie so, daß sie sich hinlegen mußte und beinahe einen Schlaganfall bekam; sie ließ niemand von der leibeigenen Dienerschaft zu sich herein, denn sie fürchtete, die Leute könnten sie ermorden: sie erinnerte sich noch an den Aufstand Pugatschows. „In Petersburg allein gibt es vierzigtausend Leibeigene, das ist kein Spaß; sie warten doch nur auf den Augenblick, wo sie nach Messern greifen können. Das haben aber die Martinisten, Freimaurer und sonstige gottlose Freidenker angestellt. Nun haben sie es erreicht. Es wird bei uns ebenso zugehen, wie in Frankreich!"

Golizyn lächelte, und das war alles, was der Alte wollte. Er holte aus der Tasche ein Zeitungsblatt, die Beilage zu den „Sankt-Petersburger Nachrichten" mit der Bekanntmachung der Regierung über die Vorgänge am Vierzehnten. Golizyn wollte es selbst lesen, aber Foma Fomitsch ließ es nicht zu; er griff wieder in die Tasche, holte ein Lederfutteral heraus, entnahm diesem eine Brille mit großen runden Gläsern, putzte sie sorgfältig mit dem Taschentuch, setzte sie sich bedächtig auf, räusperte sich und begann zu lesen.

„Der gestrige Tag wird zweifellos eine Epoche in der Geschichte Rußlands bedeuten," las er mit seiner leisen, schwachen, wie aus der Ferne klingenden Stimme. „An diesem Tage erfuhren die Einwohner der Residenz mit einem Gefühl von Freude und Hoffnung, daß Seine Majestät, der Kaiser Nikolai Pawlowitsch den Thron seiner Vorfahren besteigt. Aber der göttlichen Vorsehung hat es gefallen, diesen langersehnten Tag durch traurige Ereignisse zu trüben..."

Der Aufstand wurde als eine kleine Konfusion der Truppen bei der Parade hingestellt.

„Zwei meuternde Kompagnien stellten sich zu einem Karree vor dem Senatsgebäude auf; sie wurden von sieben oder acht Offizieren befehligt, zu denen sich einige Menschen von gemeinem Aussehen in Fräcken gesellten."

„Da ist doch von mir die Rede!" bemerkte Golitzyn mit einem Lächeln, das Foma Fomitsch unter seiner Brille mit dem gleichen Lächeln beantwortete.

„Einige kleine Gruppen versammelten sich um sie und schrien Hurra. Die Truppen baten um Erlaubnis, die Revolte mit einem Schlage niederwerfen zu dürfen. Aber Seine Majestät der Kaiser wollte die Wahnsinnigen schonen und entschloß sich erst bei Anbruch der Nacht, entgegen seinem Herzenswunsch, Gewalt anzuwenden. Es wurden Geschütze angefahren, die in wenigen Minuten den Platz säuberten. Das sind die Vorgänge des gestrigen Tages. Sie sind zweifelsohne beklagenswert. Aber wenn man bedenkt, daß die Aufrührer, nachdem sie vier Stunden auf dem Platze verbracht, keinen weiteren Zulauf bekommen haben, außer einigen betrunkenen Soldaten und einigen gleichfalls betrunkenen Menschen aus dem Pöbel, und daß von allen Garderegimentern nur zwei Kompagnien sich von dem verderblichen Beispiel hinreißen ließen, so muß man mit einem Gefühl des Dankes für den Höchsten anerkennen, daß an diesen Vorfällen auch manches Tröstliche ist; daß es nur eine vorübergehende Prüfung der unerschütterlichen Treue der Truppen und der allgemeinen Ergebenheit der Russen für ihren allerhöchsten und gesetzlichen Monarchen war. Ein gerechtes Gericht wird bald die verbrecherischen Teilnehmer an den Unruhen ereilen. Mit Hilfe des Himmels und dank der Festigkeit der Regierung sind dieselben vollkommen unterdrückt; nichts stört mehr die Ruhe der Residenz..."

„Ist es wahr, Foma Fomitsch, daß in der Stadt alles ruhig ist?" fragte Golizyn.

„Still ist es wohl, aber diese Stille verheißt nichts Gutes," antwortete der Alte und schüttelte zweifelnd den Kopf. „Die ganze Stadt ist wie ausgestorben; man sieht nur Wagen mit Verhafteten unter Eskorte von Gensdarmen; man verhaftet immer mehr Menschen, und es ist gar kein Ende abzusehen; bald wird die eine Hälfte des Menschengeschlechts die andere bewachen müssen... Geht Ihr Traum vielleicht doch in Erfüllung, Fürst?" flüsterte er, sich mit geheimnisvoller Miene zu seinem Ohre beugend.

„Was für ein Traum?"

„Daß man wieder schießt. Man sagt, daß die Südarmee den Treueid verweigert habe und gegen Moskau und Petersburg ziehe, um die Konstitution zu verkünden; auch der General Jermolow soll dabei sein; er verfügt aber über eine große Truppenmacht, alle Regimenter des Kaukasischen Armeekorps sind ihm grenzenlos ergeben. Ich kenne ja seine Exzellenz Alexej Petrowitsch: ein wahrer Adler! Ist noch einer von Ssuworows Leuten. Alles ist möglich: es kann auch eine Dynastie der Jermolows anstelle der der Romanows kommen, sagen die Leute. Ja, so stehen die Sachen, Fürst: jeden Augenblick kann die Geschichte von neuem losgehen..."

Golitzyn hörte zu, und in seinen Augen leuchtete wieder die Hoffnung. Aber er unterdrückte sie.

„Wenn es auch losgeht, dann nicht so bald," sagte er leise, wie vor sich hin.

Aber Foma Fomitsch hörte es.

„Nicht so bald? Wann denn?"

„Was interessiert Sie das? Sie sind doch für den Zaren?"

„Ich bin schon in den Achtzigern, Väterchen. Ich lebe noch in der alten Zeit und denke auch, wie man in der alten Zeit dachte: der echte Russe erwartet alle Güter des Lebens und allen Ruhm für sein Vaterland einzig vom Throne seines Monarchen."

„Nun, Sie sind also für den Zaren, ich bin aber für die Republik. So dürfen Sie mit mir überhaupt nichts zu tun haben!"

„Hören Sie auf, Fürst! Es gibt in der Welt nicht so viel gute Menschen, das man einen verschmähen könnte. Was soll ich mit Ihnen anfangen? Soll ich Sie vielleicht bei der Polizei anzeigen? Sie böser Mensch! Ich bemuttere Sie wie ein kleines Kind, Sie aber spotten über mich!" Der Alte wollte böse werden, es gelang ihm aber nicht: aus dem kindlichen Lächeln, aus den kindlichen Augen leuchtete stille Güte.

„Foma Fomitsch, kommen Sie bitte zur Großmutter," sagte Marinjka, ins Zimmer tretend.

„Was ist denn los?"

„Nichts, sie sehnt sich nach Ihnen und ist böse, daß Sie sie vergessen haben. Sie ist auf den Fürsten eifersüchtig."

„Sofort! Sofort" Foma Fomitsch sprang auf und lief, mit seinen altersschwachen Füßchen trippelnd, davon.

— Er liebt sie genau so wie vor vierzig Jahren, — dachte sich Golizyn.

Durch die alten bereiften Bäume leuchtete der winterliche Himmel blau und grün wie verblichener Türkis, wie die kindlichen Augen des verliebten Greises; die Wintersonne blickte ins Zimmer. Die durchsichtigen Eisblumen funkelten wie Edelsteine und ein bernsteingelbes Licht füllte das Zimmer. Über die verblichene zitronengelbe Wandbespannung glitten Lichtreflexe, und die nackten Amoretten auf dem weißen Fries wurden golden.

— Was für ein lustiges Zimmer! — dachte sich Golizyn wieder. — Das kommt von der Sonne... nein, von ihr, — sagte er sich mit einem Blick auf Marinjka.

Sie hatte sich inzwischen umgekleidet: sie trug nicht mehr den Morgenrock und das Häubchen, sondern ihr alltägliches einfaches weißes Kreppkleid mit rosa Blümchen; sie hatte sich gewaschen und frisiert und den Zopf zu einem Körbchen geordnet; schwarze lange Locken fielen wie leichte Trauben längs der Wangen herab. Trotz der schlaflosen Nacht war ihr Gesicht frisch, „frischer als eine Rose am Morgen", wie Foma Fomitsch zu sagen pflegte, und ruhig und lustig: die Tränen von vorhin hatten nicht die geringste Spur hinterlassen.

Sie räumte das Zimmer auf, wischte überall mit einem Flügel den Staub ab, ordnete die Arzneigläser; dann rührte sie mit dem Schürhaken die Glut im Ofen um, damit es keine unverbrannten Scheite gebe.

Golizyn beobachtete sie schweigend: alle ihre jugendlichen, starken und leichten Bewegungen waren harmonisch wie Musik, und es schien ihm, daß alles, selbst das Alltäglichste, was sie berührte, sofort festlich und ebenso heiter wurde, wie sie es war.

Sie fühlte wohl seinen Blick auf sich, wandte sich um, ging lächelnd auf ihn zu, setzte sich zu ihm auf den Bettrand und beugte sich über ihn.

„Nun, was?"

Ein Sonnenlichtstreifen trennte sie wie ein gespanntes Tuch, und in seinem bläulichen Nebel kreisten die hellen Stäubchen wie in einem unendlichen Tanze. Als sie sich neigte, kam ihr Kopf in die Lichtsäule, und Golizyn sah, daß ihre schwarzen Haare, von der Sonne durchleuchtet, einen rötlichen, fast feuerroten Ton annahmen.

„Ja, natürlich, ich bin rothaarig!" rief sie lachend, indem sie selbst die Locke betrachtete. Sie schien selbst erstaunt.

Er richtete sich ein wenig auf und wandte sich zu ihr hin, — die trennenden Strahlen vereinigten sie. Sie beugte sich noch tiefer, er fing die Locke mit der Hand und drückte sie an die Lippen. Der jungfräulich-leidenschaftliche, wie starker Wein berauschende Duft ihrer Haare stieg ihm zu Kopfe.

„Nicht doch! Was tun Sie? Darf man denn das Haar küssen?!" Sie schämte sich plötzlich, errötete, schlug die Augen nieder, nahm ihm die Locke aus der Hand und warf den Kopf zurück.

Golizyn ließ sich in das Kissen sinken, erbleichte und schloß erschöpft die Augen. Der Kopf schwindelte ihm, und es war ihm, als kreise er selbst wie jene Stäubchen in den Sonnenstrahlen in einem unendlichen Tanze.

„Wie schön, Marinjka, du meine Sonne!" flüsterte er, sie durch das Sonnenlicht hindurch mit einem seligen Lächeln anschauend.

„Was ist schön?" fragte sie mit dem gleichen Lächeln.

„Alles ist schön ... das Leben ist schön ..."

— Ja, leben, nur leben! — dachte er sich, von einem solchen Lebensdurste erfüllt, wie er ihn noch nie empfunden hatte.

Viertes Kapitel

Die zur Untersuchung der Vorgänge vom Vierzehnten eingesetzte Oberste Kommission hielt ihre Sitzungen zuerst im Winterpalais und dann in der Peter-Pauls-Festung ab. Der Kaiser leitete selbst die ganze Untersuchung und arbeitete an die fünfzehn Stunden täglich, so daß seine Umgebung fürchtete, er könnte krank werden.

„Point de relâche! Was auch kommen mag, ich werde mit Gottes Hilfe den tiefsten Grund dieses Sumpfes aufdecken!" sagte Nikolai zu Benkendorf.

„Langsam und ohne Übereilung, Majestät! Mit Gewalt kann man nichts ausrichten, — man muß mit Liebe und List handeln . . ."

„Brauchst mich nicht zu belehren, ich weiß es selbst," antwortete der Kaiser und errötete beim Gedanken an Trubezkoi. Er tröstete sich damit, daß der damalige Mißerfolg von körperlicher Ermattung, Erschöpfung und Schlaflosigkeit herrührte; das sollte nicht wieder vorkommen. Er war inzwischen zu Kräften gekommen, hatte sich beruhigt und fühlte wieder wie damals nach der Kanonade auf dem Senatsplatze, daß „alles in bester Ordnung" sei.

Rylejew wurde in der Kommission am 21. Dezember vernommen und am nächsten Tage ins Palais zum Kaiser gebracht.

— Soll es doch schneller ein Ende nehmen! — dachte sich Rylejew, fühlte aber schon, daß das Ende nicht auf einmal kommen werde: man wird ihn langsam zu Tode quälen, man wird ihn zwingen, den Todeskelch Tropfen auf Tropfen zu trinken.

Einen Tag nach seiner Verhaftung ließ der Kaiser anfragen, ob Rylejews Frau kein Geld brauche. Natalja Michailowna antwortete, daß ihr Mann ihr tausend Rubel zurückgelassen habe. Der Kaiser schickte ihr als Geschenk von sich zweitausend Rubel und am 22. Dezember, dem Namenstage von Rylejews Töchterchen Nastenjka, weitere tausend Rubel im Namen der Kaiserin Alexandra Fjodorowna. Er versprach ihr, ihrem Mann zu verzeihen, wenn er alles gestehen würde. „Die Barmherzigkeit des Kaisers hat meine Seele erschüttert," schrieb sie ihrem Manne in die Festung.

Am meisten wunderte sich Rylejew darüber, daß man das Geld zu Nastenjkas Namenstage geschickt hatte: man hatte sich also nach dem Namen erkundigt. — Wie gefühlvoll! Der Schuft weiß gut, womit er einen einfangen kann! Nun, wenn aber ... — Diesen Gedanken konnte Rylejew nicht zu Ende denken: er erschrak davor.

Einmal bedankte er sich beim Kommandanten Sukin für die Gewährung einer Zusammenkunft mit seiner Frau. Jener war erstaunt, denn er hatte keine Zusammenkunft erlaubt, und glaubte schon, sie sei ohne Erlaubnis dagewesen. Er fragte die Wärter, aber diese sagten einstimmig aus, daß Rylejews Frau gar nicht dagewesen sei.

„Es hat Ihnen nur geträumt," sagte er zu Rylejew.

„Nein, ich sah sie, wie ich Sie jetzt sehe. Sie erzählte mir etwas, was ich sonst gar nicht wissen konnte, — das vom Geschenk des Kaisers."

„Das haben Sie aber in der Kommission erfahren ..."

„In der Kommission sagte man mir es später, zuerst hörte ich es von ihr."

„Vielleicht haben Sie es schon vergessen?"

„Nein, ich weiß es ganz bestimmt. Ich bin noch nicht verrückt."

„Dann war es ein Gespenst."

„Was für ein Gespenst?"

„Sie sehen wohl Gespenster. Sie sind krank. Sie müssen sich behandeln lassen."

— Ja, ich bin krank, — dachte sich Rylejew mit einem Gefühl von Ekel.

Am 22. Dezember abends brachte man ihn auf die Schloßhauptwache. Man durchsuchte ihn, fesselte aber seine Hände nicht. Aus der Hauptwache brachte man ihn unter Bewachung in das Flügeladjutantenzimmer, setzte ihn in eine Ecke hinter eine spanische Wand und ließ ihn warten.

Er bemühte sich nur daran zu denken, was er gleich dem Kaiser sagen würde, aber er dachte an andere Dinge. Er erinnerte sich der letzten Nacht, als man zu ihm kam, um ihn zu verhaften. Natascha stürzte sich zu ihm hin, umschlang ihn mit den Armen und schrie mit herzzerreißender Stimme, so schrecklich, wie sie während der Geburtswehen geschrieen hatte:

„Ich lasse ihn nicht! Ich lasse ihn nicht!"

Und sie umschlang und umarmte ihn immer fester. Fester als alle Ketten sind diese zarten schwachen Arme, die Ketten der Liebe! Mit furchtbarer Anstrengung machte er sich los. Er hob sie auf die Arme, trug sie fast bewußtlos auf ihr Bett, und sah sich, aus dem Zimmer stürzend, noch einmal nach ihr um. Sie hatte die Augen geöffnet und sah ihn an: das war ihr letzter Blick.

„Ich weiß wenigstens, wofür man mich kreuzigen wird; sie wird aber am Kreuze stehen, das Schwert wird ihr Herz durchbohren, doch sie wird nie erfahren, wofür."

Das dachte er sich, als er im Flügeladjutantenzimmer in der Ecke hinter der spanischen Wand saß.

Mitunter dachte er auch an gar nichts und fühlte nur, wie ihn wieder das Fieber schüttelte. Das Kerzenlicht tat seinen

Augen weh; ein Nebel füllte das ganze Zimmer, und es war ihm, als sitze er in seiner Kasematte, blicke wie damals vor dem „Gespenst" auf die Tür und warte, daß Natascha eintrete.

Die Tür ging auf, und herein trat Benkendorf.

„Bitte," sagte er, auf die Tür zeigend und ihm den Vortritt lassend.

Rylejew trat ein

Der Kaiser stand am anderen Ende des Zimmers. Rylejew wollte sich verbeugen und auf ihn zugehen.

„Halt!" sagte der Kaiser. Er ging selbst auf ihn zu und legte ihm beide Hände auf die Schultern. „Zurück! Zurück! Zurück!" Er schob ihn zum Tisch, bis seine Augen sich direkt vor den Kerzenflammen befanden. „Schau mir gerade in die Augen! So!" Er drehte ihn mit dem Gesicht zum Licht. „Geh und laß niemand herein," wandte er sich zu Benkendorf.

Benkendorf ging.

Der Kaiser sah Rylejew lange schweigend in die Augen.

„Die sind ehrlich! Solche Augen lügen nicht!" sagte er wie vor sich hin. Er schwieg noch eine Weile und fragte: „Wie heißt du?"

„Rylejew."

„Mit dem Vornamen?"

„Kondratij."

„Mit dem Vatersnamen?"

„Fjodorowitsch."

„Nun, Kondratij Fjodorowitsch, glaubst du, daß ich dir verzeihen kann?"

Rylejew schwieg. Der Kaiser näherte sein Gesicht dem seinen, blickte ihm noch durchdringender in die Augen und lächelte plötzlich. — „Was ist das? Was ist das?" — wunderte sich

Rylejew immer mehr: er glaubte im Lächeln des Kaisers etwas Flehendes, etwas Unglückliches zu sehen.

„Wir sind beide zu bedauern!" begann der Kaiser, schwer aufseufzend. „Wir fürchten, wir hassen einander. Der Henker und das Opfer. Wo aber der Henker ist, und wo das Opfer, kann man gar nicht unterscheiden. Und wer ist schuld? Alle, und mehr als alle — ich. Also verzeih. Wenn du nicht willst, daß ich dir verzeihe, so verzeih du mir!" Und er hielt ihm seine Lippen hin.

Rylejew erbleichte und taumelte.

„Setz dich." Der Kaiser stützte ihn und nötigte ihn in einen Sessel. „Hier, trinke!" Er schenkte ein Glas voll Wasser und reichte es ihm. „Nun, fühlst du dich schon besser? Kannst du sprechen?"

„Ja."

Rylejew wollte aufstehen, aber der Kaiser ergriff seine Hand und hielt ihn zurück.

„Nein, bleib sitzen." Er schob einen anderen Sessel heran und setzte sich ihm gegenüber. „Hör mal, Kondratij Fjodorowitsch. Du kannst von mir halten, was du willst, du kannst mir glauben und kannst mir auch nicht glauben, aber ich werde dir die ganze Wahrheit sagen. Schwer ist das Joch, das mir die Vorsehung auferlegt hat. Es ist zu schwer für einen Menschen. Aber ich bin allein, ohne Rat, ohne Hilfe. Ein Brigadekommandeur und sonst nichts. Was verstehe ich von Staatsgeschäften? Ich schwöre bei Gott, daß ich nie den Thron gewünscht, nie ans Regieren gedacht habe. Wenn du nur wüßtest, Rylejew, — aber nein, du wirst es niemals erfahren, was ich fühle und was ich mein Leben lang fühlen werde bei der Erinnerung an diesen schrecklichen Tag, den Vierzehnten! Blut, Blut, ich bin ganz mit Blut befleckt, ich kann es mit nichts abwaschen, durch nichts sühnen! Ich bin ja kein Tier, kein Ungeheuer, ich bin ein Mensch, Rylejew, ich bin auch Vater. Du hast deine Nastenjka, und ich habe meinen Saschka. Der Zar ist der Vater, das Volk ist das Kind. So stieß ich das Messer in mein Kind, in meinen Saschka! In Saschka! In Saschka!"

Er bedeckte das Gesicht mit den Händen und blieb lange in dieser Stellung; endlich nahm er die Hände vom Gesicht, legte sie ihm wieder auf die Schultern und blickte ihm mit einem flehenden Lächeln in die Augen.

„Siehst du, ich bin zu dir wie ein Freund, wie ein Bruder. Sei auch du mir ein Bruder. Erbarme dich meiner, hilf mir!"

— Lügt er, oder lügt er nicht? Lügt er, oder lügt er nicht? Versuchst du mich, Satan? Wart, auch ich werde dich versuchen! — Rylejew war auf einmal wütend geworden.

„Wollen Majestät die Wahrheit wissen? Also hören Sie: die Freiheit ist verführerisch; von ihr berauscht, riß ich auch die andern mit. Und ich bereue es nicht. Habe ich mich an den Menschen vergangen, indem ich ihr Bestes wollte? Nicht von mir will ich sprechen, sondern vom Vaterlande, das, solange mein Herz schlägt, mir teurer sein wird als alle Güter der Welt und selbst als der Himmel!"

Er sprach wie immer hochtrabend, wie aus einem Buch, jetzt aber ganz besonders, denn er hatte sich diese Rede vorher zurechtgelegt. Plötzlich sprang er auf und hob die Arme: seine blassen Wangen röteten sich, die Augen sprühten Funken, das Gesicht war ein anderes geworden. Er glich dem früheren Rylejew, dem unbezähmbaren Aufrührer, leicht, fliegend, in die Höhe strebend wie eine Flamme im Winde.

„Wissen Sie, Majestät: so lange es Menschen gibt, so lange werden sie auch nach Freiheit lechzen. Um in Rußland die freiheitlichen Gedanken auszurotten, muß man eine ganze Generation von Menschen ausrotten, die während der letzten Regierung zur Welt gekommen sind und sich entwickelt haben. Ich sage es dreist: unter tausend Menschen kann man auch keine hundert finden, in denen nicht die Sehnsucht nach der Freiheit glühte. Und nicht nur in Rußland, — alle Völker Europas sind von einem einzigen Gefühl beseelt, das man wohl niederdrücken, aber nicht töten kann. Wo, — nehmen Sie die Weltgeschichte durch, zeigen Sie mir ein solches Land, — wo und wann war ein Volk unter autokratischer Gewalt, ohne Gesetz, ohne Recht, ohne Ehre und Gewissen glücklich? Nicht wir sind Ihre Feinde, sondern diejenigen, die die Menschheit in Ihren Augen herabsetzen. Fragen Sie sich selbst: was würden Sie an unserer Stelle tun, wenn ein Mensch Ihrer Art das Recht hätte, mit Ihnen wie mit einer leblosen Sache zu spielen?"

Der Kaiser saß stumm und unbeweglich da, den Ellenbogen auf die Armlehne und den Kopf in die Hand gestützt und hörte aufmerksam und ruhig zu. Rylejew aber schrie so, als ob er ihm drohte, fuchtelte mit den Händen, sprang bald auf und setzte sich bald wieder hin.

„Im Manifest heißt es, daß Ihre Regierung eine Fortsetzung der Regierung Alexanders sein werde. Wissen Sie denn nicht, daß jene Regierung für Rußland verderblich war? Er ist auch der Haupturheber des Aufstandes vom Vierzehnten. Hat er nicht erst mit mächtiger Gebärde die Geister zu den heiligen Rechten der Menschheit gerufen und sie dann aufgehalten und zur Rückkehr gezwungen? Hat er nicht in unseren Herzen die Flamme der Freiheit angefacht und diese Freiheit dann so grausam erdrosselt? Er hat Rußland betrogen, er hat auch Europa betrogen. Die lorbeerumwundenen goldenen Ketten sind gefallen, und nun schmachtet die Menschheit in nackten rostigen Eisenketten. Als ‚Gesegneter' bestieg er den Thron und stieg als Verfluchter ins Grab!"

„Du sprichst immer nur von ihm, aber was wirst du von mir sagen?" fragte der Kaiser, immer noch ruhig.

„Von Ihnen? Gut, hören Sie: Als Sie erst Großfürst waren, liebte Sie kein Mensch, und man hatte auch keinen Grund, Sie zu lieben: Ihre einzige Beschäftigung waren die Soldaten, und Sie interessierten sich für nichts außer dem Exerzierreglement; wir sahen es und fürchteten, auf dem russischen Throne einen preußischen Obersten, oder noch schlimmer als das: einen neuen Arraktschejew zu haben. Und wir hatten uns nicht getäuscht: Sie haben schlecht angefangen, Majestät! Sie haben, wie Sie vorhin selbst sagten, den Thron, mit dem Blute Ihrer Untertanen befleckt, bestiegen; Sie haben in das Volk, in Ihr Kind ein Messer gebohrt ... Und nun weinen Sie, klagen sich an und flehen um Verzeihung. Wenn Sie die Wahrheit sprechen, so geben Sie Rußland die Freiheit, und wir sind dann alle Ihre treuesten Diener. Wenn Sie aber lügen, so nehmen Sie sich in Acht: wir haben angefangen, andere werden es zu Ende führen. Blut für Blut, — auf Ihr Haupt, oder auf das Haupt Ihres Sohnes, Enkels, Urenkels! Und dann werden alle Völker sehen, daß keines von ihnen sich mit solcher Macht erheben kann wie das russische. Dies ist kein Traum, — mein Blick durchdringt die Hüllen der Zeiten. Ich sehe durch ein ganzes Jahrhundert! Es wird in Rußland eine Revolution geben, es wird eine geben! Und jetzt lassen Sie mich hinrichten, lassen Sie mich töten ..."

Er fiel erschöpft in den Sessel.

„Trink, trink!" Der Kaiser reichte ihm wieder Wasser. „Willst du Tropfen?"

Er holte Tropfen und zählte sie in das Wasserglas ab. Er hielt ihm englisches Riechsalz und Salmiak vor die Nase. Rylejew wollte sich den Schweiß aus dem Gesicht wischen; er suchte sein Taschentuch, konnte es aber nicht finden. Der Kaiser gab ihm das seine. Er tat sehr geschäftig und besorgt. In allen Bewegungen seines langen, biegsamen Körpers war die freundliche Geschmeidigkeit einer Schlange. — Ein Gespenst, ein Gespenst! Ein Werwolf! — dachte sich Rylejew entsetzt.

„Ach mein Gott! Geht denn das? Nicht doch, nicht doch! Leg dich hin, ruhe aus. Willst du Wein, Tee? Einen kleinen Imbiß, oder Abendbrot?"

„Nichts will ich!" stöhnte Rylejew und dachte sich mit schwerem Herzen: — Wann wird das einmal ein Ende nehmen, mein Gott? —

„Kannst du mir zuhören?" fragte der Kaiser. Er rückte seinen Sessel wieder heran, setzte sich und begann:

„Ich danke dir für die Wahrheit, mein Freund!" Er ergriff Rylejews beide Hände und drückte sie fest. „Wir Herrscher werden doch von allen Menschen angelogen und bekommen fast nie die Wahrheit zu hören. Ja, alles ist wahr, nur eines nicht: ich werde kein Deutscher auf dem russischen Throne sein. Wenn ich auch einer war, so will ich es nicht mehr sein. Meine Großmutter, Kaiserin Katherina, war ja auch Deutsche, als sie aber den Thron bestieg, wurde sie sofort Russin. So bin auch ich. Personne n'est plus russe de coeur que je ne le suis," sagte er auf französisch, korrigierte sich aber gleich. „Wir sind beide Russen, — ich, der Kaiser, und du, der Aufrührer. Sag mir bitte, wäre so ein Gespräch, wie wir es jetzt führen, unter Nichtrussen möglich?"

Über Rylejews Gesicht glitt etwas wie ein bleiches Lächeln.

„Was denn?" fragte der Kaiser, der dieses Lächeln bemerkt

hatte, und lächelte gleichfalls. „Sprich, fürchte nicht, mir die Wahrheit zu sagen."

„Sie sind sehr klug, Majestät."

„Du hieltest mich wohl für einen Dummkopf? Nun, siehst du, wenigstens darin hast du dich getäuscht. Nein, ich bin kein Dummkopf. Ich weiß wohl, daß es in Rußland nicht gut zugeht. Ich bin selbst der erste Bürger des Vaterlandes. Ich habe nie etwas anderes gewollt, als Rußland frei und glücklich zu sehen. Weißt du auch, daß ich als Großfürst nicht weniger liberal gewesen bin als euereins? Ich habe nur geschwiegen und es für mich behalten. Mit den Wölfen muß man heulen. So heulte ich mit Araktschejew. Je schlimmer, umso besser. Ich half euch. Nun, sag mir die ganze Wahrheit: was wolltet ihr, eine Konstitution? Eine Republik?"

— Natürlich lügt er! Ein Gespenst, ein Werwolf! — dachte sich Rylejew wieder mit Entsetzen. Aber die Neugier war stärker als das Entsetzen: — Soll ich nicht den Versuch machen und mich so stellen, als ob ich ihm glaubte? —

„Nun, was schweigst du? Du glaubst nicht? Du fürchtest dich?"

„Nein, ich fürchte mich nicht. Ich wollte die Republik," antwortete Rylejew.

„Na, Gott sei Dank, du bist also klug!" rief der Kaiser und drückte ihm beide Hände. „Ich kann wohl den Absolutismus verstehen, kann auch die Republik verstehen, aber nicht die Konstitution. Diese Regierungsform ist verlogen, tückisch, korrupt. Ich würde es vorziehen, bis zu der Mauer Chinas zurückzuweichen, als diese Regierungsform anzunehmen. Nun siehst du, wie aufrichtig ich mit dir bin, vergelte es mir mit dem gleichen!"

Er schwieg eine Weile, sah ihn an und griff sich plötzlich an den Kopf.

„Was war es? Was war es? Gott! Wozu? Ihr habt euren Gesinnungsgenossen nicht erkannt! Alle habe ich getäuscht, auch euch. Gegen euren Freund, gegen euren Verbündeten habt ihr euch erhoben! Wäret ihr doch gleich zu mir gekommen und hättet mir gesagt: wir wollen dies und das. Und jetzt . . . Höre, Rylejew, vielleicht ist es noch nicht zu spät? Wir haben gemeinsam gesündigt, wollen auch gemeinsam büßen. Meine Großmutter pflegte zu sagen: ,Ich liebe den Absolutismus nicht, ich bin im Herzen Republikanerin, aber der Schneider ist noch nicht geboren, der Rußland einen Rock zuschneiden könnte.' Wollen wir ihn gemeinsam zuschneiden. Ihr seid die besten Männer Rußlands, ohne euch kann ich nichts. Wollen wir ein Bündnis schließen, wollen wir eine neue Verschwörung anzetteln. Die Autokratie ist eine große Macht. Nehmt sie mir ab. Was braucht ihr eine Revolution? Ich bin selbst die Revolution!"

Wie ein Mensch, der in einen Abgrund gleitet, sich immer noch festzuhalten versucht, obwohl er weiß, daß er hinabstürzen wird, so entsetzte sich Rylejew und freute sich schon.

Die Augen des Kaisers leuchteten vor Freude.

„Wart, beschließe noch nichts, überlege dir's erst. So sprechen, wie ich eben gesprochen habe, kann man nur einmal im Leben. Merke dir: es handelt sich nicht um mein Schicksal, auch nicht um deines, sondern um das Schicksal Rußlands. Wie du beschließen wirst, so soll es auch sein. Nun, sprich, willst du mit mir zusammengehen? Willst du? Ja oder nein?"

Er streckte ihm die Hand entgegen. Rylejew ergriff die Hand, wollte etwas sagen, konnte aber nicht: ein Krampf schnürte ihm die Kehle zusammen. Die Tränen stiegen und stiegen hinauf und brachen plötzlich in Strömen aus den Augen. So stürzte er in den Abgrund; jetzt glaubte er ihm.

„Wie konnte ich nur... Was habe ich angestellt! Was habe ich angestellt! Wir alle.. nein, ich allein.. Ich habe alle ins Verderben gestürzt! Soll nun alles mit mir enden! Lassen Sie mich gleich, auf der Stelle hinrichten! Jenen Unschuldigen schenken Sie aber Verzeihung..."

„Allen, allen werde ich verzeihen, dir und den andern! Ich brauche ja gar nicht zu verzeihen: ich sage dir ja, daß wir alle zusammen sind!" sagte der Kaiser. Er umarmte ihn und weinte, so schien es wenigstens Rylejew.

„Sie weinen? Aber wen? Aber einen Mörder?" rief Rylejew und fiel in die Knie; die Tränen liefen immer unaufhaltsamer, immer süßer; er sprach wie im Fieber; er glich einem Betrunkenen oder einem Verrückten. „Sie haben sich an den Geburtstag Nastenjkas erinnert! Sie wußten, womit Sie mich treffen können! So sind Sie! Ich fühle das Schlagen Ihres Engelsherzens! Ich bin für immer der Ihre! Aber was bin ich — fünfzig Millionen harren Ihrer Güte. Kann man denn annehmen, daß ein Kaiser, der seinen Mördern Gnade erweist, nicht nach der Liebe des Volkes und dem Wohle des Vaterlandes lechzte? Vater! Vater! Wir sind alle wie Kinder in deinen Händen! Ich habe nie an Gott geglaubt, das ist aber ein Wunder Gottes — der Gesalbte des Herrn! Zar, Väterchen, unsere Sonne..."

„Und dabei wolltest du uns alle abschlachten?" flüsterte der Kaiser.

„Ich wollte es," antwortete Rylejew, gleichfalls flüsternd, und das Entsetzen von vorhin durchzuckte ihn wieder. — es leuchtete auf und erlosch.

„Wer noch?"

„Sonst niemand. Ich war allein."

„Hast du nicht Kachowskij überredet?"

„Nein, nein, nicht ich, — er selbst..."

„So, er selbst. Nun, und Pestel, Murawjow, Bestuschew? Ist auch in der Zweiten Armee eine Verschwörung? Weißt du was davon?"

„Ja."

„Nun, sprich, sage mir alles, fürchte dich nicht, nenne mir alle. Man muß alle retten, damit es keine unschuldigen Opfer gibt. Wirst du es mir sagen?"

„Ich werde es sagen. Was braucht ein Sohn etwas vor seinem Vater zu verheimlichen? Ich konnte Ihr Feind sein, aber ich kann kein Schurke sein. Ich glaube! Ich glaube! Erst eben glaubte ich noch nicht, aber jetzt... glaube ich, ich schwöre es bei Gott! Ich werde alles sagen! Fragen Sie mich!"

Er lag auf den Knieen. Der Kaiser beugte sich über ihn, und die beiden begannen zu flüstern wie ein Beichtvater und ein Büßender, wie ein Liebender und seine Geliebte.

Rylejew verriet alle, nannte alle, Namen auf Namen, Geheimnis auf Geheimnis.

Zuweilen schien es ihm, daß der Vorhang in der Türe sich bewege. Er fuhr zusammen und sah sich um. Als er sich wieder einmal umsah, ging der Kaiser zur Tür, als fürchtete er selbst, daß jemand horche.

„Es ist niemand da. Siehst du?" sagte er, den Vorhang zurückschlagend, doch so, daß Rylejew nur ein wenig hineinschauen konnte, aber nicht ganz.

„Nun, bist wohl müde?" Er sah ihm ins Gesicht und merkte, daß er Schluß machen müsse. „Es ist genug. Geh, ruhe dich aus. Wenn du etwas vergessen hast, so wirst du morgen darauf kommen. Hast du es gut in deiner Kasematte, ist es nicht dunkel, nicht feucht? Brauchst du vielleicht etwas?"

„Ich brauche nichts, Majestät. Wenn ich bloß meine Frau..."

„Du wirst sie sehen. Sobald wir mit dem Verhör fertig sind, darfst du sie wiedersehen. Wegen deiner Frau und Nastenjka kannst du unbesorgt sein. Sie sind jetzt mein. Ich will für sie alles tun."

Er sah ihn plötzlich an und schüttelte mit einem traurigen Lächeln den Kopf.

„Wie konntet ihr bloß?... Was habe ich euch getan?" Er wandte sich weg und schluchzte. Das war keine Verstellung, er tat sich selbst leid: „pauvre diable, armer Kerl, armer Nixe."

„Verzeihung, Verzeihung, Majestät!" rief Rylejew, ihm zu Füßen fallend, und stöhnte wie ein zu Tode Verwundeter. „Nein, leben Sie wohl! Lassen Sie mich hinrichten! Töten Sie mich! Ich kann es nicht ertragen!"

„Gott wird verzeihen. Nun, genug, beruhige dich!" Der Kaiser umarmte und küßte ihn, streichelte ihm den Kopf und trocknete bald ihm und bald sich selbst die Augen mit dem gleichen Tuch. „Nun, geh mit Gott, bis morgen. Schlafe wohl. Bete für mich, ich aber werde für dich beten. Laß dich bekreuzigen. So. Christus sei mit dir!"

Er half ihm aufstehen, begleitete ihn bis zur Türe des Flügeladjutantenzimmers und rief:

„Ljewaschow, führe ihn hinaus!"

„Das Taschentuch, Majestät!" sagte Rylejew und reichte es dem Kaiser.

„Behalte es zum Andenken," erwiderte Nikolai und hob die Augen zum Himmel. „Gott sei mein Zeuge, daß ich mit diesem Tuch nicht nur dir, sondern allen Bedrückten, Trauernden und Weinenden die Tränen abwischen möchte!"

Beim Weggehen merkte Rylejew nicht, wie aus den schweren Falten des Vorhanges, der sich vorhin bewegt hatte, Benkendorf trat.

„Hast du es aufgeschrieben?" fragte der Kaiser.

„Einiges habe ich überhört. Nun, jetzt haben wir es: alle Namen, alle Fäden der Verschwörung. Ich gratuliere, Majestät!"

„Kein Grund, mein Freund, mir zu gratulieren. So weit haben sie mich gebracht, daß ich Spitzel geworden bin!"

„Nicht Spitzel, sondern Beichtvater. Sie geruhen in den Herzen zu lesen. Wie der Apostel vom Worte Gottes sagt: ,Schärfer denn kein zweischneidig Schwert dringet es durch, bis daß es scheidet Seele und Geist, auch Mark und Bein' ..."

„Der mitfolgende Rylejew ist auf meine Rechnung zu beköstigen," schrieb der Kaiser dem Festungskommandanten Ssukin. „Man gebe ihm Kaffee, Tee und alles übrige, auch Papier zum Schreiben; alles, was er schreibt, ist mir abzuliefern. Soll er nur schreiben und lügen, soviel er will."

„Das Taschentuch, das Taschentuch zum Andenken!" rief Benkendorf und küßte den Kaiser auf die Schulter. Jener sah ihn schweigend an und hielt es nicht länger aus: er lachte leise und triumphierend. Er fühlte, daß er eben einen größeren Sieg erfochten hatte, als auf dem Platze am Vierzehnten.

Noch immer fürchtete und haßte er; er hatte den Durst nach Verachtung nicht gestillt, hoffte aber schon, daß er ihn stillen werde.

Fünftes Kapitel

Golizyns Genesung ging so schnell vor sich, daß alle staunten und es der wunderbaren Kunst des Arztes zuschrieben. Aber der Kranke wußte, daß nicht der Arzt ihn gesund machte, sondern

Marinjka. Wenn er sie ansah, war es ihm, als trinke er Wasser des Lebens; selbst wenn er im Sterben läge, würde er auferstehen.

Fünf Tage nach dem Morgen, als er zum ersten Male zu sich gekommen war, stand er schon auf und ging ein wenig durchs Zimmer.

Einmal meldete Großmutters Haushofmeister Ananij Wassiljitsch dem alten Foma Fomitsch, daß in die Küche ein „Bursche" gekommen sei, der den Fürsten sprechen wolle, seinen Namen aber nicht nenne.

„Wie sieht er aus?" fragte Foma Fomitsch.

„Gott weiß, was er ist, ist wohl kein Bauer, aber auch kein Herr, sieht wie ein Verkleideter aus."

— Ein Spion! — dachte sich Foma Fomitsch und sagte:

„Jag ihn hinaus!"

„Ich habe schon versucht, — er geht nicht. ‚Ich muß unbedingt seine Durchlaucht in einer dringenden Sache sprechen,' sagt er."

Foma Fomitsch ging hinaus und sah einen großgewachsenen hageren, bleichen jungen Mann mit schwarzem Bart, in einem Nacktpelz, schmutziger Tellermütze und warmen Filzstiefeln; er sah wie ein Ladengehilfe oder wie ein kleiner Kaufmann aus.

„Der Fürst ist krank, mein Lieber, und kann dich nicht empfangen," sagte der Alte etwas unsicher: auch er konnte nicht erraten, ob er einen Bauern oder einen Herrn vor sich habe. „Wer bist du ... sind Sie eigentlich?"

„Ich muß ihn bringend sprechen, bringend!" wiederholte der junge Mann, nannte aber seinen Namen noch immer nicht.

„Geh, mein Freund, geh mit Gott!" Foma Fomitsch wurde ärgerlich und drängte ihn zur Tür. Jener wollte aber nicht gehen.

„Hier, geben Sie es dem Fürsten, ich werde warten!" sagte er, ihm einen Zettel reichend. „Sie können unbesorgt sein, mein Herr: ich bin gar nicht das, für was Sie mich halten, sogar im

Gegenteil!" Er lächelte so, daß Foma Fomitsch ihm plötzlich glaubte und den Zettel Golizyn brachte.

Auf dem Zettel war unleserlich auf Französisch hingekritzelt: „Ich muß Sie dringend sprechen, Golizyn. Lassen Sie mich bitte ein. Ich gehe nicht weg. Vernichten Sie den Zettel."

Eine Unterschrift fehlte. Die Handschrift kam Golizyn unbekannt vor. Er ließ den Mann kommen.

Als der junge Mann ins Zimmer trat, erkannte er ihn im ersten Augenblick nicht; als er ihm aber in seine blaßblauen, hervorstehenden traurigen und zärtlichen Augen blickte, fiel er ihm um den Hals.

„Küchel!"

„Haben Sie mich nicht erkannt, Golizyn?"

„Nehmen Sie doch den Bart ab! Nehmen Sie den Bart ab! Wie ein Jude sehen Sie aus!"

„Ich kann nicht, er ist angeklebt."

Als Foma Fomitsch beruhigt das Zimmer verließ, nötigte Golizyn den Gast in einen Stuhl und schloß die Türe.

„Nun, erzählen Sie."

Und Küchelbäcker begann zu erzählen. Fast alle Verschwörer seien verhaftet, und die man noch nicht verhaftet habe, kämen von selbst. Es sei eine Oberste Kommission eingesetzt, aber der Kaiser leite die ganze Untersuchung selbst. Gnade sei nicht zu erwarten: die einen werde man hinrichten, die andern verschicken oder in den Gefängnissen verfaulen lassen.

„Sind alle am Leben?" fragte Golizyn.

„Alle. Es ist sogar niemand verwundet."

„Ein Wunder! Und unter welchem Feuer haben wir gestanden!"

— Vielleicht ist es nicht umsonst? — dachte er sich. — Vielleicht spart uns das Schicksal zu etwas Größerem auf als der Tod? —

„Nun, und wie ist es mit der Südarmee und dem Kaukasischen Korps?"

„Alles ist Unsinn. Nein, Golizyn, wir haben auf nichts mehr zu hoffen, alles ist zu Ende ... Nun ... und jetzt die Hauptsache: wollen Sie mit mir fliehen?"

„Mit Ihnen, Küchel? Aber natürlich! Mit wem soll man fliehen, wenn nicht mit Ihnen? Sie sind so geschickt und fallen nie herein... Hören Sie auf, mein Lieber: der erste Nachtwächter wird Sie verhaften."

„Lachen Sie nicht, Golizyn. Die Sache ist ernst. Alles ist fertig: ein Paß, Geld und zuverlässige Menschen. Kennen Sie den Schauspieler Pustoschkin, der im Alexandrinen-Theater in Vaudevilles spielt? Er wird Ihnen einen Bart verschaffen, nicht schlechter als der meinige, auch eine Perücke und Bauernkleidung. Wir müssen bloß über die Stadtgrenze kommen, und dann geht es mit einem Getreidetransport nach Archangelsk. Bis zur Eröffnung der Schiffahrt werden wir uns bei den Lotsen auf den Inseln versteckt halten, und fahren dann mit einem englischen oder französischen Schiff übers Meer. Man kann auch nach Warschau: die jüdischen Schmuggler schaffen einen für zwei weiße Scheine über die Grenze. Zuerst nach Paris und dann wäre es gut nach Venedig..."

„Nach Venedig!" Golizyn mußte lachen. „Wissen Sie, was eine Moskauer Dame über Venedig sagte: ‚Gewiß, das Klima ist hier gut, aber man hat keinen Partner zum Preference-Spiel.' So werden Sie sich auch zu Tode langweilen. Nein, Küchel, ohne Rußland werden Sie nicht leben können!"

„Ich werde leben können. Wir sind auch in Rußland wie Fremde. Wir betrauern nicht das gestorbene Vaterland, sondern beweinen das noch nicht geborene. Ich weiß nicht, was Sie sich denken, Golizyn, für mich ist aber Rußland mit Blut besudelt und geschändet. Schwarze Tage sind angebrochen, für lange, für fünfzig, vielleicht auch für hundert Jahre. Wir haben noch Zeit, in der Wüste zu sterben, ferne vom Heiligen Lande, von Zion, wo man leben und erhabene Lieder singen kann:

> Von Sklaven, die in Ketten schmachten,
> Erwarte kein erhab'nes Lied...

Nun, mein Freund, Sie wollen nicht?"

„Nein, Küchel, ich hab keine Lust. Was soll ich mich auch krank, wie ich bin, im Winter herumschleppen!"

„Nun, wie Sie wollen. Überlegen Sie es sich aber, vielleicht entschließen Sie sich doch noch? Ich komme noch einmal vorbei."

„Gut, kommen Sie, ich will es mir überlegen," sagte Golizyn, nur um ihn los zu werden, während ihm ein böser Gedanke durch den Kopf ging: — Er ist Deutscher, darum will er fliehen! — Aber er schämte sich gleich dessen, und sie verabschiedeten sich ebenso zärtlich, wie sie sich begrüßt hatten.

Als der Gast gegangen war, wurde Golizyn nachdenklich; er dachte aber nicht an die Flucht, sondern daran, was geschehen würde, wenn man ihn verhaftete. Er hatte noch kein einziges Mal ernsthaft daran gedacht. Er blickte nicht in die Zukunft, lebte von Tag zu Tag, wie in einer Wiege in seinem lustigen gelben Zimmer, und die Welt ging für ihn gleichsam nur bis zu den reifbedeckten Bäumen des alten Gartens. Manchmal ertappte er sich an der dummen Hoffnung: vielleicht werden sie ihn auch nicht verhaften; das alte Haus ist eine sichere Zuflucht: er ist hier geborgen wie auf dem Meeresgrunde. Er wird ruhig abwarten, dann mit Marinjka nach Tscherjomuschki gehen, oder noch weiter, ans Ende der Welt; er wird sie heiraten, die Politik zum Teufel jagen und einfach glücklich sein.

Als aber Küchel gegangen war, wußte er auf einmal ficher, daß man ihn ganz bestimmt verhaften würde; was wird dann mit Marinjka geschehen?

Er mußte an sein gestriges Gespräch mit Nina Ljwowna denken. Frau Tolptschowa, die vierzigjährige Institutsschülerin, die ihre ganze Lebensweisheit aus den empfindsamen Romanen von Susa und Janlis hatte, war in allen praktischen Dingen naiv wie ein kleines Kind. Als sie von Fryndin hörte, daß Tscherjomuschki wieder ihr gehörte, und sah, daß Golizyn Marinjka den Hof machte, war sie ganz außer sich vor Freude. Aber sie konnte nicht verstehen, warum er nicht mit ihr, der Mutter von seinen Gefühlen für die Tochter sprach; sie hielt es für unanständig. Als sie aber von seiner Teilnahme am Aufstand erfuhr, erschrak sie. Sie behielt es lange für sich, schwieg und wartete, ob er nicht selbst die Rede darauf bringen würde; schließlich hielt sie es doch nicht aus.

Sie holte weit aus und sprach von ihrer Hilflosigkeit in ihrem Witwenstande und von der Verwaistheit Marinjkas; von ihrem Vertrauen zu Golizyn und von der Reinheit seiner Absichten; zum Schluß fragte sie unerwartet und gerade heraus:

„Wie glauben Sie, Fürst, wird die Sache für Sie glücklich ablaufen?"

„Was für eine Sache?" fragte er. Er verstand sie sofort, stellte sich aber so, als ob er nichts verstünde; er empfand Furcht und Scham: — Als hätte ich die Tochter verführt, und die Mutter wüßte es! —

„Entschuldigen Sie, daß ich so unvermittelt damit komme. Aber ich bin ja eine Mutter. Und Sie sind ein edler, empfindsamer Mensch, also müssen Sie das Herz der Mutter verstehen. Sprechen Sie doch, Valerian Michailowitsch, entscheiden Sie unser Schicksal!"

„Gerne, Nina Ljwowna. Sie haben mich gerade heraus gefragt, und ich werde Ihnen ebenso antworten. Nein, die Sache wird für mich nicht gut ablaufen: man wird mich auffinden, verhaften, vor Gericht stellen und verurteilen, wenn nicht zum Tode, so zum Gefängnis oder Verbannung."

Sie erbleichte so, daß er fürchtete, sie könnte ohnmächtig werden.

„Und wie ist es mit Marinjka?" Sie schlug die Hände zusammen und fing zu weinen an. „Was soll man tun? Was soll man tun? Helfen Sie doch Fürst, geben Sie einen Rat..."

Ihr Gesicht bekam einige Ähnlichkeit mit dem Marinjkas, wenn diese weinte. Golizyn ergriff ihre Hände und küßte sie zärtlich und respektvoll.

„Ich stehe vor Ihnen schuldbeladen da, Nina Ljowna. Aber ich gebe Ihnen mein Wort, daß ich alles tun werde, damit Marja Pawlowna mich vergißt. Fahren Sie mit ihr so bald als möglich nach Tscherjomuschki."

Damit endete ihr Gespräch. Und als er sich jetzt dessen erinnerte, merkte er, daß er eine viel zu schwere Last auf sich genommen hatte. — Ich werde alles tun, damit sie mich vergißt, — das ist leicht gesagt. Je mehr er darüber nachdachte, umso schwerer fühlte er sich von einer nicht wieder gutzumachenden Schuld bedrückt. Er nötigt ein junges Mädchen, fast noch ein Kind, mit sich in eine Qual, der er vielleicht auch selbst nicht gewachsen ist. Er klammert sich an sie wie ein Ertrinkender und zieht sie mit sich hinab. Oder wie jener Wanderer in der Wüste, der sich auf der Flucht vor einem wilden Tier in einen Brunnen stürzte, an einem Ast hängen geblieben ist, Himbeeren vom Strauche pflückt und verzehrt, ohne an den Tod zu denken.

Er saß vor dem Fenster im gelben Zimmer. Die Uhr ging auf zwölf, aber es war noch nicht richtig Tag geworden. Der

Sturm hatte das Fenster mit Schnee verklebt. Die alten Bäume im Garten schienen zu rauschen. Im Kamin heulte jämmerlich der Wind. Und er erinnerte sich, wie er damals, nach der Schießerei auf dem Platze, durch die Galernaja ging und, unter dem Kartätschenfeuer stehend, den Tod herbeisehnte: „Nun, schneller, schneller!" Es war ihm so furchtbar traurig zu Mute, er hatte die Pistole aus der Tasche genommen, den Hahn gespannt und die Mündung an die Schläfe gedrückt, da hatte er sich aber Marinjkas erinnert und die Waffe fallen lassen. Warum hatte er sie fallen lassen?

„Warum so nachdenklich?" Er hörte die Stimme Marinjkas und fuhr zusammen. Sie war so leise eingetreten, daß er es gar nicht gehört hatte.

Er lächelte ihr zu, wie er ihr immer zuzulächeln pflegte, wenn sie ins Zimmer trat, antwortete aber nichts.

Auf dem Kleiderrechen an der Wand hing sein Mantel, derselbe, den er auf dem Platze angehabt hatte. Marinjka nahm den Mantel vom Haken, setzte sich an das Nähtischchen und begann die kleinen runden Löcher, die von den Kugeln herrührten, zu stopfen.

„Der Besuch hat Sie wohl aufgeregt? Wer war es?" fragte sie, ohne die Augen zu heben.

„Ein alter Freund, Wilhelm Karlowitsch Küchelbäcker."

„War er auch mit auf dem Platze?"

„Ja."

„Wovon sprachen Sie denn, wenn es kein Geheimnis ist?"

„Er machte mir den Vorschlag zu fliehen."

„Nun, und Sie?"

„Ich will nicht."

„Warum?"

„Ich kann nicht ohne Rußland sein und ... ohne Sie ..."

„Warum ohne mich? Ich bin doch mit Ihnen."

„Und Nina Ljwowna?"

„Auch Mamachen wird mitkommen. Und wenn sie nicht will, dann ohne sie. Wohin Sie gehen, da gehe ich auch hin. Sehen Sie hier den Faden und die Nadel? Auch der Faden folgt überall der Nadel."

Er beobachtete schweigend die schnellen Bewegungen der Nadel in ihren feinen Fingern. Ruhig und lustig stopfte sie die runden Löchelchen.

„Ich frage mich immer, Marinjka, was wohl mit Ihnen sein wird, wenn man mich verhaftet!"

„Vielleicht verhaftet man Sie gar nicht?"

„Nein, man wird mich ganz gewiß verhaften."

„Nun, mit mir wird dasselbe sein wie mit Ihnen," sagte sie so ruhig, als hätte sie alles schon längst beschlossen.

Sie schwiegen wieder.

„Marinjka, tun Sie das, um was ich Sie bitten werde."

„Was denn?"

„Versprechen Sie es mir!"

„Warum? Sie wissen auch so, daß ich es tun werde."

„Alles?"

„Aber natürlich!" antwortete sie mit ihrem reizenden Lächeln, das er so liebte.

Er wartete eine Weile und nahm sich zusammen.

„Fahren Sie so schnell als möglich nach Tscherjomuschki," sagte er endlich entschlossen.

Sie hielt im Nähen inne, hob die Augen und sah ihn lange und aufmerksam an, so ruhig, als verstünde sie nichts und bemühte sich, zu begreifen.

„Wollen Sie denn ohne mich sein?"

„Es ist mir leichter so."

„Ist Ihnen leichter, wenn Sie allein sind?"

Er nickte stumm mit dem Kopf.

„Es ist nicht wahr! Warum sprechen Sie die Unwahrheit?"

„Nein, es ist wahr."

Sie sah ihn noch aufmerksamer und ruhiger an und hatte auf einmal alles verstanden.

„Gut. Tun Sie aber auch das, um was ich Sie bitte. Sagen Sie mir, daß Sie mich nicht lieben ... daß Sie mich n i c h t s o lieben."

„Was heißt, nicht so?"

„Nun: wenn man die Hand einfach zusammendrückt, tut es weh, wenn man aber an eine Wunde rührt, ist es ganz unerträglich. Ich liebe so, Sie aber nicht so. Sagen Sie bloß ,nicht so', und ich fahre gleich weg."

In ihrem Gesicht und in ihrer Stimme war ruhige Entschlossenheit. Er begriff, daß sie die Wahrheit sprach: wenn er nur die beiden Worte sagt ,nicht so', so fährt sie gleich weg, und alles ist zu Ende.

Sie schwieg und wartete; dann stand sie plötzlich auf, ging auf ihn zu, beugte sich über ihn, umarmte seinen Kopf und küßte ihn auf die Stirn.

„So dumm! Mein Gott, wie dumm Sie sind!" Sie lächelte ihm zu wie während seiner Krankheit; und es kam ihm wieder vor, als sei er in der Tat ein kleiner dummer Junge, sie aber eine Erwachsene: sie werde ihn gleich auf den Arm nehmen und tragen wie die Mutter das Kind trägt.

Sie ging ans Nähtischchen und machte sich wieder an die Stopfarbeit.

„Nun, jetzt sollen Sie mir erzählen, was Sie angestellt haben. Ich will alles wissen."

„Was soll ich erzählen, Marinjka? Es ist ja Politik, eine furchtbar langweilige Sache . . ."

„Von der ich nichts verstehe? Macht nichts, vielleicht werde ich es doch verstehen."

— Mit einem Fräulein von achtzehn Jahren über Politik zu sprechen, ist doch eine Strafe Gottes! — dachte er sich. Und er fing ohne jede Lust an, nur um sie abzufertigen; er war überzeugt, daß sie nichts verstehen würde. Solange er davon überzeugt war, verstand sie ihn wirklich nicht und stellte so kindische Fragen, daß er ganz stutzig wurde und nicht wußte, was zu antworten.

„Nun sehen Sie, wie dumm ich bin!" lachte sie. „Auf einem Ball fragte einmal ein Herr ein junges Mädchen aus der Provinz, was sie lese. ‚Ich lese ein rosa Buch', antwortete sie ihm, ‚und meine Schwester liest ein blaues'. So bin auch ich!"

Als er aber auf Ssofja Naryschkina zu sprechen kam, wurde sie ganz Ohr, und ihre Augen fingen so zu leuchten an, daß er sich dachte: — Sie ist eifersüchtg! —

„Sie lieben sie doch auch jetzt noch wie eine Lebendige?"

„Ja, wie eine Lebendige."

„Sie und mich zugleich?"

„Ja, beide zugleich."

Sie dachte eine Weile nach und fragte:

„Haben Sie ein Bild von ihr?"

„Ja."

„Zeigen Sie es."

Er nahm das Medaillon mit Ssofjas Bildnis vom Halse und gab es ihr. Sie sah es lange schweigend an; dann küßte sie es und fing zu weinen an.

„Was für ein böses, schlimmes Mädel bin ich doch!" rief sie, unter Tränen lächelnd. „Aber natürlich, beide zugleich . . . wir werden Sie beide zugleich lieben!"

„Wissen Sie, Marinjka, das rosa Buch haben, glaube ich, nicht Sie gelesen, sondern ich . . . Alle klugen Menschen sind furchtbare Dummköpfe!" Auch er lächelte unter Tränen. Jetzt wußte er schon, daß sie alles verstand, alles von innen sah, als dringe sie mit ihrem Herzen in sein Herz ein.

Ihr zu sagen, daß er Ssofjas Vater, den Kaiser Alexander Pawlowitsch hatte töten wollen, war ihm doch schrecklich. Er wollte es verschweigen, konnte es aber nicht. Er sagte ihr auch das. Anfangs glaubte sie es ihm nicht; sie fragte, als verstünde sie es nicht:

„Sie wollten i h r e n Vater töten? Und sie wußte es?"

„Sie wußte es."

„Es kann nicht sein!" Sie schlug verzweifelt die Hände zusammen. „Nein, wir wollen davon nicht sprechen! Jetzt werde ich es nicht verstehen, — vielleicht später . . ."

Ab und zu trat jemand ins Zimmer und störte sie; kaum waren sie wieder allein, als sie ihn wieder bestürmte:

„Nun, erzählen Sie, erzählen Sie. Was war weiter?"

Als es dunkel geworden war und die Kerzen angezündet wurden, gingen sie ins blaue Sofazimmer hinüber, in dasselbe, wo sie zum letztenmal vor dem Vierzehnten gesprochen hatten. Hier waren sie ungestört.

Marinjka setzte sich auf denselben Platz wie damals, ans Fenster vor die angefangene Stickerei — den weißen Papagei auf grünem Grunde; das gelbe Schöpfchen Potap Potaptschs war noch immer nicht fertig. In einer Ecke brannte trübe eine Lampe unter einer runden Glocke, und durch die Fenster fiel auf den Boden das Mondlicht in schrägen Vierecken. Gegen Abend hatte sich der Schneesturm gelegt. Zerrissene Wolken, bald dunkel, bald hell mit Perlmutterschimmer trieben über den Himmel wie Gespenster, und die durchsichtigen Eisblumen am Fenster funkelten wie Saphire.

Golizyn erzählte von der Geheimen Gesellschaft des Südens, von Ssergej Murawjow und von dessen „Katechismus". Marinjka hörte ihm zu, und er fühlte, daß sie es verstand, daß es für sie das Wichtigste war.

„Die Zaren sind von Gott verflucht als die Bedrücker des Volkes," zitierte er ihr aus dem Katechismus. „Zur Befreiung der Heimat müssen sich alle zusammen gegen die Tyrannei wappnen und den Glauben und die Freiheit in Rußland wiederherstellen. Wir wollen unseren langjährigen Sklavensinn bereuen und schwören: es sei ein Zar im Himmel und auf der Erde — Jesus Christus."

„Christus ist doch im Himmel?" fragte sie mit einfältigem Erstaunen.

„Und auf der Erde, Marinjka."

„Wo ist er denn auf der Erde? Man sieht ihn gar nicht!" sagte sie noch einfältiger.

„Darum sieht man ihn eben nicht, weil statt des Zaren-Christus das Zar-Tier herrscht. Man muß das Tier töten."

„Darf man denn für Christus töten?"

Vorhin hatte er gefürchtet, daß sie ihn nicht verstehen würde; und nun fürchtete er, daß sie ihn zu gut verstehe. Das achtzehnjährige Mädchen, fast noch ein Kind, enthüllte seine tiefste Qual.

Sie stand plötzlich auf, neigte sich über ihn, legte ihm die Hände auf die Schultern und blickte ihm in die Augen.

„Valerian Michailowitsch, glauben Sie an Christus?"

„Wie können Sie nur, Marinjka . . ."

„Glauben Sie an ihn? Ja?"

„Ich glaube an den Herrn und Heiland Jesus Christus, den Eingeborenen Sohn Gottes," sagte Golizyn feierlich.

„Gott sei Dank!" Sie atmete erleichtert auf und bekreuzigte sich. „Alle sagen, die Aufrührer seien gottlos. Darum glaubte auch ich... Seien Sie mir nicht böse, ich weiß selbst, daß ich dumm bin. Papachen pflegte zu sagen: ‚Glaube nicht alles, was die Leute erzählen, lebe mit deinem eigenen Verstand.' Nun habe ich keinen eigenen Verstand, das ist mein Unglück!"

Sie verstummte und wurde nachdenklich, als wollte sie sich auf etwas besinnen.

„Ach, jetzt weiß ich, wem Sie ähnlich sind!" rief sie plötzlich erfreut. „Warten Sie, ich will es Ihnen zeigen..."

Sie lief hinaus und brachte ein kleines Poesiealbum in schwarzem Ledereinband mit Goldpressung, eines von denen, in die die jungen Provinzdamen Verse aufzuschreiben pflegen. Auf der ersten Seite war eine Zeichnung: ein Amor als Schäfer, am Ufer eines Baches sitzend, und darunter die Verse:

> In allem ist Verrat zu spüren,
> Und Treue wohnt in keinem Sinn:
> Selbst Amor zeichnet lachend Schwüre
> Mit seinem Pfeil aufs Wasser hin.

Gleich danach kam ein Kompliment: „Ihre schwarzen Augen, Marie, tragen Trauer um den, dem Sie das Lebenslicht genommen haben."

Sie fand die Stelle und zeigte sie ihm. Er las die verblichenen, mit einer runden, altmodischen Handschrift geschriebenen Zeilen:

„Meiner geliebten Tochter Marinjka. Gott schicke dir einen Lebensgefährten, der weder reich noch vornehm sei, doch mit Herzenstugenden ausgezeichnet, nach folgendem Ausspruch des hervorragendsten russischen Autors Alexander Nikolajewitsch Radischtschew:

„Wenn das Gesetz, oder der Kaiser, oder irgendeine Gewalt auf Erden dich zu bewegen sucht, eine Ungerechtigkeit zu begehen, oder die Tugend zu verletzen, so verharre in dieser unwankbar. Fürchte weder Spott, noch Pein, noch Krankheit, noch Kerker, und nicht einmal den Tod. Die Wut deiner Peiniger wird an deiner Festigkeit zerschellen, und du wirst in der Erinnerung der edlen Seelen bis ans Ende der Zeiten fortleben.

Pawel Tolytschow."

„Herr Radischtschew war Papachens Freund," erklärte sie stolz und wendete das Blatt um.

„Hier noch etwas."

Er las:

„Jungfrau Marie,
Vergiß es nie:
Der Same des Weibes wird den Kopf der Schlange zertreten.

Alexander Labsin."

„Auch ein Freund Papachens," prahlte sie wieder.

„Sie sind also Labsins und Radischtschews Patenkind!" sagte Golizyn mit freudigem Lächeln. Es war ihm, als hätte er eine neue geheimnisvolle Verwandtschaft mit ihr entdeckt.

„Was haben Sie denn geglaubt?" Sie lachte und errötete.

„Nun, erzählen Sie, erzählen Sie, was kam weiter?"

Er erzählte ihr, wie Nikolai am Vierzehnten auf die wehrlose Menge auf dem Platze schießen ließ. Sie erbleichte und flüsterte:

„Ja, das Tier töten!"

Nun fragte sie nicht mehr, ob man für Christus töten dürfe. Und er fühlte, daß sie es nicht nur verstanden, sondern alles bis ans Ende erfaßt hatte, daß sie ihn in diesem letzten Geheimnisse, in dieser letzten Qual weder vor dem menschlichen Gericht, noch vor dem Gericht Gottes verlassen würde.

Als er zu Ende war, setzte sich Marinjka zu ihm auf die Armlehne des Sessels und schmiegte ihre Wange an die seine, wie damals, während seiner Krankheit. Beide schwiegen und sahen, wie die zerrissenen Wolken über den Himmel trieben, wie der Mond bald zum Vorschein kam, sich bald wieder versteckte, und wie die Eisblumen an den Fenstern bald erloschen, bald als blaue Saphire funkelten.

„Erinnern Sie sich noch, Marinjka, wie Sie sagten, es sei Sünde, die Erde zu lieben, man müsse nur das Himmlische lieben?"

„Nein, ich kann mich nicht erinnern. Warten Sie ... Ach ja, nachts, auf der Fahrt aus Moskau. Warum ist es Ihnen plötzlich eingefallen? Was ist denn dabei?"

„Das Vaterland ist aber auch Erde. Ist denn die Liebe zum Vaterlande eine Sünde?"

„Was fällt Ihnen ein! Ich habe wohl eine große Dummheit gesagt?"

„Nein, es ist keine Dummheit, es ist bloß nicht alles. Alles darüber weiß vielleicht niemand ..."

Er sprach sehr ruhig. Aber Marinjka fühlte wie vorhin, daß dies für ihn das Wichtigste sei. Sie hob den Kopf und blickte ihm in die Augen.

„Was weiß niemand?" fragte sie flüsternd.

„Das vom Himmel und von der Erde. Wie man den Himmel und die Erde zugleich lieben kann," antwortete er gleichfalls flüsternd.

„Zugleich?" wiederholte sie und hielt inne. „Sie lieben ja auch mich und Ssofja zugleich?"

Sie verstummte wieder und wurde nachdenklich. Dann begann sie mit einem Gesichtsausdruck, wie er ihn bei ihr noch niemals wahrgenommen hatte:

„Vor vielen Jahren, — ich entsinne mich dessen wie an einen Traum, — als ich noch ganz klein war, fuhr ich einmal mit Papachen Boot. In Tscherjomuschki steht die Mühle dicht neben dem Herrenhause, der Fluß ist durch einen Damm gesperrt; das Wasser ist still und glatt wie ein Spiegel. Wir fuhren lange spazieren, bis zum Abend; die Sonne war schon untergegangen, und der Abend brach an. Das Wasser war noch unbeweglicher geworden, es war wie verschwunden, man sah nur die Luft, das Boot glitt durch die Luft. Die Wolken am Himmel waren groß, rund und weiß, und zwischen ihnen blinkten die Sterne. Auch unten, unter dem Boot waren Wolken und Sterne. Es waren zwei Himmel, der eine unten, der andere oben, und wir waren in der Mitte. Es war so unheimlich und so schön. So schön, wie jetzt mit Ihnen... Das ist doch d a s s e l b e ? Sag doch, sag, ist es nicht dasselbe?"

„Es ist dasselbe, Marinjka, dasselbe!"

Beide verstummten; sie hatten keine Worte mehr, sie waren zu Ende, wie ein schmaler Pfad am Rande eines Abgrundes ein Ende nimmt. Sie sahen einander an und lächelten stumm. Die beiden Lächeln näherten sich immer mehr und flossen schließlich in einem Kuß zusammen.

Als er zu sich kam, stand sie am Fenster und sprach etwas zu ihm; er konnte lange nicht verstehen, was sie sagte. Endlich verstand er es.

„Erinnerst du dich noch, am Tage vor dem Vierzehnten sagtest du mir, du gingest auch für mich in den Tod? Warum auch für mich? Ich fragte dich damals, du sagtest es mir aber nicht."

„Weil ich für Rußland in den Tod gehen wollte. Aber auch du bist ... Marinjka, weißt du, was du bist?"

„Nun, was?"

Er antwortete nicht und sah sie an: sie stand ganz weiß, im weißen Mondlichte, im Scheine der saphirblauen monddurchleuchteten Eisblumen da; es war sie, und zugleich nicht sie, die Nahe und die Ferne, die Irdische und die Himmlische.

„Nun, was bin ich?" Sie blickte ihn verstohlen an und schlug gleich darauf die Augen nieder: es war ihr unheimlich, als sähe er nicht sie, sondern durch sie eine andere.

Etwas drang ihm ins Herz wie ein Blitz. Er sank in die Kniee.

„Meine Liebe! Meine Nahe! Meine Traute!" wiederholte er, als läge in diesen Worten alles, was er fühlte, und küßte ihre Füße.

Wie an der letzten Grenze Himmel und Erde eins sind, so waren auch Ssofja und Marinjka eins; beide zugleich, die Irdische und die Himmlische; und in den beiden — sie, die einzige.

Er fürchtete nichts mehr, weder Ketten, noch Folter, noch den Tod. Er wußte, daß sie ihn vor allem schützen würde, — die Unwankbare Mauer, die Ewige Fürbitterin, die Unverhoffte Freude. Und wenn man ihn in die Hölle wirft, so wird sie zu ihm in die ewige Finsternis hinabsteigen, und die Finsternis wird sich in Licht verwandeln. Und der Same des Weibes wird den Kopf der Schlange zertreten.

Am siebenten Januar, am ersten Tage nach den Weihnachtsfasten, wo die Trauungen wieder erlaubt sind, wurden Golizyn und Marinjka getraut, und in der folgenden Nacht wurde er verhaftet.

Sechstes Kapitel

Es ist gut, alles ist gut! — dachte sich Golizyn, auf die grüne, verrauchte und schmierige Wand blickend. Das lange, schmale, fensterlose Arrestzimmer der Hauptwache im Erdgeschoß des Winterpalais bekam sein Licht durch die Glastüre aus dem Korridor. An der Türe stand ein Wachtposten und blickte herein; auch alle, die vorbeigingen, blickten herein. Um diesen Blicken zu entgehen, setzte sich Golizyn mit dem Rücken zur Türe und sah auf die Wand.

Er verbrachte die zweite Nacht schon auf dem harten, wankenden Rohrstuhl, sich vor Kälte in den Mantel hüllend. Die Füße waren erstarrt, der Rücken schmerzte. Er versuchte sich auf das alte Ledersofa hinzulegen, aber die Wanzen setzten ihm zu sehr zu. Dann breitete er den Mantel auf dem Boden aus und legte sich hin; aber aus dem Spalt unter der Türe und von dem durchfrorenen Brennholz, das neben dem kalten Ofen aufgeschichtet lag, wehte es ihn so kalt an, daß er sich zu erkälten fürchtete: er hatte sich von seiner Krankheit noch nicht ganz erholt. Schließlich setzte er sich wieder auf den Stuhl und schickte sich drein: — Es ist auch so gut, alles ist gut! —

Er erinnerte sich: Als man ihn auf die Hauptwache führte und er auf der dunklen Treppe die Schritte etwas verlangsamte, versetzte ihm einer der Begleitsoldaten mit dem Gewehrkolben einen Schlag auf die Schulter; er sah sich um: der junge Soldat mit der stumpfen Nase, ohne Schnurrbart und Augenbrauen, sah ihn mit seinen kurzsichtigen Augen mürrisch, doch nicht boshaft an und sagte: „Was schläfst du, du Hundesohn, rühr dich!" — Auch das ist gut, — dachte Golizyn, als er sich dessen erinnerte.

Als man ihn ins Wachlokal brachte, begann ihn der diensthabende Feldwebel, der entsetzlich nach Tabak und Schnaps roch, zu durchsuchen. Die dicken Finger mit roten Härchen und Sommersprossen betasteten seinen ganzen Körper. Er nahm ihm das Medaillon mit dem Bilde Ssofjas weg und band ihm die Hände im Rücken so fest zusammen, daß der Strick sich ins Fleisch einschnitt. Am Morgen hatte sich einer der Wachoffiziere seiner erbarmt und ihm die Hände aufbinden lassen. Sie taten aber auch jetzt noch weh. Golizyn betrachtete die von den Stricken zurückgelassenen Spuren, die roten Armbänder und dachte: — Auch das ist gut! —

— Marinjka ist aber nicht mehr Marinjka, sondern Fürstin Marja Pawlowna Golizyna, — erinnerte er sich plötzlich mit freudigem Erstaunen. Er verstand noch immer nicht, wie das geschehen war. — Wir lassen uns morgen trauen, — hatte sie ihm einen Tag vorher gesagt. Er widersprach ihr, wunderte sich, warum so schnell, und bat sie, zu warten. Aber sie wollte auf nichts hören. — Wir lassen uns morgen trauen, — darauf hatte sie sich versteift und fertig. Sie hatte sich alles schon längst überlegt und mit Hilfe Foma Fomitschs, ohne Wissen der Mutter und selbst ohne Wissen des Bräutigams, vorbereitet. Niemand im Hause, außer dem alten Haushofmeister Ananij Wassiljewitsch, wußte etwas davon. Die Großmutter lag krank zu Bett, und Nina Lsowna war für den ganzen Tag zu einer alten Institutsfreundin ans andere Ende der Stadt gefahren. Der alte Priester vom Invalidenhause an der Ssemjonowschen Kaserne, ein ehemaliger Regimentskamerad Foma Fomitschs, P. Stachij, ein Fachmann für plötzliche Trauungen, traute sie in der kleinen Privatkirche, die die Großmutter in ihrem Hause hatte.

Golizyn fügte sich, verstand aber nichts. Während der Trauung stand er „wie eine Bildsäule" da, wie Foma Fomitsch sagte. In der kleinen Hauskirche war es schwül von den Kerzen und dem Weihrauch; der Kopf schwindelte ihm, er fürchtete, ohnmächtig zu werden.

Er war furchtbar müde und ging früh zu Bett. Nachts, als er schon schlief, kam Marinjka leise, auf den Fußspitzen zu ihm ins Zimmer, setzte sich auf den Bettrand, beugte sich über ihn, umarmte ihn und weckte ihn mit einem Kuß; noch nie hatte sie ihn so geküßt; er fühlte, daß sie ihm mit diesem Kusse ihre Seele hingab. „Jetzt ist es gut, alles ist gut! Verstehst du es nicht?" flüsterte sie ihm ins Ohr; ehe er zu sich gekommen war, hatte sie sich aus seinen Armen befreit und war ins Schlafzimmer zu ihrer Mutter gelaufen. Er aber war wieder fest, süß und dumm eingeschlafen; im Einschlafen hatte er sich sogar gesagt, daß es dumm sei, in einer solchen Nacht zu schlafen.

In der folgenden Nacht wurde er aber verhaftet. Als der Ober-Polizeimeister Schulgin, von einem Feldjäger und vier Wachsoldaten begleitet, den Verhafteten in den Flur führte, lief Marinjka halb angekleidet zu ihm heraus. Sie hatte kaum Zeit, ihn zu umarmen, zu bekreuzen und ihm ins Ohr zu flüstern: „Mache dir keine Sorge wegen mir, denke nur an dich. Die Allerreinste Mutter beschütze dich!" Und als er die Treppe hinunterging, beugte sie sich über das Geländer und sah ihn zum letzten Male an: in ihren Augen war weder Angst noch Trauer, sondern nur eine unendliche Liebe. Er wollte immer darauf kommen, an wen ihn diese Augen erinnerten, und konnte es nicht.

Es war ihm zu dumm geworden, auf die Mauer zu schauen; er stützte die Ellenbogen auf den Tisch, schloß die Augen und versank in Gedanken. Wie damals während der Krankheit, flüsterte er gerührt und begeistert: „Marinjka... Mamachen!" und es war ihm, als nehme sie ihn auf die Arme und lulle ihn in den Schlaf.

Das Klopfen von Gewehren und das Klirren von Sporen weckte ihn. Er glaubte, er habe lange geschlafen, aber es waren nur an die zehn Minuten. Es war die neunte Abendstunde.

„Der Arrestant soll zum Kaiser!" sagte eine Stimme.

Mehrere Wachtposten stellten sich um ihn und führten ihn durch unendliche Korridore und Treppen. Sie kamen durch eine Reihe von Sälen voller Bilder. Er erkannte die Eremitage. Im großen Saal brannte eine solche Menge von Kerzen, daß er sich fragte: — Ist hier ein Ball? — Später kam er darauf, daß man das viele Licht brauchte, um beim Verhör die geringsten Veränderungen im Gesichtsausdruck der Verhafteten verfolgen zu können. Unten war es hell, aber oben gähnte durch die gläserne Decke der abgrundtiefe schwarze nächtliche Himmel.

In einer Ecke unter der „Heiligen Familie" von Dominicino saß vor einem aufgeklappten Kartentisch mit Papieren und Schreibzeug ein junger Mann in der eng anliegenden, roten, reich mit Gold bestickten Uniform der Leibhusaren: es war der Generaladjutant Ljewaschow.

Die Wachsoldaten führten Golizyn an den Tisch; zwei blieben mit bloßen Säbeln an der Türe stehen.

„Ich bitte Platz zu nehmen, Fürst," sagte Ljewaschow, aufstehend und sich verbeugend; er zeigte ihm einen Sessel, reichte ihm aber nicht die Hand. „Mir scheint, wir haben uns schon bei Ihrem Onkel, dem Fürsten Alexander Nikolajewitsch gesehen," begann er auf Französisch mit einer Miene, als ob hier nicht ein Spitzel und ein Arrestant wären, sondern zwei Gäste, die sich in einem fremden Hause getroffen und in Erwartung des Hausherrn ein Gespräch begonnen hätten.

„Haben Sie gedient?"

„Ja."

„In welchem Regiment?"

„Im Preobraschenskij'schen."

„Wann haben Sie den Abschied genommen?"

„Vor zwei Jahren."

Golizyn sah Ljewaschow aufmerksam an; das Gesicht war weder boshaft, noch gut, sondern bloß gleichgültig; die Augen weder klug noch dumm, nur etwas spitzbübisch. Ein gewandter, wohlerzogener junger Mann, flotter Husar, wahrscheinlich vorzüglicher Tänzer und Reiter; ein „guter Junge", einer von denen, die selbst leben und auch die anderen leben lassen.

Golizyn hob die Hände und zeigte ihm die Spuren von den Stricken. Ljewaschow verzog das Gesicht.

„Wieder haben sie sich zu viel Mühe gegeben. Wie oft habe ich es ihnen schon gesagt!"

„Werden hier allen die Hände gebunden?"

„Fast allen. Es ist Vorschrift. Was soll man machen, es ist eben ein Arrestlokal."

„Ein Polizeirevier?"

„Beinahe."

„Warum machen Sie aus dem Palais ein Polizeirevier?"

Ljewaschow entgegnete nichts.

„Nun, fangen wir an!" Sein liebenswürdiger Gesichtsausdruck wich einem anderen, weder geschäftigen noch strengen, sondern nur gelangweilten; er blickte wie angeekelt, als fühlte er selbst, daß sein Amt nicht ganz sauber sei. Er nahm einen Bogen Papier, schnitt sich eine Feder zurecht und tauchte sie ins Tintenfaß.

„Haben Sie dem Kaiser Nikolai Pawlowitsch den Eid geleistet?"

„Nein."

„Warum nicht?"

„Weil die Vereidigung von solchen Zeremonien und Schwüren begleitet ist, daß ich es für unanständig halte, mich ihr zu unterziehen."

„Werden Sie niemand den Eid leisten?"

„Niemand."

„Sie wollen keinen Eid leisten? Sie glauben doch an Gott?"

„Ja."

„Der Eid ist doch von Gott?"

„Nein, nicht von Gott."

„Nun, wir wollen darüber nicht streiten. Soll ich es so aufschreiben?"

„Ja, schreiben Sie es so auf."

Das Gesicht Ljewaschows wurde noch gleichgültiger.

„Sie schaden sich sehr, Fürst. Überlegen Sie es sich."

„Exzellenz, ich habe es mir mein ganzes Leben lang überlegt."

„Und haben sich das ausgedacht?"

„Ja."

Ljewaschow lächelte, zuckte die Achseln, drehte mit einer gewohnten, schnellen Bewegung seinen spitzen Schnurrbart, schrieb die Aussage auf und fuhr mit einem noch gelangweilteren Ausdruck fort:

„Haben Sie der Geheimen Gesellschaft angehört?"

„Ja."

„Was für Unternehmungen dieser Gesellschaft sind Ihnen bekannt?"

„Gar keine."

Ljewaschow schwieg eine Weile, sah sich die Spitze der Feder an, nahm ein Härchen heraus und richtete den Blick wieder auf Golizyn:

„Glauben Sie nur nicht, Fürst, daß die Regierung nichts wisse. Wir haben genaue Kenntnis darüber, daß die Vorgänge am Vierzehnten nur eine verfrühte Explosion waren und daß Sie im vorigen Jahre den verstorbenen Kaiser haben töten wollen. Wenn Sie wünschen, kann ich Ihnen alles Nähere über den von Ihnen geplanten Zarenmord mitteilen. Anfang Mai vorigen Jahres fand in der Wohnung des hiesigen Schriftstellers, Herrn Rylejew, eine Versammlung statt, in der der Vorsitzende der Tultschiner Abteilung der Südlichen Geheimen Gesellschaft, Oberstleutnant Pestel die Ausrottung aller Mitglieder des regierenden Hauses empfahl. Wissen Sie was davon?"

„Ich weiß nichts."

„Sie wissen auch nicht, wer Pestel geantwortet hat: ‚Ich bin mit Ihnen vollkommen einverstanden'?"

„Auch das weiß ich nicht."

„Vielleicht besinnen Sie sich noch darauf?"

„Nein, ich werde mich nicht besinnen."

„Durchlaucht haben ein schlechtes Gedächtnis," sagte Ljewaschow, wieder lächelnd und den Schnurrbart drehend. „Nun, ich will Sie daran erinnern: es sind Ihre eigenen Worte. Wollen Sie mir nun Ihre Freunde nennen, die jener Versammlung beigewohnt haben."

„Entschuldigen Sie, Exzellenz, das kann ich unmöglich tun."

„Warum?"

„Weil ich beim Eintritt in die Gesellschaft den Eid leistete, niemand zu verraten."

Ljewaschow legte die Feder weg und lehnte sich zurück.

„Hören Sie mal, Golizyn. Je länger Sie leugnen, umso schlimmer für Sie. Sie wollen Ihre Freunde retten, werden aber niemand retten und nur sich selbst zu Grunde richten. Ich sage Ihnen ja: die Regierung weiß schon alles und braucht Ihr Geständnis nur in Ihrem eigenen Interesse: vollkommene Reue ist der einzige Weg, die Gnade des Kaisers zu erlangen!" Er hatte diese Worte offenbar auswendig gelernt. „Nun, warum schweigen Sie? Wollen Sie nichts sagen?"

„Nein."

„Dann wird man Sie zum Sprechen zwingen, mein Herr!" sagte Ljewaschow, die Stimme ein wenig erhebend und jedes Wort betonend. „Ich trete nun das Amt eines Richters an und sage Ihnen, daß in Rußland noch die Folter besteht."

„Ich danke sehr, Exzellenz, für dieses Vertrauen, muß aber sagen, daß ich jetzt noch mehr meine Pflicht fühle, niemand zu nennen," sagte Golizyn, ihm gerade in die Augen blickend; dabei dachte er sich: — Ein guter Junge, wenn man ihm aber befiehlt, so wird er einem auch die Fersen rösten. —

„Pour cette fois je ne vous parle pas comme votre juge, mais comme un gentilhomme votre égal," begann Ljewaschow mit der früheren Liebenswürdigkeit. „Ich verstehe nicht, Fürst, was es für ein Vergnügen ist, für andere zu leiden, die Sie verraten haben."

„Eure Exzellenz verstehen nicht, was es für ein Vergnügen ist, kein Schurke zu sein?"

Ljewaschow fuhr leicht zusammen, aber der „gute Junge" fühlte sich nicht beleidigt: er merkte, daß es dem Arrestanten sehr wenig um die Höflichkeitsformen zu tun war.

„Sind Sie so freundlich, Fürst, es zu lesen und zu unterschreiben," sagte er und reichte ihm das Papier.

Golizyn warf einen Blick auf das Geschriebene, sah, daß der General Russisch wie ein Schuster schrieb, und unterzeichnete es, ohne zu lesen. Ljewaschow stand auf und reckte sich, — die enge Uniform umspannte noch mehr seinen Körper, — man hatte den Eindruck, daß so ein Prachtkerl nicht am Schreibtisch hocken, sondern mit schönen Damen Mazurka tanzen oder im Schlachtenfeuer hoch zu Roß galoppieren müßte; dann zog er die Klingelschnur; als der Feldjäger hereingestürzt kam, zeigte er auf die neben dem Tische stehende, mit grüner Seide bezogene spanische Wand und sagte zu Golizyn:

„Wollen Sie bitte warten."

Und er ging mit dem Feldjäger hinaus. Golizyn setzte sich hinter die spanische Wand.

Am anderen Ende des Saales ging eine Tür auf, und jemand trat herein; Golizyn konnte nicht sehen, wer es war, glaubte aber zwei Stimmen zu unterscheiden. Im Gehen sprechend, traten sie an den Tisch und blieben stehen. Auch sie konnten Golizyn nicht sehen. Er horchte.

„Ich habe Enthüllungen gemacht, ohne auf meine Vernunft zu hören, sondern nur den Regungen meines Herzens folgend, das voller Dank für Seine Majestät ist, und Dinge aufgedeckt, die die anderen vielleicht nicht aufgedeckt hätten..."

Das weitere entging Golizyn; dann hörte er wieder:

„Es ist leicht, selbst zu Grunde zu gehen, Exzellenz, aber das Verderben anderer zu verschulden, ist eine unerträgliche Qual..."

Diese Stimme kam Golizyn bekannt und zugleich unbekannt vor. Er stand auf, ging auf den Fußspitzen zur spanischen Wand und blickte hinaus. Die beiden standen mit dem Rücken zu ihm, und er sah ihre Gesichter nicht. Aber den einen erkannte er: es war Benkendorf. Den anderen erkannte er nicht, und erkannte ihn zugleich doch: er traute seinen Augen nicht.

„Wir wollen ganz ruhig sein, mein Freund: er wird alle begnadigen," sagte Benkendorf, indem er den andern am Arm nahm und an der spanischen Wand vorbeiführte. Golizyn sah nun jenen Unerkannten und Unerkennbaren von Angesicht zu Angesicht: es war Rylejew. Sie blickten einander in die Augen.

Golizyn sank in den Sessel. Das Licht erlosch in seinen Augen, als wäre der abgrundschwarze Himmel durch die gläserne Decke auf ihn herabgestürzt.

„Ich bitte!" sagte Ljewaschow, zu ihm hereinblickend.

Golizyn kam zu sich, stand auf und trat hinter der Wand heraus. Vom anderen Ende des Saales ging auf ihn der Kaiser zu. Das unbewegliche, blasse, wie aus Marmor gemeißelte Gesicht näherte sich immer mehr, und plötzlich erinnerte er sich, wie er damals, am Vierzehnten, unter dem Kartätschenfeuer auf dem Senatsplatze mit der Pistole in der Hand gelaufen war, um das Tier zu töten.

Der Kaiser trat an den Tisch, blieb zwei Schritte vor dem Arrestanten stehen, maß ihn mit einem Blick vom Kopf bis zu den Füßen und zeigte mit dem Finger auf das Protokoll Ljewaschows, das er in der Hand hielt.

„Was ist das? Was haben Sie da zusammengefaselt? Man fragt Sie über die Sache, und Sie geben ganz dumme Antworten: ‚Der Eid ist nicht von Gott'. Kennen Sie, Herr, unsere Gesetze? Wissen Sie, was darauf steht?..." Und er fuhr sich mit der Hand über den Hals.

Golizyn lächelte: was konnte ihm dieser Mensch nach den Schrecken, die er eben überstanden, noch tun?

„Was lachen Sie?" fragte der Kaiser und runzelte die Stirn.

„Ich wundere mich, Majestät: wenn man schon droht, so soll man erst mit dem Tode, und dann mit der Folter drohen: die Folter ist doch schrecklicher als der Tod."

„Wer hat Ihnen mit der Folter gedroht?"

„Seine Exzellenz."

Nikolai sah Ljewaschow an, Ljewaschow — Nikolai und Golizyn die beiden.

„Wie tapfer Sie sind!" fing der Kaiser von neuem an. „Hier fürchten Sie nichts, aber dort? Was erwartet Sie im Jenseits? Die ewige Verdammnis... Auch darüber lachen Sie? Sind Sie vielleicht kein Christ?"

„Ich bin Christ, Majestät, darum habe ich mich auch gegen die Autokratie empört."

„Die Autokratie ist von Gott. Der Zar ist der Gesalbte des Herrn. Haben Sie sich gegen Gott empört?"

„Nein, gegen das Tier."

„Was für ein Tier? Was faseln Sie?"

„Das Tier ist der Mensch, der sich selbst zu Gott macht," sagte Golitzyn leise und feierlich, als spräche er eine Beschwörung und erbleichte; vor Freude stockte ihm der Atem: es war ihm, als töte er schon das Tier.

„Der Unglückliche!" sagte der Kaiser, traurig den Kopf schüttelnd. „Er ist ganz verrückt! So weit bringen den Menschen diese höllischen Gedanken, die Früchte der Überhebung und des Hochmuts. Sie tun mir leid. Warum richten Sie sich selbst zu Grunde? Sehen Sie denn nicht, daß ich Ihr Bestes will?" sagte er mit einer veränderten, freundlichen Stimme. „Warum antworten Sie nicht?" Er nahm ihn bei der Hand und fuhr noch freundlicher fort: „Sie wissen, ich kann alles, ich kann Ihnen auch verzeihen..."

Golitzyn dachte an Rylejew und fuhr zusammen.

„Das ist eben das Unglück, Majestät, daß Sie alles können. Im Himmel ist Gott, und auf der Erde sind Sie. Das heißt eben, daß man einen Menschen zu Gott gemacht hat..."

Der Kaiser hatte schon längst gemerkt, daß er von Golitzyn nichts herausbekommen würde. Er vernahm ihn ohne besondere Lust, nur aus Pflichtgefühl. Er ärgerte sich auch nicht: während der Untersuchung, die er schon einen ganzen Monat leitete, hatte er gelernt, sich beim Verhör niemals zu ärgern. Aber die Sache langweilte ihn. Er wollte ein Ende machen.

„Nun, gut, genug geschwatzt," unterbrach er Golizyn unerwartet grob. „Wollen Sie die Fragen, so wie es sich gehört, beantworten."

„Ich habe schon Seiner Exzellenz gesagt, daß ich geschworen habe..."

„Was kommen Sie mir immer mit Seiner Exzellenz und mit Ihren abscheulichen Worten!"

— Jener schreibt wie ein Schuster, und dieser schimpft wie ein Schuster! — dachte sich Golizyn.

„Sie wollen also nicht sprechen? Sie wollen nicht? Ich frage Sie zum letzten Mal: Sie wollen nicht?"

Golizyn schwieg. Das Gesicht des Kaisers veränderte sich plötzlich: die eine Maske war gefallen, und er hatte eine andere vorgenommen: eine drohende, zornige, blasse, wie aus Marmor gemeißelte: Apollo von Belvedere, der den Python besiegt. Er trat einen Schritt zurück, streckte die Hand aus und schrie:

„Man fessele ihn so, daß er sich nicht mehr rühren kann!"

In diesem Augenblick trat Benkendorf ein. Der Kaiser wandte sich zu ihm um, und auf seinem Gesicht erschien wieder eine neue Maske: „der arme Kerl, der arme Nixe, der Zuchthäusler du Palais d'Hiver."

Benkendorf ging auf Nikolai zu und sagte ihm etwas ins Ohr. Der Kaiser ging, ohne Golizyn anzublicken, als hätte er ihn ganz vergessen, hinaus.

„Wollen Sie bitte warten," sagte Ljewaschow zu Golizyn, wieder auf den Sessel hinter der spanischen Wand zeigend, und verließ mit Benkendorf den Saal.

Golizyn setzte sich auf seinen früheren Platz. Er beruhigte sich.

— Nun, es ist gut, alles ist wieder gut, — sagte er sich wie früher. — „Was ist es für ein Vergnügen für die anderen zu leiden, die Sie verraten haben?" — Aber natürlich ist es ein Vergnügen! —

Diese beiden Worte „aber natürlich" flüsterte er mit dem gleichen kindlichen Lächeln wie Marinjka.

Siebentes Kapitel

Die spanische Wand stand vor einer Tür. Hinter der Tür klangen Schritte und Stimmen. Die andere Tür, durch die der Kaiser hinausgegangen war, ging plötzlich auf, jemand stürzte in den Saal, und die Stimme Ljewaschows rief:

„Ruft doch den Feldscher, damit er ihn zur Ader lasse!"

— In Rußland besteht noch die Folter, — erinnerte sich Golizyn und begann zu horchen, was sich hinter der Tür abspielte. Ein schwerer Vorhang dämpfte die Töne. Er steckte den Kopf hervor. Im Saal war niemand außer den beiden Wachtposten an der Tür am anderen Ende des Saales, die wie zwei Bildsäulen standen.

Golizyn schob den Vorhang etwas auseinander und sah, daß die Tür dahinter nicht ganz geschlossen war. Er blickte in die Spalte: er sah nichts, denn es war eine Doppeltüre. Nun öffnete er die erste Türe und trat in den dunklen Zwischenraum. Er stieß hier auf einen Stuhl: offenbar pflegte hier während der Verhöre jemand zu sitzen und zu horchen; auch die zweite Türe ließ einen Spalt offen, und auch von der anderen Seite war ein Vorhang. Golizyn öffnete die zweite Tür und schob auch den zweiten Vorhang auseinander.

Ein kleiner Saal voller Bilder — zum größten Teil Kopien nach italienischen Meistern der Schule Peruginos und Raffaels — war wie der erste von einer Menge von Kerzen erleuchtet. Gerade vor ihm lag jemand auf einem Sofa. Im Sessel, mit dem Rücken zu Golizyn, saß Benkendorf und verdeckte den, der auf dem Sofa lag; nur zwei mit einem Tuch bedeckte Beine und die Ecke eines weißen Kissens waren zu sehen. Hier standen und saßen noch einige Menschen: Ljewaschow, der Schloßkommandant Baschuzkij, der Ober-Polizeimeister Schulgin und noch ein Mann in schwarzem Zivilfrack, in einer Perücke, mit einer Brille auf der Nase, dem Aussehen nach ein Jude, wahrscheinlich ein Arzt. Dann trat noch ein anderer, dicker, rothaariger Zivilist in schmierigem braunem Frack mit einer Messingschüssel, wie man sie beim Aderlaß gebraucht, in den Saal.

„Wie fühlen Sie sich, mein Freund?" fragte Benkendorf.

„Gut, ausgezeichnet," antwortete der auf dem Sofa Liegende: „noch nie habe ich mich so gut gefühlt!"

„Haben Sie noch Kopfweh?"

„Nein, es ist vorbei. Alles ist vorbei. Der Geist ist frisch, der Kopf klar, die Seele ruhig. Das Herz wie früher jung und unschuldig. Noch niemals war ich so glücklich! Auch schon in der Kasematte hatte ich so selige Augenblicke, daß ich schier verrückt wurde, — ich sprach und sprach fortwährend, erzählte den stummen Mauern von meinen Gefühlen: sollen mich wenigstens die Steine hören, sollen die Steine schreien! Ich schrie, ich sang, ich tanzte, ich sprang wie ein Tier im Käfig, wie ein Betrunkener, wie ein Rasender! Der Kommandant Ssukin, — ein ausgezeichneter Mensch, — aber welch ein scheußlicher Name: wenn er einen Sohn hat, so kann man diesen gar nicht anständig beim Namen nennen,*) — also dieser Ssukin, der ärmste, er-

---

*) Ssuka heißt russisch — Hündin. Ein Sohn Ssukins würde also „Sohn einer Hündin" heißen.

schrak und glaubte, ich sei wirklich verrückt geworden. Er ließ einen Arzt kommen, wollte mich binden lassen. Er verstand nichts. Niemand versteht etwas. Aber Sie verstehen es, Exzellenz? Mir gefallen so Ihre Augen! Kluge, gute Augen. Aber das eine ist gut, doch das andere ein klein wenig schlau..."

„Haha, Sie sind ein feiner Beobachter!" bemerkte Benkendorf lachend.

„Sie sind mir doch nicht böse? Seien Sie um Gotteswillen nicht böse... Ich spreche immer nicht das Richtige... Aber das Richtige wird schon kommen. Erlauben Sie mir zu sprechen, Exzellenz!"

„Sprechen Sie, regen Sie sich aber nicht zu sehr auf, sonst wird Ihnen wieder schlecht werden."

„Nein, es ist gut, jetzt ist alles gut! Ich werde alles sagen. Früher glaubte ich, ich müßte die anderen schonen. Jetzt frage ich mich aber: vor wem? Vor dem Engel! Der Kaiser ist doch ein Engel und kein Mensch, jetzt sehe ich es selbst. Auch Sie, — was für einen Sinn hätte es, vor solchen Menschen die Namen der anderen zu verheimlichen? Man kann von Ihnen doch nur Gutes erwarten. Sie sollen alles erfahren. Ich will alles sagen. Ich will alle Wurzeln aufdecken. Die Sache wird in Schwung kommen. Jetzt tue ich es mit Überzeugung... Es ist mir angenehm. Ich werde mir Mühe geben, Exzellenz! Sie werden es schon sehen. Ich werde alles systematisch aufdecken. Ich werde ein Regiment nach dem anderen durchnehmen. Niemand werde ich verschweigen. Ich werde auch solche Namen nennen, die Sie sonst niemals erfahren haben würden. Wo ist aber er? Warum sehe ich ihn nicht? Ich will ihm selbst..."

„Erst erzählen Sie es uns, und dann ihm," sagte Benkendorf.

„Nein, zuerst ihm, dem Engel! Ich will zu ihm... Warum lassen Sie mich nicht zu ihm? Sie müssen mich zu ihm lassen. Ich verlange es!"

Er richtete sich plötzlich auf dem Sofa auf, als wollte er aufspringen und weglaufen. Als Golizyn sein Gesicht, das unerkannte und unerkennbare Gesicht, wie vorhin das Gesicht Rylejews sah, — es war der Fürst Alexander Iwanowitsch Odojewskij — taumelte er zurück, fiel in den Stuhl, schloß die Augen und hielt sich die Ohren zu, um nichts zu hören und nichts zu sehen. Aber die Neugier zwang ihn bald wieder, aufzustehen, den Vorhang auseinanderzuschieben und hinauszublicken.

Odojewskij lag halb auf dem Sofa, und Golizyn konnte jetzt sein Gesicht sehen. Er schien fast ganz wohl, denn seine Wangen waren von einer fieberhaften Röte übergossen. Immer noch der „liebe Sascha", der „stille Junge"; immer noch die halb kindliche, halb mädchenhafte Anmut:

Wie eine Blüte unter eines Schnitters Stahl...

„Bis zum Vierzehnten war ich vollkommen unverdorben," erzählte er so zutraulich, ruhig und lustig, als unterhielte er sich mit seinen besten Freunden. „Ich habe meine Erziehung zu Hause genossen. Maman m'a donné une éducation exemplaire. Bis zu ihrem Tode ließ sie mich nicht aus den Augen. Ich habe ja meine Mama... Aber was soll ich davon reden, — als sie starb, war ich nahe daran, ihr in den Tod zu folgen. Ich trat ins Regiment ein. Mit zwanzig Jahren, fast noch ein Kind. Ich bin von Natur sorglos, leichtsinnig und faul. In meinem ganzen Leben habe ich noch keine Unannehmlichkeit erfahren. Ich war zu glücklich. Mein Leben blühte. Ich schrieb Verse und träumte vom goldenen Zeitalter Asträas. Wie alle jungen Leute redete ich von der Freiheit, ohne jede Absicht. Ebenso Rylejew. So kamen wir zusammen."

„Hat Sie Rylejew in die Geheime Gesellschaft aufgenommen?" fragte Benkendorf.

„Nein, nicht er. Ich weiß nicht mehr, wer. Es war ja auch keine richtige Aufnahme. Es war nur eine dumme Kinderei, eine Ausgeburt des erhitzten Geistes Rylejews. Was konnten auch dreißig oder vierzig Menschen, fast noch Kinder, Träumer, ‚Schlafwandler', wie uns Golizyn nannte, anstellen?"

„Was für ein Golizyn? Der Fürst Valerian Michailowitsch?" fragte Ljewaschow.

„Ja. Warum?"

„Hat er nicht auf den Vorschlag Pestels, alle Mitglieder des regierenden Hauses auszurotten, geantwortet: ‚Ich bin mit Ihnen vollkommen einverstanden'?"

„Vielleicht. Ich kann mich nicht mehr erinnern."

„Bemühen Sie sich, darauf zu kommen."

„Was brauchen Sie es?"

„Es ist sehr wichtig."

„Es ist gar nicht wichtig. Unsinn! Exzellenz, warum fragt er mich so? Sagen Sie ihm doch, daß er es lassen soll. Wir sind doch keine Spione und keine Spitzel."

Benkendorf winkte Ljewaschow mit den Augen.

„Seien Sie nicht böse, mein Freund, er wird es nicht mehr tun. Sie wollten uns erzählen, wie Sie den Vierzehnten verbracht haben."

„Ja, ich wollte es. Aber alles war wie ein Traum, — einen Traum kann man niemals richtig erzählen. Die ganze Nacht stand ich Posten im Schlosse; machte kein Auge zu, war müde wie ein Hund. Das Blut stieg mir zu Kopf, das habe ich öfters nach schlaflosen Nächten. Am Morgen fuhr ich in das Kaffeehaus Loreda und kaufte mir säuerliche Zitronenbonbons. Ich liebe diese Sorte. Dann ging ich nach Hause schlafen. Plötzlich geriet ich auf den Platz. Man schleppte mich ins Karree. Zwanzigmal wollte ich weggehen, aber sie umarmten und küßten mich, und so blieb ich, ich weiß selbst nicht, wozu..."

"Hatten Sie eine Pistole in der Hand?" fragte Benkendorf.

"Eine Pistole? Vielleicht. Jemand hat mir wohl eine in die Hand gedrückt..."

Ljewaschow schrieb etwas mit einem Bleistift auf einen Zettel.

"Exzellenz, warum schreibt er es auf? Das mit der Pistole ist Unsinn. Ich erinnere mich nicht mehr daran. Vielleicht hatte ich auch keine."

"Sahen Sie, wie man auf den Grafen Miloradowitsch schoß?"

"Ja, ich sah es."

"Wer war es?"

"Das sah ich nicht."

"Schade. Sie könnten einen Unschuldigen retten."

"Ach, meine Herren, was reden Sie immer von solchen Sachen... Müssen Sie das unbedingt wissen?"

"Unbedingt."

"Dann sage ich es Ihnen ins Ohr..."

Benkendorf beugte sich zu ihm, und Odojewskij flüsterte ihm etwas zu.

"Und später, als man auf die Menge schoß," erzählte er wieder laut, ruhig und lustig, "ging ich über die Newa auf die Wassiljewskij-Insel und von dort auf die Moika zum Schriftsteller Gendre. Als mich die alte Frau Gendre sah, — sie liebt mich sehr, — schrie sie: ‚Fliehen Sie!' und steckte mir Geld zu. Ich verlor noch mehr den Kopf. Ich ging, wohin meine Augen sahen. Ich wollte mich unter die Erde, unter das Eis verstecken. Die Menschen blickten mir in die Augen wie die Raben in die eines Sterbenden. Ich übernachtete am Kanal unter einer Brücke. Ich geriet in ein Eisloch und wäre um ein Haar ertrunken und erfroren. Ich fühlte schon den Tod. Als ich aus dem Loch herauskam, war ich wie verrückt. Am Morgen ging ich wieder herum, Gott weiß wo. Ich war in Katherinenhof, auch in Krassoje. Ich kaufte mir einen Schafpelz und eine Bauernmütze, verkleidete mich als Bauer. Dann kehrte ich nach Petersburg zurück und ging zu meinem Onkel Wassja Lanskoi, dem Minister. Er versprach, mich zu verstecken, ging aber auf die Polizei und zeigte mich an. Die Sache ist faul, sagte ich mir. Und so kam ich zu Ihnen..."

„Sie kamen nicht von selbst, wir haben Sie hergebracht," korrigierte ihn Baschuzkij.

„Sie haben mich hergebracht? Ich erinnere mich nicht mehr. Ich wollte auch selbst. In Rußland kann man gar nicht fliehen. Das habe ich selbst erfahren. Der Russe ist tapfer wie ein Degen und fest wie Feuerstein, solange er in seiner Seele Gott und den Zaren hat. Ohne sie ist er aber ein Waschlappen und ein Schurke. So ist es jetzt auch mit mir. Ich bin doch ein Schurke, Exzellenz, nicht wahr?" wandte er sich plötzlich an Benkendorf und sah ihm gerade in die Augen.

„Warum denn? Im Gegenteil, der edelste Mensch: Sie waren auf Abwege geraten und haben es dann bereut."

„Es ist nicht wahr! Ich lese es in Ihren Augen, daß es nicht wahr ist. Sie sagen: ‚der edelste Mensch', denken sich aber dabei: ‚Schurke'. Aber auch Sie, meine Herren," sagte er langsam, alle im Kreise ansehend, während sein Gesicht erbleichte und sich verzerrte, „hören einem Schurken zu! Auch Sie sind nett! Ich werde verrückt, und Sie nützen es aus und hören mir zu! Mein Gott! Mein Gott! Was tut ihr mit mir! Henker! Henker! Peiniger! Verflucht sollt ihr sein!"

Golizyn taumelte wieder zurück, schloß die Augen und hielt sich die Ohren zu, um nichts zu sehen und nichts zu hören. Aber die unstillbare Neugier zwang ihn bald wieder, den Vorhang auseinanderzuschieben und zu horchen.

Odojewskij lag bewegungslos, stumm, mit geschlossenen Augen, wie in einer Ohnmacht. Dann öffnete er die Augen und sprach sehr schnell und undeutlich, wie im Fieber:

„Nun, es sei! Alle sind Schurken und alle sind edel. Unschuldig und unglücklich. Tiere und Engel zugleich. Gefallene Engel, aufrührerische Engel. Man muß es bloß verstehen. ‚Es herrscht eine allweise Güte über die Welt.‘ So heißt es auf Deutsch bei Schelling. Russisch heißt es aber: ‚Der allerreinsten Mutter Schutz und Fürbitte...‘ Da ist sie auch selbst, sehen Sie sie?..."

An der Wand ihm gegenüber hing eine Kopie nach der Sixtinischen Madonna von Raffael. Golizyn sah sie an, und es fiel ihm plötzlich ein, an wen ihn die Augen Marinskas erinnert hatten, als er nach seiner Verhaftung die Treppe hinunterging und sie, über das Geländer gebeugt, ihn zum letzten Male ansah.

„Was für Augen!" fuhr Odojewskij fort, die Madonna mit feierlicher Rührung ansehend. „Wie heißt es noch in den russischen Volksliedern: ‚Mutter feuchte Erde‘? Rußland ist die Mutter. Die Mutter aller Leidenden. Man soll aber darüber nicht... Exzellenz, seien Sie mir nicht böse. Ich will alles sagen, Sie sollen alles erfahren. Ich will nur ein wenig ausruhen, dann fange ich wieder an. Kachowskij hat geschossen, Obolenskij hat mit dem Bajonett das Pferd verwundet. Küchelbäcker hat nach dem Großfürsten gezielt, aber die Pistole versagte. Es macht nichts, es macht nichts, schreiben Sie es auf, sonst vergessen Sie es. Was wollte ich noch sagen?... Es ist übrigens Unsinn! Es ist wieder nicht das Richtige... Aber als ich im Eisloch lag, unter der Brücke, dann war es so: goldene und grüne Tassen, als Kinder tranken wir aus ihnen Milch auf dem Lande, im Sommer, bei Mamachen, im Entresol mit den halbrunden Fenstern, die auf das Birkenwäldchen gingen. So schön war es! Auch jetzt... Seien Sie mir nur nicht böse, meine Lieben, meine Guten! Man soll sich nicht ärgern, alles wird gut werden. Wir wollen einander alles verzeihen, wir wollen einander lieben! Fassen wir uns doch bei den Händen und singen und tanzen wir wie die Kinder, wie die Engel Gottes im Paradiese, im goldenen Zeitalter Asträas..."

Er sprach immer leiser und leiser und wurde zuletzt ganz still und schloß die Augen, als wäre er eingeschlafen oder ohnmächtig geworden. Er lächelte im Schlafe, und stille Tränen liefen ihm über die Wangen. Benkendorf küßte ihn auf den Kopf, vielleicht mit ungeheuchelter Zärtlichkeit.

Am anderen Ende des Saales bewegte sich plötzlich ein ebenso schwerer Vorhang, wie der, hinter dem Golizyn lauschte, und in den Saal trat der Kaiser.

Alle gingen auf ihn zu und sprachen leise, um den Kranken nicht zu wecken. Golizyn konnte nur einzelne Worte hören.

„Daß es nur kein Nervenfieber wird..."

„Zur Ader lassen und Eis auf den Kopf..."

„Sehr wichtige Aussagen..."

„Aber er phantasiert ja, man darf den Worten eines Verrückten nicht zu viel Bedeutung beimessen, er kann ja auch einen Unschuldigen angeben..."

„Tut nichts, wir werden uns schon zurechtfinden..."

Golizyn wußte selbst nicht, wie er auf seinen früheren Platz hinter die spanische Wand im großen Saal zurückkehrte. Lange saß er wie starr da.

Plötzlich bemerkte er Ljewaschow. Dieser saß vor dem L'Hombre-Tischchen und sah irgendwelche Papiere durch. Golizyn sprang auf und stürzte so plötzlich auf ihn zu, daß Ljewaschow zusammenfuhr, sich umwandte und gleichfalls aufsprang.

„Was ist los? Was haben Sie, Golizyn?"

„Führen Sie mich zum Kaiser!"

„Der Kaiser ist beschäftigt. Wenn Sie etwas zu sagen haben, so können Sie es mir sagen."

„Nein, ich will zum Kaiser! Sofort, sofort, gleich auf der Stelle!"

„Was schreien Sie, Herr? Sind Sie von Sinnen?"

„Ich bin von Sinnen! Ich bin von Sinnen! Einen habt ihr schon verrückt gemacht, und ich bin der zweite! In Rußland besteht noch die Folter! Den einen habt ihr zu Tode gefoltert, nehmt nun den anderen vor! Beide zugleich! Reißt die Sehnen heraus, röstet die Fersen! Ihr Schurken, Henker, Peiniger!" schrie Golizyn wie rasend, stampfte mit den Füßen und hob die Fäuste.

Ljewaschow packte ihn bei den Händen, aber er riß sich los, stieß ihn zurück und lief, er wußte selbst nicht, wohin und wozu. Ihn durchzuckte der Gedanke: das Tier töten, und wenn nicht töten, so beschimpfen, verprügeln, anspeien.

„Haltet ihn!" rief Ljewaschow den beiden Wachtposten zu, die noch immer vor der Türe am anderen Ende des Saales wie zwei Bildsäulen standen. Diese wurden plötzlich lebendig, begriffen, was man von ihnen wollte, und liefen hin, um Golizyn einzufangen.

„Mikulin! Mikulin!" schrie Ljewaschow mit einem so erschrockenen Gesicht, als ob drei Männer nicht genügten, um mit dem einen fertig zu werden.

„Hier, Exzellenz!" rief der diensthabende Wachoffizier, Oberst Mikulin, mit fünf kräftigen Chevalier-Gardisten in Messinghelmen und Messingpanzern wie aus dem Boden gestampft auftauchend: gegen den einen Wehrlosen ein ganzes Heer. Irgendwo in der Ferne erschien das Gesicht des Kaisers und verschwand sofort wieder.

Man umringte und packte Golizyn. Jemand umfaßte ihn von hinten so fest mit den Armen, daß er beinahe erstickte; jemand packte ihn bei der Gurgel; jemand schlug ihn ins Gesicht. Aber er ergab sich noch immer nicht und kämpfte verzweifelt, mit verzehnfachter Kraft, die ihm die Wut gab.

Plötzlich erklang in der Ferne ein Geschrei. Golizyn erkannte die Stimme Odojewskijs. Aber er konnte weder damals noch später begreifen, was eigentlich vorging: ob der Kranke aus seiner Ohnmacht erwachte und vor dem Lärm erschrak; oder ob er, als man ihm zur Ader ließ, glaubte, daß man ihn folterte, — der Schrei war jedenfalls entsetzlich. Golizyn antwortete darauf mit einem ebensolchen Schrei. Hätte es ein Fremder gehört, so müßte er glauben, daß hier eine Folterkammer oder ein Irrenhaus sei.

„Stricke! Stricke! Bindet ihn! Was schreit er, diese Kanaille! Verstopft ihm doch die Gurgel!"

Golizyn fühlte, wie man ihm ein Taschentuch in den Mund stopfte, wie man ihm Arme und Beine fesselte, ihn aufhob und forttrug.

Er schickte sich drein, wurde still und schloß die Augen. — Nun ist es gut. Alles ist gut, — sagte eine Stimme.

Langsam schwebte im roten Nebel das weiße Gesicht des Tieres vorbei, und Golizyn verlor das Bewußtsein.

Vierter Teil

Erstes Kapitel

Man wird mich foltern. Gott, gib mir die Kraft, es zu ertragen! — das war der erste Gedanke Golizyns, als er wieder frische Luft atmete: der Ober-Polizeimeister Schulgin hatte, um ihn zum Bewußtsein zu bringen, während der Fahrt aus dem Palais in die Festung das Wagenfenster heruntergelassen.

— Was für Foltern haben die christlichen Märtyrer ertragen ... Aber es waren eben Märtyrer, und nicht ich ... Nun, tut nichts, vielleicht werde auch ich ... — Golizyn versuchte sich Mut zu machen, empfand aber nur eine tierische Angst.

Der Wagen hielt vor dem Kommandantenhause der Peter-Paulsfestung. Schulgin ließ den Verhafteten aussteigen und übergab ihn einem Feldjäger. Sie traten in ein kleines Zimmer mit nackten Wänden, fast ohne Möbel: es waren darin nur zwei Stühle und ein Tischchen, auf dem ein Talglicht brannte. Der Feldjäger ließ Golizyn sich auf einen der Stühle niedersetzen und setzte sich auf den andern. Dann gähnte er so ruhig und gemütlich, sich bekreuzigend und die Hand vor den Mund haltend, daß Golizyn plötzlich zu hoffen anfing, daß es ohne Folter ablaufen würde.

— Nein, sie werden mich doch foltern. Da kommen sie schon! Gott, hilf mir! — sagte er sich, mit dem entsetzlichen saugenden Gefühl in der Herzgrube, vor dem sich alle Eingeweide umdrehen, dem unheimlichen Rasseln von Eisen und dem Stampfen vieler Füße im Nebenzimmer lauschend.

Ins Zimmer trat der Kommandant der Peter-Paulsfestung, General Ssukin, ein alter Mann mit einem Stelzfuß und auf Soldatenart kurz geschorenem grauen Haar; ihm folgte ein kleines, dickes Männchen mit eingefallener Nase, der Platz-Major Podufchkin; dann kamen noch einige Platz-Adjutanten, Gefreite und einfache Soldaten. Ssukin hielt in der Hand einige mit Ringen versehene Eisenstangen. — Das sind die Folterwerkzeuge! — dachte sich Golizyn und schloß die Augen, um nicht zu sehen. — Gott, hilf mir! — wiederholte er fast bewußtlos vor sich hin.

Der Alte trat, mit seinem Stelzfuß klappernd, flink an den Tisch, hielt ein Blatt Briefpapier vor die Kerze und erklärte:

„Seine Majestät der Kaiser befiehlt, dich in Eisen zu schlagen." Das Wort „dich" sprach er mit unnatürlicher Betonnung.

Golizyn hörte zu, ohne etwas zu verstehen. Einige Männer fielen über ihn her, legten ihm an Füße und Hände Fesseln an und schlossen diese mit Schlüsseln.

Er verstand noch immer nichts. Plötzlich verstand er es doch; er biß sich auf die Lippe und hielt den Atem an, um nicht zu weinen vor Freude, die ebenso sinnlos und tierisch war, wie das Entsetzen von vorhin. Er sah dem Kommandanten ins Gesicht und dachte: — Welch ein prächtiger Mensch! — Auch das Gesicht des Platz-Majors ohne Nase kam ihm schön vor; die gewöhnlichen Gesichter der Soldaten erschienen ihm so gut, daß er bereit war, einen jeden von ihnen zu küssen. Ihm fiel der orangegelbe Kragen an der Uniform des Platz-Majors auf; einen solchen Kragen hatte er noch nie gesehen. — Man hat die Uniform wohl anläßlich des Regierungswechsels geändert, — dachte er sich mit der gleichen sinnlosen und berauschenden Freude.

Er schämte sich ein wenig seines Schreckens von vorhin, aber auch diese Scham ging in der berauschenden Freude unter.

„Jegor Michailowitsch, führen Sie ihn in den Alexejewschen," sagte der Kommandant zu Poduschkin. Jener band die Zipfel seines Taschentuchs zusammen und stülpte es Golizyn über die Augen.

Golizyn stand auf, taumelte und fiel fast hin: er verstand noch nicht in den Fesseln zu gehen. Man faßte ihn unter die Arme, führte ihn aus dem Hause und setzte ihn in einen Schlitten. Poduschkin setzte sich neben ihn und umfaßte seine Taille. Der Schlitten fuhr in Windungen, wahrscheinlich zwischen den Bastionen der Festung. Golizyn blickte mit dem einen Auge unter der herabgerutschten Binde hervor und sah eine Zugbrücke, die über einen Graben führte, und eine dicke steinerne Mauer mit einem Tor.

„Wo führen Sie mich hin? In den Alexej-Ravelin, nicht wahr?" fragte er Poduschkin.

„Machen Sie sich bitte keine Sorgen, Sie sollen eine ausgezeichnete Wohnung haben," tröstete ihn jener und rückte das Taschentuch zurecht.

Golizyn erinnerte sich der Gerüchte, die über diesen Ravelin gingen: darin wurden nur die „Vergessenen" untergebracht, und niemand war noch von dort herausgekommen. Aber im Vergleich zu der Folter erschien ihm selbst die ewige Einkerkerung als eine Seligkeit.

Der Schlitten hielt. Man faßte den Arrestanten wieder unter die Arme, half ihm aus dem Schlitten und führte ihn die Stufen zum Eingang hinauf. Die Tür knarrte auf rostigen Angeln und fiel dann mit dumpfem Dröhnen wieder ins Schloß.

— Laßt, die ihr eingeht, alle Hoffnung draußen, — ging es Golizyn durch den Kopf.

Man nahm ihm das Tuch von den Augen und führte ihn durch einen langen, von einigen kleinen Talglämpchen trüb erleuchteten Korridor mit einer Reihe von Türen. Voraus ging der Platz-Major; er blieb vor jeder Tür stehen und fragte: „Besetzt?" Man antwortete: „Besetzt." Endlich antwortete man: „Frei."

„Ich bitte sehr," sagte Poduschkin freundlich, und Golizyn trat in einen schmalen, langen, steinernen Spalt, der an einen Sarg gemahnte. Ein Wächter zündete ein Nachtlicht an: ein grünes ölgefülltes Gläschen mit einem schwimmenden Docht. Golizyn sah eine herabhängende gewölbte Decke, ein Fenster mit einem dicken Eisengitter in einer tiefen Wandnische, zwei Stühle, ein Tischchen, ein Lazarettbett, einen runden eisernen Ofen in der einen Ecke und einen stinkenden Kübel in der andern.

Man nahm ihm die Fesseln wieder ab, entkleidete ihn und unterzog ihn einer eingehenden Leibesvisitation; man untersuchte selbst die Aselhöhlen; dann gab man ihm eine Sträflingsjacke und Hose, einen fettigen Schlafrock und zerrissene, ihm viel zu große Pantoffeln.

In die Zelle trat ein großgewachsener Greis in langschössigem grünen Uniformrock aus den Tagen des Kaisers Paul, mit rotem Kragen und roten Aufschlägen, ungewöhnlich hager, blaß, einem Toten ähnlich. Es war der Kommandant des Alexej-Ravelins, der Schwede Lilien-Ankern. Die Wachtsoldaten hielten ihn für etwas verrückt und nannten ihn „Kaschtschej der Unsterbliche": sie behaupteten, er sei an die hundert Jahre alt und hätte als ewiger Gefangener unter Gefangenen fünfzig Jahre verbracht.

Mit langsamen Schritten, gebückt, die Hände im Rücken, mit offenem Mund, in dem zwei gelbe Zähne ragten, und einem starren Blick, der nichts zu sehen schien, ging er gerade auf Golizyn zu.

„Wie ist Ihr Befinden?" fragte er aus der Ferne; ohne die Antwort abzuwarten, kniete er vor ihm nieder und fing an, ihm die Fesseln, die man ihm eben abgenommen hatte, mit geschickten und gewohnten Bewegungen wieder anzulegen. Dann zeigte er ihm, wie man sich mit den Fesseln fortbewegt, indem man die Kettenglieder, die die Fußreifen verbinden, mittels einer Schnur hochhält. Golizyn versuchte es und fiel beinahe wieder hin.

„Macht nichts, Sie werden es schon lernen," tröstete ihn der Platz-Major.

Der Kommandant umwickelte die Handfesseln mit weichen Lederläppchen und fragte:

„Können Sie so schreiben?"

„Ja."

„Nun ist die Toilette zu Ende," bemerkte Pubuschkin mit liebenswürdigem Lächeln. Lilien-Ankern, der noch immer auf den Knien lag, hob auf den Arrestanten seine hundertjährigen, von einem trüben Häutchen wie bei einem schlafenden Vogel überzogenen Augen und sprach mit Andacht, wie betend:

„Die Gnade Gottes rettet alle!"

— So begrüßen wohl im Jenseits die alten Toten die neuen — dachte sich Golizyn.

Der Greis stand schweigend auf und verließ mit den gleichen langsamen Schritten, die Hände im Rücken, die Zelle.

Die Wächter halfen Golizyn, vom Stuhl zum Bette zu gehen.

„Schlafen Sie mit Gott, grämen Sie sich nicht: alles vergeht. Das Zimmerchen ist ausgezeichnet, trocken und warm," sagte Pobuschkin.

Alle gingen hinaus und schlossen die Türe. Der Schlüssel wurde umgedreht, mehrere Riegel, Bolzen und Ketten rasselten, die letzte dicke Eisenstange dröhnte, und alles wurde still.

Golizyn fühlte sich lebendig begraben, und doch war er voller Freude: die Folter war zu Ende.

Er bemerkte auf dem Tischchen ein Stück Schwarzbrot und einen Becher mit Kwas. Früher, während der Durchsuchung, hatte er zu essen verlangt. Der Platz-Major hatte sich entschuldigt, daß es schon spät sei und in der Küche alle schliefen, und Brot und Kwas bringen lassen. Golizyn aß das Brot auf und trank den ganzen Kwas aus; schon lange hatte er nicht so gut zu Abend gegessen.

Er richtete sich für die Nacht ein: zog den Schlafrock aus und hob mit Mühe die durch die Ketten beschwerten Füße auf das Bett; er wollte sich schon auf der flachen und dünnen Matratze ausstrecken, warf aber einen Blick auf das grobe Kissen ohne Überzug und sah darauf Fettflecke. Er roch daran und verzog das Gesicht. Marinjkas Taschentuch mit den rotgestickten Buchstaben M. T. lag zusammengefaltet auf dem Tisch. Beim Abschied hatte sie es ihm wohl in die Tasche gesteckt, und bei der Durchsuchung hatte man es übersehen oder ihm aus Mitleid absichtlich gelassen.

Er breitete das Tuch auf dem Kissen aus, so daß er dieses nicht mit der Wange zu berühren brauchte. Das Taschentuch duftete nach Marinjka. Er lächelte beim Gedanken, wie er sie in jener ersten und letzten Brautnacht, als sie ihn durch ihren Kuß geweckt hatte, nicht zurückzuhalten vermochte und „dumm" eingeschlafen war.

Irgendwo in der Nähe, scheinbar über seinem Ohre klang das Glockenspiel, wie der Gesang von Engeln mit ehernen Stimmen. „Die Gnade Gottes rettet alle," hörte er die Toten einander begrüßen. Immer noch lächelnd, schlief er selig ein mit dem letzten Gedanken: „Im Rachen des Tieres — wie im Busen Christi."

Am Morgen weckten ihn die gestrigen Töne, doch in umgekehrter Reihenfolge: erst die dröhnende Eisenstange, dann die Riegel, Ketten und Bolzen und zuletzt der Schlüssel im Schlosse. Herein trat Lilien-Ankern und fragte: „Wie ist Ihr Befinden?" Und er verschwand gleich wieder, ohne eine Antwort abzuwarten.

Der Feuerwerker Schibajew, ein junger Bursche mit lustigem Gesicht brachte ihm eine große zinnerne Kanne mit dünnem Tee und zwei Stück Zucker. Den Zucker hielt er aus Höflichkeit nicht auf der bloßen Hand, sondern in einer Falte seines Rockschosses; er stellte und legte alles auf das Tischchen und machte eine höfliche Verbeugung.

„Wie spät ist es?" fragte Golizyn.

Schibajew lächelte stumm und ging mit einer höflichen Verbeugung hinaus.

Ein schmutziger Invalide trug den Kübel hinaus und fing an, den Boden zu kehren.

„Wie spät ist es?" fragte Golizyn wieder.

Der Soldat schwieg.

„Wie ist das Wetter?"

„Ich weiß nicht."

Golizyn hüllte sich vor Kälte in die Bettdecke und versuchte sich mit dem Tee zu erwärmen. Er sah sich sein „trockenes" Zimmerchen genauer an: ein blauer Strich an der Wand mit dem abgebröckelten Verputz bezeichnete die Höhe des Wasserstandes bei der letzten Überschwemmung, und hier und da waren noch dunkle Flecken; von der Deckenwölbung und vom Ofenrohr tropfte es fast, die Luft war von einer schwülen, wie aus der Erde kommenden Feuchtigkeit erfüllt. Als man aber den Ofen vom Korridor aus einheizte, wurde das eiserne Rohr dicht über dem Kopfe des Arrestanten glühend heiß und begann zu knistern. Im Kopfe hatte er es heiß, in den Füßen aber kalt wie früher.

Die Wände, die eine Fortsetzung der niederen Deckenwölbung bildeten, verliefen bis zum Fußboden in geschwungener Linie, so daß man nur in der Mitte der Zelle gerade stehen konnte; an den Wänden mußte man sich aber bücken. Die Decke war von Spinngeweben überzogen und wimmelte von Spinnen, Schaben, Tausendfüßchen und noch anderem abscheulichem Ungeziefer, wie er es noch nie gesehen hatte und das aus den Ritzen nur zur Hälfte herausguckte. — Ich will es lieber nicht sehen, — sagte sich Golizyn und senkte die Augen; da sah er aber etwas über den Fußboden huschen: es war eine riesengroße, rötliche Wasserratte.

Die Fensterscheiben waren mit einer dicken Kreideschicht übertüncht, und in der Zelle herrschte selbst an sonnigen Tagen eine ewige Dämmerung. In der Türe befand sich ein Guckloch mit einem eisernen Gitter innen und einem dunkelgrünen Vorhang draußen. Der Wachtposten, der mit unhörbaren Schritten, in Filzstiefeln in dem mit dicken Filzmatten belegten Korridor auf und ab ging, lüftete ab und zu den Vorhang und blickte in die Zelle hinein. Der Arrestant konnte weder husten, noch eine Bewegung machen, ohne daß im Guckloch sofort ein spähendes Auge erschien.

„Wer ist hier?" fragte eine bekannte Stimme, und Golizyn erblickte im Guckloch den kühn geschwungenen Schnurrbart Ljewaschows.

„Michailow," antwortete die Stimme Pobuschkins.

— Warum Michailow? Ach so: Valerian Michailowitsch, — kombinierte Golizyn.

„Celui-ci a les fers aux bras et aux pieds," teilte Ljewaschow jemand mit, als zeige er ein seltenes Tier. Golizyn glaubte am Guckloch das Gesicht des Großfürsten Michaïl Pawlowitsch vorbeihuschen zu sehen.

An Wänden der Zelle gab es Zeichnungen und Inschriften, zum größten Teil halb verwischt: die Gefängniswärter hatten wohl den Befehl, die Sterbechronik der ehemaligen Häftlinge abzukratzen. Nur wenige waren noch erhalten.

Unter einem weiblichen Köpfchen standen Verse:

Auf Erden warst du stets mein Gott,
Nun bist du in der Ewigkeit, —
Oh, bete dort ...

Das Folgende war verwischt; es standen nur noch die beiden letzten Worte: „dich wiedersehen."

Unter einem männlichen Bildnis lautete die Inschrift: „Bruder, ich habe mich zum Selbstmord entschlossen." Unter einem weiblichen: „Mama, lebe wohl für immer." Daneben die Worte des Herrn: „Ich bin gefangen gewesen, und ihr seid zu mir gekommen."

Die Tür ging auf, und in die Zelle trat ein Geistlicher in rauschender seidener Soutane, mit einem Kreuz am Halse und einem Orden an der Brust.

„Habe ich die Ehre, den Fürsten Valerian Michailowitsch Golizyn zu sprechen?" fragte er mit einer zeremoniösen Verbeugung an der Schwelle. „Ich störe doch nicht?"

„Ich bitte sehr, Hochwürden."

— Gott sei Dank, es ist ein Pope, also erwartet mich nicht die Folter, sondern das Schafott, — sagte sich Golizyn und dachte an den Großinquisitor in Schillers „Don Carlos". Er wollte aufstehen, um den Gast zu begrüßen, sank aber mit seinen Fesseln rasselnd hin. Jener sprang auf ihn zu und stützte ihn.

„Sie haben sich doch nicht weh getan? Einen halben Pud wiegt so ein Kettchen, das ist doch kein Spaß ..."

„Nein, es macht nichts. Warum stehen Sie? Setzen Sie sich doch!" forderte ihn Golizyn auf.

Der Gaſt verbeugte ſich ebenſo zeremoniös und ſeṭte ſich auf den Stuhl.

„Geſtatten Sie, daß ich mich vorſtelle, P. Pjotr Myſlowſkij, Erzprieſter an der Kaſanſchen Kathedrale, Beichtvater und, ich darf wohl ſagen, Freund der hier Eingekerkerten, worauf ich ſtolz bin, denn es iſt keine Sünde, auf die Freundſchaft würdiger Menſchen ſtolz zu ſein."

— Er iſt ein Spion und will mich beſchwäṭen! — dachte ſich Golizyn und muſterte ihn aufmerkſam: er iſt groß gewachſen, ein Hüne von Geſtalt, hat eine gute Haltung und ein würdiges Geſicht mit einem prächtigen, roten, graumelierten Vollbart; ſo ſehen manche fünfzigjährige Bauern aus; auch ſein Geſicht iſt ein derbes, doch gutes und kluges Bauerngeſicht; kleine, ſeitwärts von den herabhängenden Lidern bedeckte dreieckige Augenſchliṭe mit dem doppelſinnigen Ausdruck, den man ſo oft bei Ruſſen antrifft: Einfalt und Schlauheit.

„Nun, wann iſt die Hinrichtung?" fragte Golizyn, ihn unverwandt anblickend.

„Was für eine? Weſſen?"

„Meine Hinrichtung. Und was für eine, müſſen Sie beſſer wiſſen: wird man mich erſchießen, hängen oder köpfen?"

„Was fällt Ihnen ein, Fürſt!" Myſlowſkij fuchtelte erregt mit den Händen. „Ich ſchwöre Ihnen bei dieſem Prieſterkreuz, obwohl es einem Prieſter nicht geziemt, zu ſchwören, daß kein Menſch an eine Hinrichtung denkt. Wiſſen Sie denn ſelbſt nicht, daß die Todesſtrafe in den Geſeṭen des Ruſſiſchen Reiches abgeſchafft iſt?"

Golizyn glaubte noch nicht, aber ſein Herz ſtand plöṭlich wie geſtern, als die Folter vorbei war, vor Freude ſtill.

„Die Todesſtrafe iſt abgeſchafft, aber die Folter beſteht noch?" fuhr er fort, ihn immer noch unverwandt anſehend.

„Im neunzehnten Jahrhundert, in einem christlichen Staate, nach den goldenen Tagen Alexanders — die Folter!" P. Pjotr schüttelte den Kopf. „Ach, meine Herren, was habt ihr doch für abscheuliche Gedanken, — entschuldigen Sie, wenn ich es sage: unwürdige und unedle Gedanken! Man wünscht Ihnen Gutes, Sie quälen aber sich selbst und die andern. Wenn Sie nur die unsagbare Barmherzigkeit des Kaisers ahnten..."

„Ich will Ihnen Folgendes sagen, Hochwürden," unterbrach ihn Golizyn. „Merken Sie es sich ein für allemal: die Barmherzigkeit des Kaisers will ich nicht, dann schon lieber den Galgen oder das Schafott! Machen Sie sich keine Mühe, Sie werden von mir nichts herausbekommen. Haben Sie es verstanden?"

„Ich habe es verstanden. Wie sollte ich es nicht verstehen! ‚Pope, scher dich! Du bist für mich schlimmer als ein Hund!' Sie würden ja auch einen Hund ebenso hinausgejagt haben..."

Seine Stimme zitterte, seine Äuglein zwinkerten, die Lippen zuckten, und er bedeckte das Gesicht mit den Händen. — Ein so kräftiger Kerl und dabei so empfindsam! — sagte sich Golizyn erstaunt.

„Sie haben mich nicht richtig verstanden, P. Pjotr. Ich habe Sie nicht kränken wollen..."

„Ach, Durchlaucht, wer wird noch auf Kränkungen schauen!" entgegnete P. Pjotr, die Hände vom Gesicht nehmend und aufseufzend. „Mancher Mensch läßt seine Wut am ersten Besten aus und fühlt sich dann gleich erleichtert, — wohl bekomm's! Ich bin doch kein Dummkopf und verstehe es: der Pope ist zum Arrestanten gekommen, und in wessen Auftrage? Von der Behörde gesandt, also ist er ein Schuft und ein Spion. Sie sehen mich aber zum ersten Male, mein Herr. Fünfzehn Jahre versehe ich mein Amt in den Kasematten, in dieser finsteren Hölle und schlage mich wund wie ein Vogel im Käfig. Weshalb tue ich es aber, wie glauben Sie? Vielleicht wegen eines solchen Dreckes?" Er zeigte auf seinen Orden. „Man mag mich mit Titeln und Ordenssternen überschütten, ich würde keinen Tag in dieser gemeinen Stellung bleiben, wenn ich nicht hoffte, wenigstens etwas Gutes zu tun: Menschen zu helfen, denen sonst niemand helfen kann. Wenn ich, der unwürdige Pope nicht wäre, so gäbe es hier niemand, der für euch alle eintreten könnte... Für die Sache vom Vierzehnten habe ich aber ein besonderes Interesse."

„Warum ein besonderes?"

„Weil ich selbst so einer bin," flüsterte ihm P. Pjotr ins Ohr. „Ich bin zwar einfacher Bauer, habe aber Gottlob meinen gesunden Menschenverstand und ein unverdorbenes Herz. Wenn ich die hiesigen Zustände sehe, gerate ich in Aufruhr, ich verschmachte und quäle mich, will die Sünde fliehen und kann es nicht. Ich hätte ja schon längst abgestumpft sein müssen, aber wenn ich einen Arrestanten sehe, dazu noch einen mit eisernen Handschellen, so kocht und revoltiert alles in mir: ein Geschöpf Gottes, das mehr als die andern für die Freiheit geboren ist, einen Menschen in Ketten zu sehen, ist unerträglich und empörend!"

— Er ist nicht der Inquisitor von Schiller, sondern Schiller selbst! — sagte sich Golizyn mit immer wachsendem Erstaunen.

„P. Pjotr, ich habe mich an Ihnen versündigt, verzeihen Sie mir," sagte er und reichte ihm die Hand.

Jener drückte sie fest zusammen, errötete plötzlich, begann mit den Augen zu zwinkern und fiel ihm schluchzend um den Hals.

„Valerian Michailowitsch, Liebster, jagen Sie mich nur nicht hinaus! Vielleicht werde ich Ihnen doch irgendwie nützlich sein, Sie werden es schon selbst sehen!" Er umarmte und küßte ihn zärtlich.

„Mein Freund, ist es schon lange her, daß Sie zum letzten Mal gebeichtet und kommuniziert haben?" fragte er wie nebenbei, aber Golizyn schien es, daß es der Hauptgrund seines Kommens sei.

Er befreite sich aus seinen Armen und sah ihn ebenso unverwandt wie früher an: die gleichen kleinen dreieckigen Augenschlitze unter den herabhängenden Lidern mit dem doppelsinnigen Ausdruck von Einfalt und Schlauheit. So lange er ihn auch ansah, konnte er unmöglich entscheiden, ob er sehr schlau oder sehr einfältig sei.

„Es ist lange her," antwortete er unwillig

„Haben Sie nicht jetzt den Wunsch?'

„Nein."

— Nach den russischen Gesetzen ist der Beichtvater verpflichtet, jede gegen ein Mitglied des Zarenhauses gerichtete böse Absicht, von der er in der Beichte hört, höheren Ortes zu melden, — ging es Golizyn durch den Kopf.

P. Pjotr schien noch etwas fragen zu wollen, verstummte aber plötzlich und schlug die Augen nieder. Dann stand er auf und hatte auf einmal große Eile.

„Ich muß zu Ihrem Nachbarn, dem Fürsten Obolenskij, er sitzt gleich nebenan, hinter dieser Wand. Ich glaube, er ist Ihr Freund?"

„Ja."

„Soll ich ihn grüßen?"

„Grüßen Sie ihn."

Es mißfiel Golizyn, daß P. Pjotr ihm so leichtsinnig Dinge mitteilte, die ein Arrestant gar nicht wissen darf, als sei er schon ein Mitverschworener.

„Ach, beinahe hätte ich es vergessen!" rief plötzlich Myslowskij und holte aus der Tasche ein altes Lederfutteral.

„Die Brille!" rief Golizyn freudig erstaunt. „Wo haben Sie die her?"

„Von Herrn Fryndin."

„Man wird sie mir doch wegnehmen. Eine Brille hat man mir schon weggenommen."

„Man wird sie Ihnen nicht wegnehmen: ich habe für Sie die Erlaubnis erwirkt."

Auch das mißfiel Golizyn: der Geistliche ist gar zu dienstfertig, ist zu fest davon überzeugt, daß er seine Dienste annehmen wird, ohne es ihm vergelten zu können.

„Herr Fryndin läßt Ihnen sagen, daß die Fürstin Marja Pawlowna sich bei bester Gesundheit befindet, fest auf Gottes Gnade baut und auch Sie darum bittet... Jetzt dürfen Sie ihr noch nicht schreiben, es ist noch sehr streng; später werden Sie ihr aber durch mich schreiben können," flüsterte er ihm ins Ohr, nach der Türe schielend. „Alles wird schon gut werden, Durchlaucht: auch in den Kasematten leben Menschen. Lassen Sie nur nicht den Mut sinken und verzagen Sie nicht. Gott schütze Sie!" Er hob die Hand, um ihm den Priestersegen zu erteilen, überlegte es sich aber, umarmte ihn noch einmal und ging hinaus.

Golizyn glaubte schon halb, daß ihn keine Folter und keine Todesstrafe erwarte; er freute sich, aber die gestrige wolkenlose Freude — Im Rachen des Tieres ist es wie im Busen Christi, — hatte sich getrübt, war gleichsam entweiht. Er begriff, daß es etwas Schlimmeres geben könne als die Folter und die Todesstrafe. Mag P. Pjotr der einfältigste und gutmütigste Pope sein, für Golizyn ist er aber gefährlicher als alle Spione und Spitzel.

Der Feuerwerker Schibajew brachte ihm das Mittagessen: Kohlsuppe und Brei. Das Fastenöl, mit dem der Brei zubereitet war, roch so abscheulich, daß Golizyn, nachdem er einen Löffel voll in den Mund genommen hatte, es nicht herunterschlucken konnte und wieder ausspie. Er bekam weder Messer noch Gabel, nur einen hölzernen Löffel. — Nichts Scharfes, damit man sich nichts antun könne, — kombinierte er.

Nach dem Essen brachte ihm der Platz-Adjutant Trussow, ein junger Mann mit hübschem und frechem Gesicht ein Paket Tabak und eine elegante, perlgeschmückte Pfeife.

„Wollen Sie nicht rauchen?"

„Ich danke Ihnen. Ich rauche nicht."

„Gehört denn dies Rauchzeug nicht Ihnen?"

„Nein."

„Entschuldigen Sie!" sagte Trussow lächelnd, und sein Gesicht wurde bei diesem Lächeln noch frecher. Er machte eine höfliche Verbeugung und ging.

— Die Versuchung durch die Pfeife nach der Versuchung durch den Leib und das Blut des Herrn, — sagte sich Golizyn angeekelt.

Als es dunkel geworden war und man das Nachtlämpchen angezündet hatte, begannen die Schaben an den Wänden mit einem kaum hörbaren Rascheln zu wimmeln.

Die obere Scheibe im Fenster war nicht übertüncht; er sah durch sie ein schmales schwarzes Stückchen Himmel und einen Stern.

Golizyn dachte an Marinska. Um nicht allzu melancholisch zu werden, bemühte er sich, an etwas anderes zu denken: wie er sich wohl mit Obolenskij verständigen könne.

Er setzte sich auf das Bett, klopfte mit dem Finger und drückte das Ohr an die Wand. Lange klopfte er so, ohne eine Antwort zu bekommen. Die Mauer war sehr dick, und das Klopfen mit dem Finger drang nicht durch. Er fand die entsprechende Stellung und klopfte leise mit der Eisenstange, die seine Handschellen verband; er bekam sofort Antwort und klopfte vor Freude, ohne an den Wachtposten im Korridor zu denken, so laut er konnte.

Der Gefreite Nitschiporenko mit dem roten Säufergesicht trat in die Zelle.

„Was hast du, du Hundesohn? Willst du vielleicht den Sack kosten?"

„Was für einen Sack?" fragte Golizyn neugierig; die Grobheit hatte ihn nicht beleidigt, sondern nur in Erstaunen gesetzt.

„Wenn man dich hineinsetzt, wirst du es schon sehen," brummte jener und fügte im Weggehen so überzeugend hinzu, daß Golizyn merkte, daß es kein Spaß sei: „Du kannst auch ausgepeitscht werden!"

Er legte sich aufs Bett, kehrte das Gesicht zur Wand, stellte sich schlafend und wartete ab, bis alles wieder still wurde, dann fing er wieder an, mit dem Finger an die Wand zu klopfen. Obolenskij antwortete.

Anfangs klopften sie, ohne zu zählen, gierig, unaufhaltsam, nur um eine Antwort zu hören. Die Seele fühlte sich durch die Mauer hindurch von der andern Seele angezogen: Herz und Herz schlugen im gleichen Takt: „Du?" — „Ich!" — „Du?" — „Ich!" Zuweilen hämmerte das Blut so laut in den Schläfen, daß er die Antwort überhörte und schon fürchtete, es werde keine kommen. Aber er bekam doch Antwort.

Dann fingen sie an, die Schläge zu zählen, bald zu beschleunigen und bald zu verlangsamen: sie versuchten, ein Klopfalphabet herzustellen. Sie verzählten sich, machten Fehler, verzweifelten, gaben das Klopfen auf und fingen von neuem an.

Golizyn schlief mitten im Klopfen ein und träumte die ganze Nacht, daß er klopfe.

Die Tage glichen so sehr einander, daß er aus der Zeitrechnung kam. Er knetete Brotkrumen zu Kügelchen zusammen und klebte sie nebeneinander an die Wand: jedes Kügelchen bedeutete einen Tag.

Er empfand faſt keine Langweile: er hatte eine Menge kleiner Beſchäftigungen. Er lernte, in den Fußſchellen zu gehen. Er drehte ſich in der engen Zelle wie ein Tier im Käfig, ſich an der Stuhllehne feſthaltend, um nicht hinzufallen.

Marinjkas einziges Taſchentuch diente ihm noch immer als Kiſſenüberzug. Er ſchonte es. Er lernte, ſich mit den Fingern zu ſchneuzen; anfangs war es ihm widerlich, dann gewöhnte er ſich daran. Er merkte, als er ſich des Morgens ſchneuzte oder den Schleim ausſpie, daß es in ſeiner Naſe und ſeinem Munde ſchwarz vor Ruß war. Das Lämpchen blakte, weil der Docht zu dick war. Er zog ihn heraus und zerteilte ihn in einzelne Faſern; das Blaken hörte auf, und die Luft wurde reiner.

Er ſchlief in den Kleidern: er hatte noch immer nicht gelernt, ſich in den Feſſeln zu entkleiden. Die Wäſche war ſchmutzig geworden, die Flöhe fraßen ihn auf. Er konnte ſich zwar durch Myſlowſkij reine Wäſche von zu Hauſe kommen laſſen, aber er wollte ihm für nichts verpflichtet ſein. Lange litt er ſo; endlich empörte er ſich und verlangte von Poduſchkin reine Wäſche. Man brachte ihm eine ſchlecht gewaſchene, nicht ganz trockene Soldatenunterhoſe und ein Hemd aus grober Packleinwand. Er zog die Wäſche mit Genuß an.

Einmal hatte der Ofen geraucht. Man öffnete die Türe ſeiner Zelle. Ein eigentümliches Gefühl überkam Golizyn: die Tür iſt offen, aber er darf nicht hinaus, es iſt eine unburchbringliche Leere. Anfangs war es nur ſonderbar, dann aber ſchwer und unerträglich. Er freute ſich, als die Tür wieder geſchloſſen wurde.

Mit Obolenſkij tauſchte er Lebenszeichen aus, aber ſie konnten einander noch immer nicht verſtehen, es gelang ihnen nicht, ein Alphabet zu finden. Sie klopften faſt hoffnungslos. Die Finger ſchwollen an, die Nägel ſchmerzten. Die lebendig Begrabenen klopften mit den Köpfen gegen die Wandungen des Sarges.

Schließlich sahen sie ein, daß daraus nichts werden würde, wenn sie nicht ein geschriebenes Alphabet austauschten.

Im Fenster Golizyns war ein blecherner Ventilator. Er brach einen der Blechflügel heraus und wetzte ihn am Ziegelstein, der an einer Stelle vom Verputz entblößt war. Mit diesem Messer schnitt er vom Bettfuße ein dünnes Spänchen ab. Er nahm Ruß vom Lampendocht, löste ihn in etwas Wasser in einer Vertiefung im Fensterbrett auf, tauchte den Span ein und schrieb auf die Wand das Alphabet: die Buchstaben waren in einer Tabelle angeordnet, und bei jedem stand die Zahl der Schläge; die kurzen bezeichnete er durch Punkte und die langen durch Striche. Er schrieb das gleiche Alphabet auf den Papierfetzen, mit dem das Loch in seinem Brillenfutteral verstopft war, ab, um es Obolenskij zu übermitteln.

Der Invalide brachte ihm jeden Morgen eine irdene Waschschüssel und einen Zinnkrug mit Wasser. Golizyn konnte sich nicht selbst waschen: die Handschellen hinderten ihn daran. Der Soldat seifte ihm die Hände ein, die eine nach der andern, und übergoß sie dann mit Wasser.

Einmal brachte er ihm ein kleines Stückchen Spiegel. Als er hineinblickte, erkannte er sich nicht und erschrak: so mager war er geworden, ein Bart war ihm gewachsen: er war nicht mehr der Fürst Golizyn, sondern der „Sträfling Michailow".

Er sprach den Soldaten niemals an, und auch jener schwieg hartnäckig und schien taubstumm. Einmal fing er aber von selbst zu sprechen an:

„Euer Wohlgeboren, kommen Sie bitte etwas näher her, zum Ofen, hier ist es wärmer," flüsterte er ihm zu. Dann trug er den Schemel mit dem Waschwasser in die entfernte Ecke am Ofen, die das Auge des Wachtpostens nicht erreichen konnte, und sah Golizyn lange und mitleidsvoll an.

„Es ift wohl ſchwer in der Kaſematte? Was ſoll man machen, Gott will es wohl ſo. Man muß dulden, Euer Wohlgeboren. Gott liebt die Geduldigen, mit der Zeit wird er ſich vielleicht auch erbarmen."

Golizyn ſah ihn an: das Geſicht derb, nichtsſagend, grau wie das Tuch ſeines Soldatenmantels, aber in den kleinen kurzſichtigen Augen eine ſolche Güte, daß er ſich wunderte: wie hatte er ſie nicht ſchon früher bemerkt?

Er zog das Papier mit dem Alphabet aus der Taſche.

„Kannſt du das Obolenſkij bringen?"

„Vielleicht wird es gehen."

Kaum hatte ihm Golizyn den Zettel zugeſteckt, als der Platz-Major Poduſchkin und der Gefreite Nitſchiporenko in die Zelle traten. Sie unterſuchten den Ofen, — er hatte wieder geraucht, — und gingen, ohne etwas bemerkt zu haben.

„Beinahe wären wir hereingefallen," flüſterte Golizyn ganz blaß vor Schreck.

„Gott war uns gnädig," verſetzte der Soldat einfach.

„Hätteſt du was abbekommen?"

„Für ſo was muß unſereins Spießruten laufen."

„Du fällſt noch herein, gib mir den Zettel wieder."

„Keine Bange, Euer Wohlgeboren, ich werde ihn ſicher abliefern."

Golizyn fühlte, daß er ihm nicht danken durfte.

Der Soldat ſah ihn wieder lange und mitleidsvoll an.

„Ich bin ein toter Menſch, Euer Wohlgeboren!" ſagte er mit einem ſtillen, wirklich toten Lächeln.

Golizyn wollte weinen. Es war ihm, als verſtünde er zum erſten Mal im Leben die Parabel vom barmherzigen Samariter, die Antwort auf die Frage: Wer iſt mein Nächſter?

In der gleichen Nacht unterhielt er ſich ſchon mit Obolenſkij.

„Guten Abend!" klopfte Golizyn.

„Guten Abend!" antwortete Obolenskij. „Bist du wieder gesund?"

„Ja, aber in Ketten."

„Ich weine!"

„Weine nicht, alles ist gut," antwortete Golizyn und weinte vor Glück.

Zweites Kapitel

Eines Abends gegen elf Uhr kam in Golizyns Zelle der Kommandant Ssukin mit dem Platz-Major Poduschkin und dem Platz-Adjutanten Trussow: sie nahmen ihm die Fesseln ab, und nachdem er die Gefängniskleidung mit seiner eigenen vertauscht hatte, legten sie ihm wieder an.

„Wir wollen ein wenig Blindekuh spielen, Durchlaucht," scherzte der Platz-Major. Er verband ihm die Augen mit einem Tuch, stülpte ihm eine schwarze baumwollene Kappe darüber, man faßte ihn unter die Arme, führte ihn hinaus, setzte ihn in einen Schlitten, und sie fuhren.

Nach kurzer Fahrt hielten sie. Poduschkin half dem Arrestanten aus dem Schlitten und führte ihn einige Stufen hinauf.

„Stolpern Sie nicht, Sie können sich leicht weh tun!" sagte er ihm besorgt.

Er führte ihn durch mehrere Zimmer; in dem einen hörte man Federgekritzel: wahrscheinlich war es eine Kanzlei. Poduschkin ließ ihn sich setzen und nahm ihm die Binde von den Augen.

„Warten Sie ein wenig!" sagte er und ging hinaus.

Golizyn sah durch eine Öffnung in der mit grüner Seide bespannten spanischen Wand Diener mit Schüsseln — offenbar aß man irgendwo Abendbrot — und Flügeladjutanten mit Papieren vorbeilaufen. Einige Soldaten führten einen Arrestanten vorbei, der so fest gefesselt war, daß er sich kaum rühren konnte: über sein Gesicht war wie bei Golizyn eine schwarze Mütze gestülpt.

Er mußte lange warten. Endlich kam wieder Pobuschkin, verband ihm die Augen, nahm ihn bei der Hand und führte ihn.

„Bleiben Sie stehen," sagte er ihm und ließ seine Hand los.

„Nehmen Sie die Binde ab," sagte eine Stimme.

Golizyn nahm sich das Tuch von den Augen und sah ein großes Zimmer mit weißen Wänden; einen langen, mit grünem Tuch bedeckten Tisch mit Papieren, Tintenfässern, Federn und einer Menge brennender Wachskerzen in Armleuchtern. Um den Tisch herum saßen an die zehn Männer in Generalsuniformen mit Ordensbändern und Sternen. Auf dem Präsidentenplatz am oberen Ende des Tisches saß der Kriegsminister Tatischtschew; rechts von ihm der Großfürst Michail Pawlowitsch, der Chef des Generalstabs General Dibitsch, der neue Petersburger militärische Generalgouverneur Golinischtschew-Kutosow; links — der ehemalige Oberprokurator des Synods Fürst Alexander Nikolajewitsch Golizyn, der einzige Zivilist in dieser Versammlung; die Generaladjutanten: Tschernyschow, Potapow, Ljewaschow und ganz am Ende des Tisches der Flügeladjutant Oberst Adlerberg. An einem eigenen Tischchen saß ein alter, kahlköpfiger Beamter der fünften Rangklasse, wahrscheinlich als Protokollführer.

Golizyn begriff, daß es das zur Untersuchung der Vorgänge vom Vierzehnten eingesetzte Komitee war.

Eine Minute lang schwiegen alle.

„Kommen Sie näher," sagte endlich Tschernyschow mit feierlicher Miene und winkte ihn heran.

Golizyn trat, durch das Klirren seiner Ketten die Stille des Zimmers störend, vor den Tisch.

„Mein Herr," sagte Tschernyschow, nachdem Golizyn die üblichen Fragen nach Namen, Alter, Religion und Dienstgrad beantwortet hatte, „in Ihrer ersten Erklärung, die Sie dem General Ljewaschow abgegeben haben, beantworteten Sie jede der an Sie gerichteten Fragen mit einem Nein und behaupteten nichts von Umständen zu wissen, welche..."

Golizyn betrachtete Tschernyschow, ohne ihm zuzuhören: er ist wohl über vierzig, will aber als zwanzigjähriger Jüngling erscheinen; trägt eine üppige schwarze Perücke mit kleinen Locken, die an Lammfell erinnern, ist gepudert und geschminkt; die Brauen sind ganz dünn hingemalt; der kleine Schnurrbart emporgewirbelt und sieht wie angeklebt aus; die enggeschlitzten, etwas schief stehenden Katzenaugen mit gelben Pupillen haben einen tückischen und raubgierigen Ausdruck. — Ist wohl eine furchtbare Bestie, — sagte sich Golizyn. — Nicht umsonst sagen wohl die Leute, er hätte Napoleon selbst angeschwindelt. —

„Wollen Sie nun die ganze Wahrheit eröffnen und Ihre Komplizen nennen. Uns ist auch ohnehin alles bekannt, aber wir wollen Ihnen die Gelegenheit geben, durch aufrichtige Reue die Erleichterung Ihres Loses zu verdienen."

„Ich habe die Ehre gehabt, dem General Ljewaschow alles zu sagen, was ich über mich selber weiß, die Namen der andern zu nennen, halte ich aber für ehrlos," antwortete Golizyn.

„Ehrlos?" rief Tschernyschow, die Stimme erhebend, mit geheuchelter Entrüstung. „Sie haben keine Ahnung von Ehre, mein Herr. Einer, der den Treueid verletzt und sich gegen die gesetzliche Gewalt empört, darf nicht von Ehre sprechen!"

Golizyn sah ihn so an, daß jener ihn begriff: — Einen gefesselten Arrestanten kannst du leicht verhöhnen, Schurke! — Tschernyschow erbleichte durch die Schminke, sagte aber nichts, wechselte nur seine Beinstellung und berührte mit den Fingern seinen Schnurrbart.

„Sie sind halsstarrig und wollen uns einreden, daß Sie nichts wissen; ich will aber zwanzig Zeugen beistellen, die Sie überführen; aber dann dürfen Sie auf keine Gnade mehr rechnen, man wird mit Ihnen ohne Erbarmen verfahren!"

Golizyn hörte gelangweilt zu und dachte sich: — Diese Narrenposse! —

„Hören Sie mal, Fürst," sagte Tschernyschow, ihn zum ersten Male ansehend, und in seinen gelben Pupillen leuchtete ungeheuchelter Haß auf, — „wenn Sie sich noch länger weigern, so haben wir Mittel, Sie zum Sprechen zu zwingen."

„In Rußland besteht die Folter, das hat mir neulich der General Ljewaschow mitgeteilt. Aber Euer Exzellenz drohen umsonst: ich weiß ganz genau, was ich riskiere," antwortete Golizyn und blickte ihm wieder gerade in die Augen. Tschernyschow kniff die seinigen ein wenig zusammen und lächelte plötzlich.

„Nun, wenn Sie keine Namen nennen wollen, so werden Sie vielleicht die Güte haben, uns etwas von den Zielen der Gesellschaft zu erzählen?" begann er mit einer ganz anderen Stimme.

Als Golizyn sich vorher überlegt hatte, wie er die Fragen beantworten werde, hatte er sich entschlossen, die Ziele der Gesellschaft nicht zu verheimlichen. Denn er sagte sich: — Wer weiß, vielleicht wird die Stimme der Freiheit, die jetzt in der Folterkammer erklingt, die kommenden Geschlechter erreichen? —

„Unser Ziel war, dem Vaterlande eine gesetzlich freie Regierung zu geben," begann er, sich an alle wendend. „Der Aufstand vom Vierzehnten war keine Meuterei, wie Sie, meine Herren, annehmen, sondern der erste Versuch einer politischen Revolution in Rußland. Je kleiner die Zahl der Männer war, die diesen Versuch unternahmen, umso ruhmvoller ist es für sie, denn die Stimme der Freiheit hat zwar infolge des Mißverhältnisses der Kräfte und der ungenügenden Anzahl von Menschen bloß wenige Stunden geklungen, aber auch das ist schon gut, daß sie überhaupt erklungen ist und nie wieder verstummen wird. Nun ist den kommenden Geschlechtern der Weg gezeigt. Wir haben unsere Pflicht getan und können uns unseres Unterganges freuen: was wir gesäet haben, wird einmal aufgehen..."

„Gestatten Sie die Frage, Fürst," unterbrach ihn sein Onkel, Alexander Nikolajewitsch Golizyn mit einer Miene, als erkennte er den Neffen nicht, „wenn Ihre Revolution gelungen wäre, was würden Sie dann mit uns allen getan haben, z. B. mit mir?"

„Wenn Eure Durchlaucht sich der neuen Ordnung nicht fügen wollten, würden wir Sie bitten, ins Ausland zu ziehen," antwortete der Neffe lächelnd; er erinnerte sich noch, wie ihn der Onkel einst für das Brillentragen ausgeschimpft hatte: Du hast deine eigene Karriere verdorben und auch mich Alten hereingelegt!

„Also emigrieren?"

„Ja."

„Ich danke für die Gnade!" Der Onkel stand auf und machte eine tiefe Verbeugung.

Alle lachten. Es begann ein richtiges Salongespräch. Alle freuten sich über die Gelegenheit, ein wenig zu plaudern und auszuruhen.

„Ah, mon prince, vous avez fait bien du mal à Russie, vous l'avez roculée de cinquante ans," erklärte Benkendorf aufseufzend und fügte mit einem feinen Lächeln hinzu: „Unser Volk ist für die Revolution nicht geschaffen: es ist klug, weil es sanft ist, und es ist sanft, weil es unfrei ist."

„Das Wort ‚Freiheit' bezeichnet einen verführerischen, doch für den Menschen unnatürlichen Zustand, denn unser ganzes Leben ist eine dauernde Abhängigkeit von den Naturgesetzen," meinte Kutusow.

„Ich bin mathematisch davon überzeugt, daß ein Christ und ein Aufrührer gegen die von Gott eingesetzte Obrigkeit einen absoluten Widerspruch darstellen," erklärte der Onkel.

Der Großfürst gab aber zum hundertsten Male die Anekdote von der Frau Konstantins, „Konstitution" zum Besten. Und der Laufbursche des Kaisers, „Fjodorytsch" Adlerberg kicherte so unterwürfig und lautlos, daß er beinahe erstickte.

Der Vorsitzende Tatischtschew, der „russische Falstaff", ein Mann mit dickem Bauch, rotem Gesicht und herabhängender Unterlippe, der nach dem üppigen Abendessen duselte, öffnete plötzlich ein Auge, richtete es auf Golizyn und brummte sich in den Bart:

„Dieser Schelm! Dieser Schelm!"

Golizyn sah alle an und dachte sich: — Eine nette Gesellschaft! Nun, auch ich bin nett: wie kann ich bloß mit solchen Menschen reden. Es ist kein Gerichtshof, nicht einmal eine Folterkammer, sondern ein Lakaienzimmer! —

„Haben Sie die Güte, Fürst, uns die Worte wiederzugeben, die Rylejew in der Nacht auf den Vierzehnten sprach, als er Kachowskij den Dolch einhändigte," fuhr Tschernyschow mitten in der Unterhaltung im Verhör fort.

„Ich kann nichts mitteilen," antwortete Golizyn: er hatte sich entschlossen, zu schweigen, was man ihn auch fragen würde.

„Sie waren aber dabei. Vielleicht haben Sie es vergessen? Dann will ich Sie daran erinnern. Rylejew sagte zu Kachowskij. ‚Töte den Zaren. Geh früh am Morgen vor der Erhebung ins

Palais und töte ihn dort.' Können Sie sich darauf besinnen? Warum schweigen Sie? Sie wollen nicht sprechen?"

„Ich will nicht."

„Wie Sie wollen, Fürst, aber Sie schaden damit nur sich selbst. Wenn Sie die Worte Rylejews leugneten oder bestätigten, könnten Sie seine Schuld oder die Schuld Kachowskijs vermindern und vielleicht einen von beiden retten; indem Sie aber schweigen, richten Sie alle beide zugrunde."

— Er hat ja eigentlich recht, — sagte sich Golizyn.

„Nun, wie ist es?" fuhr Tschernyschow fort. „Sie wollen nichts sagen? Ich frage Sie zum letzten Male: Sie wollen nicht?"

„Ich will nicht."

„Ein Schelm! Ein Schelm!" brummte Tatischtschew vor sich hin.

In den engen gelben Schlitzaugen Tschernyschows funkelte wieder Haß auf.

„Hat die Fürstin von Ihrer Teilnahme an der Verschwörung gewußt?" fragte er nach einer Pause.

„Was für eine Fürstin?"

„Ihre Gattin," erwiderte Tschernyschow mit liebenswürdigem Lächeln.

Golizyn fühlte plötzlich, daß seine Ketten unerträglich schwer wurden und seine Füße zitterten, — gleich wird er umfallen. Er machte einen Schritt und klammerte sich an eine Stuhllehne.

„Setzen Sie sich, Fürst. Sie sind sehr blaß. Ist Ihnen unwohl?" sagte Tschernyschow aufstehend und ihm einen Stuhl anbietend.

„Meine Frau weiß von nichts," antwortete Golizyn, sich mit Mühe auf den Stuhl setzend.

„Sie weiß von nichts?" Tschernyschow lächelte noch freundlicher. „Wie ist das möglich? Sie haben am Tage vor der Verhaftung geheiratet, folglich aus ungewöhnlicher Liebe. Und Sie haben ihr nichts gesagt, haben ihr das Geheimnis nicht anvertraut, von dem Ihr Schicksal und auch das Schicksal Ihrer Gemahlin abhängt? Entschuldigen Sie, Fürst, es ist unnatürlich, ganz unnatürlich! Machen Sie sich nur keine Sorge; ohne besondere Not werden wir die Fürstin nicht belästigen."

— Soll ich mich nicht auf ihn stürzen und ihm den Schädel mit meinen Ketten einschlagen?! — dachte sich Golizyn.

„Ecoutez, Tschernyschow, c'est très probable, que le prince n'a voulu rien confier à sa femme et qu'elle n'a rien su," sagte der Großfürst.

Er machte schon längst eine unzufriedene Miene, hielt sich ein Blatt Papier vors Gesicht und strich sich mit dem Federbart über die Lippen. „Le bourru bienfaisant" war streng von Aussehen, hatte aber ein gutes Herz.

„Zu Befehl, Hoheit," antwortete Tschernyschow mit einer Verbeugung.

„Morgen werden Sie einen Fragebogen bekommen, mein Herr, und alle Punkte schriftlich beantworten," sagte er zu Golizyn und zog die Klingelschnur.

Der Platz-Major Pobuschkin erschien mit den Begleitmannschaften in der Tür.

„Meine Herren, Sie haben mich über alles ausgefragt, gestatten Sie, daß auch ich Sie frage," sagte Golizyn indem er sich erhob und alle mit einem bleichen Lächeln auf seinem leichenblassen Gesicht ansah.

„Was? Was ist?" rief Tatischtschew, der wieder erwachte und beide Augen aufriß.

„Il a raison, messieurs. Il faut être juste, laissons le dire son dernier mot," sagte der Großfürst lächelnd, im Vorgeschmack eines lustigen Zwischenfalls: er hatte eine Schwäche für derlei Sachen.

„Haben Sie nur keine Angst, meine Herren, es ist nichts Besonderes," fuhr Golizyn mit dem gleichen blassen Lächeln fort. „Ich wollte nur fragen, was für eines Verbrechens sind wir angeklagt?"

„Stellen Sie sich nicht so dumm, Herr," rief plötzlich Dibitsch wütend. „Sie haben gemeutert, haben einen Zarenmord geplant, und wissen nicht, wessen man Sie anklagt?"

„Ja, wir haben einen geplant," wandte sich Golizyn an ihn, „wir wollten den Zaren ermorden, haben ihn aber nicht ermordet. Die richtigen Zarenmörder kommen aber nicht vors Gericht? Die, die den Zaren nicht in Gedanken, sondern in der Tat ermordet haben?"

„Was für Mörder? Reden Sie vernünftig, hol Sie der Teufel!" Dibitsch geriet in Wut und schlug mit der Faust auf den Tisch.

„Nicht doch! Führt ihn schneller ab!" rief Tatischtschew erschrocken.

„Eure Exzellenzen," sagte Golizyn, seine beiden Arme mit den Ketten erhebend und mit dem Finger erst auf Tatischtschew und dann auf Kutusow zeigend, „Eure Exzellenzen, wissen Sie, was ich meine?"

Alle waren starr. Es wurde so still, daß man die Kerzen knistern hörte.

„Sie wissen es nicht? Also will ich es Ihnen sagen: ich meine den Zarenmord vom 11. März 1801."

Tatischtschew wurde rot, Kutusow grün; es war, als hätten sie ein Gespenst erblickt. Daß sie an der Ermordung des Kaisers Paul beteiligt waren, wußten alle.

„Hinaus! Hinaus! Hinaus!" schrien alle, von ihren Plätzen aufspringend und mit den Händen fuchtelnd.

Der Platz-Major Poduschkin lief auf den Arrestanten zu und stülpte ihm die Mütze über den Kopf. Die Soldaten packten ihn und schleppten ihn hinaus. Golizyn lachte aber auch unter der Mütze ein triumphierendes Lachen.

Drittes Kapitel

Am nächsten Morgen brachte der Kommandant Sfukin Golizyn ein versiegeltes Kuvert mit dem Fragebogen, eine Feder, Papier und Tinte.

„Machen Sie es ohne Übereilung, überlegen Sie sich alles gut," sagte er, indem er ihm das Paket einhändigte.

An diesem Tage bekam er nichts als Brot und Wasser. Er begriff, daß es die Strafe für das Gestrige war.

Spät am Abend kam zu ihm der Platz-Adjutant Trussow und stellte auf den Tisch einen Teller mit einer weißen, appetitlich gebräunten Semmel, wie man sie in den deutschen Bäckereien kauft.

„Essen Sie doch."

„Ich danke, ich habe keinen Hunger."

„Tut nichts, soll sie nur liegen. Sie werden schon Hunger bekommen."

„Nehmen Sie sie weg," sagte Golizyn sehr bestimmt; ihm fiel die Versuchung durch die Pfeife ein.

„Kränken Sie mich nicht, Fürst. Ich meine es gut mit Ihnen. Ich bitte Sie herzlich, essen Sie sie. Sonst können Sie Unannehmlichkeiten haben..."

„Was für Unannehmlichkeiten?" fragte Golizyn erstaunt.

Trussow antwortete nichts und grinste nur; sein hübsches, freches Gesicht erschien Golizyn in diesem Augenblick besonders abstoßend. Er verbeugte sich und ging, die Semmel ließ er auf dem Tische zurück.

Golizyn unterhielt sich bis spät in die Nacht hinein durch Klopfen mit Obolenskij. Beiden schmerzten vom Klopfen die Finger. Golizyn klopfte mit einem Ästchen vom Besen, mit dem man den Boden kehrte, und Obolenskij mit einem Bleistiftstümpfchen.

„Ich habe mich entschlossen, zu schweigen, was sie mich auch fragen," klopfte Golizyn und erzählte ihm vom Verhör.

„Du darfst nicht schweigen: so schadest du nicht nur dir selbst, sondern auch den andern," antwortete Obolenskij.

„Tschernyschow sagt dasselbe," entgegnete Golizyn.

„Er hat Recht. Man muß antworten, lügen, schwindeln."

„Ich kann nicht. Kannst du es?"

„Ich lerne es."

„Rylejew ist ein Schurke: er verrät alle."

„Nein, er ist kein Schurke. Du weißt es nicht. Wurdest du mit ihm konfrontiert?"

„Nein."

„Es kommt noch. Du wirst es sehen: er ist besser als wir alle."

„Ich verstehe es nicht."

„Du wirst es schon verstehen. Wenn man dich über Kachowskij fragt, so sage nicht, daß er den Miloradowitsch getötet hat. Ich habe ihn ja auch mit dem Bajonett verletzt; vielleicht habe ich ihn getötet und nicht er."

„Warum lügst du? Du weißt selbst, daß er es war."

„Ganz gleich, verrate ihn nicht. Rette ihn."

„Ihn soll ich retten und dich zu Grunde richten?"

„Du wirst mich nicht zu Grunde richten: alle sind für mich und gegen ihn."

„Ich will nicht lügen."

„Du denkst immer nur an dich, denke auch an die anderen. Da kommt jemand. Leb wohl."

Nach dem Gespräch mit Obolenskij wurde Golizyn so nachdenklich, daß er gar nicht merkte, wie er die Semmel zu essen begann. Er merkte es erst, als er die Hälfte gegessen hatte. Es hatte keinen Sinn, die andere Hälfte zurückzulassen, und er aß sie ganz auf.

In der Nacht erwachte er vor Leibschmerzen. Er stöhnte und ächzte. Die ganze Nacht quälte er sich. Gegen Morgen bekam er Erbrechen, es war so heftig und schmerzvoll, daß er glaubte, er müsse sterben. Aber dann kam eine Erleichterung, und er schlief ein.

„Wie haben Sie geschlafen?" weckte ihn Ssukin.

„Sehr schlecht. Ich hatte Erbrechen."

„Haben Sie irgend was gegessen?"

„Trussow hat mir eine Semmel gebracht."

„Haben Sie Wasser nachgetrunken?"

„Nein."

„Also es kommt davon. Man muß nach Brot immer etwas Wasser trinken. Es wird schon vergehen. Gleich kommt der Arzt."

„Ich brauche keinen Arzt."

„Nein, Sie brauchen einen. Gott behüte, wenn etwas passiert. Es ist sehr streng: wir haften für das Leben der Arrestanten mit dem Kopfe."

Der „Namenlose" — so nannte Golizyn den Soldaten, der für ihn der barmherzige Samariter war, — erklärte, als er vom nächtlichen Unwohlsein Golizyns hörte, man hätte ihn vergiften wollen.

„Vielleicht haben Euer Wohlgeboren die Obrigkeit geärgert, darum quält man Sie so."

Später kam der Arzt, derselbe, der im Winterpalais bei der Vernehmung Obojewskijs dabei war, Salomon Moissejewitsch Elkan, wahrscheinlich ein getaufter Jude, mit schwarzen Haaren, dicken Lippen und unruhigen, schlauen und frechen Augen. — Eine abscheuliche Fratze. So einer kann einen wirklich vergiften! — sagte sich Golizyn.

Der Arrestant bekam von nun an Krankenkost: Tee und eine dünne Suppe. Aber er nahm nichts zu sich außer Brot, das ihm heimlich der „Namenlose" brachte.

Zwei Tage aß er nichts, aber am dritten Tage kam zu ihm Poduschkin. Er setzte sich zu ihm aufs Bett, seufzte, gähnte, bekreuzte sich den Mund und begann:

„Warum essen Sie nicht?"

„Ich habe keine Lust."

„Ach, essen Sie doch, — sonst wird man Sie zwingen!"

„Wie wird man mich zwingen?"

„Man steckt Ihnen so einen Apparat in den Mund und gießt Bouillon hinein, — dann werden Sie gewaltsam schlucken. Man kann Sie auch in einen ‚Sack' setzen."

„Was ist das für ein Sack?"

„Es sind solche unterirdische Karzer; oben ist eine Steinplatte mit einem Loch für die Luft. Dort ist es ganz anders als hier, — finster, feucht, schlecht."

Er schwieg eine Weile, gähnte wieder und fügte hinzu:

„Grämen Sie sich nicht, alles wird schon gut. Auch General Jermolow hat hier unter der Regierung des Kaisers Paul I. gesessen, als man ihn aber herausließ, grüßte er mich nicht mehr.

Ebenso wird es auch Ihnen gehen. Alles wird sich zum Besten wenden."

"Haben Sie den ‚Candide' gelesen, Jegor Michailowitsch?"

"Meinen Sie das mit der Nase? Ja, ich teile mit Candide diesen Vorzug, daß man mich nicht an der Nase herumführen kann!"

Angesichts des Apparates und des Sackes fing Golizyn zu essen an.

Manchmal besuchte ihn Ssukin. Der alte Kommandant mit dem kurzgeschnittenen Haar und dem rauhen Soldatengesicht, das etwas von einem Mopse hatte, stand vor ihm auf seinem Stelzbein und fing an, weit ausholend:

"Ich denke mir, mein Herr, folgendes: wenn man überhaupt irgendwo glücklich leben kann, so nur in Rußland; wenn man bloß niemand was zu Leide tut und seine Pflichten erfüllt, so lebt man so frei, wie nirgends in der Welt, wie im Himmelreiche."

Er verstummte und fing dann, ohne eine Antwort zu bekommen, wieder an:

"Sie haben sich etwas ganz Dummes in den Kopf gesetzt, meine Herren: Rußland ist ein so großes Land, daß man es nicht anders regieren kann als mit absoluter Gewalt. Wenn der Vierzehnte sogar gelungen wäre, so hätte so ein Durcheinander begonnen, daß Sie selbst nicht froh wären."

Er verstummte wieder, sah Golizyn lange an; holte dann sein Tuch aus der Tasche, schneuzte sich und wischte sich die Augen.

"Ach, junger Mann, junger Mann, wenn ich Sie so anschaue, krampft sich mir das Herz zusammen... Haben Sie doch Erbarmen mit sich selbst, seien Sie nicht so trotzig. Beantworten Sie die Fragen, wie es sich gehört. Der Kaiser ist gnädig, alles kann noch gut werden..."

Es nahm gar kein Ende. — Wenn ich ihn am Kragen packen und hinauswerfen könnte! — dachte sich Golizyn mit stiller Wut.

Nach jenem nächtlichen Anfall konnte er sich lange nicht erholen. Er verheimlichte nicht seinen Widerwillen gegen den Doktor Elkan und ekelte ihn hinaus. Statt des Doktors besuchte ihn der Feldscher Awenir Pantelejewitsch Satrapesnyi, den er gleichfalls beim Verhör Odojewskijs gesehen hatte; ein kleines, dickes Männchen, unrasiert, ungekämmt, verkommen und versoffen, aber ehrlich, gar nicht dumm, und, wie er selbst sagte, ein „eingefleischter Jakobiner". Von ihm erfuhr Golizyn alles, was in der Festung vorging.

Beim Obersten Pestel, den man vor kurzem in der Südarmee verhaftet hatte, fand man Gift: er wollte sich vergiften, um der Folter zu entgehen. Leutnant Saïkin versuchte sich den Schädel an der Mauer einzuschlagen; er wußte, wo die „Russische Wahrheit" vergraben war, und fürchtete gleichfalls die Folter.

Oberstleutnant Fallenberg, gegen den fast nichts vorlag, setzte sich in den Kopf, daß man ihn, falls er gestehe, sofort begnadigen und freilassen würde; er bezichtigte sich ohne jeden Grund der Absicht, den Zaren zu ermorden, und als man ihn in die Festung sperrte, wurde er verrückt.

Der neunzehnjährige Midshipman Diwow, das „Kind", wie ihn die Gefängniswärter nannten, erzählte, er ermorde jede Nacht im Traume den Kaiser mit einem Dolche. Er hörte Stimmen und hatte Gesichte — auch das meldete er alles. Auf Grund seiner Aussagen wurden viele Menschen verhaftet und in die Festung gesperrt.

Leutnant Annenkow erhängte sich an einem Handtuch, aber das Handtuch riß, und man fand ihn bewußtlos auf dem Boden der Zelle liegen.

Kornet Swiftunow verschluckte die Splitter eines zerbrochenen Lampenglases.

Oberst Bulatow glaubte an die Gnade des Zaren wie an die Gnade Gottes; als er sich aber betrogen sah, entschloß er sich, sich durch Hunger zu töten. Man stellte vor ihn die schmackhaftesten Speisen und die besten Getränke; er rührte aber nichts an und sog sich nur das Blut aus den Fingern, um den Durst zu stillen. Seine Qualen dauerten zwölf Tage; wahrscheinlich fütterte man ihn gewaltsam. Wie streng auch die Aufsicht war, es gelang ihm doch, die Wärter zu überlisten: er zerschlug sich den Schädel an der Wand.

— Und was wird mit mir sein? — fragte sich Golizyn, als er diese Erzählungen hörte.

Die Fragen hatte er immer noch nicht beantwortet. Anfangs wollte er schweigen und alles leugnen. Aber je länger er darüber nachdachte, umso mehr fühlte er, daß er nicht schweigen dürfe. Gar zu zwingend waren die Gründe Tschernyschows und Obolenskijs, des Feindes und des Freundes, daß er mit seinem Schweigen nicht nur sich selbst, sondern auch die anderen zu Grunde richte.

P. Myslowskij besuchte ihn nach wie vor jeden Tag, blieb aber immer nur eine Minute. Er kam in die Zelle, sprach einige Worte, schwieg eine Weile, als erwartete er etwas von ihm, und ging dann wieder.

„Wie glauben Sie, P. Pjotr, tue ich gut, daß ich nichts aussage?" fragte einmal Golizyn.

„Valerian Michailowitsch, mein Liebster," entgegnete Myslowskij erfreut; er hatte offenbar nur auf diese Frage gewartet: „warum soll es gut sein? Es ist gar nicht gut, gar nicht gut, unvernünftig, ich sage es offen: es ist nicht edel. Sie richten zu Grunde . . ."

„Ja, ich weiß, ich weiß! Ich richte nicht nur mich selbst, sondern auch die anderen zu Grunde. Es ist, als hättet ihr euch alle verschworen... Ach, P. Pjotr, auch Sie sind gegen mich! Das hätte ich von Ihnen nicht erwartet..."

„Mein Freund, handeln Sie nach Ihrem Gewissen, wie Gott es Ihnen eingibt!" rief P. Pjotr und umarmte ihn.

Golizyn schickte am gleichen Tage seine Antwort an die Kommission. Er bestätigte alles, was ihm vorgeworfen wurde, und antwortete auf alle anderen Fragen, daß er nichts wisse. Er schickte den Fragebogen am Morgen ab, und am Abend brachte ihm der Namenlose einen Zettel von Kachowskij:

„Golizyn, mein Schicksal ist in Ihren Händen. Rylejew, der Schuft, verrät uns alle. Wenn Sie mit ihm konfrontiert werden, wird er sich auf Sie berufen, daß ich den Miloradowitsch getötet habe. Verraten Sie mich nicht. Alle sind Schurken; außer Ihnen."

Nach Empfang dieses Zettels konnte Golizyn die ganze Nacht nicht einschlafen; er quälte sich, suchte Rat, was er zu tun habe, konnte sich aber für nichts entscheiden; er sah, daß alles sich von selbst entscheiden würde.

Des Morgens schrieb er an die Kommission und bat um Rückgabe des Fragebogens. Man schickte ihn ihm zurück. Er fing an, eine neue Antwort zu schreiben. Er tat so, wie Obolenskij geraten hatte: er beantwortete jede Frage mit der größten Genauigkeit, nur um das Eine besorgt, daß er niemand schade, niemand verwickle; und er log und wandte jede List an.

Er schrieb bis spät in die Nacht hinein. Als er fertig war, legte er sich hin. Im Dunkeln, beim trüben Scheine des Nachtlämpchens schimmerten die Blätter seiner Antwort weiß auf dem Tische. Und sooft er sie ansah, fühlte er einen solchen Ekel, daß er nahe daran war, aufzuspringen und sie zu zerreißen. Er zerriß sie aber nicht. Er drehte sich zur Wand, um sie nicht zu sehen, und schlief endlich ein.

Am anderen Tag schickte er seine neue Antwort an die Kommission, und nach zwei Tagen gratulierte ihm Ssukin zu der ersten kaiserlichen Gnade: der Befreiung von den Fußfesseln. Die zweite Gnade war eine Sendung von zu Hause: sie enthielt Wäsche, seinen geliebten alten Schlafrock, denselben, den er während seiner Genesung im Hause der Großmutter, im gelben Zimmer getragen hatte, und einen erbrochenen Zettel von Marinjla:

„Mein Freund, ich bin gesund, und es geht mir gut, soweit es in meiner Lage möglich ist. Schone dich; gib dich um Gotteswillen nicht der Verzweiflung hin. Glaube nicht, daß ich ohne dich leben kann. Der Tod allein kann unser Band zerreißen. Ich werde immer dort sein, wo du bist. Vergiß nicht, was ich dir gesagt habe: mein Leben hängt von dem deinen ab; wohin die Nadel geht, dorthin folgt auch der Faden. Gott und die Allerreinste Mutter mögen dich beschützen. Für ewig deine Fürstin Marja Golizyna."

Nach weiteren zwei Tagen brachte man ihn wieder vor die Kommission. Man führte ihn mit den gleichen Zeremonien in den gleichen Saal.

„Die Aussage Rylejews weicht in manchen Punkten von der Ihrigen ab. Sie werden mit ihm konfrontiert werden," sagte Tschernyschow und schellte. Soldaten führten Rylejew herein.

„Bestätigen Sie, Golizyn, daß Rylejew in der Nacht auf den Vierzehnten zu Kachowskij sagte, indem er ihm den Dolch einhändigte: ‚töte den Zaren'?"

„Ich bestätige es."

„Und was sagen Sie dazu, Rylejew?"

„Ich habe Euer Exzellenz schon gesagt, daß ich im voraus mit allem einverstanden bin, was Golizyn sagen wird. Ich kann mich nicht mehr erinnern, was ich damals gesagt habe; wenn er sich aber dessen erinnert, so wird es so gewesen sein ... Golizyn, können Sie sich darauf besinnen?"

„Ja, Rylejew," sagte Golizyn und sah ihn an.

Es war wieder wie damals in der Eremitage: es war er und zugleich nicht er. Jetzt spürte aber Golizyn keine Entrüstung und keine Verachtung, sondern nur unendliches Mitleid. Was hatte man mit ihm gemacht? Er war abgemagert und heruntergekommen wie nach einer schweren Krankheit oder Folter. Aber nicht das war das Schrecklichste, sondern die wolkenlose Heiterkeit seines Gesichtes, wie man sie manchmal bei Toten sieht. — Du kennst ihn nicht: er ist besser als wir alle, — ging es Golizyn durch den Kopf.

„Rylejew, Sie haben also Kachowskij angestiftet?"

„Angestiftet? Nein. Er hat es selbst beschlossen, und ich wußte es. Meine Schuld ist größer als die seine," antwortete Rylejew und fügte nach kurzem Schweigen hinzu:

„Exzellenz, ich verheimliche nicht nur meine Handlungen und Worte nicht, sondern enthülle auch meine heimlichsten Gedanken. Ich hatte mir oft gedacht, daß die dauerhafte Einführung der neuen Ordnung die Ausrottung des ganzen regierenden Hauses erheische. Ich hatte geglaubt, daß die Ermordung des Kaisers allein nicht nur keinen Nutzen bringen würde, sondern im Gegenteil den Zielen der Gesellschaft schaden könne, denn sie würde die Geister trennen, die Bildung von Parteien herbeiführen und die Anhänger der Allerhöchsten Familie empören; dies alles müsse aber unvermeidlich zu einem Bürgerkriege führen. Nach Ausrottung der ganzen Familie würden sich aber alle Parteien notwendig vereinigen müssen. Soweit ich mich erinnere, habe ich dies niemand eröffnet und mich zuletzt meinem früheren Gedanken zugewandt, daß nur die Große Versammlung das Recht habe, über das Schicksal des regierenden Hauses zu entscheiden. Darum bitte ich die Kommission ergebenst, es nicht meiner Verstocktheit zuzuschreiben, daß ich dies alles nicht schon früher enthüllt habe. Wenn ich manches verheimlichte, so doch nur um die anderen, und nicht mich selbst zu schonen. Ich gestehe es aufrichtig: ich halte mich selbst für den wichtigsten und vielleicht sogar für den einzigen Schuldigen an den Ereignissen vom Vierzehnten. Denn hätte ich meine Mitwirkung gleich vom Anfang verweigert, so hätte niemand angefangen. Mit einem Worte: wenn das Wohl Rußlands eine Hinrichtung erheischt, so verdiene ich allein eine solche, und ich bete zu Gott, daß alles mit mir ein Ende nehme."

„Kachowskij behauptet, daß Graf Miloradowitsch von Obolenskij durch einen Bajonettstich getötet worden sei," fuhr Tschernyschow fort. „Bestätigen Sie nun, Rylejew, daß ihn nicht Obolenskij, sondern Kachowskij getötet hat, wie er es auch selbst in Ihrer Wohnung am Abend des Vierzehnten erzählt hat?"

„Ich bestätige es."

„Bestätigen Sie es auch, Golizyn?"

Golizyn wußte, daß er durch seine Antwort einen von beiden, Obolenskij oder Kachowski zu Grunde richten würde. Wen sollte er wählen?

„Nun, was schweigen Sie wieder?" sagte Tschernyschow, ihn lächelnd anblickend: er glaubte, er hätte ihn schon gefangen, nun wird er sich nicht mehr herauswinden.

„Ich flehe Sie an, Golizyn, antworten Sie," sagte Rylejew. „Das Schicksal Obolenskijs ist in Ihrer Hand. Retten Sie den Unschuldigen!"

„Ich bestätige es," antwortete Golizyn.

„Haben Sie es mit eigenen Augen gesehen?" fragte Tschernyschow.

„Ich habe es gesehen," sagte Golizyn mit einem Gefühl, als spreche er das Todesurteil über Kachowskij.

Tschernyschow schellte wieder und sagte:

„Man bringe Kachowskij her."

Kachowskij trat ein. Er war noch immer derselbe: das Gesicht starr, wie aus Stein, die Unterlippe hochmütig aufgeworfen, die Augen unglücklich wie bei einem kranken Kind oder einem Hund, der seinen Herrn verloren hat, mit dem nichts sehenden Blick eines Schlafwandlers.

Man führte Golizyn ins Nebenzimmer und setzte ihn in die Ecke hinter eine spanische Wand. In diesem Zimmer befanden sich Doktor Ellan und der Feldscher Awenir Pantelejewitsch. Golizyn erfuhr später, daß sie hier immer während der Sitzungen der Kommission anwesend waren: die Vernommenen wurden manchmal in bewußtlosem Zustand herausgetragen, und man ließ sie gleich zur Ader.

Die Stimmen klangen anfangs gedämpft, aber später, als die Türe etwas geöffnet wurde, konnte Golizyn alles hören.

„Sie hatten also gelogen, Kachowskij, und einen Unschuldigen verleumdet?"

„Verleumdet? Ich? Ich konnte in der Raserei wohl ein Verbrecher sein, aber zu einem Schurken und Verleumder kann mich niemand machen. Die andern, die selbst schuldig sind, wagen es, mich zu beleidigen und einen Mörder zu nennen. Damals hatten sie mich geküßt und gesegnet, und jetzt meiden sie mich wie einen Mörder. Aber es ist mir gleich! Sie mögen gegen mich aussagen, was sie wollen, ich werde mich nicht rechtfertigen. Dieser . . ."

Golizyn begriff, daß „dieser" — Rylejew war: Rachowskij haßte ihn so, daß er nicht mal seinen Namen nennen wollte.

„Dieser kann mich nicht beleidigen. Beleidigt er nicht sich selbst noch mehr? Ich will nur das eine sagen: ich erkenne ihn nicht wieder oder habe ihn überhaupt niemals gekannt..."

„Die Hauptfrage haben Sie aber noch immer nicht beantwortet: wer hat den Grafen Miloradowitsch getötet?"

„Ich hatte schon die Ehre, Euer Exzellenz zu sagen: ich hatte auf Miloradowitsch geschossen, aber nicht ich allein: die ganze Flanke des Karrees schoß auf ihn; Fürst Obolenskij verwundete ihn aber mit dem Bajonett. Ob ich ihn getötet habe, oder wer anders, weiß ich nicht. Niemand und nichts kann mich zwingen, etwas anderes zu sagen. Ich bitte, mich nicht mehr zu fragen. Ich werde nicht antworten."

„Leugnen Sie lieber nicht, Rachowskij. Alle sagen gegen Sie aus."

„Wer alle?"

„Rylejew, Bestuschew, Odojewskij, Puschtschin, Golizyn."

„Golizyn? Es kann nicht sein..."

„Wollen Sie mit ihm konfrontiert werden?"

„Nein, ich will nicht..."

Plötzlich verstummte er.

„Entschuldigen Sie, Exzellenz," fing er wieder an, und seine Stimme zitterte vor Tränen, „es war eine vorübergehende Schwäche, eine Kinderei... Man soll nicht weinen, sondern lachen. ‚Alles ist in dieser besten aller Welten zum Besten', wie unser nasenloser Philosoph sagt. Der letzte Schlag ist versetzt, das letzte Band ist zerrissen. Es ist zu Ende, zu Ende, zu Ende! Ich habe allein gelebt und werde allein sterben!"

„Sie gestehen also die Ermordung des Grafen Miloradowitsch?"

„Ich gestehe und unterschreibe es mit beiden Händen. Ich habe den Grafen Miloradowitsch getötet. Und wäre der Kaiser zum Karree gekommen, so hätte ich auch ihn getötet. Und alle, alle! Meine Absicht war auf die Ermordung aller Mitglieder des regierenden Hauses gerichtet... Meine Herren, was wollen Sie noch mehr? Lassen Sie mich hinrichten, tun Sie mit mir alles, was Sie wollen. Ich bitte Sie nur um die eine Gnade: fällen Sie das Urteil so schnell als möglich. Ich fürchte den Tod nicht und werde anständig zu sterben wissen."

„Wir werden zusammen sterben, Kachowskij! Nicht du allein, merke es dir, beide zusammen!" rief Rylejew, und seine Stimme klang so flehend, daß Golizyn das Herz still stand: wird ihn jener begreifen, wird er ihm antworten?

„Was sagt er? Was sagt er? Exzellenz, tun Sie mir die Gnade und befreien Sie mich davon... Es ist ekelhaft zu hören..."

„Beruhigen Sie sich, Kachowskij, ereifern Sie sich nicht so," sagte Tschernyschow. Er stand auf und ergriff seine Hand.

Poduschkin blickte zur Tür herein; Golizyn ebenfalls.

„Seien Sie unbesorgt: ich werde ihn nicht anrühren, ich will mir nicht die Hände beschmutzen," antwortete Kachowskij. Plötzlich wandte er sich zu Rylejew um, als hätte ihn erst eben bemerkt, und sagte: „Nun, sprich!"

Rylejew sah ihn lächelnd an.

„Ich wollte sagen, Kachowskij, daß ich dich immer..."

„Was? Was? Was?" rief Kachowskij, mit geballten Fäusten auf ihn losgehend.

„He, Burschen!" rief Tschernyschow.

Der Platz-Major stürzte mit den Wachsoldaten herein.

„Geliebt habe und liebe," sprach Rylejew den Satz zu Ende.

„Du liebst mich? Da hast du was für deine Liebe, Schurke!" schrie Kachowskij und stürzte sich auf Rylesew. Man hörte eine Ohrfeige.

Golizyn sprang auf und taumelte, als hätte man ihn geschlagen. Jemand stützte ihn und setzte ihn auf den Stuhl. Er verlor das Bewußtsein.

Als er zu sich kam, hielt ihm der Feldscher Satrapesnyj ein Glas Wasser vor den Mund. Seine Zähne klapperten gegen das Glas; lange konnte er den Rand nicht mit den Lippen fassen, endlich gelang es ihm, er trank das Wasser aus und fragte:

„Was hat er mit ihm getan? Hat er ihn erschlagen?"

„Niemand hat er erschlagen, er hat nur dem Schurken ordentlich in die Fresse gehauen," antwortete Satrapesnyj.

Golizyn war es wieder, als hätte man ihn selbst geschlagen: er fühlte auf seinem Gesicht die Ohrfeige brennen, er freute sich des Schmerzes und der Schande und sagte sich:

— Ganz recht ist dir geschehen, Schurke! —

Viertes Kapitel

„Nun haben Sie, Gott sei Dank, die Fragen beantwortet, und die Sache ist erledigt," sagte P. Pjotr zu Golizyn, als er zu ihm einen Tag nach dem Verhör in die Zelle kam. „Jetzt geht alles glatt vonstatten. Sie können ruhig sein: er wird alle begnadigen. Er hat selbst gesagt: ‚Ich werde Rußland und Europa in Erstaunen setzen!'"

In den kleinen dreieckigen Augenschlitzen unter den herabhängenden Lidern leuchtete eine so einfältige Schlauheit, daß

Golizyn, so aufmerksam er ihn auch betrachtete, nicht entscheiden konnte, ob er sehr einfältig oder sehr schlau sei.

„Der Kaiser hat Ihre Antwort selbst gelesen," fuhr Myslowskij nach kurzem Schweigen mit geheimnisvoller Miene fort. „Seine Majestät zog aus Ihrer Antwort sehr günstige Schlüsse auf Ihre Fähigkeiten..."

„Es ist genug, P. Pjotr, gehen Sie," sagte Golizyn erbleichend. P. Pjotr verstand aber nicht und sah ihn erstaunt an.

„Gehen Sie!" wiederholte Golizyn, noch mehr erbleichend. „Ich habe Ihren Rat befolgt. Was wollen Sie von mir noch?"

„Was haben Sie, was haben Sie, Valerian Michailowitsch, Liebster? Warum fahren Sie mich so an?..."

„Weil Sie, ein Diener Christi, sich nicht geschämt haben, das Amt eines verächtlichen Spions und Spitzels zu übernehmen."

„Gott sei Ihr Richter, Fürst. Sie beleidigen einen Menschen, der nur Ihr Bestes..."

„Hinaus! Hinaus!" schrie Golizyn, aufspringend und mit den Füßen stampfend.

P. Pjotr ging und kam nicht wieder. Golizyn wußte, daß er nur ein Wort zu sagen brauche, damit jener gelaufen komme. Er wollte es aber nicht, er versuchte sich zu überreden, daß er ihn nicht brauche und daß dieser „empfindsame Gauner" ihm immer ekelhaft gewesen sei.

Nun war er nicht nur von P. Pjotr, sondern auch von allen andern verlassen.

— Endlich haben sie mich in Ruhe gelassen, — freute er sich anfangs; als er aber fühlte, daß die Einsamkeit sich über ihm schloß wie das Wasser über einem Ertrinkenden, wurde es ihm unheimlich.

Das Schlimmste war, daß man Obolenskij in eine andere Zelle verbracht hatte. Das Klopfen hörte auf. Mit einem neuen

Nachbarn müßte er alles von vorn anfangen. An Stelle Obolenskijs kam Odojewskij. Als Golizyn zu ihm hinüberklopfte, antwortete jener mit einem solchen Gepolter, daß alle Wachtposten zusammenliefen. Sooft Golizyn zu klopfen versuchte, wiederholte sich dieselbe Geschichte. Zuletzt verzweifelte er und gab es auf. Auf der anderen Seite saß aber der halbverrückte Fallenberg, der auf das Klopfen überhaupt nicht reagierte. Er sehnte sich nach seiner Frau und weinte. Nachts, wenn alles still war, hörte man oft sein Schluchzen, anfangs dumpf, dann immer lauter und zuletzt den herzzerreißenden Schrei:

„Eudoxie! Eudoxie!"

— Marinjka! Marinjka! — wollte ihm Golizyn mit dem gleichen Schrei antworten.

In den ersten Tagen seines Gefangenenlebens, als er noch glaubte, daß alles bald zu Ende sein würde, war es ihm leicht ums Herz. Aber jetzt, als er sich überzeugt hatte, daß das Ende erst nach Monaten, Jahren, Jahrzehnten kommen könne, bemächtigte sich seiner eine stumpfe Verzweiflung.

Die Tage vergingen so eintönig, daß sie wie bei einem bewußtlosen Fieberkranken zu einem einzigen unendlichen Tag zusammenflossen. Er entfernte die Brotkügelchen, die ihm zur Zeitrechnung dienten, von der Wand; er war ganz aus der Rechnung gekommen. Die Zeit wurde zu einer Ewigkeit, und er blickte mit Entsetzen in ihren gähnenden Abgrund.

Der Verstand zerbröckelte, wurde zu Staub, wie ein Korn zwischen zwei Mahlsteinen, — zwischen den beiden Gedanken: er muß etwas tun, und er kann nichts tun.

Stundenlang ordnete er die aus dem Ventilator herausgebrochenen Blechstückchen auf dem Tisch zu verschiedenen Figuren: Sternen, Kreuzen, Kreisen, Vielecken.

Oder er saß auf dem Bett, zog den unendlichen Faden heraus, mit dem die Decke an das Laken angenäht war, und knüpfte Knoten auf Knoten, bis sich schließlich ein ganzer Knäuel bildete; — dann entwirrte er alles und knüpfte neue Knoten.

Oder er beobachtete, wie die Spinne ihr Netz baute und beneidete sie: die hat wenigstens eine Beschäftigung.

Oder er stand auf dem Fensterbrett und blickte durch das Loch des Ventilators auf die blinde Granitwand nebenan und auf das Dach der Bastion mit der Regenrinne, auf die sich zuweilen eine ihm bekannte Krähe setzte und krächzte.

Oder er lief im Kreise herum und machte die von seinen Vorgängern in dem Ziegelboden ausgetretenen Vertiefungen noch tiefer.

Oder er dichtete dumme Verse und wiederholte sie bis zur Bewußtlosigkeit vor sich hin:

    Wer nicht weiß, was ich erdulde,

    Oh, der glaubt es nimmermehr,

    Daß ein so gering Verschulden

    Uns doch quälen kann so sehr.

In der Ecke, wo er sich wusch, fand er auf der Wand die Inschrift: „God demn your ayes."

„Wer hat das geschrieben?" fragte er den Namenlosen

„Ein Engländer."

„Was ist aus ihm geworden?"

„Er ist gestorben."

„Woran?"

„Vor lauter Schlafen. Er schlief Tag und Nacht und starb auch im Schlafe."

Auch ich werde so im Schlafe sterben, — dachte sich Golizyn.

Er war rührselig geworden wie ein altes Weib. Wenn das Glockenspiel seine traurige Weise ertönen ließ, hatte er Lust zu weinen. Wenn der Feuerwerker Schibajew ihm das Mittagessen oder den Tee mit einem besonders freundlichen Lächeln brachte, traten ihm Tränen in die Augen. Einmal las er den Zettel, den er von Marinjka bekommen hatte, wieder durch und weinte dabei wie ein kleines Kind. Als aber der Wachtposten zu ihm durch das Guckloch hereinblickte, schämte er sich; er wandte ihm den Rücken, versuchte die Tränen zurückzuhalten und konnte es nicht, — sie liefen unstillbar und widerlich süß. — Das hat die Haft von nur zwei oder drei Wochen zuwege gebracht, was wird noch später kommen? — Er dachte sich:

>Für meine Heimat sterbe ich,
>Ich fühl es tief, ich weiß es lange;
>Und dennoch, Vater, freu ich mich,
>Daß ich ein solches Los empfange!

Als es aber zum Handeln kam, war er schwach geworden, wollte nicht zugrunde gehen; er liebte das Leben, weil er Marinjka liebte. Die Liebe ist eine Gemeinheit: um richtig zu sterben, muß man zu lieben aufhören, die Liebe töten, — von allen seinen schrecklichen Gedanken war dieser der schrecklichste.

Seine Verzweiflung nahm von Tag zu Tag zu, die Geduld ging aber zu Ende: das Herz war voller Wunden, die Gedanken gerieten durcheinander, und es war ihm, als werde er verrückt. Er beobachtete sich und fand in jeder seiner Bewegungen, jedem Wort und jedem Gedanken Symptome der Geisteskrankheit. Anfangs war es die Angst vor dem Wahnsinn, dann die Angst vor dieser Angst. Er wurde verrückt beim Gedanken, daß er verrückt werden müsse. — Wenn es doch bloß schneller ein Ende nehmen wollte! — sagte er sich voller Verzweiflung und schlug sich, in der Ecke stehend, mit dem Kopf an die Wand. Oder er betrachtete das scharfgeschliffene Stück Blech aus dem Ventilator und dachte, ob er sich damit nicht die Kehle durchbekommen könne.

Zuletzt wurde er krank. Er hatte Fieber, Stechen in der Seite und hustete Blut. Der Kommandant Ssukin erschrak und ließ Elkan kommen. Dieser erklärte, daß der Arrestant, wenn er nicht in eine bessere Zelle versetzt werde, leicht die Schwindsucht bekommen könne.

Golizyn freute sich. Alle seine Qualen hatten auf einmal ein Ende genommen: der Tod ist die Freiheit.

P. Pjotr hörte von seiner Erkrankung und kam zu ihm gelaufen. Als Golizyn sich zu entschuldigen anfing, daß er ihn bei seinem letzten Besuch beleidigt habe, fiel er ihm um den Hals und brach in Tränen aus.

Nun besuchte er ihn wieder jeden Tag. Um den Kranken zu zerstreuen, erzählte er ihm alle Neuigkeiten und Gerüchte, die in der Stadt verbreitet wurden.

Golizyn erfuhr von ihm über die Ankunft des Trauerkondukts mit der Leiche des verstorbenen Kaisers. Alle hatten ihn vergessen, als hätte man ihn schon vor zehn Jahren beerdigt. Indessen zog aber quer durch ganz Rußland von Taganrog nach Petersburg sehr langsam, länger als zwei Monate, der Trauerkondukt, von Fußtruppen und Reiterei umgeben, mit Avantgarden und Arrieregarden, Patrouillen und Vorposten, wie ein Heereszug durch ein feindliches Land. Man fürchtete eine Empörung. Im Volke wurde das Gerücht verbreitet, der Kaiser sei gar nicht gestorben und man beerdige jemand anders; in Moskau wolle man die Leiche aus dem Sarge nehmen, durch die Straßen schleppen und dann verbrennen. „Ich habe die strengsten Maßregeln zur vollkommenen Sicherheit der teuren Asche getroffen," meldete Graf Orlow-Denissow, der Ober-Zeremonienmeister des Leichenzuges. „Ich will verbürgen, daß der letzte Tropfen meines Blutes an der Bahre des allerhöchsten Toten erstarren wird und daß eine frevle Hand sie nur über meine entseelte Leiche erreichen kann." Als die Leiche in Moskau aufgebahrt war, schloß man jede Nacht alle Tore des Kreml und stellte bei allen Ausgängen geladene Geschütze auf. Es hieß, daß in Petersburg alle Straßen von der Stadtgrenze bis zur Kasanschen Kathedrale, über die der Leichenzug kommen sollte, unterminiert seien; in den Kellern der Kathedrale seien vier Pulverfässer versteckt, außerdem je ein Faß in jedem Brückenschiff der Troizkij-Brücke, um den Leichenzug in die Luft zu sprengen.

Ein noch seltsameres Gerücht hörte Golizyn von Awenir Pantelejitsch: der Kaiser sei an Vergiftung gestorben; der Bösewicht Metternich hätte ihn vergiftet; das Gesicht sei im Sarge so schwarz geworden, daß man es nicht wiedererkennen könne. Aber auch der lebende Kaiser sehe vor Schreck nicht besser aus als der Tote.

Die erstaunlichsten Dinge erzählte aber der „Namenlose".

Als die Leiche des Kaisers Moskau passierte, sei dort ein Küster aus einem gewissen Dorfe gewesen; als der Küster ins Dorf zurückkehrte, hätten ihn die Bauern gefragt, ob er wirklich den Kaiser gesehen habe. „Was für einen Kaiser?" hätte er geantwortet: „Es ist nicht der Kaiser, sondern ein Teufel, der im Sarge liegt!" Wegen dieser Worte hätte ihn ein Bauer geschlagen und beim Popen angezeigt, der Pope hätte es der Behörde gemeldet, und der Küster sei verhaftet worden. Andere aber erzählen, daß der Tote im Sarge nicht der Teufel, sondern ein einfacher russischer Soldat sei. Als der Kaiser in Taganrog wohnte, hätten ihn einige Missetäter ermorden wollen. Der Kaiser hätte es erfahren, wäre nachts aus dem Schlosse gegangen und hätte zum Wachtposten gesagt: „Wachtposten, willst du für mich sterben?" — „Zu Befehl, Majestät!" Da hätte der Kaiser die Soldatenuniform angezogen und sich auf den Posten gestellt, der Soldat sei aber in der Uniform des Kaisers ins Schloß gegangen. Plötzlich hätte man ihn mit einer Pistole erschossen. Der Soldat sei gestorben, der Kaiser hätte aber das Gewehr weggeworfen und sei weggelaufen, niemand wisse wohin. Man sagt, in die Einsiedeleien, zu den frommen Greisen, um sein Seelenheil zu retten und zu beten, daß Gott Rußland errette.

„Wer weiß, vielleicht ist es auch wahr," sagte P. Pjotr zu Golizyn, geheimnisvoll mit den Augen blinzelnd, als ihm jener den Bericht des „Namenlosen" wiedergab.

„Was ist wahr?" fragte Golizyn erstaunt.

„Daß er tot war und nun lebendig ist..."

„Aber ich bitte Sie, P. Pjotr! Bedenken Sie doch selbst, was es für ein Unsinn ist. Haben sich denn alle Generäle, Adjutanten, Hofbeamten und die Kaiserin Jelisaweta Alexejewna selbst verschworen, Rußland zu betrügen?"

„Ja, es ist wirklich unwahrscheinlich," gab P. Pjotr unwillig zu; er schwieg eine Weile, dachte nach und fügte noch geheimnisvoller hinzu: „Die Sache ist dunkel, Durchlaucht, sehr dunkel!"

Er beugte sich plötzlich zu seinem Ohr und flüsterte:

„Man sagt, im Regimentslazarett zu Taganrog sei tatsächlich ein kranker Soldat gelegen, der dem Kaiser ungewöhnlich ähnlich gesehen hätte. Der Soldat sei gestorben, der Kaiser aber gesund geworden. Nun hätte man sie vertauscht. Der Leibarzt Wyllié hätte die ganze Sache gemacht. Ein schlaues Biest!"

„Aber wozu? Wer brauchte das?"

„Wer es braucht, ist ein großes Geheimnis. Heute ist es verborgen, vielleicht wird es aber einmal enthüllt werden. Es wird ein gewisser gottgefälliger Greis aufkommen, ein Märtyrer für ganz Rußland, eine Feuersäule, die von der Erde bis in den

Himmel reicht, ein in Wahrheit Gesegneter. Sein Name aber ist . . ."

„Nun, sagen Sie doch!"

„Werden Sie es niemand wiedererzählen?"

„Niemand!"

„Ihr Ehrenwort?"

„Mein Ehrenwort."

„Fjodor Kusmitsch," flüsterte P. Pjotr mit Andacht.

„Fjodor Kusmitsch," wiederholte Golizyn, und er glaubte in diesem Namen etwas Unheimliches und Prophetisches zu hören, als hätte er es einen Augenblick lang geglaubt: Fjodor Kusmitsch ist der Kaiser Alexander Pawlowitsch.

Ihm fiel das Gespräch ein, das er mit Pestel in Linzy gehabt hatte und Ssofjas Fieberdelirium: „einen Toten töten!" — Er war tot und ist nun lebendig! —

Am 13. März teilte der „Namenlose" Golizyn mit: heute wird der Kaiser beerdigt.

Durch die obere, nicht übertünchte Fensterscheibe konnte er sehen, daß es draußen schneite; der Schnee fiel in dichten, noch nicht ganz nassen, aber schon weichen Märzflocken.

Golizyn schloß die Augen und sah einen sich langsam bewegenden Leichenzug mit schwarzem Katafalk und schwarzem Sarg unter einer weißen Sargdecke.

Plötzlich krachten Kanonenschüsse. Die Wände der Kasematte zitterten, als fielen sie zusammen. Irgendwo leuchtete eine Flamme auf, deren Widerschein zu ihm in die Zelle drang.

Er begriff, daß man in diesem Augenblick in der Kathedrale der Peter-Paulsfestung die Leiche des Kaisers Alexander Pawlowitsch ins Grab versenkte.

Fünftes Kapitel

Die Festungsbehörde hatte den Befehl, alles aufzubieten, daß keiner der Eingekerkerten vor Beendigung des Prozesses sterbe. Golizyn wurde deshalb eine bessere Behandlung zuteil: man gab ihm ein weicheres Bett; bessere Nahrung und Bücher, nach den Fußfesseln nahm man ihm auch die Handschellen ab, und zuletzt kam er in eine andere, trockenere Zelle. Aber er sehnte sich nach seiner alten engen, dunklen Zelle zurück, nach den im Ziegelboden ausgetretenen Vertiefungen, der befreundeten Spinne und den feuchten Flecken an den Wänden, die für ihn keine Flecken waren, sondern Gesichter und Gestalten.

Anfang April ging es ihm schon besser. Als er fühlte, daß er nicht sterben würde, wollte er sich betrüben und konnte es nicht. Mag er noch Monate, Jahre, Jahrzehnte eingekerkert bleiben, mögen ihm neue, noch unbekannte Qualen bevorstehen, — nur leben!

Das Fenster seiner neuen Zelle ging nach Süden. Unten war ein Graben, und die Mauern der Bastion traten so weit zurück, daß er ein größeres Stück Himmel sehen konnte und die Sonne, obwohl das Fenster fast zwei Ellen tief in der Mauer lag, Anfangs April zu ihm hereinblickte und auf der weißen Wand einen hellen spitzen Winkel und den schwarzen Schatten des Gitters zeichnete.

Er pflegte in diesem Winkel zu sitzen und mit zusammengekniffenen Augen gerade in die Sonne zu blicken. Er dachte an nichts und sog nur wie eine Pflanze Licht und Wärme ein. Die Sonne und er — sonst brauchte er niemand und nichts. Und Marinjka? Marinjka ist das, was die Sonne auf die Erde scheinen läßt. Es war ihm, als hätte er erst hier im Gefängnis erfahren, was Freiheit und Glück sind. Anfangs erschrak er und schämte sich dessen, daß er so einfach glücklich sei, aber dann begriff er, daß wieder „alles gut ist". „Wie gut, mein Gott!" Er wollte beten, konnte aber keine Worte finden, es war nur ein Seufzen zu Gott, die Frage und die Antwort: „Hier?" — „Hier!" Und seine ganze Seele wurde von der letzten Stille erfüllt.

Mit P. Pjotr versöhnte er sich endgültig. Er begriff, daß der Geistliche zwar ein „Gauner" war, daß aber die Gaunerei sich bei ihm wie bei den meisten Russen mit Güte paarte. Anfangs hatte er vielleicht geschwindelt und beiden Parteien gedient; allmählich war er aber den Kerkermeistern untreu geworden und auf die Seite des Eingekerkerten übergegangen. Er ahnte, nicht mit dem Verstand, sondern mit dem Herzen, daß diese „Verbrecher" vielleicht die besten Menschen in Rußland waren. Er gewann sie lieb wie ein richtiger geistlicher Vater seine Kinder.

„Sie gehören doch zu uns, P. Pjotr," sagte ihm einmal Golizyn.

„Endlich haben Sie es verstanden," antwortete P. Pjotr freudestrahlend. „Ich bin euer, meine Freunde! Mit solchen Menschen will ich leben und sterben!"

Am Palmsonntag, den 12. April, kam Myslowskij zu Golizyn in die Zelle im Ornat, mit dem Kelch in der Hand und sagte, daß er den Gefangenen das Abendmahl reiche.

„Wollen Sie nicht kommunizieren, Fürst?" fragte er wie bei seinem ersten Besuch vor drei Monaten, und Golizyn gab ihm die gleiche Antwort:

„Nein, ich will nicht."

„Warum denn nicht?"

„Weil ich Christus nicht mit dem Tiere vermischen möchte."

Und er erklärte ihm seinen alten Gedanken von der gotteslästerlichen Vermengung dessen, was des Kaisers ist, mit dem, was Gottes ist, der Zarengewalt mit der Kirche.

„Und wenn es sich auch wirklich so verhält, warum sollen Sie zu Grunde gehen? Ist der Hungrige nicht auch in einer Räuberhöhle Brot?"

Golizyn verstummte, völlig entwaffnet: so gerührt und entsetzt war er von dieser Demut, die vielleicht nicht nur P. Pjotr, sondern auch allen, die hinter ihm standen, eigen war.

„Sie wissen doch, P. Pjotr, daß ich unter die Übeltäter gerechnet werde, und Sie wissen auch, daß ich nichts bereue. Würden Sie denn auch einem Unbußfertigen das Abendmahl reichen?"

„Ja."

„Auch einem Mörder?"

„Was sagen Sie bloß, Fürst, wen haben Sie ermordet?"

„Es ist ganz gleich: ich wollte morden; ich wollte das Tier im Namen Christi töten. Darf man im Namen Christi töten, was glauben Sie, P. Pjotr?"

P. Pjotr stand am Fenster. Ein Sonnenstrahl fiel auf den goldenen Kelch in seiner Hand, und dieser leuchtete wie die Sonne. Seine Hände zitterten so, daß man glaubte, er würde gleich den Kelch fallen lassen. Seine Lippen bewegten sich lautlos: er wollte etwas sagen und konnte nicht.

„Ich weiß nicht," sagte er endlich. „Ich kann Sie nicht richten. Gott wird Sie richten..."

Golizyn sank in die Knie.

„Verzeihen Sie, P. Pjotr! Wenn Sie es auch könnten, ich kann es nicht..." flüsterte er, ihm die Hand küssend, und fiel vor dem Kelche nieder.

P. Pjotr erteilte ihm stumm den Priestersegen und ging.

Am 18. April, in der Osternacht, schlief Golizyn nicht: er wartete immer auf etwas und lauschte. Aber durch die dicken Mauern der Kasematte drang kein Ton, es war still wie im Grabe. Er stieg auf das Fensterbrett und blickte durch das Loch des Ventilators hinaus; auch in seiner neuen Zelle hatte er die Blechflügel des Ventilators herausgebrochen. Er sah nur eine Finsternis, schwarz wie Tinte. Er drückte sein Ohr an das Loch und hörte das dumpfe Dröhnen der Osterglocken: es klang wie das ferne Summen eines Bienenkorbes.

Es war ihm, als hätte er noch niemals so deutlich, wie hier in dieser Kasematte lebendig begraben, gefühlt, daß Christus erstanden ist.

Im Mai fing man an, die Gefangenen ins Gärtchen innerhalb des Alexej-Ravelins herauszulassen. So kam auch Golizyn an die Luft.

Als er über die Schwelle der Außentüre trat, blendete ihn das Sonnenlicht so, daß er die Augen mit der Hand schützte. In der frischen Luft stockte ihm der Atem, und es kam ihm wie einem, der nach langer Seefahrt ans Land gekommen ist, vor, als schwanke der Boden unter seinen Füßen. Der Feuerwerker Schibajew stützte ihn am Arm und führte ihn ins Gärtchen.

Das Gärtchen war dreieckig, ganz von hohen Mauern eingeschlossen, wie der Grund eines Brunnens; die Mauern waren aus Granit, glatt, nackt, fensterlos, unten wie ein wilder Fels mit grünem Moos und gelbgrauen Flechten bewachsen; es war in ihnen nur eine einzige eisenbeschlagene und vergitterte Türe.

Ein wenig Gras, einige Büsche Flieder, Hollunder und Faulbaum, zwei oder drei kleine Birken; zwischen ihnen eine halbzerbrochene hölzerne Bank, an einer der Mauern ein Rasenhügel mit einem alten, schiefen Kreuz, wie Schibajew erklärte, das Grab einer während einer Überschwemmung ertrunkenen Gefangenen, der Fürstin Tarakanowa.

Das elende Gärtchen erschien Golizyn wie das Paradies Gottes. Wie der erste Mensch im Paradies oder wie ein aus dem Grabe auferstandener Toter blickte er mit unstillbarer Gier auf die gelben Löwenzahnblüten, auf die klebrigen Birkenknospen, auf den blauen Himmel und die wie lichter Dampf schmelzenden Wolken.

Das Glockenspiel ertönte dicht über seinem Kopf. Er blickte hinauf.

„Kommen Sie doch her, Euer Wohlgeboren, von hier können Sie besser sehen," sagte ihm Schibajew und zeigte in eine der Ecken des Dreiecks. Golizyn ging hin, stieg auf den Vorsprung der Regenrinne, lehnte sich mit dem Rücken an die Wand und erblickte die in der Sonne wie ein Feuerschwert leuchtende goldene Nadel der Peter-Pauls-Festung mit dem posaunenden Erzengel, der ihm wie ein Zeichen erschien, daß die Gefangenen aus diesem Grabe erst bei der Auferstehung aller Toten in die Freiheit kommen würden.

Er ging wieder in die Mitte des Gärtchens und setzte sich auf die Bank. Schibajew erzählte ihm etwas, aber er hörte ihn nicht. Der Soldat sah, daß Golizyn allein bleiben wollte, trat zur Seite und steckte sich sein Pfeifchen an.

Golizyn betrachtete lange den feinen weißen Stamm der Birke, dann umarmte er ihn plötzlich, schmiegte seine Wange an ihn und schloß die Augen. Er mußte an Marinjka denken: „Wenn ich ins Gehölz komme, stehen die jungen Birken wie dünne Wachskerzen da, ihre Haut ist so warm, weich, von der Sonne durchwärmt, ganz wie lebendig. Ich umarme sie, schmiege meine Wange an sie, liebkose sie: mein liebes, trautes Schwesterchen!"

Als Golizyn in seine neue „helle" Zelle zurückkehrte, erschien sie ihm wie ein enger, finsterer Sarg. Es war, als wäre er für einen Augenblick dem Grabe entstiegen und dann wieder ins Grab gestürzt: dann lieber gar nicht auferstehen. Er entschloß sich, nie wieder ins Gärtchen zu gehen. Zweimal verzichtete er darauf, aber das dritte Mal hielt er es doch nicht aus und ging ins Gärtchen.

Die Birkenknospen waren schon aufgegangen, und der Duft des blühenden Flieders wehte ihm taufrisch ins Gesicht. Er setzte sich wieder auf die Bank, umarmte die Birke, schmiegte seine Wange an sie und schloß die Augen. Ein solcher Gram preßte ihm die Brust zusammen, daß er wie vor Schmerz schreien wollte.

Plötzlich hörte er Schritte. Er öffnete die Augen, sprang auf und streckte die Arme mit einem leisen Schrei des Entsetzens aus: es war ihm, als sähe er das Gespenst Marinjkas.

„Valja, Liebster!" rief sie, ihn umarmend und sich mit dem ganzen Körper an ihn schmiegend, — die lebendige, lebendige Marinjka.

Was später kam, wußten sie nicht mehr. Sie sprachen, überstürzten sich, unterbrachen einander, verstanden einander nicht, lachten und weinten. Er sah sie immer an, staunte und erkannte sie nicht wieder: so schmächtig und blaß war sie geworden und zugleich in einer neuen, ihm noch unbekannten Schönheit erblüht! Ein neunzehnjähriges Mädchen und zugleich ein erwachsenes Weib. Dieser ruhige Mut! Weder Angst noch Trauer in den großen, dunklen Augen, sondern nur die unendliche Macht der Liebe wie in den Augen der Allmächtigen auf dem Bilde Raffaels.

„Marinjka, du... mein Gott! Wie kommst du her?"

„Du hast wohl geglaubt, daß ich nicht komme? Nun bin ich doch gekommen. Ankudinytsch hat mich hergebracht."

„Was für ein Ankudinytsch?"

„Mitschiporenko. Kennst du ihn denn nicht? Da steht er."

Golitzyn bemerkte neben Schibajew den Gefreiten Mitschiporenko, denselben, der ihm einmal mit Ruten gedroht hatte.

349

„Ich komme ja jeden Tag in die Festung, ich tue so, als ginge ich zur Messe in die Kirche. Ich wußte nicht, daß du im Ravelin sitzst. Vom Boulevard neben der Kirche kann man die Fenster der Kasematten sehen, aber alle sind gleich, übertüncht, man kann nichts erkennen. Ich schaue immer hinüber und suche zu erraten, welches Fenster das deinige ist. Alle haben mich hier satt. Der Kommandant schimpft; einmal wollte er mich sogar aus der Kirche entfernen. Jetzt verkleide ich mich manchmal als Bauernmädchen, wenn ich herkomme. Poduschkin hat eine Tochter, Adelaida Jegorowna, eine herzensgute alte Jungfer. Sie hat sich in Kachowskij verliebt... Ach, mein Gott, ich muß dir so viel sagen, rede aber lauter Unsinn! Weißt du, als der Eisgang begann..."

Sie fing an, erzählte es aber nicht zu Ende: sie hielt wohl auch das für Unsinn. Sie wollte erzählen, wie der Haushofmeister der Großmutter, Ananij, der auch oft in die Festung kam, sie einmal mit der Nachricht erschreckte, daß der Fürst im Sterben liege. Sie wollte sofort in die Festung, aber alle Brücken waren abgenommen, da der Eisgang eben begonnen hatte. Die Bootsleute wollten sie nicht hinüberfahren. Endlich überredete sie einen: er übernahm es, sie für fünfundzwanzig Rubel hinüberzubringen. Er warf ihr das Strickende zu: sie mußte es an den eisernen Ring im Ufergeländer befestigen, um die vereisten Stufen der Granittreppe hinunterzusteigen. Sie konnte es lange nicht fertig bringen: der Strick war hart gefroren, der eiserne Ring schwer, die Granitstufen waren mit Eis überzogen und glatt, und ihre Hände schwach. Aber die schwachen Hände bewältigten alles — das Eis, das Eisen und den Granit. Sie stieg in das kleine Boot. Die Eisschollen türmten sich übereinander, barsten und krachten, trieben gegen das Boot und drohten es umzuwerfen. Der alte Bootsmann, ganz blaß vor Schreck, fluchte und betete abwechselnd. Als sie aber das andere Ufer erreichten, blickte er sie entzückt an und dachte sich wohl, wie alle, die sie ansahen: „Ach, ist das ein hübsches Mädel!" Es war schon spät, die Tore der Festung waren geschlossen, der Posten wollte sie nicht hereinlassen. Sie steckte ihm Geld zu, und er machte auf. Sie lief in die Wohnung Pobuschkins. Adelaida Jegorowna beruhigte sie: der Fürst sei wohl schwer krank gewesen, aber jetzt ginge es ihm besser; der Arzt verspreche, daß er bald vollständig genesen werde. „Wie sehen Ihre Händchen aus, Durchlaucht?" schrie die alte Jungfer plötzlich entsetzt. Marinjka sah ihre Hände an: die Handschuhe zerfetzt, die Hände blutig: sie hatte sich die Haut am vereisten Strick abgeschunden. Sie lächelte und dachte daran, wie er ihr einst die inneren Handflächen zu küssen pflegte.

„Warum trägst du Trauer?" fragte Golizyn, als sie endlich verstummten und einander schweigend in die Augen sahen, alles erratend, was sie nicht auszusprechen vermochten. Jetzt erst merkte er, daß sie ein schwarzes Kleid und einen schwarzen Hut mit schwarzem Schleier trug.

„Die Großmutter ist gestorben."

„Geht es Nina Ljowna gut?"

„Nein, nicht besonders," antwortete sie, die Augen senkend, und brachte die Rede auf andere Dinge.

Er begriff, daß sie ihn anflehte, nicht von der Mutter zu sprechen: sie wollte diesen Schmerz allein tragen.

Nitschiporenko ging auf sie zu.

„Ich bitte, Durchlaucht."

„Sofort, Ankudinytsch, noch einen Augenblick..."

„Es geht wirklich nicht. Wenn der Kommandant es sieht, gibt's ein Unglück."

Marinjka holte aus der Tasche einen Pack Banknoten und drückte sie ihm in die Hand. Er sah das Geld unzufrieden an: es war wohl zu wenig. Sie steckte die Hand wieder in die Tasche, aber es war nichts mehr darin. Nun nahm sie sich das goldene Kettchen mit dem Kreuz vom Halse und gab es ihm. Er trat zur Seite.

Sie kamen wieder ins Gespräch, aber schon ohne rechte Freude: sie fühlten, daß der Augenblick der Trennung nahte.

„Was wollte ich noch... Ja," rief sie erregt und flüsterte ihm auf Französisch ins Ohr: „Man sagt, du könntest jetzt leicht fliehen. Auf der Newa in der Nähe der Festung liegen viele ausländische Schiffe. Foma Fomitsch hat schon mit einem Kapitän gesprochen und einen Paß verschafft. Der Platz-Adjutant Trussow will aber für zehntausend Rubel..."

„Trussow ist ein Schurke, nimm dich vor ihm in Acht. Eine Flucht ist unmöglich. Und selbst wenn es ginge, will ich nicht."

„Warum?"

Er sah sie schweigend an, und sie begriff ihn.

„Nun, leb wohl, Liebster, ich verstehe ja nichts davon... Weißt du, P. Pjotr sagt, man werde euch alle begnadigen."

„Nein, Marinjka, man wird uns nicht begnadigen. Wir wollen auch nicht ihre Gnade."

„Nun, es ist gleich, wenn man dich auch ans Ende der Welt verschickt, wir bleiben doch zusammen! Und wenn..." Sie sprach nicht zu Ende, aber er verstand sie: — Wenn du stirbst, sterbe ich mit dir. —

„Durchlaucht!" sagte Nitschiporenko, auf sie wieder zugehend und ihre Hand ergreifend.

Sie stieß ihn zurück, fiel Golizyn um den Hals, umarmte ihn wie vorhin, schmiegte sich an ihn mit ihrem ganzen Körper, küßte und bekreuzigte ihn.

„Die Allerreinste Mutter schütze dich!"

Und auch in diesem letzten Blick war weder Angst noch Trauer, sondern nur die unendliche Macht der Liebe wie in den Augen jener Allmächtigen.

Als er zu sich kam, war sie schon verschwunden, und es war ihm wieder, als sei es nur eine Vision gewesen. Er setzte sich auf die Bank und saß lange unbeweglich mit geschlossenen Augen da. Plötzlich fühlte er auf seinem Gesicht kalte Tropfen und schlug die Augen auf. Eine Wolke stand am Himmel ... goldene Regenfäden zitterten und tönten in der Sonne wie goldene Saiten. Große Tropfen fielen wie leuchtende Tränen herab, als weinte jemand vor Freude. Das Gras leuchtete noch grüner, die Birkenstämme schimmerten weißer, und der Flieder duftete süßer.

Er sah sich um: im Gärtchen war niemand. Schibajew war hinter die Türe getreten: er hatte wohl wie vorhin gemerkt, daß Golizyn allein sein wolle.

Golizyn kniete nieder, beugte sich, schob das feuchte Gras auseinander und drückte seine Lippen an die Erde. „Die Erde lieben ist Sünde, man muß das Himmlische lieben," ging es ihm durch den Kopf, und er lachte und weinte vor Freude. Er küßte die Erde und flüsterte:

„Erde, Erde, Allerreinste Mutter!"

Sechstes Kapitel
Aufzeichnungen von Ssergej Murawjow-Apostol

„Rußland geht zu Grunde, Rußland geht zu Grunde. Gott, rette Rußland!" so bete ich im Sterben.

*

Ich weiß, daß ich sterben werde. Alle sagen, daß man uns nicht hinrichten wird, aber ich weiß, daß es doch geschieht. Aber ich würde wohl auch ohne Hinrichtung sterben: mit einem gebrochenen Bein kann man nicht gehen, mit einer gebrochenen Seele kann man nicht leben.

*

Nachdem das aufrührerische Tschernigower Regiment am 4. Januar geschlagen war, wurde ich, schwer verwundet, nach Petersburg gebracht. Niemand glaubte an mein Aufkommen. Ich bin aber doch am Leben geblieben: ich bin dem ersten Tod entgangen, um den zweiten Tod zu sterben.

•

Ein Seefahrer, dessen Schiff in Eis geraten ist, wirft eine Flasche ins Meer mit dem letzten frohen Gedanken: man wird erfahren, wie er zu Grunde gegangen ist. So werfe auch ich in den Ozean der Zukunft diese letzten Aufzeichnungen — mein Vermächtnis an Rußland.

•

Ich schreibe es auf einzelne Papierfetzen und verstecke sie in ein geheimes Verließ: im Boden meiner Zelle ist ein Ziegelstein locker und läßt sich herausnehmen. Vor dem Tode werde ich es einem meiner Genossen übergeben: vielleicht wird er es aufheben.

Ich kann schlecht russisch schreiben. Je dois avouer à ma honte, que j'ai plus d'habitude de la langue française que du russe. Ich werde in beiden Sprachen schreiben. So ist mal unser Los: wir sind in unserer eigenen Heimat fremd.

•

Ich habe meine Kindheit in Deutschland, Spanien und Frankreich verbracht. Als mein Bruder Matwej und ich bei der Rückkehr nach Rußland an der preußischen Grenze den ersten Kosaken sahen, sprangen wir aus dem Wagen und fielen ihm um den Hals.

„Ich freue mich, daß der lange Aufenthalt im Auslande eure Liebe zur Heimat nicht abgekühlt hat," sagte unsere Mutter, als wir weiterfuhren. „Kinder, nehmt euch zusammen, ich muß euch etwas Schreckliches sagen: ihr werdet in Rußland etwas vorfinden, was ihr noch nicht kennt: leibeigene Sklaven."

Wir begriffen erst später das Schreckliche: Freiheit ist die Fremde; Sklaverei ist die Heimat.

•

Wir sind Kinder des Jahres 1812. Damals hatte das russische Volk in einmütiger Erhebung das Vaterland gerettet. Jene Erhebung ist der Beginn der jetzigen; das Jahr 1812 ist der Beginn des Jahres 1825. Damals dachten wir: das Jahrhundert des Kriegsruhmes ist mit Napoleon zu Ende; nun ist die Zeit der Befreiung der Völker angebrochen. Wird denn Rußland, das Europa vom Joche Napoleons befreit hat, nicht auch sein eigenes Joch abwerfen? Rußland drückt das Streben aller Völker nach Freiheit nieder; wenn Rußland sich befreit, so wird auch die ganze Welt frei werden.

•

Als Papa mich neulich in meiner Zelle besuchte und meine blutbefleckte Uniform sah, sagte er mir:

"Ich will dir neue Kleider schicken."

"Ich will nicht," antwortete ich, "ich will mit dem Blute sterben, das ich vergossen..."

Ich wollte sagen: "das ich für das Vaterland vergossen habe," aber ich sagte es nicht: ich hatte das Blut mehr als für das Vaterland vergossen.

•

Hier ist eine meiner ersten Kindheitserinnerungen. Ich weiß übrigens nicht, ob ich mich selbst daran erinnere oder nur die Erzählung meines Bruders Matwej wiedergebe. Am 12. März 1801 trat mein Bruder ans Fenster, — wir wohnten damals an der Fontanka, bei der Obuchowschen Brücke, im Hause Jussupows — blickte auf die Straße und fragte Mama:

"Ist heute Ostern?"

"Nein, wie kommst du darauf, Matjuscha?"

„Warum küssen sich alle Leute auf der Straße?"

In dieser Nacht war Kaiser Paul ermordet worden. So hatte Rußland Christus mit der Freiheit vereinigt: der Zar ist ermordet, Christ ist erstanden.

•

Aus heil'gem Kelche — Blut empfangend,
„Christ ist erstanden!" sage ich.

Im Munde des Atheisten Puschkin ist es eine Blasphemie. Aber er wußte selbst nicht, was für ein Heiligtum er verspottete.

•

Hier ist meine Aussage vor der Untersuchungskommission über meine Unterredung mit Gorbatschewskij, dem Mitglied der Geheimen Gesellschaft der Vereinigten Slaven.

„Ich hatte behauptet, daß im Falle einer Erhebung, in den Wirrnissen eines Umsturzes unsere festeste Stütze und Hoffnung in der Anhänglichkeit an den Glauben liegen müsse, die den Russen in so hohem Maße eigen ist; daß die Religion immer die stärkste bewegende Kraft des Menschenherzens bleiben und den Menschen den Weg zur Freiheit zeigen werde. Gorbatschewskij hatte mir darauf mit Erstaunen und Zweifel erwidert, er glaube, daß die Religion mit der Freiheit im Widerspruch stehe. Ich begann ihm auseinanderzusetzen, daß diese Ansicht durchaus falsch sei; daß die echte Freiheit erst damals bekannt geworden sei, als die Predigt des Christentums begonnen hätte; und daß Frankreich, das während seiner Revolution gerade infolge des Unglaubens, der sich in den Geistern festgesetzt hatte, solches Unheil erfahren, uns als warnendes Beispiel dienen müsse."

•

Der Philosoph Hegel meint, daß die französische Revolution die höchste Entwicklung des Christentums sei und als Erscheinung ebenso wichtig, wie die Erscheinung Christi. Nein, die franjöſſſche Revolution war nicht ſo, aber die wahre Revolution wird ſo ſein. Die jakobiniſche Freiheit ohne Gott iſt in Wahrheit ein Schrecken, „la terreur", unſtillbarer Menſchenmord, der blutige Kelch des Teufels.

•

Chriſtum mit der Freiheit vereinigen — das iſt ein großer Gedanke, ein großes, alles erleuchtendes Licht.

•

> Toujours rêveur et solitaire,
> Je passerai sur cette terre.
> Sans que personne m'ai connu;
> Ce n'est qu'au bout de ma carrière,
> Que par un grand trait de lumière
> On connaîtra ce qu'on a perdu.

So konnte nur ein dummer Junge prahlen. Nun iſt mein Ende gekommen, aber die Welt iſt von keinem Licht erleuchtet worden. Mir ſcheint aber auch jetzt noch, daß ich einen großen Gedanken, ein großes, alles erleuchtendes Licht gehabt habe; ich hatte nur nicht verſtanden, es den Menſchen mitzuteilen. Die Wahrheit wiſſen und ſie nicht ausſprechen können, iſt die ſchrecklichſte von allen menſchlichen Qualen.

•

Der einzige Menſch in Rußland, der mich hätte verſtehen können, iſt Tſchaadajew. Ich erinnere mich noch gut unſerer nächtlichen Geſpräche im Jahre 1817, in der Kaſerne des Sſemjonow'ſchen Regiments, als wir zuſammen dienten und in den „Bund der Glückſeligkeit" eingetreten waren. Ich kann mich noch an ſein blaſſes, zartes, wie aus Wachs geformtes oder aus Marmor gemeißeltes Geſicht erinnern, an die feinen Lippen mit dem ewigen ſpöttiſchen Lächeln, an die graublauen Augen, die ſo traurig blickten, als ſähen ſie ſchon das Ende der Welt.

„Die Gesellschaft dieser Welt vergeht, eine neue Welt beginnt," pflegte Tschaadajew zu sagen. „Das Menschengeschlecht bereitet sich auf die Erfüllung der letzten Verheißungen vor: auf das Reich Gottes auf Erden wie im Himmel. Ist nicht Rußland, das leere, offene, wie ein unbeschriebenes Blatt weiße Land, das Land ohne Vergangenheit, ohne Gegenwart, das ganz in der Zukunft liegt, — die unermeßliche Plötzlichkeit, und immense spontanélté, — ist nicht Rußland berufen, diese Verheißungen zu verwirklichen, das Rätsel der Menschheit zu lösen?"

Und alle unsere Gespräche endeten mit dem Gebet: „Adveniat regnum tuum. — Dein Reich komme."

•

„Es sei nur ein Zar auf Erden wie im Himmel, — Jesus Christus." Das sind Worte aus meinem Katechismus.

•

„Von Spekulation zum Handeln ist ein weiter Weg," sagte einmal Pestel. Ein anderesmal sagte er meinem Bruder Matwej von mir: „Votre frère est trop pur."

Ja, ich bin zu rein, denn ich bin zu spekulativ. Reinheit ist eine verfluchte Leere. Reine Spekulation im Handeln ist eine lächerliche und jämmerliche Don-Quichoterie. Ich habe nichts vollbracht, ich habe nur einen großen Gedanken erniedrigt, ein Heiligtum in Schmutz und Blut fallen lassen. Aber ich habe immerhin versucht, etwas zu vollbringen; Pestel hat es nicht einmal versucht.

•

Er wurde am Vierzehnten, am Tage des Aufstandes verhaftet. Einige Zeit hatte er geschwankt und den Plan erwogen, mit dem Wjatka-Regiment gegen Tultschin zu ziehen, den Höchstkommandierenden und den ganzen Stab der Zweiten Armee zu verhaften und die Fahne der Revolution zu erheben. Er endete aber damit, daß er sich in den Wagen setzte und nach Tultschin fuhr wo man ihn sofort verhaftete.

Er hat klug gehandelt, klüger als wir alle: er hat die Reinheit der Spekulation bewahrt.

●

Ich könnte Pestel lieben; aber er liebt mich nicht: er fürchtet oder verachtet mich. Er hat einen unendlich klaren Verstand. Aber mit dem Verstand allein kann man nicht alles begreifen. Ich weiß manches, was er nicht weiß. Wir müßten uns zusammentun. Vielleicht ist der ganze Aufstand mißlungen, weil wir es nicht getan haben.

●

Einen Stein hinunterzurollen, ist leicht; ihn hinaufzuwälzen, ist schwer. Pestel rollt den Stein hinunter, ich wälze ihn hinauf. Er will Politik, ich will Religion: Politik ist leicht, Religion ist schwer. Er will etwas, was schon gewesen ist, ich will etwas nie Dagewesenes.

●

Ich bin kein Sklave und kein Christ,
Ich kann nicht Kränkungen verzeihen,

hat einmal Rylejew gesagt. Christentum ist Sklaverei: das ist der Abgrund, in den alle stürzen.

Pestel im Süden, Rylejew im Norden, — zwei Atheisten, zwei Führer im Kampfe um Rußlands Freiheit. In der Mitte zwischen ihnen eine Menge „dieser Geringsten". „Heutzutage glauben nur Dummköpfe und Schurken an Gott," hat mir einmal ein russischer Jakobiner, ein neunzehnjähriger Fähnrich gesagt.

●

Da sie keinen Gott haben, haben sie das Volk zu einem Gott gemacht.

„Mit dem Volke kann man alles machen, ohne Volk nichts," hat einmal Gorbatschewskij gesagt, als wir über die Demokratie stritten.

„La masse n'est rien; elle ne sera que ce que veulent les individus qui sont tout," hatte ich empört geantwortet.

Ich weiß, daß es nicht so ist; aber wenn es keinen Gott gibt, so soll man mir nur beweisen, daß es nicht so ist.

•

„Rußland ist einzig und unteilbar wie Gott," sagt Pestel, der an Gott nicht glaubt. Wenn es aber keinen Gott gibt, so gibt es weder ein unteilbares noch überhaupt irgend ein Rußland.

•

Ich wälze den Stein hinauf, und er rollt ihn hinunter, — eine Sisyphusarbeit. Ich betrüge mich nicht, ich weiß: wenn es in Rußland zu einer Revolution kommt, so wird sie sich nicht nach meinem Katechismus, sondern nach der „Russischen Wahrheit" Pestels abspielen. Seiner werden sich alle erinnern, mich wird man aber vergessen; ihm werden alle folgen, mir niemand. Es wird in Rußland dasselbe sein wie in Frankreich: eine Freiheit ohne Gott, ein blutiger Kelch des Teufels.

•

Man wird vergessen, sich später aber erinnern; man wird weggehen, aber zurückkehren. Der Stein, den die Bauleute verworfen haben, wird zum Eckstein werden. Rußland wird nicht gerettet werden, ehe es mein Vermächtnis nicht erfüllt hat: Freiheit mit Gott.

•

La Divinité se mire dans le monde. L'Essence Divine ne peut se réaliser que dans une infinité de formes finies. La manifestation de l'Eternel dans une forme finie ne peut être qu'imparfaite: la forme n'est qu'un signe qui indique sa présence.

Alle menschlichen Handlungen sind nur Zeichen. Ich gab dir nur ein Zeichen, du mein ferner Freund in den kommenden Geschlechtern, wie ein Sterbender, der keine Stimme mehr hat, mit der Hand winkt. Richte mich nicht für mein Tun, sondern begreife, was ich wollte.

•

Wir dachten gar nicht an einen Aufstand und bereiteten uns zu einem solchen gar nicht vor, als wir, mein Bruder Matwaj und ich, am 22. Dezember auf der Fahrt aus Wassilkow bei Kiew, wo das Tschernigower Regiment lag, nach Schitomir zum Korpsquartier, auf der letzten Station vom Senatskurier, der die Vereidigungsformulare nach den verschiedenen Städten brachte, die erste Nachricht über den Vierzehnten erhielten.

Im Korpsquartier erfuhren wir, daß die Regierung die Geheime Gesellschaft aufgedeckt und mit den Verhaftungen begonnen habe. Und auf der Rückreise nach Wassilkow teilte mir mein Freund Michail Pawlowitsch Bestuschew-Rjumin, Leutnant im Poltawa-Regiment mit, daß der Regimentskommandeur Gebel mich mit Gendarmen verfolge.

Ich entschloß mich, mich zum Tschernigower Regiment durchzuschlagen, um es aufzuwiegeln. Ich begriff wohl die ganze Aussichtslosigkeit dieses Schrittes: der Kampf eines Häufleins Menschen gegen die Riesenmacht der Regierung war der Gipfel der Unvernunft. Aber ich konnte die, die sich im Norden erhoben hatten, nicht im Stich lassen.

•

Wir fuhren nach Wassilkow auf entlegenen Feldwegen, um Gebel nicht in die Hand zu fallen. Es gab wenig Schnee, die Wege waren mit festgefrorenem Schmutz bedeckt; unser Wagen brach. Wir mieteten uns in Berditschew ein jüdisches Fuhrwerk und erreichten in der Nacht auf den 28. das Dorf Triljessy an der alten Kiewer Landstraße, 45 Werst von Wassilkow. Wir kehrten in einem Kosakenhause, in der Wohnung des Leutnants Kusmin ein. Müde von der Reise, legten wir uns sofort schlafen.

Nachts kam Gebel mit dem Gendarmerie-Leutnant Lang an. Er stellte Posten auf, weckte uns und erklärte, daß er uns auf allerhöchsten Befehl verhafte. Wir gaben ihm unsere Degen ab, — wir freuten uns, daß die Sache ohne unnötige Opfer ein Ende nahm, — und luden ihn ein, mit uns Tee zu trinken.

Während wir am Teetisch saßen, brach der Morgen an, und ins Haus traten vier Offiziere, die Kompagniechefs meines Bataillons: Kusmin, Ssolowjow, Ssuchinow und Schtschepilo, Mitglieder der Geheimen Gesellschaft, die aus Wassilkow gekommen waren, um mich zu befreien. Gebel ging zu ihnen in den Flur und schimpfte, weil sie sich eigenmächtig von ihren Posten entfernt hätten. Es kam zu einem Streit. Die Stimmen klangen immer lauter. Plötzlich rief jemand:

„Schlagt den Schurken tot!"

Alle vier stürzten sich über Gebel, entrissen den Wachtposten die Gewehre und begannen ihn mit den Kolben zu schlagen und mit den Bajonetten und Degen zu stechen, — in die Brust, den Bauch, Arme und Beine, in den Rücken und in den Kopf. Der riesengroße Gebel, ein wahrer Hüne, erschrak so, daß er sich fast nicht wehrte und nur schluchzte und auf polnisch jammerte:

„Ach, heilige Mutter Gottes! Ach, heilige Maria!"

Gustav Jwanowitsch Gebel war polnischer Abstammung, hielt sich aber für einen Russen und sprach niemals polnisch; doch bei dieser Gelegenheit erinnerte er sich plötzlich seiner Muttersprache.

Die Wachtposten, zum größten Teil junge Rekruten, dachten gar nicht daran, ihren Kommandeur zu verteidigen. Alle Soldaten haßten ihn wegen der grausamen Stock- und Rutenstrafen, die er ihnen zudiktierte, und nannten ihn nicht anders als „Tier".

Die Offiziere schlugen und schlugen, konnten ihn aber nicht erschlagen. Im Flur war es eng und finster, und sie waren einander im Wege. Von Wut geblendet, schlugen sie planlos ein, wie Betrunkene oder Verschlafene.

„Der Satan ist zäh!" schrie jemand mit fürchterlicher Stimme.

Gebel erreichte die Türe und wollte sich retten. Aber man packte ihn bei den Haaren, warf ihn zu Boden, fiel im ganzen Haufen über ihn her und schlug ihn weiter. Sie glaubten schon, es sei sein Ende, aber er nahm seine letzten Kräfte zusammen und trug förmlich zwei Offiziere, Kusmin und Schtschepilo auf seinen Schultern aus dem Flur in den Hof.

•

Um diese Zeit waren wir, mein Bruder und ich, schon auf dem Hofe: wir hatten ein Fenster eingeschlagen und waren herausgesprungen.

Ich weiß gar nicht, was mit mir geschah, als ich den blutig-geschlagenen Gebel und die schrecklichen, wie verschlafenen Gesichter der Kameraden sah.

Manchmal sieht man im Traum den Teufel; man sieht ihn eigentlich nicht, aber man merkt an der schweren Last, die sich auf einen wälzt, daß er es ist. Eine solche Last wälzte sich plötzlich auf mich. Ich erinnere mich noch, wie ich einmal als Kind ein Tausendfüßchen töten wollte, das mich beinahe gestochen hätte; ich schlug es lange mit einem Stein und konnte es doch nicht erschlagen: halb zerquetscht regte es sich noch immer so ekelhaft, daß ich es schließlich nicht ertragen konnte und weglief.

Ebenso war wohl mein Bruder Matwej von Gebel weggelaufen. Ich aber blieb; beim Anblick der verschlafenen Gesichter war ich wohl selbst in Schlaf gesunken.

Ich ergriff ein Gewehr und fing an, ihn mit dem Kolben auf den Kopf zu schlagen. Er lehnte sich an die Wand, duckte sich und schützte den Kopf mit den Händen. Ich schlug ihn auch auf die Hände. Ich erinnere mich noch, wie das Holz des Kolbens dumpf auf die Knochen seiner Finger schlug; ich erinnere mich an den goldenen Ring mit dem Chrysolith an seinem weißen, dicken Zeigefinger, und wie unter dem Ringe das Blut hervorquoll; ich erinnere mich, wie er auf polnisch jammerte:

„Ach, heilige Mutter Gottes! Ach, heilige Maria!"

Ich weiß nicht, vielleicht tat er mir leid und ich wollte seinen Qualen ein Ende machen und ihn töten. Aber ich fühlte, daß meine Schläge viel zu schwach seien, daß ich ihn nicht töten könne, daß es so kein Ende nehmen würde; und doch fuhr ich fort, vor Ekel und Entsetzen ermattend, zu schlagen.

„Hören Sie doch auf, Ssergej Iwanowitsch! Was tun Sie?" rief jemand, mich am Arm packend und von ihm losreißend.

Ich kam zu mir und fühlte, daß ich mir die Finger am Gewehrlauf im Froste erfroren hatte.

Die anderen konnten aber noch immer nicht aufhören. Bald kamen sie zu sich, hörten zu schlagen auf und fingen bald wieder zu schlagen an. Kusmin bohrte seinen Degen so tief in ihn hinein, daß es ihn jedesmal Mühe kostete, ihn wieder herauszuziehen. Es war, als bringe der Degen in Gebels Körper wie in ein Gespenst ein, ohne ihn zu verletzen, als sei es nicht Gebel, sondern jemand anderer, Unsterblicher.

„Zäh ist der Satan!"

Endlich, als alle von ihm abließen, schwankte er zum Tor und trat auf die Straße. Nebenan befand sich eine Schenke, und vor der Schenke stand ein Bauernschlitten. Er fiel bewußtlos in den Schlitten. Die Pferde liefen auf ihren Hof, zum Dorfvorsteher. Hier nahm man Gebel vom Schlitten, brachte ihn in Sicherheit und schickte ihn später nach Wassilkow.

Gebel hatte dreizehn schwere Verwundungen erhalten und eine Menge leichter, aber er ist am Leben geblieben und wird wohl uns alle überleben.

•

So haben wir „aus heil'gem Kelche Blut empfangen".

•

Als die Offiziere den Soldaten von meiner Befreiung mitteilten, hatten sie damit einen ungewöhnlichen Erfolg. Alle gesellten sich wie ein Mann zu uns und waren bereit, mir zu folgen, wohin ich sie auch führen würde. Am gleichen Tag, dem 29. Dezember, zog ich mit der fünften Musketier-Kompagnie gegen Wassilkow.

•

Am 30. Dezember nachmittags näherten wir uns der Stadt. Gegen uns war eine Schützenkette aufgestellt. Als wir aber so nahe gekommen waren, daß wir die Gesichter der Soldaten unterscheiden konnten, schrien diese „Hurra" und vereinigten sich mit uns. Wir traten in die Stadt und erreichten den Hauptplatz, ohne auf Widerstand zu stoßen. Wir besetzten die Hauptwache, den Regimentsstab, das Gefängnis, das Rentamt und die Schlagbäume und stellten überall Posten auf.

•

Am Abend erließ ich den Befehl an alle Kompagnien, sich am nächsten Morgen um 9 Uhr auf dem Platze zu versammeln.

Meine Genossen bereiteten sich die ganze Nacht auf den weiteren Marsch vor und kamen jeden Augenblick zu mir gelaufen, um Befehle zu holen. Ich hatte mich aber in meinem Zimmer eingeschlossen und ließ niemand herein. Bestushew und ich korrigierten die ganze Nacht den „Katechismus" und schrieben ihn ins Reine.

Diesen Gedanken hatten wir dem Werke des Herrn de Salvandi „Don Alonso ou l'Espagne" entnommen, in dem der Katechismus wiedergegeben ist, mit dem die spanischen Mönche im Jahre 1809 das Volk gegen Napoleon aufwiegelten.

Meine früheste Kindheit hatte ich in Spanien verbracht: mein Vater Iwan Matwejewitsch Murawjow-Apostol war Botschafter in Madrid. So wollte ich meine Kindheit im Mannesalter wiederholen und Spanien nach Rußland verpflanzen.

„Ce sont vos châteaux d'Espagne, qui vous sont perdus, mon ami", sagte mir im Scherz der General Benkendorf beim Verhör vor der Untersuchungskommission.

•

Als wir mit dem Katechismus fertig waren, diktierten wir ihn drei Regimentsschreibern und ließen zwölf Abschriften anfertigen. Am Morgen ließ ich den Leutnant Masalewskij kommen, händigte ihm ein versiegeltes Paket mit den Abschriften ein und gab ihm den Auftrag, Zivilkleider anzuziehen, mit drei Gemeinen in Mänteln ohne Achselstücke nach Kiew zu gehen und den Katechismus im Volke zu verbreiten.

•

Masalewskij führte den Auftrag gewissenhaft aus. Er kam auf Umwegen nach Kiew und befahl den Soldaten, in verschiedenen Richtungen durch die Vorstädte Petschorsk und Podol zu gehen und die Abschriften in den Torwegen, Wirtschaften und Schenken fallen zu lassen. Und sie machten es so.

Mein Katechismus, die frohe Botschaft vom Reiche Gottes liegt wohl auch jetzt noch in den Torwegen und Schenken herum. Oh, die grenzenlose Don-Quichotterie!

•

Als die Kompagnien sich auf dem Stadtplatze versammelt hatten, schickte ich nach dem Regiments-Pfarrer.

P. Danilo Kaiser (ein sonderbarer Name, vielleicht stammt er von deutschen Kolonisten ab?) ist ein blutjunger Bursche, vielleicht sechsundzwanzig Jahre alt, schwindsüchtig mit flachsblondem dünnem Zopf, — solche Zöpfe haben manchmal kleine Bauernmädchen.

Als ich ihm die Ziele des Aufstandes auseinandersetzte, wurde er blaß, begann zu zittern und vor Angst zu schwitzen.

„Richten Sie mich nicht zu Grunde, Euer Hochwohlgeboren! Ich habe Frau und Kinder..."

Als ich dieses erschrockene Häslein, den Streiter für das Reich Gottes sah, begriff ich wieder, wie weit es vom Spekulieren zum Handeln ist.

•

Hier ist die Aussage des P. Danilo selbst, wie sie auf dem mir von der Untersuchungskommission vorgelegten Fragebogen zu meiner Überführung wiedergegeben ist. Als ich die Fragen beantwortete, schrieb ich diese Aussage ab, um sie den kommenden Geschlechtern zu übermitteln.

„Am 31. Dezember um 11 Uhr vormittags kam zu mir in die Wohnung ein Unteroffizier der 2. Grenadier-Kompagnie in feldmarschmäßiger Ausrüstung und übergab den mündlichen Befehl des Oberstleutnants Murawjow-Apostol, unverzüglich mit dem Kreuz zwecks Abhaltung eines Gottesdienstes, bei dem auch der Katechismus verlesen werden sollte, zu ihm zu kommen. Ich hatte die größte Angst und wußte nicht, wo Schutz zu suchen; aber ich wagte nicht, mich zu weigern und schickte den Küster Iwan Ochlestin in die Regimentskirche, um ein Gebetbuch und den kurzen Katechismus zu holen. Als der Küster die Bücher brachte, begab ich mich mit ihm in die Wohnung Murawjows, wo sich ziemlich viele Offiziere befanden. Da ich erst seit kurzem bei diesem Regiment amtierte, waren mir nicht nur diese Offiziere unbekannt, sondern auch Murawjow selbst, den ich zum ersten Male im Leben sah. Er befahl mir, in seiner Wohnung zu bleiben, und so stand ich etwa eine halbe Stunde an der Schwelle vor ihm und den anderen Offizieren. Als einer von diesen auf mich zuging und mich fragte, ob ich fertig sei, antwortete ich ihm: ‚Ich habe ein Gebetbuch und den kurzen Katechismus bei mir.‘ Der Offizier nahm aber den erwähnten Katechismus dem Küster aus der Hand, schlug ihn auf und sagte, daß sie ihren eigenen geschriebenen Katechismus hätten. Murawjow widerrief nun seinen ersten Befehl und sagte, daß ich keinen Gottesdienst abzuhalten brauche, sondern irgendeine andere, kürzere Handlung vornehmen solle. Als ich diesen sonderbaren Sachverhalt merkte, was sie untereinander auf Französisch sprachen, zwar nicht verstand, aber mehrere geladene Pistolen auf dem Tische liegen sah, erschrak ich noch mehr und wollte mich schon entfernen, wagte es aber nicht. Murawjow setzte sich aber eine Art armenische Mütze auf, band sich eine Schärpe um, ging mit den Offizieren zu den auf dem Platze aufgestellten Kompagnien hinaus und sagte mir, ich solle ihm folgen; er ritt auf die Front zu und befahl den Soldaten, sich im Kreise aufzustellen; die Offiziere traten, mit geladenen Pistolen, einige auch mit Dolchen bewaffnet, in die Mitte und umringten mich; auf Befehl Murawjows legte ich nun den Ornat an und sang mit dem Küster das Vaterunser, „Himmlischer König", den Psalm auf die Geburt Christi und einen kurzen Lobgesang; sonst sang ich nichts. Dann gab mir irgendein Offizier ein Papier, das ich bis dahin nie gesehen hatte, und ich weiß auch jetzt nicht, was darauf stand; denn dieser selbe oder ein anderer Offizier, der hinter mir stand, las es auswendig vor, während ich, von großer Angst ergriffen, Wort für Wort nachsprach, ohne zu verstehen, was darin enthalten war. Ob ich dabei auch noch andere Worte sprach, weiß ich nicht mehr."

Armer P. Danilo, unfreiwilliger Märtyrer für die russische Freiheit!

•

Der Tag war sonnig. In der Nacht war der erste Schnee gefallen. Der Winter hatte sich eingestellt, aber wie es in der Ukraine oft vorkommt, spürte man mitten im Winter einen Hauch des Frühlings. Im Schatten fror es, aber in der Sonne taute es. Die Spatzen zwitscherten, die Tauben girrten in der Sonne auf den goldenen Kirchenkuppeln. Die Kirschbäume und Apfelbäume standen, vom Reif geschmückt, da wie in weißer Blütenpracht. Unter dem Schnee erschienen die weißen Wände der Lehmhütten der Kosaken dunkel, und die schmutzigen Judenhäuser noch schmutziger.

Beim Anblick des blauen, tiefen Himmels erinnerte ich mich der Lieder, die die ukrainischen Mädchen in der Nacht vor Weihnachten zu singen pflegen: „Sei gesund, aber nicht allein, sondern mit dem l i e b e n Gott!" Im lieben Himmel ein lieber Gott.

Die Kompagnien standen auf dem Platze in feldmarschmäßiger Ausrüstung in einer gedrängten Kolonne. Ich saß im Sattel vor der Front und den Fahnen.

P. Danilo las, mehr tot als lebendig, den Katechismus mit so schwacher Stimme, daß man fast nichts hören konnte. Bestuschew ging auf ihn zu, nahm ihm das Papier aus der Hand und begann laut und feierlich:

„Im Namen des Vaters, des Sohnes und des heiligen Geistes.

„Wozu hat Gott den Menschen erschaffen?

„Damit er an Ihn glaube und frei und glücklich sei.

„Warum sind das russische Volk und Heer unglücklich?

„Weil die selbstherrschenden Zaren ihnen die Freiheit geraubt haben.

„Was befiehlt unser heiliges Gesetz dem russischen Volke und Heere zu tun?

„Ihren langjährigen Sklavensinn zu bereuen, sich gegen die Tyrannei und Entehrung zu rüsten und eine Regierung herzustellen, die dem Gesetze Gottes entspricht."

Es schien, daß nicht nur die mit gieriger Aufmerksamkeit lauschenden Soldaten und die erschrockenen Einwohner von Wassilkow — der Stadthauptmann Pritulenko, der Richter Dragantschuk, der Postmeister Besnossikow, der Kanzlist mit verbundener Backe, der Gutsbesitzer aus der Steppe, der alte Kosak mit grauem Schnauzbart, die dicke Händlerin und zwei magere Juden in schwarzen Käppchen mit roten Schläfenlocken, — daß nicht nur alle diese Leute, sondern auch die melancholisch gelben Mauern des Kreisrentamtes, des Regiments-Zeughauses und der Proviant-Magazine mit unsagbarem Erstaunen zuhörten, als wollten sie sagen: „Es ist nicht das Richtige! Nicht das Richtige!" Aber die in der Sonne girrenden Tauben, die mit Reif wie mit Blüten bedeckten Kirschbäume, die mit hellem Klingen von den Dächern fallenden Tropfen und der blaue, tiefe Himmel antworteten: „Es ist das Richtige!"

„Christus hat gesagt: Werdet nicht der Menschen Knechte, denn ihr seid erkauft durch mein Blut," las Bestuschew weiter, immer lauter und feierlicher. „Die Welt folgte aber diesem heiligen Befehle nicht und stürzte in einen Abgrund von Unglück. Aber unsere Leiden rührten den Höchsten: heute schickt Er uns Freiheit und Rettung. Das russische Heer zieht aus, um in Rußland den Glauben und die Freiheit wiederherzustellen, auf daß ein Zar im Himmel und auf der Erde sei — Jesus Christus."

Als er zu Ende war, trat Stille ein, und in der Stille erklang meine Stimme. Was ich sagte, weiß ich nicht mehr. Ich weiß nur, daß es einen Augenblick gab, wo ich glaubte, alle hätten alles verstanden. Mag ich sterben, ohne etwas vollbracht zu haben, aber für diesen Augenblick lohnte es sich zu sterben!

Ich nahm die Mütze ab, bekreuzigte mich, hob den Degen und rief:

„Kinder! Für Glauben und Freiheit! Für den Zaren Christus! Hurra!"

„Hurra!" antworteten sie erst schüchtern und zweifelnd, dann aber ohne jeden Zweifel, wie rasend:

„Hurra, Konstantin!"

Es wäre dumm zu schreien: „Hurra, Jesus Christus!" Darum kam jemand der kluge Gedanke: „Hurra, Konstantin!" Und alle fielen erfreut in diesen Ruf ein; sie begriffen, daß es das Richtige sei.

Auch ich begriff es, als wäre ich wieder in den schrecklichen Schlaf gesunken wie neulich, und ich sah vor mir den verwundeten, blutenden Gebel: er stand an die Wand gelehnt, duckte sich, schützte sich den Kopf mit den Händen, und ich schlug mit dem Gewehrkolben auf ihn ein, wollte ihn erschlagen und konnte es nicht: „Zäh ist der Satan!"

Der Satan lachte über mich triumphierend:

„Hurra, hurra, hurra, Konstantin!"

•

Nein, ich kann nicht mehr davon sprechen: ich schäme mich, und es ist mir schrecklich. Ich habe auch keine Zeit: bald kommt der Tod.

Mögen die anderen erzählen, womit mein Feldzug für den Zaren Christus oder für den Zaren Konstantin geendet hat; wie wir vier Tage lang immer auf dem gleichen Fleck zwischen Wassilkow und Bjelaja-Zerkow, um Triljessy herum, wo man Gebel geschlagen hatte, wie festgebannt im Kreise herumzogen; alle warteten auf Hilfe, aber niemand half uns: alle hatten uns betrogen und verraten. Anfangs hatten wir so viel Freiwillige, daß wir gar nicht wußten, wie sie uns vom Halse zu schaffen, aber dann fingen die Offiziere an, uns einer nach dem andern zu verlassen, zu der Obrigkeit nach Kiew zu fliehen, manche sogar in Schlafröcken. Auch der Geist der Truppen war gesunken. Als die Soldaten mich baten, ich möchte ihnen erlauben, „ein wenig zu plündern", und ich es ihnen untersagte, fingen sie zu murren an: „Murawjow ist nicht für den Zaren Konstantin, sondern für irgendeine Freiheit!" — „Es ist ein Gott im Himmel, ein Zar auf Erden, — Murawjow betrügt uns!"

Schon in Wassilkow gab es in den Schenken manchen wüsten Auftritt. Aber während des Marsches mußten wir unterwegs vor jeder Schenke Posten aufstellen, und diese betranken sich als die ersten.

Niemals vergesse ich, wie ein betrunkener Soldat aus einer Schenke kam und unter unflätigen Flüchen schrie:

„Ich fürchte niemand! Vergnüge dich, du Seele! Jetzt ist die Freiheit!"

•

In allen Schenken spricht man vom bevorstehenden Gemetzel: „Man sollte zwei Tage die Messer schleifen und dann losziehen: es ist ein Ukas vom Zaren gekommen, daß man alle Herren und Juden abschlachte, damit sie ganz aus der Welt verschwinden."

In der Schenke des Mordko Schmulis sagte ein Kosak aus Tschugujew: „Wenn das Schlachten losgeht, werde ich keine Pike und keine andere Waffe verlangen, sondern einen Pfahl zuspitzen, mit Teer bestreichen und siebzig Herren und siebzig Juden darauf aufspießen." Ein Soldat aus Bjelaja-Zerkow erklärte aber: „Wenn man bei der heiligen Ostermesse ‚Christ ist erstanden' anstimmt, so wird das Gemetzel losgehen."

So vereinigte das Volk Christus mit der Freiheit!

•

Mögen die anderen erzählen, wie die sechs besten Kompagnien meines Bataillons, der Stolz des Regiments, sich in eine Räuberbande, in betrunkenes Gesindel verwandelten. Ehe ich es mir versah, war es schon geschehen: ebenso wie die Milch beim Gewitter sauer wird, so war plötzlich alles sauer geworden.

Nun begriff ich erst das Schrecklichste: für das russische Volk bedeutet die Freiheit Ausgelassenheit, Zügellosigkeit, Frevel, unendlichen Brudermord; die Sklaverei ist mit Gott, die Freiheit mit dem Teufel.

Wer weiß: hätte ich mich bereit erklärt, zu einem Hauptmann dieser Räuberbande, zu einem neuen Pugatschow zu werden, so hätten sie mich vielleicht nicht verraten: von allen Seiten wären mir die Teufel zu Hilfe gekommen. Wir wären gegen Kiew, Moskau, Petersburg gezogen und hätten vielleicht ein neues russisches Zarenreich zu errichten versucht.

•

Am 3. Januar, um die zweite Nachmittagsstunde traten uns auf der Ustimowschen Höhe, in der Nähe des Dorfes Pologi vier Schwadronen der Mariupoler Husaren mit zwei Geschützen, unter Befehl des Generalmajors Geismar entgegen. Die Obrigkeit hatte solche Angst bekommen, daß sie gegen meine tausend Mann fast alle Regimenter des Dritten Armeekorps aus Kiew schickte. Die Abteilung Geismars war nur zum Rekognoszieren ausgesandt. Wir wußten, daß alle Offiziere dieser Abteilung Mitglieder der Geheimen Gesellschaft waren; daß man sie aber einen Tag vorher verhaftet und durch andere ersetzt hatte, wußten wir nicht. Wir wurden schier wahnsinnig vor Freude; wir dachten, daß sie uns zu Hilfe kämen, wir glaubten an ein Wunder. Und nicht wir allein, sondern auch alle Soldaten ohne Ausnahme.

•

Der Tag war wieder so strahlend wie der 31.; der Himmel ebenso blau, tief, lieb, mit einem „lieben Gott". Und wieder gab es wie damals auf dem Platze von Wassilkow einen Augenblick, wo es mir schien, sie hätten alles begriffen, die Räuberbande sei eine Heerschar Gottes.

Die Soldaten zogen mit unerschütterlichem Mut gegen die Geschütze. Ein Schuß krachte, und das Geschoß pfiff über unseren Köpfen hinweg. Wir gingen immer vor. Da heulten die Kartätschen. Das Feuer war mörderisch. Viele sanken verwundet um. Wir gingen immer weiter vor, wir glaubten an ein Wunder.

Plötzlich war es mir, als hätte ich einen Stockhieb über den Kopf bekommen. Ich stürzte vom Pferde und fiel mit dem Gesicht in den Schnee. Als ich zu mir kam, erblickte ich Bestuschew. Er half mir aufstehen und wischte mir das Gesicht mit einem Tuche ab; es war blutüberströmt. Das Tuch war ganz durchnäßt, aber das Blut floß noch immer. Ich war von einer Kartätschenkugel am Kopfe verwundet.

Mein Liebling, der Gefreite Laschkin, ging auf mich zu. Ich erkannte ihn nicht: so unnatürlich war sein Gesicht verzerrt und so seltsam weibisch schluchzte er:

„Warum hast du uns zu Grunde gerichtet, Unmensch, Hundesohn, Anathema!"

Plötzlich hob er das Bajonett und fiel über mich her. Jemand schützte mich vor ihm. Die Soldaten umringten uns und führten uns zu den Husaren.

Später erfuhr ich, daß sie ihre Gewehre weggeworfen und sich ohne einen Schuß ergeben hatten, als sie eingesehen, daß kein Wunder geschehen werde.

Am Abend brachte man uns unter Bewachung nach Triljessy – wieder dieser verdammte Ort – und sperrte uns in eine leere Dorfschenke. Bruder Matwej trieb irgendwo ein Bett auf und legte mich darauf. Infolge des Blutverlustes aus der unverbundenen Wunde hatte ich fortwährend Ohnmachtsanfälle. Es war mir schwer zu liegen: mein Bruder hob meinen Kopf und legte ihn sich auf die Schulter.

In der Ecke uns gegenüber lag auf dem Stroh Kusmin, ebenfalls verwundet: alle Knochen seiner rechten Schulter waren von einer Kartätschenkugel zersplittert. Er litt wohl entsetzliche Schmerzen, zeigte es aber nicht, er stöhnte sogar nicht, so daß niemand merkte, daß er verwundet war.

Der Abend brach an. Man machte Licht. Kusmin bat meinen Bruder, er möchte näher kommen. Jener zeigte schweigend auf meinen Kopf. Nun kroch Kusmin mit großer Mühe zu ihm heran, drückte ihm die Hand mit jenem geheimen Zeichen, an dem die Vereinigten Slaven einander erkannten, und kroch wieder in seine Ecke zurück. Niemand hatte Lust zu sprechen; alle schwiegen.

Plötzlich krachte ein Schuß. Ich wurde bewußtlos. Als ich wieder zu mir kam, sah ich durch den Pulverrauch, der die Stube noch füllte, Kusmin in der Ecke auf dem Stroh mit blutendem Kopf liegen. Er hatte sich aus der Pistole, die er im Ärmel seines Mantels versteckt hatte, eine Kugel in die Schläfe gejagt.

„Freiheit oder Tod", hatte er geschworen; und er hat den Eid gehalten.

*

Auf der Ustimowschen Höhe fiel auch mein jüngster Bruder, Ippolit Iwanowitsch Murawjow-Apostol, ein neunzehnjähriger Jüngling.

Am 31. Dezember, unmittelbar vor unserm Ausmarsche war er mit einer Posttroika auf den Stadtplatz von Wassilkow gekommen. Kurz vorher hatte er die Schlußprüfung an der Schule der Kolonnenführer glänzend bestanden und war zum Offizier befördert und zum Stab der Zweiten Armee kommandiert worden. Er hatte Petersburg am 13. Dezember verlassen, um uns von der Nordischen Gesellschaft die Nachricht zu überbringen, daß der Aufstand ausgebrochen sei, und uns um Hilfe zu bitten.

Ich wollte ihn retten, flehte ihn an, weiterzufahren, aber er blieb bei uns. Er glaubte mehr als alle an ein Wunder. Gleich auf dem Platze tauschte er mit Kusmin die Pistolen und leistete auch den Eid: „Freiheit oder Tod" — und er hielt den Eid. Als er auf der Ustimowschen Höhe sah, wie ich von der Kartätschenkugel getroffen hinfiel, glaubte er, daß ich tot sei und tötete sich selbst durch einen Schuß in den Mund.

*

Am 4. Januar beim Morgengrauen fuhr ein Schlitten vor, der mich und meinen Bruder Matwej nach Bjelaja-Zerkow bringen sollte. Wir baten die Begleitmannschaften um die Erlaubnis, von der Leiche Ippolits Abschied zu nehmen. Sie wollten es uns lang nicht erlauben; endlich brachten sie uns in eine unbewohnte Hütte. In der leeren, dunklen, kalten Hütte lagen auf dem nackten Boden die nackten Körper der Toten: die Husaren hatten sich wohl nicht geschämt, sie auszuplündern und nackt auszuziehen. Unter ihnen lag auch die Leiche Ippolits. In seiner Nacktheit war er schön wie ein junger Gott. Der Schuß hatte sein Gesicht nicht im Geringsten entstellt, nur an der linken Wange unter dem Auge war ein kleiner dunkler Fleck. Der Gesichtsausdruck war stolz und ruhig.

Mein Bruder half mir niederzuknien. Ich küßte den Toten auf den Mund und sagte:

„Auf Wiedersehen!"

Seltsam: ich machte mir Gewissensbisse wegen aller, die ich ins Verderben gestürzt habe, aber nicht wegen Jppolit — des reinsten Opfers der reinsten Liebe.

Damals sagte ich: "auf Wiedersehen!" Jetzt weiß ich schon, daß das Wiedersehen bald kommt. Du wirst mich d o r t als erster begrüßen, mein Jppolit, mein Engel mit weißen Schwingen!

•

Morgen, am 12. Juni, wird das Urteil bekanntgegeben.

•

Das Urteil ist veröffentlicht: Pestel, Rylejew, Kachowskij, Bestuschew-Rjumin und ich sind zur Vierteilung verurteilt. Aber "der Barmherzigkeit des Monarchen entsprechend", wird die Strafe auf den "Tod durch den Strang" herabgesetzt. Sie halten es für eine Gnade, das Vierteilen durch den Galgen zu ersetzen. Aber ich glaube noch immer, daß man uns erschießen wird: in Rußland hat man noch niemals Offiziere gehängt.

•

Das gleiche Urteil trifft auch die Toten: Kusmin, Schtschepilo, Jppolit Murawjow-Apostol; da man aber Tote weder erhängen noch vierteilen kann, wurde angeordnet, "nach Verlesung des Urteils auf ihren Gräbern statt Kreuzen Galgen aufzustellen und an diese ihre Namen zur ewigen Schande anzuschlagen".

•

Man wird alle wie die Hunde in eine gemeinsame Grube werfen, in ein Grab ohne Kreuz, wahrscheinlich dort in Bjelaja-Zerkow, in der Nähe der Ustimowschen Höhe.

"Bjelaja-Zerkow" — "Weiße Kirche" — ein bedeutungsvoller Name. Möge über uns die Weiße Kirche strahlen!

Ich erinnere mich an meine Zusammenkunft mit dem Kaiser Nikolai Pawlowitsch. Er versprach, uns alle zu begnadigen, er umarmte und küßte mich und weinte: "Vielleicht verdiene ich nicht weniger Mitleid als ihr. Je ne suis qu'un pauvre diable."

Der arme Teufel, der ärmste aller Teufel! Gott verzeihe es ihm: er selbst weiß nicht, was er tut.

•

Morgen ist die Exekution. Ob man uns erschießen oder erhängen wird, ist mir ganz gleich, — daß es nur schneller ein Ende nimmt. Ich werde den Tod wie die beste Gottesgabe empfangen.

•

Bruder Matwej beneidet mich: er sagt, daß der Tod für ihn ein Glück wäre. Er denkt nur an Selbstmord. Er will freiwillig verhungern. Ich beschwöre ihn in meinen Briefen bei unserer verstorbenen Mutter, nichts gegen sein Leben zu unternehmen: „Eine Seele, die ihren Körper eigenmächtig vor der Zeit verlassen hat, kommt an eine wüste Stätte und wird von denen, die sie liebte, ewig getrennt sein." Ich schreibe es und denke mir dabei: mit einem gebrochenen Bein kann man nicht gehen, mit einer gebrochenen Seele kann man nicht leben.

•

Bruder Matwej will nicht leben, und Bestuschew will nicht sterben. Er ist dreiundzwanzig Jahre alt, fast noch ein Kind. Das Todesurteil hatte er nicht erwartet, er hatte noch bis zum letzten Augenblick gehofft. Er quält sich und verzagt. Auch jetzt höre ich, wie er in seiner Zelle herumrennt und um sich schlägt wie ein Vogel im Käfig. Ich kann es nicht ertragen!

•

Bruder Matwej und Bestuschew sind die größten Gegensätze. Der eine ist allzu schwer, der andere allzu leicht: sie sind wie zwei Wagschalen, und ich bin zwischen ihnen wie ein ewig zitterndes Zünglein. Bruder Matwej glaubte gar nicht an ein Wunder, Bestuschew glaubte blind, und ich glaubte halb. Vielleicht bin ich darum zu Grunde gegangen.

•

Ich sah im Traume Jppolit und Mama. Ich empfand eine solche Freude, wie man sie im Wachen niemals empfindet. Beide sagten, ich sei dumm und wisse das Wichtigste nicht.

•

Ich sitze auf No. 12 im Kronwerk-Wall, und neben mir auf No. 11 sitzt Valerian Michailowitsch Golizyn, den man aus dem Alexej-Ravelin hergebracht hat. Als alle Kasematten besetzt waren und für die neuen Verhafteten Platz fehlte, teilte man die Zellen durch Holzwände in einzelne Käfige ab. Die Balken aus frischem Holze sind eingetrocknet und haben Spalten bekommen. Durch eine solch Spalte unterhalte ich mich mit Golizyn. Ich liebe ihn. Er begreift a l l e s: alles, auch er ist ein Freund Tschaadajews. Schade, daß ich keine Zeit habe, mir alles aufzuschreiben. Wir sprachen vom Sohn und vom Geist, von der Erde der Allerreinsten Mutter. Und ich fühle ebenso wie im Traume, daß ich etwas Wichtiges nicht wisse.

•

Ich will diese Blätter Golizyn geben; soll er sie lesen und P. Pjotr Myslowskij übergeben: dieser versprach mir, sie aufzuheben.

In den letzten Tagen schreibe ich ganz frei und verstecke das Geschriebene nicht. Tinte und Papier bekomme ich, so viel ich will. Sie verhätscheln das Opfer.

Aber ich muß enden: heute Nacht ist die Exekution. Ich werde die Flasche versiegeln und in den Ozean der Zukunft werfen.

•

Die Sonne sinkt, meine letzte Sonne. Auch heute ist sie ebenso blutig wie an allen diesen Tagen. Infolge der Hitze und der Trockenheit brennen die Wälder und die Torfmoore in der Umgebung der Stadt. Die Luft ist von Rauch erfüllt. Die Sonne ist, wenn sie aufgeht und untergeht, wie eine trübe rote Kugel, und am Tage glüht sie durch den Rauch wie ein abgebranntes Holzscheit.

Oh, diese blutige Sonne, die blutige Fakel der Eumeniden, sie ist vielleicht unseretwegen über Rußland aufgegegangen und wird nie mehr untergehen!

•

Ich hatte einen Traum.

Ich ziehe mit meuternden Kompagnien, mit einer Räuberbande als Sieger durch ganz Rußland. Überall Freiheit ohne Gott, Frevel, unendlicher Brudermord. Und über ganz Rußland, über der schwarzen Brandstätte steht die blutige Sonne, der blutige Kelch des Teufels. Und ganz Rußland, eine Räuberbande, betrunkenes Gesindel, geht mir nach und schreit:

„Hurra, Pugatschow-Murawjow! Hurra, Jesus Christus!"

•

Mir ist dieser Traum nicht mehr schrecklich; wird er aber vielleicht unseren Enkeln und Urenkeln schrecklich sein?

•

Nein, Tschaadajew hat Unrecht: Rußland ist kein unbeschriebenes Blatt Papier; es steht darauf schon geschrieben: R e i c h d e s T i e r e s. Schrecklich ist der Zar – Tier; noch schrecklicher ist vielleicht das Volk – Tier.

Rußland wird nicht gerettet werden, ehe sich seinem Schoße ein Schrei des Schmerzes und der Reue entringt, dessen Widerhall die ganze Welt erfüllt.

•

Ich höre schwere Schritte: das Tier kommt.

•

Rußland geht zu Grunde, Rußland geht zu Grunde. Gott, rette Rußland!

Siebentes Kapitel

"Wenn ich in die Kasematte Ssergej Jwanowitschs komme, empfinde ich die gleiche Andacht, wie wenn ich beim Gottesdienst vor den Altar trete." An diese Worte des P. Myslowskij mußte Golizyn denken, als er die Aufzeichnungen Murawjows, sein „Vermächtnis an Rußland" gelesen hatte.

Das Fenster seiner Zelle stand offen. Die Festungsbehörde hatte erlaubt, in diesen unerträglich heißen Julitagen die Fenster offen zu halten: sonst müßten die Arrestanten ersticken. Durch die nächtliche Stille klang vom Kronwerk das Klopfen einer Art und eines Hammers herüber. Solange Golizyn las, hörte er das Klopfen nicht, als er aber zu Ende war, horchte er auf.

„Tuck – tuck – tuck". Stille und dann wieder: „Tuck – tuck – tuck." – Was machen sie wohl? fragte er sich.

Schon am Morgen hatte er auf dem Wall Zimmerleute bemerkt, die etwas bauten; sie hoben bald zwei schwarze Pfosten in die Höhe und ließen sie bald wieder sinken. Ein berittener Generaladjutant mit weißem Federbusch auf dem Hut beobachtete durch ein Lorgnon die Arbeit der Zimmerleute. Dann gingen alle weg.

Und nun wieder dieses: „Tuck – tuck – tuck." Golizyn trat ans Fenster und sah hinaus. Die Julinacht war hell, aber die Luft wie an allen diesen Tagen von Rauch und Dunst erfüllt. Auf dem Wall bewegten sich im Nebel Schatten: sie hoben zwei schwarze Pfosten in die Höhe und ließen sie wieder sinken. – Was machen sie? Was machen sie? fragte sich Golizyn.

Aus der Nachbarzelle tönte aber Geflüster: Murawjow sprach durch eine Spalte in der Wand mit Bestushew: er bereitete ihn auf den Tod vor.

Golizyn legte sich aufs Bett und zog sich die Decke über den Kopf. Er dachte an sein gestriges Gespräch mit P. Pjotr von den fünf zum Tode Verurteilten. „Erschrecken Sie nicht vor dem, was ich Ihnen sagen werde," hatte Myslowskij gesagt. „Man wird sie zum Galgen führen, aber im letzten Augenblick wird ein Bote vom Zaren mit der Begnadigung geritten kommen." — „Die Konfirmation ist ja schon unterschrieben," erwiderte Golizyn. — „Die Konfirmation ist bloß eine Dekoration!" flüsterte P. Pjotr mit geheimnisvoller Miene.

Golizyn erinnerte sich auch der andern Gerüchte über die Begnadigung.

Alle Gefängnisbeamten waren überzeugt, daß die Todesstrafe nicht vollzogen werden würde. „Man wird alle begnadigen," sagte der Platz-Major Poduschkin, „die Todesstrafe ist in Rußland gesetzlich abgeschafft; kann denn der Kaiser das Gesetz verletzen?" — „Man wird sie begnadigen," sagten auch die Wachtposten: „der Kaiser selbst ist am Vierzehnten schuld; warum soll er die andern hinrichten lassen?"

Die Kaiserin-Witwe Maria Fjodorowna erhielt, wie man sich erzählte, vom Kaiser einen Brief, in dem er sie beruhigte und sagte, daß kein Blut vergossen werden würde. Die Kaiserin Alexandra Fjodorowna hatte ihren Mann auf den Knien um Gnade für die Verurteilten angefleht. „Ich werde Rußland und Europa in Erstaunen setzen," hatte der Kaiser zu Herzog Wellington gesagt.

Auf das vom Obersten Gericht gefällte Urteil hatte der Kaiser erklärt, daß er „nicht nur dem Vierteilen, als einer grausamen Strafe, sondern auch dem Erschießen, als einer Strafe, die nur für militärische Vergehen vorgesehen sei, und sogar dem einfachen Köpfen, mit einem Worte jeder Strafe, die mit Blutvergießen verbunden sei, seine Zustimmung versagen werde."

Die Richter beschlossen daraufhin: „erhängen". Die Hinrichtung durch den Strang sei ja kein Blutvergießen. Vielleicht hatten sie sich geirrt: nicht erhängen, sondern begnadigen?

Vergebens zog sich Golizyn die Decke über den Kopf: „Tuck – tuck – tuck." Stille und dann wieder: „Tuck – tuck – tuck."

— Wer richtet hin? Der Zar oder Rußland, das Tier oder das Reich des Tieres? — fragte er sich plötzlich und sprang entsetzt auf. Dort auf dem Wall ragen und sinken zwei schwarze Pfosten, und auf ihnen schwankt das Schicksal Rußlands wie auf einer schrecklichen Wage. — Jerusalem, Jerusalem, die du tötest die Propheten und steinigest, die zu dir gesandt sind! Wenn du es wüßtest, so würdest du auch bedenken zu deiner Zeit, was zu deinem Frieden dienet. Aber nun ist es vor deinen Augen verborgen. Denn es wird die Zeit über dich kommen, daß deine Feinde werden um dich und deine Kinder mit dir eine Wagenburg schlagen, dich belagern und aller Orten ängsten. Und werden dich schleifen und keinen Stein auf dem andern lassen, darum, daß du nicht erkannt hast die Zeit, darinnen du heimgesucht bist.

Golizyn sank in die Knie und vereinigte sein Flüstern mit dem, das durch die Wand zu ihm drang:

„Rußland geht zugrunde, Rußland geht zugrunde! Gott, rette Rußland!"

P. Pjotr reichte Rylejew das Heilige Abendmahl und erteilte ihm die Absolution. Als er seine Zelle verlassen hatte, zog Rylejew die Uhr aus der Tasche: neunzehn Minuten auf eins. Er wußte, daß man ihn um drei holen würde. Also blieben ihm noch zwei Stunden und einundvierzig Minuten. Er legte die Uhr auf den Tisch und verfolgte die Bewegung des Zeigers: neunzehn, zwanzig, einundzwanzig Minuten. Nun, ist es schrecklich? Nein, es ist nicht schrecklich, es ist nur sonderbar. Es erinnerte an einen Zustand, von dem er einmal in einem astronomischen Buche gelesen hatte: wäre der Mensch auf einen kleineren Planeten geraten, so könnte er leicht die fürchterlichsten Lasten heben und die schwersten Steine wie leichte Bälle von sich schleudern.

Oder es glich auch dem „magnetischen Zustande" (er hatte sich einmal für den Mesmerismus interessiert und auch das in einem Buche gelesen): wenn man einer Somnambule eine Nadel in den Körper bohrt, so fühlt sie es nicht. Ebenso bohrte auch er eine Nadel nach der andern in seine Seele und probierte, ob er nicht doch Schmerz empfinden würde.

Die Furcht wirkte nicht; vielleicht wird er den Haß fühlen? Er dachte an seinen Haß auf den Kaiser. — Er hat mich betrogen, verführt, erniedrigt, gequält, geschändet und nun tötet er mich. — Aber er fühlte auch keinen Haß. Er begriff, daß ihn zu hassen dasselbe sei, wie mit der Faust auf die Wand zu hauen, an der man sich angeschlagen hat.

Und die Scham? Früher brannte ihn die Scham wie glühendes Eisen, wenn er sich erinnerte, wie Kachowskij ihn bei der Konfrontation ins Gesicht geschlagen und angeschrieen hatte: „Schurke!" Aber auch die Scham brannte nicht, sie war erloschen, wie glühendes Eisen im Wasser. Mag Kachowskij es niemals erfahren, mag es kein Mensch erfahren, daß er, Rylejew, kein Schurke ist, — ihm genügt, daß er es selbst weiß.

Er versuchte noch die letzte, spitzeste Nadel — Mitleid. Er dachte an Natascha. Er blätterte in ihren Briefen und las:

„Ach mein lieber Freund, ich weiß nicht, wie mir ist. Zwischen Angst und Hoffnung warte ich auf den entscheidenden Augenblick. Versetze dich nur in meine Lage: ganz allein auf der Welt mit einem unschuldigen Waisenkind! Wir haben ja dich allein gehabt, und du warst unser einziges Glück. Ich bete zu Gott, er möchte mich mit der Nachricht trösten, daß du unschuldig bist. Ich kenne deine Seele: du haft nie etwas Böses gewollt, hast immer nur Gutes getan. Ich beschwöre dich, verzage nicht und hoffe auf die Güte Gottes und auf das Mitleid unseres engelgleichen Kaisers. Leb wohl, mein unglücklicher Märtyrer. Gottes Güte sei mit dir. Das Leibchen und die zwei Nachtmützen werde ich dir mit der Wäsche schicken. Nastenjka geht es gut. Sie glaubt, du seist in Moskau. Ich sage ihr, daß wir bald zu Papa reisen. Sie ist sehr froh und ungeduldig und fragt, ob wir bald reisen."

Darunter stand in Nastenjkas großer Kinderhandschrift:

„Lieber Papa, ich küsse dir die Hand. Komm schneller zu mir, ich sehne mich nach dir. Wir wollen zusammen zur Großmutter fahren."

Plötzlich fühlte er, wie ihm etwas die Augen verschleierte. Tränen? Die Nadel war durch das tote Fleisch gegangen und in das lebende eingedrungen. Tut es weh? Ja, aber nicht allzu sehr. Nun ist es schon vorbei. Er dachte sich bloß: es ist gut, daß er auf den Abschiedsbesuch Nataschas verzichtet hatte; er hätte sie zu sehr erschreckt: denn den Lebenden sind die Toten schrecklich; je näher sie ihnen im Leben standen, umso schrecklicher sind sie ihnen im Tode.

Es fiel ihm ein, daß er ihr etwas schreiben müsse. Er setzte sich an den Tisch, tauchte die Feder in die Tinte, wußte aber nicht, was zu schreiben. Er tat sich Zwang an und log: „Ich empfinde eine so tröstliche Ruhe, daß ich es gar nicht sagen kann. Liebste Freundin, wie heilsam ist es doch, ein Christ zu sein!"

Er lächelte. P. Pjotr hatte ihm neulich mitgeteilt, daß die Bischöfe, die zum Obersten Gericht gehörten, sich geweigert hätten, das Todesurteil zu unterschreiben: „Wie auch das Urteil ausfällt, werden wir ihm nicht widersprechen, aber in Anbetracht unseres geistlichen Standes können wir es nicht unterschreiben." So geriet ihm auch der Brief: „in Anbetracht".

Bei Durchsicht der Briefe Nataschas fand er auch die Entwürfe seiner eigenen Briefe an sie, die zum größten Teil von Geld- und Wirtschaftssachen handelten. Er sah auch diese Zettel durch.

„Man muß 700 Rubel in die Leihbank einzahlen ... Bezahle dem jüdischen Schneider Jauchze die Schuld, wenn du erfährst, daß Rachowskij nicht bezahlen kann ... Die Aktien liegen in meinem Schreibtisch, in der oberen Schublade links ... Laß den Hafer und das Heu auf dem Gute verkaufen ... Ich würde gerne den Schulzen Konon freilassen, aber es wäre doch schade: er ist ein ehrlicher Alter, solche findet man heute nicht so leicht ..."

Wie ein Mensch sich wundert, wenn er sein altes Bildnis sieht, so wunderte er sich auch: Bin ich es wirklich?

Plötzlich empfand er Ekel.

>Wie in der Fremde drückt das Leben,
>Wann werf ich's ab, wann geht es fort?
>Wer wird mir Taubenschwingen geben,
>Zu fliegen auf, zu ruhen dort?
>Ein stinkend Grab ist mir die Erde,
>Die Seele drängt sich aus dem Leib ...

Ein stinkender Hauch des Lebens wehte ihn an. Wahrscheinlich spüren nicht nur die Lebendigen den Gestank der Toten, sondern auch die Toten den der Lebendigen.

Er blickte auf das Heiligenbild: ob er nicht beten solle? Nein, das Gebet ist zu Ende. Jetzt ist alles ein Gebet: wenn er atmet, betet er; auch wenn er in der Schlinge erstickt, wird er beten.

Er wurde nachdenklich, aber seltsam: er hatte dabei keine Gedanken. Er unterschied seine Gedanken nicht, wie man in einem sich schnell drehenden Rade die Speichen nicht unterscheidet. Er wiederholte nur mit immer anwachsendem Erstaunen: „Da ist es, da ist es, es — es — es!"

Er fühlte sich müde und legte sich hin. Er dachte sich noch: — Daß ich nur nicht einschlafe; man sagt, daß die zum Tode Verurteilten besonders fest schlafen, — und schlief ein.

Ihn weckten Schritte und das Zuschlagen von Türen im Korridor. Er sprang auf und sah nach der Uhr: drei Uhr vorbei. Schlösser und Riegel klirrten. Er erschauerte vor Entsetzen, als hätte man ihn mit dem Kopf in eiskaltes Wasser getaucht.

Als er aber dem Platz-Major Poduschkin und dem Wärter Trofimow, die in die Zelle traten, ins Gesicht blickte, war das Entsetzen sofort verschwunden, als hätte er es von sich genommen und ihnen mitgeteilt: er empfand kein Grauen mehr, das Grauen hatte sich ihrer bemächtigt.

„Jegor Michailowitsch, schon?" fragte er Poduschkin.

„Nein, es ist noch viel Zeit. Ich wäre noch nicht gekommen, aber sie haben es auf einmal eilig, obwohl sie noch gar nicht fertig sind . . ."

Rylejew begriff: der Galgen ist noch nicht fertig. Poduschkin sah ihm nicht in die Augen, als schämte er sich. Ebenso Trofimow. Rylejew merkte, daß er sich auch selbst schämte. Es war die Scham vor dem Tode, die dem Gefühl des Nacktseins gleicht: wie die Kleidung vom Leibe fällt, so fällt der Leib von der Seele.

Trofimow brachte Ketten, Sträflingskleider, — Rylejew hatte noch immer den Frack an, in dem er verhaftet worden war, — und ein reines Hemd aus der letzten Sendung Nataschas: nach russischer Sitte werden Sterbende mit reiner Wäsche bekleidet.

Er zog sich um, setzte sich an den Tisch und begann, während ihm Trofimow die Fußfesseln anlegte, einen Brief an Natascha. Es wurde wieder „in Anbetracht"; aber er kümmerte sich nicht mehr darum: sie wird ihn auch so verstehen. Nur eine Stelle kam wirklich vom Herzen: „Meine Freundin, du hast mich während acht Jahren glücklich gemacht. Worte können meine Gefühle nicht wiedergeben. Gott wird es dir vergelten. Sein heiliger Wille geschehe."

Nun kam P. Pjotr. Er begann von Buße, Verzeihung und Ergebenheit in den Willen des Herrn zu sprechen. Da er aber merkte, daß Rylejew ihm nicht zuhörte, schloß er einfach:

„Kondratij Fjodorowitsch, haben Sie vielleicht noch Wünsche?"

„Nein, was soll ich noch wünschen? Ich glaube, es ist alles, P. Pjotr," antwortete Rylejew ebenso einfach und lächelte. Er wollte sogar scherzen: „Die Konfirmation ist aber doch keine Dekoration!" Als er aber Myslowski anblickte und seine Scham und sein Entsetzen sah, fühlte er Mitleid mit ihm. Er nahm seine Hand und drückte sie sich aufs Herz.

„Fühlen Sie, wie es schlägt?"

„Ja."

„Schlägt es gleichmäßig?"

„Ja, gleichmäßig."

Er holte ein Tuch aus der Tasche und gab es dem Geistlichen.

„Übergeben Sie es dem Kaiser. Sie werden es nicht vergessen?"

„Nein. Was soll ich ihm sagen?"

„Nichts. Er weiß es selbst."

Es war das Tuch, mit dem Nikolai Rylejew die Tränen abgewischt hatte, als er beim Verhör zu seinen Füßen weinte, durch die Gnade des Zaren „niedergeschmettert".

Poduſchkin ging hinaus und kam mit ſolcher Miene zurück, daß Ryleſew begriff, daß es Zeit ſei.

Er ſtand auf, ſah das Heiligenbild an und bekreuzigte ſich; er bekreuzigte auch Troſimow, Poduſchkin und P. Pjotr ſelbſt; er lächelte ihm dabei zu, als wollte er ſagen: „Jetzt nicht du mich, ſondern ich dich." Er machte nach allen Seiten das Zeichen des Kreuzes, als bekreuzigte er ſeine unſichtbaren Freunde und Feinde; es war, als täte er es nicht von ſelbſt, ſondern folge einem fremden Befehl. Seine Gebärden waren ſo ſicher und befehlend, daß niemand ſich wunderte und alle es als ſelbſtverſtändlich hinnahmen.

„Nun, Jegor Michailowitſch, ich bin fertig!" Und alle verließen die Zelle.

Achtes Kapitel

Kachowſkij blieb ſich bis ans Ende treu. „Ich habe allein gelebt und werde allein ſterben."

Wenn er im Korridor ſeinen Genoſſen begegnete, ſprach er mit niemand und gab niemand die Hand; er hielt nach wie vor alle für „Schurken". Er war in ſeinem Haß erſtarrt.

Tag und Nacht las er. Die Bücher ſchickte ihm die Tochter des Platz-Majors, Adelaida Jegorowna. Das Fenſter ſeiner Zelle ſah gerade auf die Wohnung Poduſchkins. Die alte Jungfer hatte ſich in Kachowſkij verliebt. Sie ſaß immer am Fenſter und ſang zur Guitarre:

    Er ſaß im Kerker hinter Mauern
    Und hatte Not zu überſtehn.

    Gewiß, Sie würden ihn bedauern,
    Könnten Sie nur den Ärmſten ſehn!

Rachowskij hatte ein zärtliches Herz, aber kurzsichtige Augen. Ihr Gesicht sah er nicht, er sah nur Kleider in allen Farben des Regenbogens: blaue, grüne, gelbe und rosa. Sie erschien ihm wunderschön wie dem Don Quichote seine Dulcinea.

Über die Bücher fiel er mit Heißhunger her. Besonders gern las er die „Göttliche Komödie". Er hatte Reisen im Auslande gemacht, war auch in Italien gewesen und verstand ein wenig Italienisch.

Von Farinata und Kapaneus war er entzückt. „Quel magnanimo, dieser großmütige" Farinata degli Uberti quält sich im sechsten Kreise der Hölle, auf dem feurigen Friedhofe der gottlosen Epikuräer. Als Dante und Vergil auf ihn zugehen, erhebt er sich aus seinem feurigen Grabe

... bis zu der Brust, mit einer solchen Stirn,
Als hätt er für die Hölle nur Verachtung.
Come avesse lo inferno in gran dispitto.

Und der Riese Kapaneus, einer der sieben Heerführer, die Theben belagert hatten, der wegen Gotteslästerung von Zeus in die Hölle geschleudert worden ist, liegt nackt auf nackter Erde unter ewigem Feuerregen.

Wer ist der Große, welcher, diese Glut
Verachtend, liegt, die Blicke trotzig hebend,
Noch nicht erweicht von dieser Feuerflut?

fragt Dante Vergil, und Kapaneus antwortet ihm:

Qual fui vivo' tal son morto!
Tot bin ich wie einst lebend!
Sei auch mit Arbeit Jovis Schmied geplagt,
Von welchem er den spitzen Pfeil bekommen,
Den er zuletzt in meine Brust gejagt.
Gewiß, daß nie ihm frohe Rache lacht!

Kachowskij selbst glich diesen beiden großen Verächtern der Hölle. Als P. Pjotr ihn bei der Beichte in der letzten Nacht vor der Hinrichtung fragte, ob er seinen Feinden verzeihe, antwortete Kachowskij:

„Ich verzeihe allen, außer zwei Schurken: dem Kaiser und Rylejew."

„Mein Sohn, vor dem Heiligen Abendmahl, vor dem Tode..." entsetzte sich P. Pjotr. „Ich beschwöre dich bei Gott: demütige dich und verzeihe..."

„Ich verzeihe nicht."

„Was soll ich nun mit dir anfangen? Wenn du nicht verzeihst, kann ich dir kein Abendmahl reichen."

„Also nicht."

P. Pjotr mußte die Sünde auf sich nehmen und einem Unbußfertigen das Abendmahl reichen.

Als aber Poduschkin und Trofimow zu ihm kamen, um ihn zur Hinrichtung zu führen, sah Kachowskij sie so an, „als hätt' er für die Hölle nur Verachtung".

„Er ging in den Tod, wie man in ein anderes Zimmer geht, um seine Pfeife zu rauchen," sagte Poduschkin erstaunt.

„Pawel Iwanowitsch Pestel ist der hervorragendste unter allen Verschwörern," pflegte P. Pjotr zu sagen. „Er ist ein tiefsinniger Mathematiker und glaubt an sein Recht wie an eine mathematische Wahrheit. Er ist immer und überall der gleiche. Nichts vermag seine Festigkeit zu erschüttern. Er scheint im Stande zu sein, auf seinen Schultern die Last zweier Berge zu tragen."

„Ich habe nicht ordentlich zugehört, was man mit uns tun will; aber es ist ganz gleich, wenn es nur schneller ein Ende nimmt!" sagte Pestel nach Verlesung des Urteils.

Als der Pastor Reinbot ihn fragte, ob er sich auf den Tod vorbereitet habe, antwortete er:

„Es tut einem leid, seinen altvertrauten Schlafrock zu vertauschen," antwortete Pestel.

„Was für einen Schlafrock?"

„Unser russischer Dichter Delwig hat einmal gesagt:

Fürchten uns nicht vor dem Tode, doch leid tuts den Körper zu lassen,

So wie den Schlafrock vertraut jeder nur unlustig tauscht."

„Glauben Sie an Gott, Herr Pestel?"

„Was soll ich sagen? Mon coeur est matérialiste, mais ma raison s'y refuse. Mit dem Herzen glaube ich nicht, aber mit meiner Vernunft weiß ich, daß es etwas geben muß, was die Menschen Gott nennen. Gott ist in der Metaphysik ebenso notwendig, wie die Null in der Mathematik."

„Schrecklich! Schrecklich!" flüsterte Reinbot und begann von der Unsterblichkeit und vom Leben nach dem Tode zu sprechen.

Pestel hörte ihm zu mit der Miene eines Menschen, der schlafen will; schließlich unterbrach er ihn mit einem Lächeln:

„Offen gestanden, habe ich das hiesige Leben satt. Das Gesetz der Welt ist das Gesetz der Identität: a ist a, Pawel Iwanowitsch Pestel ist Pawel Iwanowitsch Pestel. Und das ist schon seit dreiunddreißig Jahren so. Furchtbar langweilig! Dann ziehe ich schon das Nichts vor. Dort ist nichts, aber auch hier ist dasselbe. Aus dem einen Nichts ins andere. Der gute Schlaf ist ohne Träume, der gute Tod ohne Jenseits. Ich will so furchtbar schlafen, Herr Pastor."

„Schrecklich! Schrecklich!"

Vom Abendmahl wollte er nichts wissen.

„Ich danke Ihnen, ich brauche es absolut nicht."

Und als Reinbot ihn ermahnte, zu bereuen, sagte er, ein Gähnen unterdrückend:

"Ach, Herr Reinbot, wollen wir uns doch lieber über Politik unterhalten."

Und er begann vom englischen Parlament zu sprechen. Reinbot erhob sich.

"Entschuldigen Sie, Herr Pestel, ich kann nicht von solchen Dingen mit einem Menschen sprechen, der in den Tod geht."

Nun stand auch Pestel auf und reichte ihm die Hand.

"Also gute Nacht, Herr Reinbot."

"Was soll ich Ihren Eltern ausrichten?"

Über Pestels gedunsenes, gelbes, verschlafenes Gesicht, — er hatte in diesem Augenblick besondere Ähnlichkeit mit Napoleon nach Waterloo, — huschte ein Schatten.

"Richten Sie ihnen aus," sagte er mit bebender Stimme, "daß ich vollkommen ruhig bin, an sie aber nicht ohne Schmerz denken kann. Übergeben Sie diesen Brief meiner Schwester Sophie."

Der Brief war französisch und ganz kurz:

"Ich danke dir tausendmal, liebe Sophie, für die Zeilen, die du dem Briefe unserer Mutter beigefügt hast. Ich bin gerührt von deiner zärtlichen Teilnahme und deiner Freundschaft. Glaube mir, meine Freundin, keine Schwester ist noch von ihrem Bruder so zärtlich geliebt worden, wie du von mir. Leb wohl, meine liebe Sophie. Dein dich zärtlich liebender Bruder und aufrichtiger Freund Pestel."

Nachdem er den Brief Reinbot eingehändigt hatte, geleitete er ihn zur Tür, als wollte er ihn schneller loswerden. Aber in der Tür blieb er stehen, drückte ihm fest die Hand und sagte mit einem Lächeln:

„Gute Nacht, Herr Pastor. Sagen Sie mir doch auch ganz einfach: gute Nacht!"

„Ich kann Ihnen nichts sagen, Herr Pestel. Ich kann nur..."

Reinbot kam nicht weiter, schluchzte, umarmte ihn und ging.

„Ein schrecklicher Mensch!" erzählte er später: „Es war mir, als spräche ich mit dem Teufel selbst. Ich ließ ihn mit verstocktem Herzen zurück und empfahl ihn der Barmherzigkeit Gottes."

Als Pestel sich vor dem Aufbruch zur Richtstätte umkleidete, merkte er, daß er das goldene Brustkreuz, ein Geschenk Sophies, verloren hatte. Er erschrak, erbleichte und begann zu zittern, als hätte er plötzlich seinen ganzen Mut verloren. Lange suchte er es mit zitternden Fingern auf dem Boden. Endlich fand er es und begann es gierig zu küssen. Dann tat er es sich um den Hals und beruhigte sich sofort.

In Erwartung Poduschkins setzte er sich auf einen Stuhl, ließ den Kopf sinken und schloß die Augen. Vielleicht schlief er auch nicht, aber er sah wie ein Schlafender aus.

———

Michail Pawlowitsch Bestuschew-Rjumin fürchtete den Tod nach seinen eigenen Worten „wie der letzte Feigling und Schuft". Er glich einem im Käfig zitternden Vogel, nach dem die Katze ihre Pfote ausstreckt. Zuweilen weinte er vor Angst, wie ein kleines Kind, ohne sich dessen zu schämen. Zuweilen staunte er:

„Was ist mit mir geschehen? Ich war doch niemals feige. Ich stand unter dem Kartätschenhagel auf der Ustimowschen Höhe und fürchtete mich nicht. Warum fürchte ich mich jetzt?"

„Damals gingst du freiwillig in den Tod, jetzt aber unter Zwang. Fürchte nur nicht, daß du fürchtest, und alles wird vergehen," tröstete ihn Murajow; aber er sah, daß der Trost nicht wirkte: Bestuschew hatte solche Angst, daß man glaubte, er werde gleich verrückt werden oder wirklich „wie der letzte Feigling und Schuft" sterben.

Murawjow wußte, womit er ihn hätte beruhigen können. Bestuschew fürchtete, weil er noch immer hoffte, „die Konfirmation sei nur eine Dekoration"; im letzten Augenblick werde ein Bote vom Zaren mit der Begnadigung geritten kommen. Um seine Angst zu besiegen, mußte man ihm diese Hoffnung nehmen. Aber Murawjow wußte nicht, ob er es tun solle; ob ihm nicht jemand die Augen mit dem heiligen Schleier der Hoffnung verhülle?

Bestuschew saß neben Murawjow in der 13. Zelle des Kronwerkes. Zwischen ihnen war eine Balkenwand, wie die, welche Murajow von Golizyn trennte, und auch in dieser Wand war ein breiter Spalt. Sie stellten ihre Betten so auf, daß sie sich im Liegen unterhalten konnten.

In der letzten Nacht vor der Hinrichtung las Murawjow Bestuschew aus einem französischen Neuen Testament vor: beide verstanden schlecht Kirchenslawisch.

„Und sie kamen zu dem Hofe, mit Namen Gethsemane. Und er sprach zu seinen Jüngern: Setzet euch hier, bis ich hingehe und bete. Und nahm zu sich Petrum und Jacobum und Johannem und fing an zu zittern und zu zagen..."

„Wart, Sserjoscha," unterbrach ihn Bestuschew. „Was ist das?"

„Was denn, Mischa?"

„Steht es wörtlich: zu zittern und zu zagen?"

„Ja, so steht es."

„Warum zitterte Er denn? Vor dem Tode?"

„Ja, vor den Leiden und dem Tod."

„Wie ist es möglich, daß ein Gott den Tod fürchtet?"

„Es ist nicht der Gott, sondern der Mensch. Er ist Gott und Mensch zugleich."

„Und wenn Er auch ein Mensch ist. Gibt es denn wenig furchtlose Menschen? Sokrates zum Beispiel trank das Gift, seine Beine waren schon erstarrt, und doch scherzte er noch immer. Aber was ist das? Es ging Ihm doch so wie mir?"

„Ja, wie dir, Mischa."

„Aber ich bin doch ein Schuft?"

„Nein, kein Schuft. Du bist vielleicht besser als viele furchtlose Menschen. Matjuscha und Pestel fürchten sich gar nicht, und das ist nicht gut."

„Und Jppolit?"

„Jppolit sah den Tod nicht. Wer große Liebe hat, der sieht den Tod nicht. Aber unsere Liebe ist nicht so groß: wir dürfen nicht fürchten."

„Nun, lies, lies!"

Murawjow las weiter. Aber Bestuschew unterbrach ihn wieder.

„Sserjoscha, wie glaubst du, ist P. Pjotr ein ehrlicher Mensch?"

„Ja."

„Warum lügt er dann immer, daß man uns begnadigen werde? Hast du das mit dem Boten gehört?"

„Ja."

„Warum lügt er dann? Es wird doch kein Bote kommen? Wie glaubst du? Sserjoscha, warum schweigst du?"

Murawjow hörte es seiner Stimme an, daß er bereit war, wie ein Kind, ohne sich zu schämen, in Tränen auszubrechen. Er schwieg und wußte nicht, was zu tun: soll er ihm die Wahrheit sagen, ihm den heiligen Schleier der Hoffnung nehmen, oder sich seiner erbarmen und ihn betrügen? Er erbarmte sich seiner und betrog ihn.

„Ich weiß nicht, Mischa. Vielleicht wird ein Bote kommen."

„Nun gut, lies!" rief Bestuschew erfreut. „Lies doch das aus dem Propheten Jesaias, was du dir einmal herausgeschrieben hast."

Murawjow begann zu lesen:

„Sie werden ihre Schwerter zu Pflugscharen und ihre Spieße zu Sicheln machen. Denn es wird kein Volk wider das andere ein Schwert aufheben und werden fort nicht mehr kriegen lernen.

„Die Wölfe werden bei den Lämmern wohnen, und die Pardel bei den Böcken liegen. Und ein Säugling wird seine Lust haben am Loch der Otter.

„Man wird nirgend lechzen noch verderben auf meinem heiligen Berge; denn das Land ist voll Erkenntnis des Herrn wie mit Wasser des Meeres bedeckt.

„Und soll geschehen, ehe sie rufen, will ich antworten; wenn sie noch reden, will ich hören.

„Ich will euch trösten, wie einen seine Mutter tröstet..."

„Wart, wie schön! Nicht der Vater, sondern die Mutter... Es wird doch alles wirklich so sein?"

„Ja, es wird so sein."

„Nein, es wird nicht sein, es ist schon!" rief Bestuschew. „Im Anfang heißt es: ,Dein Reich komme' und zum Schluß: ,Denn dein ist das Reich'. Es ist, es ist schon da... Weißt du, Sserjoscha, als ich auf dem Platze von Wassilkow den Katechismus vorlas, gab es einen solchen Augenblick..."

„Ich weiß es."

„Hast du es auch gehabt?... In einem solchen Augenblick zu sterben ist doch gar nicht schrecklich?"

„Es ist nicht schrecklich, Mischa."

„Nun, lies, lies... Gib mir die Hand!"

Murawjow steckte die Hand durch den Spalt. Bestuschew küßte sie und drückte sie dann an die Lippen. Im Einschlafen hauchte er die Hand immer an, als küßte er sie auch im Schlafe. Manchmal fuhr er zusammen und schluchzte wie ein kleines Kind im Schlafe, immer leiser und leiser, bis er ganz still wurde und einschlief.

Auch Murawjow schlummerte.

Ihn weckte ein furchtbarer Schrei. Er erkannte Bestuschews Stimme nicht.

„Ah — ah — ah! Was ist das? Was ist das? Was ist das?"

Er hielt sich die Ohren zu, um nicht zu hören. Aber bald wurde alles still. Man hörte nur das Rasseln der Ketten, die man anlegte, und die beruhigende Stimme Trofimows:

„Ein schlafender Mensch ist wie ein kleines Kind, Euer Wohlgeboren: er fürchtet alles. Wenn er erwacht, lacht er selbst darüber..."

Murawjow trat an die Wand, die ihn von Golizyn trennte, und fragte durch den Spalt:

„Haben Sie mein ‚Vermächtnis' gelesen?"

„Ja."

„Werden Sie es weitergeben?"

„Ja. Erinnern Sie sich noch, Murawjow, wie Sie mir sagten, daß wir das Wichtigste nicht wissen?"

„Ich erinnere mich dessen."

„Ist denn nicht das das Wichtigste, wie es in Ihrem ‚Vermächtnis' heißt: Zar Christus auf der Erde wie im Himmel?"

„Ja, das ist wohl das Wichtigste, aber wir wissen nicht, wie es zu machen."

„Und solange wir es nicht wissen, geht Rußland zu Grunde?"

„Es wird nicht zu Grunde gehen, Christus wird es retten."

Er schwieg eine Weile und fügte leise hinzu:

„Christus und noch jemand."

— Wer denn? — wollte Golizyn fragen, fragte aber nicht: er fühlte, daß man es nicht fragen dürfe.

„Sind Sie verheiratet, Golizyn?"

„Ja."

„Wie heißt Ihre Gattin?"

„Marja Pawlowna."

„Und wie nennen Sie sie?"

„Marinjka."

„Küssen Sie also von mir Ihre Marinjka. Leben Sie wohl. Sie kommen, Gott schütze Sie!"

Golizyn hörte die Riegel und Schlösser an der Türe der Nachbarzelle rasseln.

———

Als die Fünf, von Pawlowsker Grenadieren bewacht, in den Korridor traten, küßten alle einander, mit Ausnahme Kachowskijs. Er stand allein abseits, immer noch wie zu Stein erstarrt. Rylejew sah ihn an und wollte auf ihn zugehen, aber Kachowskij wies ihn stumm mit einem Blicke zurück: „Scher dich zum Teufel, Schurke!" Rylejew lächelte: „Tut nichts, gleich wird er es verstehen!"

Sie gingen. Kachowskij ging allein voraus; nach ihm Rylejew und Pestel Arm in Arm; Murawjow und Bestuschew, gleichfalls Arm in Arm, schlossen den Zug.

Rylejew bekreuzigte alle Zellentüren, an denen er vorbeiging, und sprach mit singender, gleichsam rufender Stimme:

„Lebt wohl, lebt wohl, Brüder!"

Als Golizyn die Schritte, das Rasseln der Ketten und die Stimme Rylejews hörte, stürzte er zum Guckloch und schrie dem Wärter zu:

„Heb auf!"

Der Wärter hob den Vorhang. Golizyn blickte hinaus. Er sah das Gesicht Murawjows. Murawjow lächelte ihm zu, als wollte er ihn fragen: „Werden Sie es übergeben?" — „Ich werde es übergeben," antwortete Golizyn mit einem Lächeln.

Er trat ans Fenster und erblickte auf dem Kronwerkwall im trüben Schein des roten Sonnenaufgangs zwei schwarze Pfähle mit einem Querbalken und fünf Stricken.

Neuntes Kapitel

Alle im Prozeß vom Vierzehnten Verurteilten, — außer den fünf Todeskandidaten waren es 116 Mann, — wurden einer besonderen Zeremonie der öffentlichen Degradation unterzogen. Man versammelte sie auf dem Platze vor dem Münzhofe, ordnete sie in Abteilungen nach den Dienstressorts und führte sie aus der Festung durch das Peterstor auf das Glacis des Kronwerk-Walls, einen großen leeren Platz; dieser Platz diente einst zum Abladen von Unrat, und auch jetzt lagen hier noch Haufen von Abfällen herum.

Die Truppen des Gardekorps und die Artillerie mit geladenen Geschützen stellten sich um die Verurteilten im Halbkreise auf. Dumpf schlugen im Nebel die Trommeln, ohne die Stille des frühen Morgens zu stören. Vor jeder Abteilung brannte ein Feuer und stand ein Henker. Man verlas das Urteil und begann mit der Degradation.

Die Verurteilten mußten niederknien. Die Henker rissen ihnen die Uniformen, Achselklappen, Epauletts und Orden vom Leibe und warfen diese ins Feuer. Über ihren Köpfen brachen sie die Degen. Die Degen waren vorher angefeilt worden, damit sie leichter brechen; einige waren aber ungenügend angefeilt, und die Verurteilten fielen unter den Schlägen um. So fiel auch Golizyn, als der Henker ihn mit seinem Kammerjunkerdegen auf den Kopf schlug.

„Wenn du mich noch einmal so schlägst, bin ich tot," sagte er dem Henker, aufstehend.

Dann gab man ihnen gestreifte Spitalröcke. Es war keine Zeit, sie anzuprobieren; ein Kleingewachsener bekam einen viel zu langen Rock, der ihn im Gehen hinderte; ein Langer bekam einen kurzen; ein Dicker einen engen, den er kaum anziehen konnte. Man kleidete sie als Hanswürste. Schließlich führte man sie in die Festung zurück.

Als sie am Kronwerk-Wall vorbeigingen und die beiden Pfähle mit dem Querbalken sahen, flüsterten sie:

„Was ist das?"

„Wissen Sie es denn nicht?"

„Es sieht d e m so gar nicht ähnlich."

„Haben Sie ihn denn gesehen?"

„Nein, noch nie."

„Niemand hat einen gesehen: er ist der erste, seit wir leben."

„Der erste, aber wohl nicht der letzte."

„Eine so einfache Sache, aber selbst das verstand man bei uns nicht zu machen: ein Deutscher hat ihn gebaut."

„Man hat keinen russischen Henker finden können und sich einen Letten oder Finnen verschrieben."

„Man sagt, daß auch dieser nichts taugt; vielleicht wird er es gar nicht machen können."

„Kutusow wird es ihm zeigen: er ist Meister, er hat es an einem Zarenhalse gelernt!"

Sie lachten; so lachen die Menschen oft vor Entsetzen.

„Was machen die so lange Geschichten? Es ist für zwei angesetzt, und die Uhr geht schon auf fünf."

„Auf der Admiralität hat man ihn gebaut und auf sechs Fuhren verladen; fünf Fuhren sind angekommen, aber die sechste, die wichtigste, die mit dem Querbalken ist irgendwo stecken geblieben. Sie haben einen neuen gezimmert, und das hat so lange gedauert."

„Es wird nichts daraus. Sie machen nur Angst. ‚Die Konfirmation ist nur eine Dekoration.' Es wird ein Bote vom Zaren mit der Begnadigung geritten kommen."

„Da reitet jemand, seht ihr es?"

„Es ist der General Tschernyschow."

„Nun, es ist gleich, der Bote wird doch noch kommen."

Und sie sahen sich wieder um.

„Wie eine Schaukel sieht er aus."

„Schaukeln Sie mal!"

„Nein, es ist keine Schaukel, sondern eine Wage," sagte Golizyn. Niemand verstand ihn, er hatte sich aber gedacht: — Auf dieser Wage wird Rußland gewogen werden! —

Zu den Pfählen auf dem Wall kamen zwei Generäle, Tschernyschow und Kutusow, geritten. Sie stritten wegen der Dicke der Stricke.

„Sie sind zu dünn," sagte Tschernyschow.

„Nein, nicht zu dünn. An einem dünnen Strick kann man die Schlinge viel fester zuziehen," widersprach Kutusow.

„Und wenn sie reißen?"

„Aber erlauben Sie: man hat Sandsäcke angehängt, sie halten je acht Pud aus."

„Haben Sie selbst die Probe gemacht?"

„Ja."

„Dann müssen es Exzellenz besser wissen," bemerkte Tschernyschow mit einem giftigen Lächeln. Kutusow aber wurde über und über rot. Er verstand die Anspielung: er hatte den Zaren umgebracht, also wird er auch die Zarenmörder umbringen können.

„He, du, hast du den Talg nicht vergessen?" rief er dem Henker zu.

Der Finne murmelte etwas Unverständliches, auf den Napf mit Talg zeigend.

„Er spricht ja gar nicht russisch," sagte Tschernyschow und sah den Henker durch das Lorgnon an.

Der Henker war ein etwa vierzigjähriger Mann mit blondem Haar und einer Stutznase und hatte einige Ähnlichkeit mit dem Kaiser Paul I. Er blickte erstaunt und verlegen drein, als hätte er nicht ordentlich ausgeschlafen.

„Diese Schlafmütze, alles fällt ihm aus den Händen. Daß es nur kein Unglück gibt! Wo haben Sie bloß so einen Dummkopf aufgetrieben?"

„Warum haben Sie keinen Klugen aufgetrieben?" antwortete Kutusow bissig und ritt auf die Seite.

In diesem Augenblick traten die fünf Verurteilten aus dem Festungstor. Im Tore war eine Pforte mit hoher Schwelle. Sie hoben mit Mühe ihre kettenbeschwerten Füße, um über die Schwelle zu treten. Pestel war so schwach, daß die Soldaten ihn heben mußten.

Als sie auf den Wall kamen und am Galgen vorbeigingen, sah er das Gerüst an und sagte:

„C'est trop. Man könnte uns auch erschießen lassen."

Er hatte bis zum letzten Augenblick nicht gewußt, daß man sie hängen würde.

Vom Walle aus sahen sie einen kleinen Haufen Menschen auf dem Trojizkij-Platz. In der Stadt wußte niemand, wo die Hinrichtung stattfinden würde: die einen sagten — auf dem Wollow-Felde, die anderen meinten — auf dem Senatsplatze. Die Leute sahen stumm und erstaunt zu: man war die Todesstrafe nicht mehr gewöhnt. Manche zeigten Mitleid, seufzten und bekreuzigten sich. Aber fast niemand wußte, wer und warum hingerichtet werden sollte: man glaubte, es seien Räuber oder Falschmünzer.

„Il n'est pas bien nombreux, notre publique," bemerkte Pestel lächelnd.

Im letzten Augenblick war wieder etwas nicht fertig, und Tschernyschow und Kutusow gerieten in Streit.

Die Verurteilten mußten sich ins Gras setzen. Sie saßen in der gleichen Reihenfolge, wie sie gegangen waren: Rylejew neben Pestel, Murawjow neben Bestuschew, und Kachowskii ganz allein, abseits.

Rylejew sah Kachowskij nicht an, fühlte aber seinen starren Blick auf sich lasten; wenn sie auch nur einen Augenblick allein geblieben wären, hätte er sich wohl über ihn gestürzt und ihn erwürgt. Eine ungeheure Last bedrückte Rylejew; es war ihm, als hätten sich Riesensteine auf ihn gewälzt, er schleuderte sie aber nicht mehr wie leichte Bälle zurück, wie ein Mensch auf einem kleinen Planeten; die Steine wurden immer schwerer.

„Eine merkwürdige Mütze. Ist wohl kein Russe?" sagte Pestel, auf die lederne Klappenmütze des Henkers zeigend.

„Wahrscheinlich ein Finne," erwiderte Rylejew.

„Das Hemd ist aber rot. C'est le gout national: man kleidet bei uns die Henker immer rot," fuhr Pestel fort. Nach einer Weile zeigte er auf den Gehilfen des Henkers und sagte: „Dieser Kleine sieht aber wie ein Affe aus."

„Oder wie Nikolai Jwanowitsch Gretsch," bemerkte Rylejew mit einem Lächeln.

„Was für ein Gretsch?"

„Der Schriftsteller."

„Ach ja: Gretsch und Bulgarin."

Pestel schwieg wieder eine Weile, gähnte und fügte hinzu:

„Tschernyschow ist heute gar nicht geschminkt."

„Ist noch zu früh: er hat noch nicht Toilette gemacht," erklärte Rylejew.

„Und wozu brennen die Feuer?"

„Bei der Degradation wurden die Uniformen verbrannt."

„Seht: Musik!" sagte Pestel und zeigte auf die Musikanten, die hinter dem Galgen an der Spitze der Schwadron der Pawlowsker Leibgrenadiere standen. „Wird man uns vielleicht mit Musik hängen?"

„Wahrscheinlich."

So sprachen sie die ganze Zeit von den gleichgültigsten Dingen. Rylejew fragte nur einmal Pestel nach der „Russischen Wahrheit", jener gab aber keine Antwort und winkte nur abwehrend mit der Hand.

Der kleine, hagere Bestuschew mit dem zerzausten roten Haar, dem sommersprossenbesäten Kindergesicht und nicht etwa erschrockenen, sondern nur erstaunten Augen, glich einem kleinen Jungen, den man gleich bestrafen, vielleicht aber auch laufen lassen würde. Er atmete kurz und schnell, als stiege er einen Berg hinauf; zuweilen zuckte er zusammen und schluchzte wie früher im Schlafe; es hatte den Anschein, daß er gleich in Tränen ausbrechen und wieder mit wilder Stimme schreien würde: „Ah — ah — ah! Was ist das? Was ist das?" Wenn er aber Murawjow ansah, wurde er still und fragte ihn stumm mit den Augen: „Wann kommt der Bote?"

„Gleich," antwortete ihm Murawjow gleichfalls stumm; und er streichelte ihm den Kopf und lächelte.

Nun näherte sich ihnen P. Pjotr mit dem Kreuz. Die Verurteilten erhoben sich.

"Schon?" fragte Pestel.

"Noch nicht, man wird es schon sagen," antwortete Rylejew.

Bestuschew sah P. Pjotr so an, als wollte er ihn fragen: "Wann kommt denn der Bote?" Aber P. Pjotr wandte sich weg und blickte ebenso verlegen wie Bestuschew selbst. Er zog das Tuch aus der Tasche und wischte sich den Schweiß von der Stirne.

"Sie vergessen doch das Taschentuch nicht?" erinnerte ihn Rylejew an seine Bitte, das Taschentuch dem Kaiser abzugeben.

"Ich vergesse es nicht, Kondratij Fjodorowitsch, seien Sie unbesorgt... Worauf warten die noch... Mein Gott!" rief P. Pjotr und sah sich um: vielleicht hoffte er noch immer auf den Boten oder dachte sich: — Daß es doch schneller ein Ende nimmt! — Dann ging er auf den Ober-Polizeimeister Tschichatschow zu, der neben dem Galgen stand und die letzten Anordnungen gab. Er tuschelte mit ihm und kehrte zu den Verurteilten zurück.

"Nun, meine Freunde..." Er hob das Kreuz, wollte etwas sagen und konnte es nicht.

"Sie geben uns wie Räubern das Geleite, P. Pjotr," sagte Murawjow für ihn.

"Ja, ja, wie Schächern," stammelte Myßlowskij. Dann sah er Murawjow gerade in die Augen und rief feierlich:

"Wahrlich, ich sage dir, heute wirst du mit mir im Paradiese sein!"

Murawjow kniete nieder, bekreuzigte sich und sagte:

"Gott, rette Rußland! Gott, rette Rußland! Gott, rette Rußland!"

Er bückte sich und küßte die Erde und dann das Kreuz.

Bestuschew machte alle seine Bewegungen nach wie ein Schatten, war sich aber wohl nicht mehr bewußt, was er tat.

Pestel ging auf das Kreuz zu und sagte:

„Ich bin zwar nicht griechisch-orthodox, aber ich bitte Sie, P. Pjotr, segnen Sie auch mich vor der weiten Reise."

Er kniete ebenfalls nieder, bekreuzigte sich mit schwerfälliger Gebärde, wie im Traume, und küßte das Kreuz.

Nach ihm — Rylejew, der immer noch den starren drückenden Blick Kachowskijs auf sich fühlte.

Kachowskij stand noch immer abseits und kam nicht zu P. Pjotr. Jener ging selbst auf ihn zu. Kachowskij kniete langsam, wie widerwillig nieder, bekreuzigte sich ebenso langsam und küßte das Kreuz. Dann sprang er plötzlich auf, umarmte P. Pjotr und drückte ihm den Hals so fest zusammen, als wollte er ihn erwürgen.

Er ließ ihn los und sah Rylejew an. Ihre Blicke begegneten sich. — Er wird es nicht verstehen, — dachte sich Rylejew, und die schreckliche Last erdrückte ihn schier. Aber im steinernen Gesicht Kachowskijs zuckte etwas. Er stürzte zu Rylejew und umarmte ihn schluchzend.

„Kondrat... Bruder... Kondrat... Ich habe dich... Vergib, Kondrat... Zusammen? Zusammen?" stammelte er unter Tränen.

„Petja, Liebster... Ich habe es ja gewußt... Zusammen! Zusammen!" antwortete Rylejew, gleichfalls schluchzend.

Der Ober-Polizeimeister Tschichatschow verlas das Urteil. Es endete mit dem Satz:

„Diese Verbrecher sind wegen ihrer schweren Missetaten mit dem Strang hinzurichten."

Man zog den Verurteilten lange weiße Totenhemden an, die vom Halse bis zu den Fersen reichten, und befestigte sie mittels Riemen am Halse, in der Mitte unterhalb der Ellenbogen und unten an den Knöcheln, so daß ihre Körper wie in Windeln gewickelt aussahen. Jeder bekam eine spitze weiße Mütze auf den

Kopf und ein viereckiges schwarzes Lederſtück um den Hals; auf jedem war mit Kreide der Name des Verbrechers und das Wort „Barenmörder" geſchrieben. Die Namen Rylejews und Kachowſkijs wurden verwechſelt. Tſchichatſchow merkte das Verſehen und ließ die Lederſtücke umhängen. Allen anderen erſchien es als ein ſchrecklicher Scherz, aber ſie ſelbſt faßten es als eine zarte Liebkoſung des Todes auf.

Kutuſow gab ein Zeichen. Die Muſik begann zu ſpielen. Man führte die Verurteilten zum Galgen. Dieſer ſtand auf einem Brettergerüſt, und ſie mußten eine ſehr abſchüſſige, mit Brettern belegte Böſchung hinaufgehen. Sie gingen langſam, denn ſie konnten mit ihren kettenbeſchwerten und mit Stricken gefeſſelten Füßen nur ganz kleine Schritte machen. Die Soldaten ſtützten ſie und trieben ſie vorwärts.

Um dieſe Zeit rieben die Henker die Stricke mit Talg ein. Ein alter Unteroffizier, der als letzter in der Reihe der Grenadiere ſtand, ſah immer die Henker an und runzelte die Stirn. Er verſtand ſich aufs Hängen: während des Feldzuges Sſuworows hatte er in Polen wohl ein ganzes Dutzend jüdiſcher Spione gehängt. Er ſah, daß die Stricke vom Tau durchnäßt waren und den Talg nicht annahmen: die Schlinge wird ſich nicht ordentlich zuziehen laſſen und kann vom Halſe rutſchen.

Die Verurteilten beſtiegen das Gerüſt und ſtellten ſich in einer Reihe mit den Geſichtern zum Trojizkij-Platz auf. Sie ſtanden in dieſer Reihenfolge, von rechts nach links: Peſtel, Rylejew, Murawjow, Beſtuſchew, Kachowſkij.

Der Henker legte ihnen die Schlingen um die Hälſe. In dieſem Augenblick waren die Geſichter aller Verurteilten gleich ruhig und wie verſonnen.

Als Peſtel ſchon die Schlinge auf dem Halſe hatte, wurde ſein ſchläfriges Geſicht wie von einem Gedanken durchzuckt.

Wenn man diesen Gedanken in Worte kleiden könnte, so würde er lauten: „Sterbe ich für nichts oder doch für etwas? Gleich werde ich es erfahren."

Man stülpte ihnen die Mützen über die Augen.

„Mein Gott, wozu?" sagte Rylejew. Es schien ihm, daß nicht nur die Hand, sondern auch das gelbe, mit glänzender Haut umspannte Gesicht des Finnen nach Talg rieche. Die schreckliche Last wälzte sich wieder über ihn. Aber Kachowskij lächelte ihm zu, — und er schleuderte diese letzte Last von sich wie einen leichten Ball.

Auch Murawjow lächelte Bestushew zu: „Wird der Bote kommen?" — „Er wird kommen."

Die Henker liefen vom Gerüst herunter.

„Fertig?" rief Kutusow.

„Fertig!" antwortete der Henkersknecht.

Der Finne zog mit aller Kraft am eisernen Ring, der seitwärts in einer runden Öffnung im Gerüst angebracht war. Das Brett unter den Füßen der Delinquenten senkte sich wie eine Falltüre, und die Körper hingen in der Luft.

„U — uh!" dröhnte es dumpf vom Menschenhaufen auf dem Trojizkij-Platze bis zu den Truppen, die um den Galgen standen: die ganze Menge erzitterte wie die Erde unter der schweren Last, die auf sie niederfiel. Man konnte es anfangs gar nicht fassen: es waren ihrer fünf gewesen, am Galgen hingen aber nur zwei, — wo blieben die drei?

„Teufel! Was ist das? Was ist das?" schrie Kutusow mit vor Entsetzen verzerrtem Gesicht. Er gab dem Pferd die Sporen und sprengte heran.

P. Pjotr ließ das Kreuz fallen, lief auf das Gerüst und blickte erst in das Loch und dann auf die drei baumelnden Schlingen. Nun begriff er es: sie waren abgerissen.

Der Unteroffizier hatte recht: die nassen Schlingen hatten sich nicht ordentlich zuziehen lassen und waren von den Hälsen gerutscht. Nur zwei: Pestel und Bestuschew hingen, aber Kachowskij, Rylejew und Murawjow waren abgerissen.

Dort unten, im schwarzen Loch regten sich die schrecklichen, weißen Gestalten in weißen Totenhemden.

Die Mützen waren ihnen von den Gesichtern gefallen. Rylejews Gesicht blutete. Kachowskij stöhnte vor Schmerz. Aber er blickte Rylejew an, und sie lächelten wieder wie vorhin einander zu: „Zusammen?" — „Zusammen."

Murawjow wurde fast ohnmächtig, er erwachte aber mit ungeheurer Anstrengung wie aus einem tiefen Schlaf, öffnete die Augen und sah hinauf; er sah Bestuschew hängen: er erkannte ihn an seinem kleinen Wuchs. — Gott sei Dank! — sagte er sich: — Ein anderer Bote von einem anderen Zaren hat ihm schon das Leben verkündet! — Daß er aber selbst gleich nicht den zweiten, sondern den dritten Tod sterben werde, daran dachte er nicht. Er schloß wieder die Augen und beruhigte sich beim letzten Gedanken: — Ippolit... Mamachen... —

Die Musik verstummte. In der Stille erklang vom Menschenhaufen auf dem Trojizkij-Platze her ein Schreien und Kreischen: eine Frau hatte einen Anfall bekommen. Und wieder ging durch die ganze Menge vom Platze bis zum Galgen das dumpfe Dröhnen des Entsetzens. Es schien: nur noch ein Augenblick, und die Menschen ertragen es nicht; sie erschlagen die Henker und fegen den Galgen weg.

„Hängen! Hängen! Schneller!" schrie Kutusow. „He, Musik!"

Die Musik fing wieder zu spielen an. Man zog die drei Abgestürzten aus dem Loch. Sie waren nicht mehr im Stande, selbst das Schafott zu besteigen: man mußte sie hinauftragen. Man hob das Fallbrett. Als Pestel es mit den Füßen berührte, wurde er wieder lebendig: durch seinen erstarrten Körper lief ein neues Zucken. Bestuschew erreichte infolge seines kleinen Wuchses das Brett nicht: so blieb er allein vom zweiten Tod verschont.

Man legte ihnen wieder die Schlingen um die Hälse und ließ das Brett herab. Diesmal blieben alle ordentlich hängen.

Es war die sechste Morgenstunde. Die Sonne ging im Nebel wie an allen diesen Tagen trübrot auf. Der Sonne gerade gegenüber hingen zwischen zwei schwarzen Pfählen an fünf Stricken fünf unbewegliche lange, weiße, in Windeln gewickelte Körper. Und die trübrote Sonne befleckte die weißen Totenhemden nicht mit Blut.

Zehntes Kapitel

Der Kaiser war am Vorabend der Exekution nach Zarskoje-Ssjelo gefahren, oder wie manche sagten: „geflohen". Jede Viertelstunde schickte man zu ihm direkt von der Richtstätte einen Feldjäger mit einem Bericht. Der letzte überbrachte folgende Meldung von Kutusow:

„Die Exekution ist in vorschriftsmäßiger Ordnung verlaufen, und die Ruhe wurde weder von den Truppen, noch von den Zuschauern, deren es nur wenig gab, gestört. Infolge der mangelhaften Erfahrungen unserer Henker und der Unfähigkeit, einen Galgen zu bauen, waren drei Delinquenten, und zwar: Rylejew, Kachowskij und Murawjow beim ersten Mal abgestürzt; sie wurden aber gleich darauf wieder aufgeknüpft und erlitten den wohlverdienten Tod. Was ich Eurer Kaiserlichen Majestät untertänigst melde."

Am gleichen Tage schrieb der Chef des Generalstabs, General Dibitsch an den Kaiser:

„Ein Feldjäger überbringt Eurer Majestät den Bericht des Generals Kutusow über die Vollstreckung des Urteils an den Schurken. Die Truppen benahmen sich mit Würde, die Verbrecher aber zeigten die gleiche niedrige Gesinnung, die wir an ihnen schon gleich am Anfang sahen."

„Ich danke Gott, daß alles glücklich abgelaufen ist," antwortete der Kaiser Dibitsch. „Ich wußte gut, daß die Helden vom Vierzehnten bei dieser Gelegenheit nicht mehr Mut zeigen würden, als nötig. Ich rate Ihnen, mein Lieber, am heutigen Tage die größte Vorsicht zu beobachten."

Am 14. Juli wurde auf dem Senatsplatze ein Dankgottesdienst abgehalten. Die Feldkirche stand, von Truppen umgeben, vor dem Denkmal Peter des Großen, an der gleichen Stelle, an der am 14. Dezember das Karree der Aufrührer gestanden hatte. Der Metropolit schritt mit der Geistlichkeit die Reihen der Truppen ab und besprengte sie mit Weihwasser.

Das letzte Responsorium, bei dem alle niederknieten, lautete:

„Auch bitten wir unseren Herrn und Heiland, das Bekenntnis und den Dank seiner unwürdigen Knechte zu empfangen für den Schutz, den er uns vor Aufruhr und den Anschlägen auf die rechtgläubige Kirche, den Altar und das russische Reich gewährt hat."

„Ist ihre Hinrichtung die Hinrichtung Rußlands? Nein, sie ist eine Ohrfeige. Macht nichts, sie werden es schon herunterschlucken. Kachowskij hat Recht: ein gemeines Land, ein gemeines Volk. Rußland wird zu Grunde gehen... Vielleicht ist auch gar nichts da, was zu Grunde gehen kann: es gibt ja gar kein Rußland und hat keines gegeben.

So dachte sich Golitzyn in seiner neuen Zelle im Newa-Wall, in die man ihn nach der Exekution vom 13. Juli verbracht hatte. Er wußte schon, daß die Todesstrafe vollstreckt worden war, — der Feuerwerker Schibajew hatte ihm einige Worte zugeraunt; sonst wußte er aber nichts. In den ersten Tagen nach der Hinrichtung wurden die Arrestanten ebenso streng gehalten wie in den ersten Tagen nach der Verhaftung. Man ließ sie aus den Zellen nicht mehr heraus; die Gespräche und das Klopfen hatten aufgehört; die Wachposten waren wieder stumm und gaben auf alle Fragen nur eine Antwort: „Ich weiß nichts."

Am Tage der Hinrichtung steckte Poduschkin Golitzyn heimlich einen Brief von Marinjka zu. Die Tochter des Platz-Majors Adelaida Jegorowna hatte ihren Vater nach langen Bitten dazu bewogen. Der Brief war nicht erbrochen.

„Lieber Freund, ich schrieb dir so lange nicht, weil ich nicht den Mut hatte und dir die schreckliche Nachricht nicht durch einen Fremden mitteilen wollte. Am 29. Juni starb meine Mama. Obwohl sie schon seit Januar kränkelte, hatte ich ein so schnelles Ende nicht erwartet. Ich kann den quälenden Gedanken nicht los werden, daß ich, wenn auch ohne Willen, dieses Unglück verschuldet habe. Es gibt keinen größeren Schmerz, als die zu späte Reue, daß wir einen, der nicht mehr ist, nicht genügend geliebt haben. Aber ich will davon nicht schreiben, du wirst es selbst verstehen. Nun bin ich ganz allein in der Welt, denn Foma Fomitsch, der mich zwar wie eine Tochter liebt und bereit ist, für mich sein Leben hinzugeben, ist bei seinem Alter nur eine schwache Stütze für mich; — (der Ärmste ist nach dem Tode der Großmutter auf einmal alt geworden und wie ein kleines Kind). Ängstige dich aber nicht um mich, mein Freund. Jetzt weiß ich, daß der Mensch, wenn es nötig ist, in sich solche Kräfte findet, die er vorher gar nicht geahnt hat. Ich habe die feste Hoffnung auf die Gnade

Gottes und auf den Schutz der Himmelskönigin, unserer Fürbitterin, der Unwankbaren Mauer, der Mutter aller Trauernden niemals aufgegeben und werde sie niemals aufgeben. Jetzt erst habe ich erfahren, wie mächtig Ihr heiliger Schutz ist. Jeden Tag bete ich zu Ihr unter Tränen für dich und für euch alle Unglücklichen. Ich wollte noch viel darüber schreiben, aber ich kann es nicht. Verzeih, daß ich so schlecht schreibe. Ich habe schreckliche Tage durchlebt, als ich die Nachricht erhielt, daß die zweite Kategorie, zu der du gehörst, zum Tode verurteilt ist. Ich wußte übrigens, daß ich dich nicht überleben würde, und dies allein gab mir die Kraft. Stelle dir vor, wie ich mich freute, als ich die Nachricht erhielt, daß die Todesstrafe durch Verbannung nach Sibirien ersetzt worden ist, und die noch größere Freude darüber, daß wir Frauen die Erlaubnis bekommen, unseren Männern in die Verbannung zu folgen. Alle diese Tage hatte ich mich mit der Fürstin Jekaterina Iwanowna Trubezkaja — welch eine prächtige Frau! — darum bemüht, und jetzt haben wir fast die sichere Gewißheit, daß wir die Erlaubnis erhalten. Ich will nichts, als nur bei dir sein und dein Unglück mit dir tragen. Nun weiß ich wieder nicht, wie es zu sagen. Weißt du noch, wie du, als du krank warst, im Fieber immer sagtest: Marinjka, Mamachen..."

Er konnte nicht weiterlesen; der Brief fiel ihm aus der Hand. — Warum dieser Brief an diesem Tage? — fragte er sich. Er wußte selbst nicht, welches Gefühl in ihm stärker war: die Freude oder der Ekel vor dieser Freude. Er erinnerte sich des schrecklichsten aller seiner Gedanken, vor dem er damals im Alexej-Ravelin fast verrückt geworden war: die Liebe ist eine Gemeinheit; die Liebe zu einem Lebenden, die Freude eines Lebenden ist Verrat an den Toten; es gibt keine Liebe, es gibt keine Freude, es gibt nichts, außer Gemeinheit und Tod — Tod der Edlen, Gemeinheit der Lebenden.

Am anderen Tag, dem 14. Juli, kam zu ihm gegen Abend P. Pjotr. Wie damals am Palmsonntag, als Golizyn sich weigerte, das Abendmahl zu empfangen, hielt er wieder den Kelch in der Hand; daran, wie er ihn hielt, konnte Golizyn erkennen, daß der Kelch leer war.

Er bemühte sich, Golizyn nicht in die Augen zu sehen; er machte einen verlegenen und unglücklichen Eindruck, Golizyn fühlte aber mit ihm kein Mitleid wie Rylejew. Er sah ihn lange boshaft unter seiner Brille an und sagte mit spöttischem Lächeln:

„Nun, P. Pjotr, ist der Bote gekommen? Ist die Konfirmation eine Dekoration?"

P. Pjotr wollte gleichfalls lächeln, aber sein Gesicht verzerrte sich. Er setzte sich auf einen Stuhl, führte den Kelch an den Mund, ergriff seinen Rand mit den Zähnen und fing an zu schluchzen, erst leise, dann immer lauter und lauter; dann stellte er den Kelch auf den Tisch, bedeckte das Gesicht mit den Händen und brach in Tränen aus.

— So ein altes Weib! — dachte sich Golizyn und sah ihn noch immer stumm und gehässig an.

„Nun, wollen Sie mir alles erzählen!" sagte er, als jener sich etwas beruhigt hatte.

„Ich kann nicht, mein Freund. Später einmal, jetzt kann ich aber nicht..."

„Zum Galgen führen haben Sie gekonnt, erzählen können Sie aber nicht? Erzählen Sie sofort!" schrie ihn Golizyn streng an.

P. Pjotr sah ihn erschrocken an, trocknete sich die Augen mit dem Tuch und begann zu erzählen, erst ungern, dann immer leidenschaftlicher; offenbar verschaffte ihm dies einen bitteren Genuß.

Als er davon sprach, wie die drei abgestürzt waren und wieder aufgehängt wurden, erbleichte er, bedeckte das Gesicht wieder mit den Händen und fing zu weinen an. Aber Golizyn lachte.

„Ist das ein nettes Land, Rußland! Sie verstehen nicht mal einen Menschen aufzuhängen. Gemein! Gemein! Gemein!"

P. Pjotr hörte plötzlich zu weinen auf, nahm die Hände vom Gesicht und sah Golizyn schüchtern an.

„Wer ist gemein?"

„Rußland."

„Sie sprechen so schrecklich, Fürst."

„Wieso? Fühlen Sie sich für das Vaterland beleidigt? Macht nichts. Sie werden es schon herunterschlucken."

Beide schwiegen.

Das Fenster der Zelle ging auf die Newa, nach dem Westen. Die Sonne sank ebenso rot, doch weniger trüb als an allen diesen Tagen: der Dunst hatte sich ein wenig verzogen. In der Ferne, jenseits der Newa, glühten die Fenster des Winterpalais in roten Flammen, als ob innen eine Feuersbrunst wäre. Das rote Licht erfüllte auch die Zelle. Während seiner Erzählung hatte P. Pjotr den Kelch vom Tisch genommen und hielt ihn noch immer in der Hand. Der goldene Kelch leuchtete im roten Strahl blendend wie eine zweite Sonne.

Golizyn sah ihn an, erhob sich, ging auf P. Pjotr zu, legte ihm die Hand auf die Schulter und sagte noch immer streng:

„Verstehen Sie jetzt, warum ich das Abendmahl nicht empfangen wollte? Verstehen Sie es jetzt?"

„Ich verstehe es," flüsterte P. Pjotr und blickte ihn an. — Golizyn sah trotz der roten Beleuchtung, daß sein Gesicht leichenblaß war.

Beide schwiegen.

„Wo hat man sie beerdigt?" fragte Golizyn.

„Ich weiß nicht," antwortete P. Pjotr. „Niemand weiß es. Die einen sagen, — gleich neben dem Galgen in einer Grube mit ungelöschtem Kalk; die anderen, — auf der Insel Golodai, wo die Viehkadaver eingescharrt werden; andere wieder sagen, man hätte sie in Bastdecken eingenäht, mit Steinen beschwert, in einem Boot ins Meer gefahren und ins Wasser geworfen."

„Eine Totenmesse habe ich für sie aber doch gelesen!" fuhr er nach einer Pause mit einem einfältigen und schlauen Lächeln fort. „Heute war eine Parade auf dem Senatsplatze mit einem Dankgottesdienste anläßlich der Niederwerfung des Aufstandes. Man besprengte den Platz und die Truppen mit Weihwasser, um sie vom Blut zu reinigen, — sie fürchten immer das Blut, aber sie werden es wohl auch mit Weihwasser nicht abwaschen können. Der Metropolit selbst hielt mit der ganzen Heiligkeit den Gottesdienst ab. Ich ging aber nicht hin. Meine Frau sagte: ‚Du nimmst dir gar zu viel heraus, P. Pjotr! Paß auf, daß du vom Bischof keine Nase kriegst'. — ‚Und wenn ich auch eine kriege!' sagte ich ihr. Ich ließ das Kasansche Gnadenbild von den anderen Popen auf den Platz fahren, ging aber selbst nicht hin, sondern legte einen schwarzen Ornat an und las eine Totenmesse für die fünf jüngst verschiedenen Knechte Gottes. ‚Laß bei deinen Heiligen ruhen, Herr, die Seelen Deiner Knechte: Ssergej, Michail, Pjotr, Kondratij an der Stätte, wo die Gerechten ruhen. Nimm sie, Herr, in Deinen Frieden auf...' Was soll man da noch reden: Er wird sie aufnehmen, wird sie ganz gewiß aufnehmen!"

Plötzlich richtete er sich in seiner ganzen Größe auf und rief feierlich:

„Ich bezeuge es beim lebendigen Gott: wie Heilige sind sie gestorben. Wie fertige reife Trauben fielen sie auf die Erde, aber nicht die Erde nahm sie auf, sondern der Himmlische Vater. Sie haben Märtyrerkronen errungen, und diese Kronen werden ihnen in alle Ewigkeit nicht genommen werden. Ehre sei Gott dem Herrn! Amen!"

Golizyn kniete wie damals am Palmsonntag nieder und sagte:

„Segnen Sie mich, P. Pjotr."

Jener hob die Hand.

„Nein, mit dem Kelch."

„Im Namen des Vaters, des Sohnes und des Heiligen Geistes," segnete ihn P. Pjotr, mit dem Kelche seine Stirn, Brust und Schultern berührend; dann ließ er ihn den Kelch küssen. Als Golizyn ihn mit den Lippen berührte, fiel ein blutroter Sonnenstrahl auf den goldenen Grund, und der Kelch schien sich mit Blut zu füllen.

P. Pjotr umarmte ihn stumm und wollte gehen.

„Warten Sie," sagte Golizyn. Er knöpfte den Hemdkragen auf, holte aus dem Busen ein Päckchen Papiere und reichte es dem Geistlichen.

„Was ist das?" fragte P. Pjotr.

„Die Aufzeichnungen Murawjows, sein ‚Vermächtnis an Rußland'. Er wollte, daß ich es Ihnen übergebe. Werden Sie es aufheben?"

„Ja."

Er umarmte ihn noch einmal und verließ die Zelle.

Golizyn saß lange unbeweglich, ohne zu fühlen, wie die Tränen ihm das Gesicht hinunterliefen, und sah auf die untergehende Sonne — auf den himmlischen, mit Blut gefüllten Kelch. Dann senkte er die Augen und erblickte auf dem Tische Marinjkas Brief. Nun wußte er schon, warum ein solcher Brief an einem solchen Tag gekommen war.

Er gedachte der Worte Murawjows: „Küssen Sie von mir Marinjka!" Er nahm den Brief in die Hand, küßte ihn und flüsterte:

„Marinjka ... Mamachen!"

Er erinnerte sich, wie er nach der Zusammenkunft mit ihr im Gärtchen des Alexej-Ravelins die Erde geküßt hatte: „Erde, Erde, Allerreinste Mutter!" Und wie auch Murawjow in der letzten Minute vor der Hinrichtung die Erde geküßt hatte. Er erinnerte sich der letzten Worte, die ihm Murawjow durch den Spalt in der Wand zugeflüstert hatte: „Rußland wird nicht zu Grunde gehen, — Christus wird es retten und noch Jemand." Damals wußte er nicht, Wer, — nun wußte er es.

Eine Freude, die einem Schrecken glich, durchzuckte sein Herz wie ein Blitz:

„Die Mutter wird Rußland retten."

Ende

Anmerkungen des Übersetzers

Alexander I. (1777—1825), nach dem gewaltsamen Tode seines Vaters Paul I. (am 11. März 1801) Kaiser von Rußland. Da er nach seinem am 1. Dezember 1825 zu Taganrog erfolgten Tode keinen Erben hinterließ, sollte der Thron an seinen ältesten Bruder Konstantin übergehen, welcher jedoch zugunsten des folgenden Bruders Nikolai, ohne Wissen des letzteren, verzichtet hatte. Die aus diesem Umstande in den ersten Dezembertagen 1825 entstandene Verwirrung wurde von einem Fähnlein Freiheitsschwärmer — später Dekabristen (Dezembermänner) genannt — zu einem Aufstand ausgenützt.

Alexander II. (1818—81), ältester Sohn Nikolai I., Großfürst und ab 1855 Kaiser. War liberal und hob u. a. die Leibeigenschaft auf. Fiel als Opfer eines Bombenattentats.

(**Alexandrine**) Alexandra Fjodorowna (1798—1860), Großfürstin und spätere Kaiserin, Tochter des Königs Friedrich Wilhelm III. von Preußen, Gemahlin des Kaisers Nikolai I.

Araktschejew, Graf Alexj Andrejewitsch (1769—1834), Jugendfreund und Kriegsminister Alexanders I., war in der zweiten Regierungshälfte des letzteren der eigentliche Beherrscher Rußlands. Wurde von Nikolai I. entlassen.

Batenkow, Gawriil Stepanowitsch (1793—1863), Oberstleutnant, saß wegen seiner Teilnahme am Aufstand zwanzig Jahre in Einzelhaft auf einer der Aalands-Inseln und wurde dann nach Sibirien verschickt. Starb amnestiert zu Kaluga.

Benkendorf, Graf Alexander Christoforowitsch (1783—1844), Generaladjutant Alexanders I., unter Nikolai I. allgewaltiger Chef der Gendarmerie.

Bestushew, Alexander Alexandrowitsch (1795—1837), unter dem Pseudonym Marlinski als Dichter und Novellist bekannt. Wurde nach Irkutsk verbannt, später aber begnadigt. Fiel als Offizier bei einem Treffen im Kaukasus.

Bestuschew, Michail Alexandrowitsch (1800—71), Stabshauptmann, wurde nach Sibirien verschickt und 1867 amnestiert.

Bestuschew, Nikolai Alexandrowitsch, Kapitän-Leutnant (1791 bis 1855), wurde nach Sibirien verschickt und starb in der Verbannung.

Bulgarin, Faddej Wenediktowitsch (1789—1859), Romanschriftsteller und Journalist, als Lockspitzel und Denunziant gehaßt und gefürchtet.

Dibitsch, Baron Iwan Iwanowitsch (1785—1831), Generaladjutant, vorher in preußischen Diensten, bekam für die Unterdrückung des Dekabristen-Aufstandes den Grafentitel und zeichnete sich später im Türkenkrieg und bei der Unterdrückung des polnischen Aufstandes aus. Seine Büste steht in der Walhalla bei Regensburg.

Golizyn, Fürst Alexander Nikolajewitsch (1774—1844), Jugendfreund Alexanders I., Oberprokurator des Synods, 1817—24 Minister für Kultus und Unterricht.

Golizyn, Fürst Valerian Michailowitsch, Kammerjunker, Neffe des obigen, wurde nach Sibirien verschickt, kam dann nach dem Kaukasus, starb 1859 amnestiert zu Petersburg.

Grischka Otrepjew = der Falsche Demetrius.

Gretsch, Nikolai Iwanowitsch (1787—1867), Journalist, Genosse Bulgarins.

Jermolow, Alexej Petrowitsch (1772—1861), Oberbefehlshaber auf dem Kaukasus.

Kachowskij, Pjotr Andrejewitsch, Gardeleutnant, geboren 1799, hingerichtet 1826.

Karamsin, Nikolai Michailowitsch (1766—1826), bedeutender Historiker und Dichter, kaiserlicher Hof-Historiograph, extrem-konservativ. Berühmt war seine Novelle „Die arme Lisa".

Konstantin, Großfürst, zweiter Sohn Paul I. (1779—1831), galt bei Lebzeiten Alexanders I. als Thronfolger; Statthalter in Polen; floh 1831 während des Aufstandes aus Warschau und starb zu Witebsk an der Cholera.

Küchelbäcker, Wilhelm Karlowitsch (1791—1846), Dichter, Freund und Studiengenosse Puschkins, floh nach dem Aufstande nach Warschau, wo er auf Grund des von Bulgarin mitgeteilten Signalements verhaftet wurde. Saß bis 1835 in verschiedenen Festungen, kam dann nach Ostsibirien, wo er auch starb.

Kusmitsch, Fjodor eine der geheimnisvollsten Gestalten der Weltgeschichte. Tauchte gegen 1836 am Ural auf und wurde wegen Vagabundage und Ausweislosigkeit geknutet und nach Sibirien verschickt, wo er bis zu seinem Tode (1864) zu Tomsk lebte. Galt beim Volke als heiliger Wundertäter und zugleich als der Kaiser Alexander I., der 1825 gar nicht gestorben sei und als der einfache „Starez" Fjodor Kusmitsch seine Sünden büße. An diese Legende glaubten auch manche Historiker.

Labsin, Alexander Fjodorowitsch (1766—1825), Mystiker und Herausgeber des „Zionsboten".

Lamsdorf, Graf Matwej Iwanowitsch (1745—1828), Gouverneur von Kurland, später Erzieher der Großfürsten Konstantin und Nikolai.

Lanskoi, Graf Sergej Stepanowitsch (1787—1862), Minister des Innern, nahm großen Anteil an den liberalen Bestrebungen Alexander I. in der ersten Periode seiner Regierung.

Lobanow-Rostowski, Fürst Dmitrij Iwanowitsch (1758 bis 1838), General, war 1817—27 Justizminister.

Maria Fjodorowna (1759—1829), Kaiserin-Witwe, Mutter Alexanders, Konstantins, Nikolais usw., geborene Prinzessin von Württemberg, 1776 mit Paul I. vermählt.

Michail Pawlowitsch (1798—1849) Großfürst, jüngster Sohn Paul I., Oberbefehlshaber der Artillerie.

Miloradowitsch, Graf Michail Andrejewitsch (1771—1825), Gouverneur von Petersburg, nahm an den Feldzügen gegen Napoleon teil.

Murawjow-Apostol — drei am Dekabristenaufstand beteiligte Brüder: 1. Matwej Iwanowitsch, geb. 1793, Oberstleutnant, wurde nach Sibirien verschickt; starb amnestiert 1886. 2. Sergej Iwanowitsch, geb. 1796, Oberstleutnant, wurde gehenkt. 3. Ippolit Iwanowitsch, geb. 1805, fiel 1826 beim Aufstand in Südrußland.

Mordwinow, Graf Nikolai Ssemjonowitsch (1754—1845), Marineminister, Freund und Mitarbeiter des liberalen Speranski).

Naryschkin, Alexander Ljwowitsch (1760—1826), Oberhofmarschall, Direktor der kaiserlichen Theater. Seine Frau, Maria Antonowna, war Geliebte Alexander I.

Naryschkina, Ssofja, natürliche Tochter Alexander I. und seiner Geliebten Maria Naryschkina; starb jung als Braut Valerian Golizyns.

Nikolai I., Kaiser, geb. 1796, vermählt 1817 mit Alexandra Fjodorowna (f. d.), starrer Autokrat, starb mitten im Krimkriege; es wird Selbstmord angenommen.

Obolenskij, Fürst Jewgenij Petrowitsch (1796—1865), Oberleutnant, wurde nach Sibirien verschickt, wo er 13 Jahre in den Bergwerken arbeitete; starb amnestiert zu Kaluga.

Odojewskij, Fürst Alexander Iwanowitsch (1803—39), Dichter, wurde nach Sibirien verbannt, dann als gemeiner Soldat nach dem Kaukasus geschickt, wo er auch starb.

Paul I., geb. 1745, Sohn Katharina der Großen und (angeblich) Peter III., Kaiser 1796—1801 (wohl die traurigste Periode der russischen Geschichte); wurde in der Nacht auf den 11. März 1801, wohl mit Wissen der Familie, ermordet.

Pestel, Pawel Iwanowitsch, geb. 1794, Sohn des Generalgouverneurs von Sibirien, Oberst, einer der Hauptverschwörer vom 14. Dezember, wurde gehenkt.

Pugatschow, Jemeljan, Abenteurer, der sich für den Kaiser Peter III. ausgab und einen gewaltigen Aufstand im Osten des Reiches hervorrief; wurde 1755 hingerichtet.

Puschtschin, Iwan Iwanowitsch (1789—1859), Dichter, Freund und Studiengenosse Puschkins, wurde nach Sibirien verschickt und 1856 amnestiert.

Radischtschew, Alexander Nikolajewitsch (1744—1802), Publizist, wurde wegen seiner freiheitlichen Gesinnung von Katharina II. zum Tode verurteilt und zur Verbannung nach Sibirien begnadigt.

Rostowzew, Jakow Iwanowitsch (1803—1860), hatte die Verschwörer beim Kaiser Nikolai denunziert, machte sich später unter Alexander II. um die Vorarbeiten zur Bauernbefreiung verdient.

Rylejew, Kondratij Fjodorowitsch (1795—1826), namhafter Dichter, war erst Offizier, später Gerichtsbeamter und zuletzt Beamter der Russisch-Amerikanischen Compagnie. Wurde gehenkt.

Sascha — s. Alexander II.

Schischkow, Alexander Ssemjonowitsch (1753—1841), Admiral, Präsident der Akademie, Minister für Unterricht. Dichter und Philologe, äußerst reaktionär.

Speranskij, Michaïl Michailowitsch (1772—1839), Freund Alexander I. und bedeutender Staatsmann, nahm großen Anteil an den Reformbestrebungen dieses Kaisers, geriet 1812 in Ungnade und wurde verbannt; 1816 wieder begnadigt. Wurde von Nikolai I. mit der Schaffung eines Gesetzbuches betraut und bekam von ihm den Grafentitel.

Sseraphim, Metropolit (1763—1843), führte einen erbitterten Kampf gegen die Bibelgesellschaft und die mystischen Bestrebungen der Zeit.

Tarakanowa, Fürstin, eine Abenteurerin, die sich für die Tochter der Kaiserin Elisabeth und Rasumowskij's ausgab; starb 1775 in der Peter-Paulsfestung an der Schwindsucht; eine Legende behauptet, sie sei in ihrer Zelle bei einer Überschwemmung ertrunken.

Trubezkoi, Fürst Ssergej Petrowitsch (1790—1860), Gardeoffizier und einer der Hauptverschwörer vom Vierzehnten, wurde 1826 nach Sibirien verbannt und 1856 amnestiert. — Seine Frau Katharina folgte ihm freiwillig in die Verbannung und starb 1853 in Sibirien.

Tschaadajew, Pjotr Jakowlewitsch (1796—1856), Philosoph, Verfasser der „Philosophischen Briefe", nach deren Veröffentlichung er von Nikolai I. für wahnsinnig erklärt wurde; von Puschkin und Schelling hoch geschätzt; neigte dem Katholizismus zu und schrieb nur französisch.